CELUI QUI A VU LA FORÊT GRANDIR

LINA NORDQUIST

CELUI QUI A VU LA FORÊT GRANDIR

Traduit du suédois par Marina Heide

BUCHET • CHASTEL

Titre original : *Dit du går, följer jag*
Éditeur original : Romanus & Selling

Cet ouvrage a été publié en accord avec Ahlander Agency.

ISBN : 978-2-283-03608-2

Clairière

Un espace ouvert en plein soleil. Une étendue de terre, pas un bruit. De grands arbres projettent des ombres un peu plus loin, mais les alentours immédiats sont déserts. Rien d'autre que des souches décharnées, de vieux coups de hache, des entailles adoucies par la pluie.

Dans un tapis de fougères gît le corps d'un homme. La peau froncée comme un beau sac en cuir patiné, ses fins cheveux blancs frissonnant à la manière de la linaigrette dans le vent léger qui souffle sur la clairière. Une chouette hulotte bat des ailes d'une branche à une autre. Les fourmis se hâtent. Les arbres aux alentours s'étirent de toutes leurs racines vers les souches et le mort, mais ils ne peuvent plus rien pour elles, ni pour lui.

De sa tête court un ruisseau de sang coagulé sur la terre et les aiguilles, un cours d'eau rouge foncé arrêté dans son élan. Le mirador est privé de son chasseur. Le crâne fendu, le visage tourné vers la cime des arbres, il ne se plaint pas, ne respire pas, mais repose de ce côté de la forêt qui, comme lui, vivait quelque temps plus tôt. Ses yeux clos ne voient plus. Il n'est plus là, son regard ne captera plus jamais rien, mais les corbeaux, eux, l'ont remarqué. Les corbeaux et moi.

Kåra

À la table de la cuisine

– Vendredi dans deux semaines ?

Ma belle-mère me regarde d'un air stressé.

– Très bien, dis-je.

Normal qu'elle soit stressée, son mari vient de mourir et nous préparons les obsèques avec des tas de papiers étalés entre nous sur la toile cirée. Sur chacun des documents apparaît « Roar », le nom de mon beau-père, et son fauteuil vert gazon au siège rembourré d'une lirette est vide. Bricken gratte une petite cicatrice qu'elle a en haut du front. Son gilet gris, ses cheveux blancs, ses sourcils blancs assez broussailleux, et son teint de papier mâché. Ses taches de rousseur et ses grains de beauté. Pas de pantalon évasé, nous sommes toutes les deux trop vieilles pour ça. À cinquante-trois et soixante-dix ans bien sonnés, nous sommes tout aussi usées l'une que l'autre. Dire que nous nous supportons depuis trente ans dans cette maison. Et que c'est ici que mon beau-père a fait ses premiers pas. Il n'est pas né entre ces murs, mais y a vécu toute son existence.

– Cercueil et inhumation, marmonne-t-elle, les yeux baissés sur la feuille.

– Urne, objecté-je.

– Cercueil.

– Pourquoi vous me demandez, en fait ?

– Ce n'était pas une question.

Nous n'ajoutons rien.

Il y a un instant, j'ai fait cuire des œufs, avant de me rendre compte que c'était lui qui en mangeait, et pas nous. Dans cette pièce, Roar n'est plus que le creux qu'il a laissé dans son fauteuil. Son mug a été rangé dans le placard bleu pastel installé au-dessus de l'évier, ses mots fléchés mis de côté. Certes, le monde continue de tourner, mais n'a-t-il donc pas remarqué que quelque chose était arrivé ? Bricken porte des lunettes à monture épaisse qui semblent faites pour examiner, inspecter. On dirait des loupes dotées de branches. Elles font de ses yeux deux billes brunes qui me donnent l'impression de voir tout ce que j'ai fait. Dans cette pièce, nous respirons le même air, elle et moi. Tournée vers la fenêtre, je caresse du regard les rideaux en dentelle raidis par la poussière. Au-dehors, la pelouse est jaunâtre, desséchée et fatiguée en cette fin d'été. Maintenant, il n'y a plus que nous deux, le voisin le plus proche se trouve à près d'un kilomètre et le village à vingt-cinq minutes de marche, à condition d'aller d'un bon pas. De toute façon, il n'y a plus grand-chose à voir à part une épicerie, deux nouveaux ralentisseurs et quelques façades en Fibrociment crasseux. Et la Scierie, évidemment. La clôture est penchée, il manque des planches par-ci par-là, et des arbres s'étirent juste derrière, le début de la forêt. La météo de ce soir n'a aucun intérêt, il flotte une sorte de petite brume de chaleur, mais il n'y a pas un filet au-dessus de l'herbe. Le silence s'épaissit entre Bricken et moi. La radio ne cesse de rabâcher la même chose. Apparemment, le braquage de Norrmalmstorg est terminé. Être retenu six jours en otage, c'est comparable à quoi ? Et Ferdinand Marcos vient de devenir président pour la vie. Lui, il le voulait, c'est certain. Mais moi, qui m'a condamnée à la perpétuité ? J'ai beau n'avoir aucune envie d'être ici, où est-ce que je pourrais bien aller ?

Bricken se redresse et se passe la main dans le dos. Son corps ressemble à une masse d'argile fissurée, je n'ose pas croiser son regard.

– Encore un peu de café ?

Elle me sert sans attendre de réponse. La toile cirée à carreaux, le café bouilli dans des thermos en plastique et les morceaux de sucre dans une tasse à fleurs bleues. L'intérieur parfait selon le modèle suédois. Mon Dieu, si elle savait tout ce qui s'est passé dans cette maison dès qu'elle avait le dos tourné. Si elle fronce ainsi les sourcils, ce n'est pas juste pour se concentrer, elle doit mobiliser ses deux mains pour ne pas verser une goutte à côté.

– Merci.

– Je me disais bien que tu en revoudrais.

Je me tais.

Elle glisse un morceau de sucre dans sa tasse puis la remplit. Ces tasses sont trop petites, je l'ai toujours pensé, l'anse est presque impossible à attraper. Pas étonnant que Roar se soit toujours servi de son mug de la Société des forêts. Comme d'habitude, le café de Bricken n'est pas assez fort. Elle me dévisage, l'air d'attendre que je lui dise ce que je pense de son jus de chaussette. Je préfère ne pas lui mentir là-dessus, au moins.

Le silence devient aussi opaque qu'un couvercle. J'ai mal à la poitrine à l'idée que Bricken soit peut-être au courant, même si nous avons toujours été prudents. Ses joues et son front sont parsemés de fins vaisseaux sanguins qui ont éclaté – un par an, peut-être. L'un d'eux forme de furieuses ramifications rouges, on dirait une araignée. Les cimes des arbres vacillent au vent, à l'exception de ce saule mort qui n'a plus qu'un vague bâton à lui offrir. Une de ces soirées houleuses nous attend, où le vent arrache des branches pour les projeter dans la mousse, et renverse la table du jardin. Le genre de scène que je n'ai jamais osé faire entre ces murs.

– Tu crois que notre cher Kurrbits a suivi Roar, cette fois ?

Je ne dis rien. J'ai d'autres choses auxquelles songer qu'un chat disparu.

Scènes de la vie conjugale passe dans un instant à la télévision, mais je n'ai pas la force de regarder ces gens s'écorcher, chacun ses problèmes. Dois-je garder pour moi ce qui me démange toutes les nuits, les cachets, la valve et l'abri à bois, ou le crier à pleins poumons comme une oie ? Pour peu que ma voix me le permette.

L'été dans le Nord, la lumière du Hälsingland. Le soleil et la lune se tiennent côte à côte dans la nuit, et bientôt, les gens seuls avec des idées plein la tête vont commencer à appeler le programme du soir à la radio. Je sais ce que c'est. Mes cheveux bien peignés et mes lèvres hydratées cachent une faille. J'avais sept ans quand je me suis pissé dessus de peur pour la première fois. À quatorze ans, ça n'avait pas changé, ni à trente-huit, ni à quarante-sept, et encore moins à cinquante-trois. Mon cœur est un corbeau perché au sommet d'un arbre. Parfois, il croasse de loin, mais en général, il s'approche pour voir. J'imagine que je suis née comme ça, même s'il m'arrive de me demander pourquoi cet animal m'a choisie, moi. Au fond, c'est vivable. Les peurs me viennent en un murmure, aussi douces qu'une journée de fin d'été. Ça a évolué avec le temps. Quand j'étais petite, c'était pire, alors que, en réalité, je n'avais rien à craindre. Contrairement à maintenant.

Je voudrais que la veuve de Roar me demande de m'occuper des obsèques. C'est moi qui devrais passer des coups de fil et organiser tout ça. Choisir ce qu'il portera, partager des anecdotes sur son existence, trouver un musicien capable de chanter *Höstvisa* de Tove Jansson. Mais comment l'expliquer à Bricken ? Mieux vaut me taire. Si je lui racontais ce que je faisais quand elle n'était pas à la maison, je devrais sans doute prendre mes cliques et mes claques et m'en aller. Peut-être même qu'elle m'enfermerait quelque part. J'attrape un biscuit à la confiture et mâche doucement. Nous restons un moment là, seules, toutes les deux, à attendre et ruminer. Nous continuons de respirer le même air dans cette maison comme tous les jours depuis que j'ai épousé son fils et que rien ne s'est déroulé comme je l'avais imaginé. Une mouche bourdonne contre la fenêtre de la cuisine. Elle veut s'échapper. Comme moi.

Bricken finit par briser le silence :

– Tu savais que les parents de Roar étaient arrivés par ici, entre les pins ? dit-elle avec un mouvement du menton vers la fenêtre. Unni et son Armod ont élu domicile dans ce coin de la forêt où le soleil brillait le plus. Ils sont venus à pied de Norvège avec trois fois rien : leur petit garçon, une boîte en bois laqué et un balluchon de nourriture.

Du bout du pied, elle redresse le tapis de la cuisine et regarde autour d'elle, l'air de chercher quelque chose auquel s'accrocher dans cette cuisine datée. Tout est démodé entre ces murs, nous y comprises, mais elle n'a pas touché aux beaux placards de la cuisine et aux luxueux meubles en Formica qu'elle se faisait offrir à chaque anniversaire important. Pour moi, c'était une nouvelle montre. Ses yeux continuent de balayer la pièce, s'arrêtant un instant sur une casserole en aluminium cabossée, puis sur les joints crasseux des carreaux de faïence, avant de finir sur la dentelle synthétique qui a commencé à jaunir. Quand elle remarque un petit éclat sur le rebord de la fenêtre – d'un blanc toujours aussi luisant depuis le coup de peinture d'un an ou deux auparavant –, elle se met à le tripoter.

– La bicoque était toute petite et délabrée quand ils se sont installés. Elle était abandonnée depuis longtemps à cette époque. Ils ont dû voir une petite tache grise et ruineuse entre les troncs d'arbres. « Ici, on sera en sécurité », voilà ce qu'ils ont dû se dire. « Installons-nous là. » Le propriétaire devait être content qu'on s'occupe de la maison, même s'il se faisait grassement payer.

Unni et son mari, j'en ai tellement entendu parler que, parfois, je rêve d'être cette femme. Forte, aimée, et prête à tout quitter. Dans mon esprit se dessine ce qui aurait pu se passer.

Unni

La route

J'ignore à quoi les choses auraient pu ressembler, mais je sais à quoi elles ressemblent. Et je crois que si j'avais su comment cette histoire allait se terminer, les jours auraient eu une autre saveur. L'attente. Si j'avais su prédire l'avenir, je n'aurais rien fait pour l'arrêter. Le chagrin ne mesure pas le bien et le mal. Le bonheur ne s'encombre pas de la morale.

Le paysan qui m'a forcée à le suivre empestait l'alcool. Dans la fraîcheur du jour, j'entendais des murmures lorsque je suis montée sous la contrainte à l'arrière de sa charrette. Il m'a lâché le bras et frappé le dos pour que je rampe plus vite dans la cage. Des gens que je connaissais ont détourné le regard. Quelqu'un a craché par terre. Direction : une froide cellule verrouillée à double tour. Le paysan a fouetté son cheval, c'était parti. Dès que la charrette s'est mise en mouvement, la porte de la cage a claqué. Plus le cheval accélérait, plus le métal cognait le bois. C'est à cet instant que je me suis rendu compte qu'elle n'était pas verrouillée. Les secondes se sont envolées. Oh, comme j'ai couru pour te retrouver, Roar ! Comme j'ai forcé sur mes poumons, défié la douleur qui me lançait la jambe, jusqu'à ce que j'aperçoive enfin l'éclat de l'eau et Armod, occupé à goudronner une barque, et puis toi, assis à l'intérieur, derrière le tableau bleu clair, avec tes fins cheveux blonds.

Armod a laissé la barque à moitié goudronnée. Il a été le premier à sortir de la ville à grands pas décidés, alors qu'il aurait pu rester. J'ai été la seule à me retourner vers ce petit bout de Norvège qui m'avait vue grandir. Nous avons quitté la faim, la mer et les accusations. Les coups d'œil furtifs et les regards fuyants. Les montagnes couvertes de bourgeons qui dominaient notre ville et regardaient les habitants creuser des tombes pour leurs enfants. Les pleurs ont le goût de l'océan. L'océan a le goût des pleurs. J'aurais préféré rester, ne pas embarquer mon fils dans ce périple dont nous ignorions la destination, mais je n'avais pas le choix. Nous avons marché pendant des jours, le ciel se reflétant dans nos yeux le long des berges du Jonsvatnet et des obscurs sentiers traversant la forêt. J'avais toujours mal à la cheville, mais la douleur était supportable. La peur, l'angoisse s'avéraient bien pires. Le petit corps d'un enfant âgé d'à peine un an dans les bras et un pépin de pomme poussant dans mes entrailles. Toi, Roar, tu étais ce balluchon qui dormait sur mon ventre, les jambes recroquevillées dans le froid. Ta sœur n'était encore qu'une graine sans nom plantée sous mon nombril, et son père, un homme que je connaissais à peine, mais au regard bon. Je lui faisais confiance.

À part la boîte de médicaments en bois laqué rouge que m'avait donnée la sage-femme, je n'avais que ce que je portais sur moi : une jupe taupe, un châle et une blouse blanc fané. Le trou apparu près du col, je l'avais raccommodé soigneusement. J'avais dû abandonner tout le reste. Pas le choix. L'homme de Kristiania, cette ville où je n'avais jamais mis un pied, était vêtu d'un pantalon noir déteint et d'une veste incolore. Des vêtements taillés dans du tissu mat, sans vie. Mais il avait le visage vif. Il marchait à mes côtés, plein d'affection pour moi. Nous nous étions rencontrés six mois plus tôt et, depuis quelque temps, nous partagions le même lit. Armod. Son nom me plaisait, et ses bras poilus, tannés par les voyages et le soleil comme une forêt de contes de fées. J'aimais qu'il propose de te garder, Roar, quand j'avais besoin d'aller voir la fille de la montagne avec ma boîte en bois laqué. Le jour où nous avons dû partir, je n'en revenais pas qu'il nous propose de nous accompagner.

– Je te suis.

Voilà ce qu'il m'a dit, et nous sommes partis. L'amour. C'était ce que je croyais à l'époque. Que c'était aussi simple que ça.

Il marchait en tête avec son sac à dos, habitué à parcourir les routes. Au début, je ne cessais de regarder nerveusement autour de moi, les mots du pasteur résonnant dans ma tête. « Criminelle. » Combien de temps avions-nous encore avant qu'ils ne nous rattrapent ? À chaque kilomètre que nous laissions derrière nous, je respirais un peu mieux. Au petit matin, lorsque nous nous réveillions, prêts à reprendre la marche, le feu s'était quasiment éteint, mais les braises continuaient à chauffer. Parfois, avant notre départ, Armod urinait dessus pour protéger la forêt. Les jours passaient lentement, mais la nourriture s'épuisait beaucoup trop vite. Le sac d'Armod ne cessait de se vider, jusqu'à ne plus contenir que de simples bouts de bois. Il faudrait désormais acheter à manger. Au loin s'élevaient de hautes montagnes enneigées, alors que nous étions au tout début de l'été.

C'était sans doute une forme d'amour, à l'époque déjà – autrement, je ne vois pas pourquoi il m'aurait accompagnée tout ce temps de village en village, le long des chemins, sous la pluie battante et le soleil écrasant. Et je dois reconnaître que le voir et l'entendre rire me faisait chaud au cœur. Avec l'altitude, l'air fraîchissait. L'humidité perdue loin de la mer nous étreignait. Nos souliers laissaient passer l'eau. Souvent, en regardant Armod, je me disais qu'il n'allait pas tarder à se retourner pour m'annoncer que, à partir de maintenant, je devrais me débrouiller avec le petit, mais ça n'est jamais arrivé. Allant d'un bon pas devant moi, il ne se retournait que pour m'adresser un sourire, jamais hésitant.

Aux alentours de Røros, la nature m'évoquait des diamants vivants : des forêts de bouleaux aux troncs blancs, des montagnes et des plateaux. Je me rappelle un après-midi haut dans le ciel chargé de pluie neigeuse. Plus nous montions, plus les rafales s'abattaient sur nous. Nous nous hâtions pour ne pas attraper froid. Soudain, Armod s'est immobilisé si brusquement que j'ai manqué de le bousculer. Il a tendu la main pour me montrer quelque chose qui venait de se poser par terre. Non pas une goutte d'eau, mais un flocon de neige. Un autre n'a pas tardé à atterrir sur son poignet, contre la manche de sa chemise, là où la peau est la plus fine et la plus sensible. Je me suis approchée.

– Tu vois, Unni, toutes ces jolies broderies ? a dit Armod. Ce petit flocon n'est pas tout à fait semblable au grand là-bas, ni à ses autres frères et sœurs. Et pourtant, ils ont tous quelque chose en commun. Parole d'un homme qui, un jour, ne s'est pas soucié du mauvais temps et a failli y laisser un doigt. Chacune de ces étoiles glacées signale le danger. Nous devons franchir la montagne au plus vite pour retrouver l'été dans les plaines.

Les cristaux ont continué de scintiller un moment, avant de fondre et de disparaître. Armod m'a caressé la joue du dos de la main.

– Comme tu es jolie, Unni, a-t-il déclaré. Et courageuse.

Nous nous sommes souri un moment, avant de repartir de plus belle. Cet homme qui était venu me voir avec une vilaine plaie au bras que j'avais soignée à la sphaigne. Lui qui, quelques jours plus tard, avait levé mon petit dans les airs, le faisant presque s'étouffer de rire. Il avait attrapé une poule qui ne lui appartenait pas, l'avait étranglée et m'avait invitée à dîner dans les champs à la limite de la ville et de l'eau. Il n'avait pas continué au nord vers Mo i Rana comme prévu, mais cherché du travail à Trondheim, se fichant des rumeurs sur mon compte. Cet homme qui avait de jolies rides au coin des yeux dès qu'il souriait et qui restait auprès de moi. Malgré tout ce qui s'était passé.

Voilà pourquoi nous étions là. Voilà pourquoi je le suivais tout comme lui me suivait, guidés non pas par la raison, mais par une impression. Lorsque nous étions ensemble, la beauté surpassait le danger. Où qu'aille l'un, l'autre y allait également. Quoi que veuille l'un, l'autre en voulait autant. Ça, et le fait que je ne pouvais pas rebrousser chemin.

Les flocons me fouettaient le visage et me griffaient les yeux. Je t'ai emmailloté dans l'écharpe d'Armod, mon petit Roar, et je te tenais fort des deux bras. À mesure que le vent s'intensifiait, je me recroquevillais sur moi-même. Pas à pas, je me frayais un passage à travers la tempête, les yeux rivés sur les traces d'Armod devant moi. Mes pieds y trouvaient parfaitement leur place. Quand il se retournait, je voyais son visage engourdi par le gel et la neige et son menton tirant sur le bleu. Dieu qu'il devait avoir froid, me suis-je dit après coup, lui qui fendait le vent sans écharpe. Mais jamais il ne s'est plaint.

– Ma chère Unni, quand on veut s'envoler, il est nécessaire de passer par là ! a-t-il lancé avec un rire en remarquant mon inquiétude. Il en faut, du vent, pour décoller !

À l'approche de la soirée, la tempête est devenue trop violente pour moi. Chaque rafale me heurtait, menaçait de me faire vaciller et me mordait les oreilles, malgré le châle que j'avais enroulé sur ma tête. Armod a repéré un grand rocher qui nous protégerait du vent et construit un abri de neige pour la nuit, le temps que le vent tombe. Puis il m'a chargée d'allumer un feu – il ne pouvait plus bouger les doigts, tellement il avait froid. Nous nous sommes blottis l'un contre l'autre, à la manière de poupées russes. Il en avait vu dans des villages peuplés d'artistes à l'extérieur de Moscou et me parlait de toutes ces joyeuses couleurs. Au creux de son ventre chaud, je mangeais de la neige tout en réchauffant ses mains sous mes aisselles. Nous étions perdus, me glissait la tempête à l'oreille. Mais quel autre choix avions-nous ?

Le soleil brillait lorsque nous avons passé la frontière suédoise. Je pense que nous sommes arrivés par le Härjedalen, je n'en suis pas sûre, mais c'est le plus probable. Dès les premiers mètres sur cette terre étrangère, j'ai soufflé de soulagement. Il m'était déjà plus facile d'avancer. La peur avait laissé des traces au fond de moi et j'avais les jambes ankylosées, mais mon pied ne me faisait plus aussi mal et je marchais le dos bien droit. Dans la plaine en contrebas s'étendaient des forêts entrecoupées de villages. Nous sommes descendus des sommets, traversant des rivières et des ruisseaux, des forêts à n'en plus finir et encore de l'eau. J'étais toujours transie, aussi avons-nous décidé de continuer vers le sud, avides de chaleur après ce que nous venions d'endurer. Quel était notre but ? Un petit endroit tranquille et sécurisant. Rien de grand. On disait que, à Stockholm, vingt personnes étaient mortes lors d'un rassemblement devant l'hôtel de Christine Nilsson. Les gens s'étaient étouffés les uns les autres pour tenter d'apercevoir la célèbre chanteuse d'opéra, m'avait raconté Brita, la sage-femme, lorsque je logeais chez elle, avant sa mort et la naissance de Roar. Ce genre de villes n'étaient pas pour nous.

Au bout de quelques jours de marche, un paysage aux nuances célestes s'ouvrait devant nous, parsemé de collines bleues. Le Hälsingland. Une belle palette de couleurs primaires. Du blé ondoyant. Des fleurs de lin rieuses. Des nuages ensoleillés. Des branches noueuses s'échappant de troncs rugueux. Des plaines, des versants et des forêts noires.

Pour Armod, qui était daltonien, on ne pouvait guère faire plus beau. À côté, tout autre panorama n'était qu'un vague mélange de jaune et de marron, lui qui ne voyait le rouge et le vert que comme une seule et même nuance brunâtre. Alors que, ici, il y avait du lin, des collines bleues, et un ciel ardoise. Une beauté admirable par ses yeux.

Il m'a regardée, le sourire aux lèvres.

J'ai compris ce qu'il pensait et espérait. *Et si on s'installait ici ?*

– Oui, lui ai-je dit. On est arrivés.

Nous avons commencé à explorer les environs à la recherche d'un coin paisible. Ça ne manquait pas de travail, à voir les étables, les grands garde-manger et les châteaux en bois où résidaient de riches paysans. D'imposantes fermes rouges à portes et fenêtres ouvragées, avec des enfants et des chats profitant du soleil sous l'auvent dentelé, plantées au milieu de vastes champs ondulants. Armod pourrait sans doute trouver une place de valet de ferme dans la région.

Mais pas moi, même si je me résignais à prendre le risque de me faire renvoyer à tout moment et de me retrouver sans toit. Je ne pouvais m'exposer ainsi aux gens et aux questions exigeant des réponses, alors que je n'osais pas montrer mes papiers. Roar, tu passais tes petits doigts dans mes cheveux, cette tignasse pleine de cendre et de poussière, qui n'avait plus rien de la blondeur du seigle. Quand je protestais, tu poussais un petit rire sonore et me regardais avec tes yeux espiègles, gris comme une journée de novembre. Tu ne cessais de montrer les chèvres aux pattes grêles et les vaches ruminant dans leur enclos. Armod et toi, vous auriez pu être heureux à la ferme. Mais moi… Si les gens du village apprenaient ce qui était arrivé, ils me chasseraient, et la scène se reproduirait dans le village suivant, et ainsi de suite. Trop d'oreilles traînaient dans ce genre d'endroits. Nous avons donc continué, la gorge de plus en plus sèche et les muscles endoloris.

Nous nous sommes éloignés des fermes, les habitations se faisaient de moins en moins nombreuses, et quand nous passions devant une modeste maison isolée, je jetais un coup d'œil à l'intérieur. Mais même là, il y avait de la vie. Tandis que nous suivions ces sentiers battus au fil de l'histoire, sinuant dans d'immenses forêts envahies de moustiques, toi, mon petit Roar, tu regardais la cime des arbres. Des pins sombres et des sapins qui nous surveillaient de leurs yeux centenaires. Tu me regardais et riais lorsque tu apercevais une toile d'araignée. La dentelle de la forêt. Tu voulais descendre de mes bras pour aller voir de plus près, mais je n'osais pas m'arrêter, de peur de ne pas avoir la force de repartir. À un moment, une silhouette grise est apparue entre les nuées de moustiques, avec ses yeux luisants voilés de poussière. Une cabane abandonnée avec des fenêtres à nettoyer. Voilà ce que j'espérais. Allions-nous pouvoir rester là ? Plus j'approchais, plus mon espoir grandissait. Mais non, le sentier était bien débroussaillé, et le seau laissé devant la porte avait à peine commencé à rouiller. Quelqu'un venait par ici de temps en temps, quelqu'un qui se montrerait tôt ou tard.

Nous avons continué à chercher. Le lendemain, je suis allée jusqu'à la fenêtre d'une autre maisonnette pour constater que, à l'intérieur, on était en train de passer le balai et de mettre des pommes sur la table. Pas une maison pour nous, nulle part. Nos dernières pièces de monnaie ne s'entrechoquaient plus, et je commençais à perdre courage. Armod, avec ses larges épaules, avançait toujours en tête d'un pas décidé, alors qu'il ignorait autant que moi où nous menait cette quête. Même si, désormais, il te portait en plus de son sac, j'étais à la traîne. Avec la poussière, ses boucles brunes étaient devenues grises, mais quand il se retournait pour m'attendre, je voyais que son regard n'avait rien perdu de son éclat. Des yeux chaleureux, marron comme l'écorce après une averse. Lorsqu'il riait, ses paupières se plissaient comme face au soleil. Ton petit corps pâle contre sa peau bronzée. Vous étiez si beaux à voir que je retrouvais l'énergie de vous rejoindre, même si tout ça m'apparaissait de plus en plus vain. À chaque pas, mes idées étaient un peu plus claires. Le long du lac d'Orsjön, j'ai ralenti encore le pas, et à Österböle, je suis restée longuement assise, adossée à un tronc d'arbre.

– C'est peine perdue, Armod, ai-je laissé échapper. Il n'y a pas d'endroit pour nous, laisse-moi et poursuis ta route, toi qui peux trouver du travail n'importe où.

J'étais sincère.

– Unni, Unni, a-t-il répondu. Je ne t'abandonnerai pas. Avant de te rencontrer, j'ai marché seul tout du long depuis Kristiania, alors je peux bien en faire autant à tes côtés pour ne pas vous perdre, toi et la petite graine. Allez, Unni, danse avec moi – on est samedi et c'est l'été !

Il t'a attrapé, Roar, et levé haut dans les airs. L'été et toi ne faisiez qu'un. Il riait et chantait, sa bonne humeur m'a aidée à me relever et nous avons repris la route.

Mais les vertiges n'ont pas tardé à m'obliger à m'arrêter de nouveau. Au même moment, une paysanne est apparue avec ses trois enfants. En me trouvant là, penchée en deux, elle n'a pas eu le cœur à aller plus loin.

– Nous qui avons le travail et la grâce avec nous, a-t-elle dit à sa fille aînée, nous devons agrandir notre table, et non notre clôture.

Ses mots avaient quelque chose d'étranger. J'ai eu envie de la serrer dans mes bras.

– Cette nuit, vous pourrez dormir dans notre grenier à foin. En échange, ce gars-là devra m'aider à préparer l'engrais, a-t-elle ajouté avec un geste vers Armod.

En une poignée de main, le marché était conclu. La paysanne nous a invités à manger de la bouillie et à boire du lait dans sa cuisine. Accoudée à la table, j'ai senti le seigle et le lait se loger dans mon estomac et le sommeil m'envahir aussitôt. Dans la pièce d'à côté, il y avait un lit qui semblait incroyablement douillet. La paysanne a remarqué mon regard.

– Ce sont les courtines que tu regardes ? C'est Brita Rudolphi, de Delsbo, qui les a brodées, a-t-elle dit. Imagine un peu, être veuve avec quatre petits et devoir se débrouiller. Une belle fille avec ça, la Brita !

Je n'avais pas remarqué les broderies, mais ces fleurs étaient aussi raffinées que les flocons de neige que nous avions observés en montagne. C'est ainsi que j'ai eu envie d'apprendre à broder.

Armod s'est mis à raconter à la paysanne des souvenirs de son enfance, ainsi que les vagabondages qui l'avaient mené jusqu'au Danemark. Je percevais leurs voix comme des vagues au loin. Il lui a fait le récit de la tempête de 1875, dans laquelle s'était retrouvé son oncle, marin engagé sur le somptueux trois-mâts baptisé « Ydale ». Le navire avait heurté un écueil et les courants l'avaient entraîné droit sur des rochers. Armod mimait les bourrasques et l'épave à grands gestes, expliquant que son oncle était parvenu à se hisser sur un îlot où il serait mort de froid s'il n'avait pas été retrouvé plus de vingt-quatre heures plus tard. La paysanne retenait son souffle.

– Notre Ydale à nous, c'était un bateau à moteur qui a coulé tout près d'ici, a-t-elle enchaîné. On peut y aller à pied si on a de bonnes jambes, au lac Varpen. Il n'y avait pas de tempête dans l'air ce jour-là, un temps idéal pour naviguer. Treize enfants ont sombré dans les profondeurs. Des élèves de l'école des sourds… Au moins, ils n'ont pas entendu les cris de leurs camarades.

Des histoires et encore des histoires. Armod a continué avec le glissement de terrain de Hagamarka auquel il avait assisté de loin. Plus de cent fermes avaient été ensevelies dans les environs, les hommes, le bétail, tout.

– Il ne restait plus qu'un énorme cratère.

Et les survivants, dénués de tout, en particulier d'un toit. Il laissait presque entendre que c'était la raison de notre départ. Puis, enfin, il est entré dans le vif du sujet :

– Bien sûr qu'il y a des baraques abandonnées, a affirmé la paysanne. À condition de savoir où chercher. Mais prenez garde où vous mettez les pieds, il ne manquerait plus qu'on vous exploite.

Elle a fait venir de l'étable son mari, qui a su exactement où nous devions nous rendre. À deux ou trois heures de marche d'ici, il y avait une petite ferme dans un bois de bouleaux, abandonnée depuis que la famille avait fait sa valise pour l'Amérique.

– Ils n'ont pas eu de chance avec les récoltes plusieurs saisons de suite, ça doit bien faire vingt ans que personne ne les a vus dans la région, a expliqué le paysan, avant de proposer un verre à Armod.

Sa voix avait la même mélodie que celle de sa femme.

– La nuit de leur départ, la caisse du marchand installé près de la ferme Risland a disparu, là où je vends mes trèfles et mon fromage. Donc je peux vous garantir que cette famille ne reviendra pas. Allez voir Nilsson à Rävbacka, il vous la cédera ou vous la louera à un bon prix. Dites-lui que c'est moi qui vous envoie, on est cousins. Il habite à mi-chemin entre le village et la ferme de ces voleurs, il suffit de sortir du chemin au niveau du rocher rond à bords tranchants.

Une ferme à deux heures de marche pour un bon prix. Cette perspective me faisait autant de bien que la bouillie. Ce soir-là, en m'endormant dans le doux matelas de foin, j'ai senti tous mes muscles se détendre. Si les mots que j'entendais par ici avaient des consonances étrangères, le foin était comme à la maison. Et mon corps et celui d'Armod se comprenaient parfaitement, ils parlaient le même dialecte.

Le lendemain, j'ai été réveillée par tes petites mains potelées, Roar. Tu me chatouillais la tempe avec un brin de foin, me fixant de te yeux curieux sous ton duvet en bataille. Je me sentais légère comme du coton quand nous avons commencé à suivre les indications du paysan. Direction plein sud, puis sud-est, le long des remous du Glössboån. Là où la rivière tournait brusquement, nous nous sommes arrêtés pour boire, avant de continuer, cherchant toujours, mobilisant encore nos pieds fatigués. Nous allions chez nous, mais ignorions où. Ce que notre guide avait estimé comme une marche de quelques heures en a pris plus de quatre – le chemin est vite plus long pour qui ne connaît pas tous les sentiers et les raccourcis, et ne sait pas où traverser les cours d'eau.

Des dizaines de kilomètres le long de la grand-route et des champs bleus. Entre les cailloux et les arbres plantés au milieu de terres autrefois habitées. Des gens morts, envolés du temps. Des vies gommées, des souvenirs oubliés, enterrés sous le blé, le lin et les cailloux. Un cimetière parmi les vivants, et quelque part, une maison qui nous attendait. Nous sommes passés devant un magasin d'où s'échappait une odeur de tabac et de cannelle, à la vitrine remplie de bonbonnières et de sachets contenant du trèfle et de la fléole des prés. Était-ce le signe que nous approchions ? J'avais les pieds engourdis, et le soleil commençait à descendre. Notre route nous a menés loin du bâtiment, le long du chemin principal, puis sur un sentier forestier au sillon central jonché de vert. De part et d'autre, des conifères, des moustiques et le froid, même en été.

Et puis… Nous avons atteint un endroit où les pins refusaient de pousser. Où les arbres s'arrêtaient, les racines enfoncées plus profondément en terre, laissant la forêt s'ouvrir sur le ciel et le soleil. Notre douce clairière se trouvait au cœur de ces bois glacés, à bonne distance d'un embranchement menant vers un hameau où les gens vivaient leur vie. Exactement ce que le paysan nous avait décrit. Derrière une multitude de troncs blancs qui protégeaient l'endroit des moustiques s'élevait notre maison. De hautes herbes et des taillis, pas un outil ni une trace de pas. La cabane abandonnée et délabrée en rondins gris scintillait comme de l'argent entre les arbres. La nature avait repris ses droits sur le sentier montant à la porte, envahi de lilas sauvage, de groseilliers, et coiffé de deux vieux arbres fruitiers couverts de prunes et de pommes encore vertes. Le toit était décrépit et contre la clôture en ruine poussait un saule à écorce grise.

Nous sommes restés près de la barrière dont les piquets penchaient de tous côtés. Je respirais fort, les larmes aux yeux. Je me rappelle parfaitement la manière dont Armod s'est rempli les poumons, prêt à dire quelque chose, avant de s'arrêter dans son élan, examinant les arbres qui entouraient la petite maison grise. Il s'est tu longuement, lui qui passait d'ordinaire son temps à bavarder et à plaisanter.

– Imagine, Unni, a-t-il fini par murmurer, comme l'être humain semble minuscule à côté de ces troncs adultes.

Il m'a pris la taille pour m'attirer contre lui.

– Tu vois cette branche maigrichonne, juste là ? Quand on aura vu toute une forêt grandir, c'est qu'on aura vécu.

Concentrée sur les chatons du saule gris, je songeais à ce que Brita, la sage-femme, m'avait appris sur l'écorce de cet arbre.

– Je veux rester, ai-je dit. Ici, nous serons en paix.

Le nom de la maison était tout trouvé.

Notre périple de dix-neuf jours se terminait sans doute là.

Je me suis couchée sur l'herbe au pied du saule, les yeux fixés sur les feuilles grises et le ciel en arrière-plan. Ce ciel n'était-il pas le même que là d'où je venais ? Payer un loyer serait trop risqué et nos derniers sous suffiraient à peine à nous offrir un contour de fenêtre, mais peut-être pourrions-nous exploiter la ferme ou la reprendre à crédit ?

Je suis restée là un instant, jusqu'à ce qu'Armod me tende la main et m'aide à me relever. Il était temps d'aller voir le propriétaire et de lui demander justice et bonté de cœur. À mi-chemin entre la forêt et le village, il y avait un rocher rond à bords tranchants, avait expliqué le paysan. Il fallait prendre à gauche et continuer quelques centaines de mètres jusqu'à la ferme de Nilsson.

En approchant, nous avons entendu des mugissements et des cris d'animaux. Cette ferme était composée d'une maison principale au toit flambant neuf et de plusieurs dépendances. Dans un champ travaillait une femme enceinte avec une natte brune lui tombant dans le dos. Nilsson était appuyé à une pelle, une main enfoncée dans sa poche, sa chemise bleue imbibée de sueur. Il avait les yeux limpides, des sourcils presque blancs et une barbe touffue parsemée de poils clairs. Les mains humides, les ongles en deuil et le corps chaud. Ses vêtements épousaient une silhouette étonnamment molle pour quelqu'un qui travaillait la terre tous les jours, sans relâche. *C'est sans doute comme ça quand on a de la farine*, me suis-je dit. Armod, son bonnet entre les mains, s'est adressé à l'homme d'un ton presque normal, le regardant droit dans les yeux et s'inclinant à peine. Comment osait-il ? ai-je pensé.

L'homme nous a salués sans bouger, piétinant le sol, puis il a eu l'air de se détendre et nous a offert du café. Ada, son épouse, était effacée, le genre de femme qui mettait un enfant au monde par an jusqu'à ce que son corps n'en puisse plus. Sans rien dire, elle a commencé à remonter vers la maison. J'ai oublié son visage, tout ce dont je me souviens, c'est que, à notre arrivée, elle rassemblait dans un panier des œufs de cane gros comme le poing d'un enfant, se tenant le dos chaque fois qu'elle se baissait pour en ramasser un. Elle devait avoir tout juste la trentaine, mais elle s'appuyait sur une canne pour se glisser entre les bâtiments. Elle n'a pas tardé à réapparaître avec un autre panier contenant des verres et une bouteille. Les mains tremblantes, elle nous a servi une boisson douceâtre bleue. Ces gens-là sucraient leur jus de myrtille. Toi, Roar, tu as suçoté un morceau de sucre, et puis tu t'es endormi dans l'herbe.

Un deuxième verre, et les papiers ont été sortis. *Achat à tempérament de Sörvreten sur dix ans*, ai-je lu. Voilà donc comment s'appelait la maisonnette que nous avions baptisée « La Paix ».

Armod avait beau ne pas savoir écrire à l'époque, il a griffonné *Armod Moen Ulefos* sur les deux contrats identiques. Juste à côté, le paysan a inscrit *Erik Nilsson de Rävbacka.*

À l'heure du départ, il nous a montré un chemin de traverse embroussaillé qui nous ramènerait plus rapidement. Les papiers signés soigneusement rangés dans le sac à dos d'Armod, nous nous sommes éloignés tandis que le couple nous faisait au revoir de la main, planté sur le perron.

– Ça, c'est un paysan sérieux, a-t-il commenté. Un homme d'honneur. Nous allons pouvoir rester un moment.

– Pour de bon, ai-je affirmé.

Le sentier qui courait à travers la forêt, le chemin de chez nous, était couvert de feuilles et d'aiguilles. Nous sommes passés à côté d'un petit lac bordé de nénuphars, de canches et de roseaux, œil noir songeur perdu entre les arbres, cerné de longs cils se balançant dans le vent. Des vaguelettes clapotaient sur les berges et des brochets nageaient certainement dans le fond. Et si Armod faisait mariner du poisson ? Nous avancions blottis l'un contre l'autre, souriant. Au bout de quelques minutes, notre maison délabrée se dressait devant nous. Après quelques gros efforts, elle serait habitable.

– Moen Ulefos le fermier ! s'exclama Armod. Qui l'aurait cru ? Le vagabond s'est fixé !

Des murs, un sol et un plafond de pin. Dans l'entrée, un coffre en bois usé aux ferrures rouillées, sur lequel gisait le squelette d'une petite souris. Dans un coin, une chaise à trois pieds dont la peinture rouge écaillée révélait du gris. À une époque, ce meuble bancal et esseulé devait faire partie d'un lot. Des gens avaient dû s'introduire ici à la recherche de trésors abandonnés. Des portes aux gonds rouillés, un vieux parquet jonché de crottes d'animaux. Un trou au plafond à moitié pourri livrait la maison aux intempéries.

Du dos de la main, j'ai commencé par nettoyer quelques carreaux de fenêtre pour laisser entrer le soleil. Les toiles d'araignée tissées aux quatre coins de la cabane et de l'abri à bois, je les ai gardées en cas de blessure à faire cicatriser. Puis j'ai étendu par terre un drap blanc et nos peaux bien chaudes, et t'y ai bordé pour la sieste. Tu étais si beau à voir dans notre nouvelle maison, mon petit Roar, avec tes cheveux aussi doux que la linaigrette, tes bras et tes poignets tout tendres, tes yeux gris comme le fjord de Trondheim sous un ciel couvert. Un seul mot t'enveloppait de tout son sens : « absolu ».

Par terre, dans le garde-manger, j'ai trouvé une marmite en cuivre couverte de vert-de-gris. Armod l'a astiquée jusqu'à ce qu'elle brille comme une lanterne dans l'obscurité. Ensuite, il a planté dans le mur quatre clous où accrocher nos tasses, histoire que les souris n'aillent pas y fourrer leurs museaux. Puis il en a fixé deux autres un peu plus épais dans l'entrée.

– Ici, on accrochera nos vêtements, a-t-il déclaré. Là, c'est chez nous.

J'ai essuyé une larme en le voyant planter une rangée de petits clous sous les nôtres, près de la porte. L'avenir nous appartenait.

Nous avions quelques courts mois devant nous pour redonner vie à la terre afin de cultiver assez de nourriture pour l'hiver. Le temps était compté. Je réveillais Armod alors qu'il faisait encore noir et nous nous couchions dans la nuit. Parfois, il s'endormait sans un murmure. Parcourir les routes était une chose, travailler la terre en était une autre. Toi, Roar, tu n'étais pas qu'un gazouillement encourageant, tu me fatiguais plus que je ne l'aurais cru. Nos journées étaient longues et moites et nos nuits courtes. Il fallait sauter du lit avant le lever du jour pour qu'Armod ait le temps d'honorer ses engagements chez Nilsson, avant de traverser la forêt pour revenir s'épuiser chez nous. Il m'avait promis d'être prudent, mais ce n'étaient que des mots, je le savais bien. Quoi qu'il dise, je voyais qu'il se tuait à la tâche pour nous montrer, au paysan et à moi, qu'il était capable de payer notre dette. De nous bâtir une nouvelle vie. Avant notre périple, j'avais déjà compris comme il était imperméable à la peur.

– La peur amène à la famine, Unni, m'avait-il dit à Trondheim.

Nous venions de nous rencontrer, et je m'inquiétais du vent, des vagues et des profondeurs.

– Je suis vagabond et, depuis peu, pêcheur. Un vagabond ne peut pas hésiter à tout quitter et un pêcheur ne peut craindre l'eau, de même que qui redoute les flammes est piètre forgeron.

Il en disait autant de la forêt, désormais.

– La forêt, c'est notre pain, Unni. Les gens des forêts ne peuvent pas se permettre d'avoir peur des arbres.

Je ne cessais donc de me ronger les sangs, et chaque soir, j'étais soulagée de le voir revenir à la maison, avec ses yeux aussi sombres que des pépins de pomme, passant sa main bronzée dans ses cheveux moites. Tous les matins, l'angoisse. Tous les soirs, la joie. Et entre-temps, Roar. Chaque matin, ta petite voix me tirait du sommeil, m'effleurant la peau avec les premiers rayons du soleil qui filtraient à travers la fenêtre. Je posais le pied sur ce parquet qui m'appartenait presque et trouvais quelque chose à te donner pour le petit déjeuner. Puis je me mettais au travail. Tous les jours se ressemblaient. En signant le contrat, Armod avait accepté de s'affairer jusqu'à ce que le soleil commence à se coucher. La forêt disposerait de lui tous les jours de l'année, à l'exception de la naissance de ses enfants, de Noël et des premières neiges en hiver. Alors seulement, il serait libre. Cet homme qui n'était jamais resté au même endroit plus de deux ans devrait travailler ici dix ans pour s'acquitter de sa dette. Nous discutions peu, tous les deux, et faisions tout vite, il n'y avait pas de temps à perdre. Armod ne s'asseyait jamais sur une chaise : soit il était debout, soit il dormait à poings fermés.

Nul n'avait jamais dû vaincre cette terre pleine de cailloux. Voilà sans doute pourquoi cet endroit avait été abandonné. La terre refusait de donner ses fruits aux hommes, préférant les garder pour elle. Nous nous heurtions à elle, les doigts en sang, les paumes gercées et les bras égratignés. Une à une, nous retirions les pierres et les déposions dans un tas grandissant. La forêt regorgeait de sphaigne, avec laquelle je pansais nos plaies. D'herbe douce nous caressant les pieds. De fumée fraîche s'échappant de notre cheminée. Le toit pourri, Armod l'a réparé patiemment de ses mains fatiguées pendant que je sarclais, semais, plantais des navets et des pommes de terre, arrachais des racines et des taillis, déterrais encore et encore des cailloux formant un tas de plus en plus imposant, monument à la mémoire de nos mâchoires serrées et de nos peaux écorchées. Lorsque mon dos protestait, je labourais et répandais délicatement du lisier sur les plants, qu'ils aient de quoi se transformer en nourriture dont nous pourrions te remplir l'estomac. Nous avons planté d'autres arbres fruitiers, de jeunes petits pommiers qu'Armod avait achetés à crédit. Ils devaient grandir et nous nourrir. Et toi, Roar, tu crapahutais, du gravier et de la terre plein les orteils, et tu t'amusais avec des scarabées, des cailloux et pommes de pin.

Je me rappelle m'être réveillée un matin, seule dans la maison. Armod avait laissé des traces dans la rosée. J'ai contourné le bâtiment en les suivant, et vous ai trouvés tous les deux. Dans ses bras, tu jouais avec les boutons de sa chemise pendant qu'il te racontait ses aventures et te montrait des oiseaux.

Vous sembliez en symbiose. Je me suis approchée et ai posé ma main sur son dos.

– Comment pourrais-je un jour payer ma dette envers toi ? lui ai-je demandé.

– Aime-moi, a-t-il répondu. Simplement : aime-moi.

Je préparais les plantes cicatrisantes, prélevais des rameaux de saule, les plus fins pour ne pas risquer d'abîmer l'arbre. Nous étions encore en été et les petites branches se détachaient facilement de l'écorce rugueuse. Dans la maison, je faisais sécher le tout en vue des maux de l'automne et de l'hiver. Une fois ces remèdes enroulés en petites pelotes, nous serions prêts à affronter la saison froide. Les bourdons me tournaient autour quand je suis venue prendre de l'écorce de saule pour nous tresser un panier et un sac à dos. Ensemble, le vent et moi étions forts, vigoureux. Une fois le panier achevé, nous sommes allés au magasin situé à l'embranchement menant à la ferme Risland, une bouteille vide se balançant dans le fond. Les champs scintillaient, regorgeant d'avoine, de seigle et de fleurs bleues.

– Qu'il est facile de s'habituer à tant de beauté, me suis-je extasiée.

– Il faut bien, a répondu Armod. Mais quoi qu'il arrive, ne t'habitue jamais à l'horreur.

Nous nous sommes attardés dans les champs bleus, regardant longuement les fleurs ondoyer.

La végétation me tapotait le flanc, les côtes.

– Tu sens, Armod ? me suis-je exclamée. On nous appelle !

Il avait la main chaude. En approchant du magasin, j'ai humé l'air. Il flottait un parfum de tabac à priser, de pétrole, de fléole des prés, de hareng mariné et de cardamome. Le marchand en personne se tenait derrière le comptoir, vêtu d'un tablier tendu sur son gros ventre. Lorsque nous avons passé le seuil, cet homme au crâne luisant nous a salués avec un rire qui ressemblait à un hennissement. Il a rempli d'eau-de-vie à ras bord notre bouteille, alors que je faisais signe à Armod d'économiser nos quelques sous. Tout ce qu'on lui demandait, il l'emballait soigneusement dans du papier, avant de glisser les paquets dans le panier et de réclamer son dû. Pas une question sur nous, il ne nous a demandé ni d'où nous venions ni pourquoi nous nous étions installés là, comme je le redoutais. Une indifférence arrogante. Au bout d'un moment, la clochette de la porte a retenti et une paysanne coiffée d'un chignon tressé couleur paille est entrée, effleurant mon gros ventre du regard en souriant. Elle s'appelait mère Anna et habitait Flor. Un jour, son petit cadet irait sans doute à l'école avec l'enfant que j'attendais, si c'était bien prévu pour la fin de l'année. Quel drôle de dialecte, venions-nous du Värmland ? Sa curiosité me donnait envie de déguerpir. Armod a échangé quelques mots avec elle et nous sommes partis. Sur le chemin du retour, la bouteille qui avait tinté contre les parois du panier est restée tranquille, coincée entre les paquets renfermant des saucisses, de la farine, des céréales, un pot de miel, du sel et un peu de café. Du café. J'en rêvais depuis longtemps, mais ne m'en étais encore jamais offert. Tandis qu'Armod sirotait l'eau-de-vie, adossé au tronc du saule, j'ai mélangé la poudre noire avec du seigle, trop peu, je le savais bien, le café s'épuiserait vite. Mais quand j'ai bu dans ma tasse, c'était divin.

Ensuite, nous avons repris le travail. Nous avions beau nous escrimer, ruisselant de sueur sous la chaleur et les muscles courbaturés, la terre ne se laissait pas dompter. La terre, ça ne se transforme pas comme ça. Alors que nous, nous nous étions déjà transformés, non pas par envie, mais par nécessité. Les crottes d'élan, la surelle, les corps d'animaux à moitié dévorés, les oiseaux déployant leurs ailes au soleil. Tout ça nous appartenait sans appartenir à personne. La forêt en plein été. Même s'il pleuvait parfois à verse, nous tenions bon. J'ai planté des fraisiers des bois. Dès que tu as su marcher, mon petit Roar, tu t'approchais avec tes mains crasseuses et tes baisers baveux. La nuit, nos outils se reposaient et nous dormions tous les trois ensemble. Tu vivais tes rêves de tout ton minois. S'il faisait frais, je prenais ma couverture pour te couvrir et te réchauffais contre moi. Dans l'obscurité colorée de mauve, Armod et moi restions un moment éveillés. Il me regardait, et je posais mes doigts sur son poignet pour sentir son sang pulser dans ses veines. S'il était de bonne humeur, un sourire s'esquissait sur son visage. Je passais alors le bout des doigts sur sa mâchoire, sentais chaque poil de barbe naissant me piquer la peau. Devant ses yeux grands ouverts, j'avais le sentiment de voir ses pensées.

– J'ai envie de toi, Unni, pouvait-il murmurer.

Sans prononcer un mot, je lui répondais que j'avais envie, moi aussi. Avant de nous endormir, je glissais ma main dans la sienne, elle s'y imbriquait parfaitement. Son haleine sentait la pomme et le persil.

Quand l'été a commencé à toucher à sa fin dans le Hälsingland, nous étions à bout de forces. Armod m'a offert un églantier pour le jardin, qu'il avait déterré sur un terrain abandonné à quelques heures de marche, plein est. Nous n'avions plus un sou, plus une pièce d'argent, mais nous te montrions les églantines, la forêt profonde et les petits oiseaux qui nichaient par là, et tu les pointais du doigt en riant joyeusement.

Armod prenait son casse-croûte et ses outils et s'en allait avant le lever du jour. Moi, je ravalais mon inquiétude avec de la bouillie d'avoine, sentant la brise matinale se glisser à l'intérieur avant qu'il ne referme la porte. Il allait chez Nilsson et, à la fin de la journée, il frappait aux portes d'autres fermes pour demander du travail. En rentrant, il sentait le labeur. Plus il était épuisé, plus il souriait.

– Aujourd'hui, ça soufflait, Unni !

Au début, il arrivait que des villageois curieux passent devant notre maison sous prétexte de venir cueillir des myrtilles ou de la surelle. Un jour, nous avons reçu la visite d'un homme âgé qui avait connu les anciens propriétaires. Il commentait tout ce que nous avions bricolé et réparé, tâtait tout ce qui lui passait sous la main.

– Ça y est, j'entends votre accent, a-t-il dit, coupant la parole à Armod. C'est donc vrai que vous venez de Norvège.

L'homme avait un frère poseur de rails qui était parti à l'ouest et vivait désormais en Norvège.

– « Anders-Les-Rails », voilà comment on l'appelle quand on lui écrit, nous de la famille qui sommes restés ici. Il a participé à la construction du chemin de fer qui va d'Östersund à chez vous, et il y est resté. Vous êtes d'où exactement ?

Östersund.

Le chemin de fer qui allait droit jusqu'à Trondheim. J'ai regardé Armod, resté sans voix. Tout à coup, des pleurs ont brisé le silence, tu étais tombé, mon petit Roar.

– Kristiania ! ai-je lancé tout en me précipitant vers la maison.

Quand je suis ressortie, l'homme était parti.

Quel soulagement que tout le monde soit occupé à la saison des moissons. Par chance, les récoltes étaient bonnes. Les buissons croulaient sous les baies, les pieds de pommes de terre avaient bien poussé, donnant de gros tubercules, jusqu'à douze par semence. Pour peu que l'hiver soit doux et que le printemps arrive tôt, nous pourrions en garder pour l'année suivante. Récoltant les petits pois, cueillant les baies, nous recevions la nourriture que nous offrait la nature et amassions ce trésor dans cette maison devenue la nôtre, à la frontière entre les terres habitées par l'homme et les zones sauvages. Nous mangerions avec bonheur nos provisions, tant qu'elles dureraient. Les carottes n'avaient pas eu vraiment le temps de prendre, mais tu en raffolais, voilà de quoi tu te nourrissais.

– Enco' ! disais-tu, les doigts tendus, et je t'en préparais d'autres.

Seuls les rayons du soleil les plus doux se faufilaient dans notre cuisine, je veillais à bloquer les autres. Les soirs, une potée de légumes-racines mijotait dans ma marmite en cuivre, nous sentions dans toute la maison que nous allions nous endormir le ventre plein.

Je me suis dépêchée de cueillir les pommes et les prunes avant qu'elles ne tombent par terre. À peine les arbres avaient-ils perdu leurs feuilles que la terre et les buissons étaient vidés de leurs fruits. Il ne restait plus une ortie près des latrines. Le monde est vite devenu marron et gris. Les couleurs de l'attente jusqu'à l'année suivante. À mesure que l'automne et le froid s'imposaient, mon ventre grossissait. Le paysage de chaume était toujours tendre, mais d'ici peu, la lumière automnale disparaîtrait et tout deviendrait noir et blanc.

Armod coupait le bois que j'avais mis à sécher et calfeutrait les fenêtres les plus abîmées. Nous allions et venions autour de la maison, nous hâtant de tout préparer avant l'hiver. La paysanne de Rävbacka nous avait prêté quelques tasses dépareillées et trois assiettes en porcelaine ébréchées, ornées de fleurs bleues, et cédé contre quelques heures de travail supplémentaires la chaise aux pieds arqués et l'escabeau bleu écaillé, que nous avions trouvés dans une de ses dépendances. Une nouvelle planche de bois, et l'escabeau était comme neuf. Nous remontions le sentier forestier telles des fourmis, travaillions le bois tels des castors. Le jour où Armod a entrepris de fabriquer une table pour la cuisine, toute la maison s'est emplie d'un parfum de résine se mêlant aux odeurs de bouillie et de friture. Nous l'avons huilée pour la première fois avant la Toussaint. Toutes ces branches, tous ces arbrisseaux et arbres déracinés qu'Armod réduisait en bûches et petits bois. L'espace d'un instant, je me suis autorisée à m'asseoir sur un tronc pour regarder la forêt et l'homme que tu appelais « papa ». Je le vois encore lever au-dessus de sa tête sa hache à la lame scintillante, soufflant à pleins poumons. Ses tendons se raidir sous sa peau luisante de sueur. Il n'avait pas mangé à sa faim depuis longtemps, c'était évident, mais ça ne l'arrêtait pas. Voilà à quoi il ressemble dans mes souvenirs, à cette époque.

Avant que les hirondelles ne commencent à voler haut dans le ciel et les fortes averses à tomber, le toit était réparé. Il n'y avait plus qu'à isoler l'abri à bois, que les bûches parviennent à sécher. Nous pouvions alors souffler : la neige n'allait pas tarder à tout recouvrir de son lourd manteau, mais nous serions au sec. Si seulement les murs de la maison n'avaient pas laissé passer l'hiver. De temps en temps, une fois la nuit tombée, je sortais une bougie que je posais sur notre table, et quand Armod l'allumait délicatement, tu regardais la flamme vaciller, mon petit Roar, tu la fixais de tes grands yeux. Le courant d'air qui nous glaçait la nuit. J'ai eu beau coudre des rideaux pour le bloquer, il pénétrait le tissu et se glissait à l'intérieur. Le soir, je m'endormais dans la chaleur d'Armod et au son de sa voix, contre son corps réchauffé par le travail, mais le matin, je me réveillais dans un froid glacial. L'hiver n'était pas encore là, les températures allaient encore baisser, l'année 1898 nous attendait et, avec elle, le printemps que nous verrions arriver pour la première fois dans cette maison. Nous t'enveloppions de couvertures bien chaudes et regardions la flamme vaciller, radieux. Tôt ou tard, les murs seraient isolés.

Chaque soir, deux tasses trônaient face à face sur la table, l'air de s'apprêter à exécuter une danse. Dans la lumière déclinante, je brodais des fleurs et des lettres, tandis qu'Armod me racontait une histoire avec de grands gestes s'il en avait la force – mais il arrivait qu'il tremble de fatigue. Alors, je lui prenais les mains, sentant le petit que j'attendais se recroqueviller dans la chaleur de mon ventre. La peau de ses doigts était sèche et coriace. Malgré la fatigue, il souriait.

– Bientôt, la flamme ne bougera plus. Ta maison sera aussi étanche au vent et à la pluie que l'intérieur d'un œuf, et toi et le petit, vous serez au chaud tant que vous voudrez rester.

Il a tenu parole. Plus tard, quand je cuisinais, la fumée me piquait les yeux, mais je me disais que, si elle n'arrivait pas à s'échapper, l'humidité et les courants d'air ne pourraient pas non plus entrer.

À l'approche de l'hiver, les journées étaient encore longues et les nuits pleines de promesses. Les volutes s'élevant du précieux café du matin avant le lever du jour avaient quelque chose de magique. Une autre fumée tout aussi précieuse s'échappait de la cheminée. Sous la pluie martelant le toit, entre les peaux et les couvertures, deux corps chauds, Armod et moi, pendant que tu dormais. Quel joli petit garçon. Dressé sur tes solides gambettes de bébé, tu pouvais crapahuter sur notre lit de fortune, avec tes cheveux plantés sur ton crâne comme des pétales de pissenlit, et nous souriions tous les trois. Les premiers temps à la maison, nous dormions sur des planches de sapin. La nuit au-dehors était notre couverture parsemée d'une myriade de petits points lumineux. Une fois que tu t'étais assoupi, nous te posions sur un matelas bricolé avec nos vêtements, près de notre lit, mais pas contre. Puis nous cherchions des mains le corps de l'autre. Doucement, Armod me déshabillait jusqu'à ce que je sois nue contre lui. J'ignore à quelle heure nous nous endormions à notre tour, mais le courant d'air froid rasant le sol nous réveillait avant le lever du jour. Je vous regardais, Armod et toi, et je croyais que la vie resterait ainsi à jamais.

Kåra

La solitude parmi nous

Bricken est un meuble impossible à bouger. Elle s'installe là où elle s'est toujours installée, le coin d'où elle règne sur la pièce, la maison et nous autres. Cette bonne femme nous survivra certainement, à nous tous, un peu comme les ronds incrustés dans les marches de l'escalier montant chez le Dr Thorsén, à Söderhamn, quand j'étais enfant. Un fossile. Roar était jeune, il a pris de l'âge, est devenu un vieil homme, et maintenant, il est mort. Bricken n'avait pas encore cinquante ans quand je l'ai rencontrée, et elle n'a pas changé. Ces mêmes coups d'œil sombres, cette même satanée toque. Le visage large comme un félin surmonté d'une crinière brune domptée pendant la journée, mais qui lui tombe comme une cape dans le dos lorsqu'elle va se coucher. De fines lignes de vie autour des yeux et de la bouche, la marque des événements, à la manière de gouttes de pluie sur les fenêtres. Une femme sèche et taciturne capable de se transformer en une fraction de seconde pour rire et bavarder à perdre haleine, broder les mots comme des fioritures sur un gâteau de mariage. Qu'est-ce que nous nous sommes dévisagées dans cette pièce, elle et moi. Il m'est arrivé d'avoir envie de m'emparer des maniques qu'elle avait crochetées et de lui renverser son ragoût sur la tête. Entre ces murs, j'ai aussi été ivre de bonheur. La jupe relevée et un homme qui n'était pas le mien couché sur moi. Alors, elle n'était pas là. Elle ne se doute certainement pas que la cuisine ne lui révèle qu'une partie de son histoire. La toile cirée à carreaux couvre une table tellement ancienne qu'aucun produit ne parvient à rafraîchir le pin noirci par la crasse et le temps. Les marques de coups de fourchette d'enfants d'une autre époque, d'outils ayant entamé le bois, du couteau à pain lors de petits déjeuners d'hiver avalés dans l'obscurité. Tout ça est dissimulé sous la toile cirée. Cette maison recèle bien des secrets.

Jusqu'à récemment, Roar était parmi nous. Mon beau-père aux yeux de la couleur d'un ciel d'orage. Il buvait son café avec du sucre, comme Bricken. Mais contrairement à elle, il coinçait le morceau entre les dents, avant de verser le contenu de la tasse dans une soucoupe et d'aspirer bruyamment le liquide. Une habitude qui lui venait peut-être de son enfance dans cette misérable bicoque agrandie au fil du temps, ou du fait qu'il lui manquait déjà des dents du haut à l'époque où j'ai fait sa connaissance.

– J'ai dû en arracher certaines moi-même, et les autres, disons que je les ai perdues sur ce rocher où le sentier se sépare en deux, un soir, quand j'étais enfant, m'avait-il expliqué.

C'était ce rocher à mi-chemin du village, à partir duquel on marchait d'un pas plus léger ou plus lourd, selon le jour. Le seul rocher de la forêt, pourtant pas bien grand.

Roar et Bricken sont restés dans l'habitation d'origine au rez-de-chaussée quand nous avons emménagé, Dag et moi, et nous nous sommes installés à l'étage qui venait d'être construit. Une grande cuisine, une belle pièce à vivre aux murs couverts d'une tapisserie beige à motifs, et une alcôve jaune avec une petite fenêtre donnant sur le jardin. Dag avait peint les placards de notre cuisine d'un gris tristounet, mais nous, nous avions un garde-manger, et pas eux. Les meubles branlants qu'avait installés dans la pièce l'homme que je venais d'épouser, je pouvais toujours les changer. J'ai disposé des lirettes qui venaient de chez mes parents, puis je me suis assise par terre, au soleil. Cet endroit serait donc notre maison. Même si, dans les faits, Dag allait d'un étage à l'autre. Ils se ressemblaient tellement, tous les trois, à force de vivre ensemble. La même façon de courber la nuque pour lire le journal, le matin. De sourire, les yeux plissés. De marcher en se balançant et de se baisser pour cueillir des cèpes et des girolles, l'air ravi. Ils formaient un petit troupeau appartenant à la clairière. Moi, je n'étais qu'une pensionnaire. Je me rappelle comme le parquet était froid en automne. Depuis la dernière marche de l'escalier, je devais faire une grande enjambée pour atteindre la lirette et ne pas poser un orteil par terre, et le soir, j'enfonçais les pieds sous des couvertures pour me réchauffer. L'hiver, le froid s'est installé sous le toit que mon beau-père et quelques gars de la Scierie avaient construit sans la moindre isolation, et nous avons fini par descendre et nous mettre dans la cuisine du rez-de-chaussée, chez mes beaux-parents. Je me souviens que le regard de Bricken me heurtait lorsqu'elle pénétrait dans la pièce, la fraîcheur du soir dans le dos, et que tout son visage se plissait lorsqu'elle souriait en retirant cette fichue toque de blaireau. Quand ils revenaient de la forêt, nos deux hommes des bois ressemblaient à de blanches créatures de contes de fées. Chacun son cyclomoteur, chacun sa boîte à sandwich en fer-blanc. Roar devant, Dag derrière. Ils époussetaient grossièrement la neige avant d'entrer, mais le froid s'accrochait à leurs vêtements. Ils avaient le visage couvert de gelée blanche, les sourcils et la barbe parsemés de petits glaçons. Roar laissait toujours son fils se glisser en premier dans la chaleur de la maison, puis, se redressant comme un chien de chasse à l'affût, il fermait la porte et retirait son blouson.

Parfois, au début de notre mariage, Dag me caressait le dos à son retour. Je sentais tous mes muscles se détendre et levais les yeux sur lui en souriant. En général, j'étais sincère à cette époque, c'était avant que je ne commence à me dire qu'il avait les yeux fades. Un jour, il m'a serrée si fort contre son visage glacé que j'ai eu le sentiment que mon cerveau était en train de geler. Il ne disait pas grand-chose, à part « coucou », peut-être. Ça lui allait bien : un homme simple au langage simple. Il n'avait pas beaucoup de vocabulaire, en tout cas pas le don d'en faire de jolies phrases. Tout ce qu'il demandait, c'était de pouvoir venir plusieurs fois par semaine et qu'on lui serve à manger. Ni plus ni moins.

– J'ai faim, pouvait-il annoncer.

Un message clair, d'une banalité rassurante. Le genre de choses que je cherchais autour de moi et dont j'avais besoin de m'inspirer.

Rien de plus banal, me disais-je parfois. *Dis bonjour poliment, réponds en quelques mots et souris, pas trop, juste comme il faut.*

Au fond, son père et lui étaient si différents. Quand Dag avait besoin qu'on lui explique et qu'on lui répète tout, Roar était le genre à qui on demandait son chemin. Il avait toujours un carnet corné dans la poche de sa chemise, plein de chiffres et de choses à faire. Et il était capable de finir un magazine entier de mots croisés en quelques soirées. Je le voyais, assis dans son fauteuil dans la chambre, l'air concentré. *Poisson plat : plie. Plante herbacée : ive.* Il commençait toujours par les énigmes de sciences naturelles.

Mon père le qualifiait de « compétent ».

Moi, j'étais avec Dag. Roar appartenait à Bricken. Parfois, je le regardais la prendre dans ses bras et lui embrasser le front. Aussitôt, elle rayonnait. Ils se connaissaient par cœur, tous les deux, je le voyais bien. Lorsqu'il remontait son pantalon sur son ventre, elle savait avant qu'il ne poursuive son geste qu'il allait passer les doigts sur la boucle de sa ceinture. Lui savait quel placard de la cuisine elle s'apprêtait à ouvrir et à fermer. Il leur arrivait de se tenir l'un contre l'autre, au milieu de la maison. Front contre front, leurs taches de rousseur se reflétant comme quelqu'un devant un miroir. Un cœur vivant, ne cessant de battre. Moi, j'étais de trop.

Mais c'est du passé. Maintenant, Roar est mort. La fenêtre de la cuisine est entrouverte et le rideau frissonne dans la brise d'août. Quand Bricken recule sa chaise pour se lever, la lirette se plie en deux. Dieu qu'elle est négligente, ça m'agace, mais elle ne le remarque pas. Elle referme la fenêtre, comme si elle se doutait que je rêve de m'échapper d'ici, et elle va dans sa chambre, appuyée sur sa canne en plastique et en métal.

– Qu'est-ce que vous faites ?

À peine ai-je prononcé ces mots que je les regrette.

– Je reviens, dit-elle.

Une fausse réponse, comme toujours. Il y a tellement de questions laissées sans réponse dans cette maison. Et de plus en plus de questions non posées.

Les lirettes de cette cuisine, nous les avons tellement usées en allant et venant entre ces murs. Toutes ces années, je n'ai cessé de les remettre en place, prenant parfois le risque de me planter une écharde dans le pied en marchant à côté. Ce plancher qui craque nerveusement dès qu'un inconnu nous rend visite, alors que, au contact de pieds familiers, il se contente de marmonner. Sous le poids de Dag, le bois poussait un soupir, et Bricken est toujours accueillie par un léger crépitement qui ressemble à un murmure. Lorsque Roar y posait le pied, le plancher riait. Je n'ai jamais songé à ce qu'il me réservait. Un bruit trompeur, j'imagine. Il y a certaines choses dont on ne discute pas, par ici, alors que seuls les renards et les chouettes pourraient nous entendre. Il faut toujours que le bol à champignons soit à sa place dans le placard, sur l'étagère du milieu – je ne me rappelle pas l'avoir jamais vu sur la table. Et il y a quelque chose avec ce mortier attaqué par les moisissures, je le voyais sur Roar dès que son regard se posait sur l'objet. Sans parler de moi. Tout n'est pas fait pour être révélé au grand jour.

Ça fait plus d'un demi-siècle que je me fabrique des souvenirs, des événements qui auraient pu se passer, ou dû se passer, que je raconte à des médecins et à ceux de mon entourage qui ont envie de m'écouter. Maintenant, je sais à peine ce qui est de l'ordre du souvenir et du mensonge. La moitié sort sans doute de mon imagination. Ça fait beaucoup d'affabulations.

J'entends Bricken remuer dans la chambre. Elle trie les papiers que Roar a laissés derrière lui. Les impôts, les pompes funèbres, la banque, la caisse de retraite et autres assurances. Une montagne de documents et d'enveloppes dans les bras, elle revient s'asseoir à la table de la cuisine. Sur cette même table où reposaient les grandes mains chaudes de Roar. Elle marmonne qu'il lui manque quelque chose – en vérité, tant de choses dans cette maison ont été cachées au fond d'un tiroir, derrière les céréales du petit déjeuner ou je ne sais où dans le placard de la cuisine, voire dehors, dans une dépendance. Ces pierres et ces écorchures, tout ce que nous taisons.

– Tu peux m'aider avec ces formulaires, Kåra ?

Les documents projettent des ombres sur le plancher, des formes qui ressemblent à des secrets. Son regard me ronge, ces yeux qui me font penser à des châtaigniers, je voudrais qu'elle regarde ailleurs. La paix a été conclue au Vietnam, mais ici…

Je n'ai aucune envie d'être là.

Je suis trop lâche pour porter tous ces secrets. Non seulement Roar, mais le reste. J'ai toujours été médiocre.

Enfant, je n'étais pas vive comme Bricken, ni particulièrement futée. Ni aussi belle ni moche. Des cheveux bruns vaguement ondulés, toujours en bataille. Un visage banal, plutôt mignon mais guère marquant. Des groseilles non mûres en guise de poitrine. Voilà à quoi je ressemblais. Peut-être aussi les pieds plus grands que la moyenne et les rêves nettement moins fous.

Sans doute mes peurs étaient-elles aussi plus intenses. En tout cas, c'est le sentiment que j'avais. Si j'étais bien plus jeune que mes frères et sœurs aînés, j'étais bien plus peureuse que ma sœur cadette. Ce jour d'été où Liva avait couru à travers la forêt devant moi pour se réfugier de la pluie, j'ai eu envie de plaquer ma main sur sa bouche pour l'empêcher de parler. Une fois que nous fûmes assises sur le drap, au pied d'un sapin nous abritant comme un toit des voiles gris dans le ciel, elle s'est mise à me parler, l'air grave, de la mort et des revenants. Ses yeux scintillaient dans la pénombre et ses mains illustraient ses paroles. Ma petite sœur mentait, brodait et exagérait tout. C'est peut-être de famille.

– On ne devrait pas marcher pieds nus, un tout petit clou suffit. Tu te souviens de Signes Mats ? Tout son sang a été empoisonné et la maladie a commencé à remonter vers son cœur. Or si ça va jusque-là, tu meurs.

Son imagination débordante me percutait toujours de plein fouet. J'ai commencé par avoir mal au ventre, effrayée et peut-être aussi jalouse qu'elle ne le soit pas. Puis, le cœur tambourinant et la peau moite, j'ai eu l'impression que de petites araignées grimpaient le long de ma colonne vertébrale. Si seulement j'avais pu remonter le temps. Liva, un brin d'herbe coincé entre les lèvres, était d'un calme déconcertant. Dans l'ombre des arbres, elle ressemblait à un squelette.

– Tu sais, le pré à côté de l'enclos à moutons, là où tu cueilles souvent des fleurs. Fais gaffe parce que tu pourrais trébucher sur un morceau de genou.

Mon estomac s'est resserré encore, déclenchant la nausée.

– Un jour, un petit garçon a été entraîné dans une faucheuse, et il a été déchiqueté en morceaux qui ont été dispersés aux quatre coins du champ. Ses doigts ont été retrouvés, mais ses genoux sont toujours quelque part là-bas. Après, il y a pire, comme l'asile de Norrfly avec ses grosses portes bien épaisses à la cave. Personne n'en est jamais revenu, c'est maman qui me l'a dit. Ce n'est pas bien loin d'ici, la femme de ménage de l'imprimerie y a été emmenée. Peureuse comme tu es, tu risques de finir là-bas.

– Non ! ai-je soufflé.

Avant notre naissance, notre mère avait travaillé à la maison de retraite située à l'étage de l'asile. Elle avait entendu des cris étouffés venant du sous-sol et vu ces gens qu'on traînait entre ces murs dont ils ne ressortaient pas. Elle ne s'était jamais aventurée en bas, s'affairant entre les lits des vieilles gens soigneusement disposés en rang d'oignons, rigoureux terminus de la vie. Mais elle avait entendu parler d'une fente à travers laquelle on pouvait voir les fous. Ils braillaient lorsqu'on les entraînait en bas, sous terre. Des vies sur des chaises usées. Ma mère avait vu remonter à la lumière du jour l'homme chargé de leur apporter à manger.

Je connaissais cette histoire par cœur, elle me la racontait quand je me cachais sous la table de la cuisine et refusais d'en sortir ou que je n'osais pas monter à cheval.

– Tu veux finir dans une petite cellule souterraine sans fenêtre, hein, Kåra ? grondait-elle. Ne jamais voir personne d'autre que ceux qui t'apportent des médicaments et à manger ?

Je la détestais dans ces moments-là.

– Non ! ai-je répété au pied du sapin, non seulement à ma sœur, mais à ma mère et à moi-même.

Liva s'est penchée sur moi. Grelottante et nauséeuse, les mains gelées alors que je les avais glissées sous moi, je me suis juré de ne plus jamais mettre un pied dans ce pré. La fraîcheur du sol s'infiltrait dans le drap, tandis que Liva continuait de parler, rayonnante. J'aurais voulu fourrer ma tête dans son gilet, mais brusquement, elle s'est levée et faufilée entre les arbres, à la recherche d'un endroit où faire pipi. Une fois de plus, elle me laissait seule, s'éloignant d'un pas nonchalant. Ma robe collait à mon dos, une goutte d'eau glaciale est tombée d'une branche et s'est écrasée sur ma nuque. J'avais la bouche pâteuse, la langue rugueuse comme un animal, et les lèvres sèches, alors que je ne cessais de les humecter. Des picotements plein la poitrine. J'ai fermé les yeux, relevé les épaules et serré les dents. Le monde vacillait autour de moi. J'avais le sentiment de rétrécir, de disparaître loin de la forêt et de la pluie, d'être entraînée dans l'au-delà.

Tout était fini.

Une odeur de laine mouillée accompagnait ma petite sœur quand elle est revenue s'installer sous le sapin. Ses yeux joyeux, sa bouche rieuse et sa tresse blonde comme les blés se balançant sur le côté.

– Tu sais quoi, Kåra ? Pendant que je faisais pipi, j'ai aperçu un lièvre caché dans un rocher fendu. Ça n'a duré que quelques minutes, mais je suis trempée.

La tête appuyée au tronc, je me suis emmitouflée dans le drap. Il était rêche et humide, et sentait la sueur, odeur qui se mêlait au parfum ambiant de mousse et d'aiguilles de sapin. Je crois que c'est à ce moment-là que Liva m'a parlé des Bergers du Caucase – les chiens de garde de l'Armée rouge, leur arme secrète.

– Ce sont des colosses de quatre-vingt-dix kilos ! s'est-elle exclamée. Mais ils n'en ont aucune idée, parce qu'à force d'être en montagne avec des moutons, ils finissent par se prendre pour eux. Ils sont doux comme des agneaux et très courageux.

Je me suis approchée d'elle.

– Mais prêts à tuer pour défendre leurs maîtres, a-t-elle repris en chuchotant. Ils restent sur leurs gardes quand ils se promènent avec leurs copains moutons. Si une bête a le malheur de menacer leur troupeau, ils perdent leur costume de gentil petit mouton et défendent furieusement les leurs. Le prédateur, ils en font de la chair à pâté et le dévorent.

Voilà ce qu'il me fallait. Me transformer en Berger du Caucase ou en avoir un à mes côtés, qui m'aime plus que tout. Un monstre qui me protégerait de la vie en montrant les crocs. Au milieu des ombres de la forêt, j'ai cherché du regard une grosse boule de poils blanche et marron, mais il n'y avait pas l'ombre d'un chien, ni lourdes pattes ni œil veillant sur moi.

Dès que la pluie a cessé, un soleil éclatant d'été s'est mis à briller. Le temps idéal pour avancer en équilibre sur les rondins, aller pieds nus sur le sol chaud et sauter sur les rochers. Pas de monstre, pas de tanière. En rentrant, j'ai marché sur les talons de ma petite sœur, j'étais son ombre à travers les sentiers. Une silhouette sans os, sans colonne vertébrale. Je la suivais, effleurant le sol derrière elle. À. Pas. De. Loup.

Dire que, à l'époque, je n'avais pas tant de choses à cacher.

Liva sautillait lorsqu'elle allait quelque part. Moi, je trébuchais tellement que j'attirais les regards. Ma mère disait souvent que j'avais le cœur en dehors de la poitrine, que j'étais trop sensible et que je m'écoutais trop.

– D'une fragilité congénitale, avait-elle soufflé à mon père. Il y a quelque chose qui ne va pas chez cette gamine.

Naturellement, je n'étais pas censée entendre. On prétendait que j'étais fragile comme tante Gurli de Söderhamn, du côté de ma mère.

Tante Gurli.

Mon Dieu, comme ils y allaient.

– Ne t'inquiète pas, Magda, a répondu mon père. Dès qu'elle aura un peu de responsabilités, ça s'arrangera. Des arbres, des animaux, des champs… La terre, c'est bon pour le cœur.

À l'époque, j'aurais voulu être une fourmi munie d'une carapace me protégeant de l'extérieur, au lieu de traîner cette masse gélatineuse qu'était mon corps. Une fourmi ou un chien courageux, voilà en quoi j'aurais voulu me transformer, mais je pouvais toujours attendre. J'étais harcelée par cette peur qui me talonnait sans bruit, comme un renard galeux à la recherche d'un endroit où dormir. Elle voulait me cajoler, me caresser, attendant de moi que je m'empare d'elle, que je me l'approprie. Que j'inspire comme si c'était la dernière fois, que je ferme les yeux et que je laisse mon cœur battre à tout rompre. Si seulement j'avais pu avoir un fidèle Berger du Caucase à mes côtés, prêt à se planter devant moi, aux aguets, et à arracher une artère d'un coup de crocs.

Plus tard, c'est exactement ce qui allait se passer.

Quand j'étais petite, l'animal ne venait pas souvent à mon secours. Ma vie pouvait alors s'effondrer devant un oiseau mort, une aiguille pointue, l'affaire des coups de feu d'Ådalen m'effrayait. Ou quand le mari d'une cousine s'est retrouvé paralysé après une embolie, la façon dont tout le monde s'était rassemblé pour parler de lui à voix basse, le visage marbré d'ombres venues de la fenêtre.

Il avait deux petits.

Depuis, il est mort, j'imagine. C'est possible, en tout cas.

Dieu que la mort est quelque chose de curieux. Ça fait des décennies qu'elle m'a remarquée. Un être humain qui existe. Une personne qui respire. Parle. Et qui peut changer, disparaître. Ne plus jamais exister. Voilà une idée à laquelle il est impossible de se faire. Moi, je suis enfermée dans un corps semblable à celui d'un cadavre, sauf que je respire. Mes pensées s'agitent, un méli-mélo rappelant le motif du plan de travail en Formica que Bricken a eu pour ses soixante-dix ans. J'attrape le dernier morceau de sucre avant Bricken, alors que je n'en mets jamais dans mon café. Elle se lève, prend le sachet de sucre en poudre et en verse abondamment. Si je me levais à mon tour et lui balançais une partie de la vérité au visage, elle se fissurerait comme une vieille assiette. Son Roar chéri. Son petit Dag, qui était aussi à moi. J'inspire par le nez, souffle par la bouche. Je vide de mon corps les moqueries, la culpabilité, et la honte, tous ces doigts pointés, me félicitant d'être Unni. Une fille débrouillarde. En tout cas, je ne dis rien de tout ça à Bricken, de nouveau assise bien stable sur sa chaise. Elle m'examine, cherche des failles dans ma façade. Attend-elle quelque chose ? Moi ? Le soleil se faufile à travers une plaie dans la cime des arbres, un rayon dur en surface mais tendre en profondeur, qui s'abat sur moi et fait reculer toutes ces vérités poreuses. Je les brûle à la poêle. Les arbres de la forêt se balancent. Le corps robuste de Roar sur fond de mousse et de vie.

Unni

Fleurs d'hiver et soleil d'été

Un automne étoilé dans le Hälsingland, un froid sec dépourvu de neige. Lorsque mon ventre est devenu gros et lourd, j'ai transmis les bons conseils de Brita la sage-femme à Armod. Je lui ai confié le savoir que j'avais commencé à acquérir dès mes premières nuits chez elle, alors que je n'avais pas encore huit ans et que j'écoutais en cachette depuis mon lit, j'ai partagé avec lui tout ce qu'elle m'avait enseigné avant d'affronter à ses côtés la douleur, les plaies, les irritations et le danger. Je ne lui ai pas parlé des risques, mais de ce qu'il fallait faire, reconnaissante de tout ce que la sage-femme m'avait appris avant de mourir et de te laisser la place, mon petit Roar. Le jour venu, Armod n'avait pas peur, il s'y est pris avec son insouciance coutumière envers tout nouveau domaine, mais à mesure que les contractions gagnaient en fréquence et en intensité, j'ai vu qu'il perdait confiance, même lui était déstabilisé devant le sérieux de la situation. Si j'ai oublié la douleur, je me rappelle qu'elle a vite été remplacée par une violente pression sur mes entrailles et une réalité que je n'avais connue qu'une seule fois dans ma vie. L'heure était venue. J'avais l'impression de grandir, d'emplir de plus en plus la pièce, je savais que j'avais le visage sillonné de veines saillantes, et je me sentais forte. Dans la pièce flottait un parfum à la fois agréable et nauséabond. L'odeur du corps, de la vigueur et de l'eau souillée. Lorsque l'enfant est arrivé au monde en vagissant, je me croyais perchée au sommet d'une montagne que j'aurais gravie seule. Un bain de lumière. Notre famille avait la chance de faire la connaissance d'un tout petit être humain. Dieu que c'était étrange, si vertigineux. De la magie à l'état pur.

Tone Amalie.

Ma fille avait les cheveux ébouriffés, la mâchoire large et un petit menton. Une frimousse en forme de cœur. Il a suffi que je lui caresse la nuque et le dos du bout des doigts pour qu'elle s'apaise. Je l'ai installée dans un panier que j'avais préparé et elle s'est endormie, ma future petite va-nu-pieds à la plante des petons potelée, aux cils noirs et aux joues rouges. Toi, Roar, tu suçais ton pouce, couché tout contre moi dans notre lit à même le sol, encore effrayé par tous les bruits et les cris que j'avais laissés échapper. Tu avais les paupières qui tremblaient dans ton sommeil – peut-être rêvais-tu d'une caisse pleine de pommes et de pommes de terre, de quoi tenir tout l'hiver, ou d'une matinée bien au chaud. Quelques semaines après la délivrance, Armod a construit un sommier avec des planches qu'il avait trouvées et dont personne n'aurait besoin. La famille allait enfin être protégée des courants d'air glacials qui rasaient le plancher. La petite et toi, vous l'écoutiez vous raconter ses souvenirs de vagabond. Le soir, nous nous glissions sous les peaux sans avoir à redouter que le froid imprègne notre couche pour nous glacer le dos, et une fois que vous vous étiez endormis, je buvais l'air directement de la bouche d'Armod et le monde vacillait autour de nous. Seuls nous deux restions tranquilles.

J'adorais être réveillée par les gémissements de Tone Amalie, j'adorais l'allaiter dans le lit, le nez contre ses cheveux duveteux, tandis qu'Armod se rasait devant le miroir fendu. D'ordinaire, son attirail de rasage attendait dans un coffre en bois installé dans un coin de la pièce, mais ces matins-là, il sortait le tout, accrochait le miroir à l'un des clous enfoncés dans le mur. À l'endroit précis où il devait se tenir pour bien voir, le plancher craquait joliment sous son poids.

– Ne t'habitue jamais à l'horreur, m'avait dit Armod.

Aujourd'hui, je pense qu'il ne faut pas non plus s'habituer à la beauté, elle doit rester aussi merveilleuse à chaque instant.

Planté devant le mur, il se penchait vers le miroir, *crac*, passait la lame sous le nez, près des oreilles, puis sur le menton, *crac*, avant de reculer pour voir si quelques poils lui avaient échappé, *crac*. Toi, Roar, accroché à sa jambe, tu le regardais faire d'un air grave. Une fois qu'il avait terminé, vous rangiez ensemble le tout dans ma jolie boîte, et tu retirais tes petits doigts comme il te le demandait, pour refermer le coffre.

Où qu'il aille autour de chez nous, tes cheveux ballottaient à côté des siens. Tu l'aidais avec les carottes, tu chassais les bourdons et construisais des tours à l'aide de bûches, comme n'importe quel petit garçon grandissant en sécurité sous son propre toit. Je t'aimais et Armod m'aimait par-dessus tout. Mais dès sa naissance, ta sœur n'a pas tardé à l'emporter. Quand il s'adressait à elle, sa voix devenait aussi tendre que du beurre. Il lui caressait la tête, comme ensorcelé. À la lumière d'un doux soleil d'automne, de courts cheveux duveteux dans l'ombre d'un père à la peau moite, le sourire aux lèvres, du poil naissant au menton. Ils étaient un morceau de moi-même, tous les deux. Dès qu'Armod la voyait, son regard se transformait. Avec toi, Roar, c'était différent, je le savais bien. Ce n'était pas grave, puisque nous formions un tout.

– Je n'appartiens à rien d'autre qu'à ce clan, disait-il, le nez baissé sur la tête de son enfant.

Le toit a été réparé, puis l'abri à bois et le banc de la cuisine. Armod travaillait tellement dur qu'il ruisselait de sueur malgré le froid. Sa chemise était tachée d'auréoles noires incrustées au fil des jours, qui ne s'en allaient pas quand je faisais bouillir nos vêtements. Mais qu'importe. Lui et moi ne tarderions pas à ressortir et à transpirer. Il fallait vivre avec la forêt. Celui qui s'oppose à la nature est perdu.

Si, dehors, j'avais souvent froid aux mains, notre maisonnette faisait barrage au mauvais temps. L'humidité nous guettait, et quand je préparais à manger, les fenêtres se couvraient de graisse et de buée, nous laissant dans notre petit monde à nous. Pour peu que je cligne d'un œil, le chemin menant au village s'effaçait plus encore, et il me semblait que nous étions seuls sur cette Terre. Rien que nous et nos bouleaux, ces grands gardiens blancs dispersés autour de nous, auprès de nous, chez nous.

Peu à peu, les matinées se sont assombries et les prés se sont couverts de gel. Dehors, un froid méchant se glissait dans notre peau, plein de mauvaises intentions, mais à l'intérieur de la maison, le bois sec était soigneusement empilé. Dans l'air adouci par le feu dans l'âtre, il flottait une odeur de résine et de renfermé. Tes petits pieds instables martelaient le plancher. Les talons en premier, le poids du corps ballottant d'une jambe à l'autre. Je vous chantonnais des chansons sur les animaux de la forêt.

Puis les premières neiges sont arrivées. Jour de repos ! Pour une fois, pas de lourd pin auquel penser. Toute la famille s'est réunie sous le ciel parsemé de flocons. Armod venait d'enfiler son manteau et de s'emparer de ses outils, prêt à partir. Toi, mon petit Roar, tu t'étais installé dans ton coin favori sur le banc de la cuisine, et Tone Amalie était blottie contre mon sein. Elle avait hérité du regard scintillant de son père, et devant la neige, ses yeux étincelaient. De gros flocons tombaient sur notre maisonnette, couvrant les environs de blanc et d'une couche de nouveauté. Armod a éclaté de rire. Resserrant son manteau sur ses épaules, il est sorti d'un pas léger. À travers la fenêtre, nous l'avons regardé laisser tomber son marteau et danser entre les flocons. Ses boucles brunes brillaient au contact de la neige. Hilare, il t'a fait signe de le rejoindre.

Au petit matin, le jardin blanc portait la trace de la danse des corneilles. Le froid ne tardait jamais à étreindre notre chaude maisonnette. Armod te dessinait des hommes sautant à ski depuis les sommets de Holmenkollen, à plusieurs centaines de mètres de hauteur, aussi colorés que s'ils s'apprêtaient à atterrir en chair et en os dans notre salon.

– J'en ai vu voler loin au-dessus des nuages et se poser devant moi !

Tu riais en regardant la neige fondre et réapparaître, dégouliner et recommencer à tomber. Les pierres glissantes, la mousse mouillée. Le ciel rude. Le matin, une couche de glace couvrait le tonneau à eau placé à l'angle de la maison. Souvent, les nuages se fendaient, déversant sur nous une violente pluie glaciale qui noyait nos vêtements de gouttes gelées. Le froid nous mordait le corps et s'y installait. Comme à son habitude, Armod levait la tête en sifflotant vers les cimes des arbres devenus glabres. Il n'était pas du genre à se soumettre. C'était un père merveilleux, fier de raconter encore et encore le glissement de terrain de Hagamarka, la tempête de 1875 et l'affaire Svartbækken, le confiseur qui avait assassiné un jeune homme vêtu d'une peau de chien, crime pour lequel il avait été décapité.

– Le bourreau a brandi la tête ensanglantée de Svartbækken, le vent a soufflé dans sa barbe et fait ruisseler le sang, et mes frères et moi, nous avons vu le mort claquer des dents !

Chaque fois, tu braillais de peur et d'enchantement, mais pas moi. Moi qui savais que nous avions tous nos propres bourreaux. Les agressions de l'extérieur étaient supportables, la neige qui piquait le visage et trempait nos souliers. Le plus difficile, c'était la faim qui nous guettait.

Même les troncs de bouleaux les plus blancs sont tachés de noir. Armod et moi avions trouvé ce refuge tard dans la saison. Nous avions eu beau déterrer une montagne de pierres à s'en user les mains et le dos, nous n'avions pas eu le temps de cultiver assez de nourriture. Et pourtant, il continuait de lancer joyeusement Tone Amalie dans les airs, de te pourchasser dans le jardin pour t'amuser, de manger comme si nous avions encore des provisions pour le lendemain. Quand tu regardais ailleurs, je lui prenais le pain des mains. Il essayait de le récupérer en me chatouillant ou en cognant sur la porte du garde-manger, persuadé que je le taquinais. Mais je tenais fermement la poignée, le quignon caché dans le dos.

– Il faut qu'on se serre la ceinture, ai-je fini par lui dire.

Il a ouvert les bras, les yeux rieurs, cherchant une échappatoire.

– Armod, ça suffit !

Son regard s'est arrêté sur moi.

– Nos provisions ne suffiront pas pour l'hiver. Nous devons nous priver pour en laisser à Roar.

Cette vérité a eu l'effet d'une ancre en plomb tombée dans sa conscience.

Il n'y avait rien à ajouter.

Il est resté figé devant moi, Armod le vagabond qui aurait pu s'en aller, mais qui s'était amouraché d'une criminelle et engagé à travailler tous les jours de l'année. Avait-il des regrets ?

Sans nourriture, on meurt à petit feu.

Nous qui nous étions tués à la tâche. Dans le garde-manger, nous avions une caisse remplie de navets et un seau de petites pommes de terre qui auraient sans doute grossi si l'été avait été plus long. De la nourriture, mais pas assez. Je ne cessais de compter. Quand on ne compte pas, c'est qu'on est fou ou fortuné. Je vérifiais encore et encore, faisais des calculs à n'en plus finir. Mais j'arrivais toujours au même résultat. De plus en plus souvent, je restais plantée sur le seuil du garde-manger, captivée par les étagères vides. Les jours avaient toujours plus l'arrière-goût des aigreurs d'estomac et les relents de vieilles moufles mouillées.

Devant ton regard enfantin qui nous suivait dans les recoins sombres de la maison, nous ne nous laissions pas abattre. Nous serrions les dents et faisions les courses à crédit, attendant sagement notre tour derrière mère Anna et les autres pour demander grâce à voix basse, le visage le plus lisse possible. Le marchand avait le pouvoir de dire « oui » ou « non », et il avait accepté. Était-ce parce qu'il trouvait qu'Armod était un brave homme, parce que cette faveur l'arrangeait à ce moment-là ou parce qu'un « oui » pouvait toujours se transformer en « non » ? Je n'en savais rien. Tout ce dont j'étais sûre, c'était que le marchand avait le pouvoir, encore plus que le pasteur de Trondheim, et qu'il pouvait dicter ses conditions, choisir à sa guise ce que valait chacun de ses clients. Il faisait la pluie et le beau temps, et tout ce qui importait à ses yeux, c'étaient cette bourgade et son argent, comme me l'avait soufflé un jour mère Anna en sortant de la boutique.

– Ne faites pas attention à lui, avait-elle assené.

Mais comment ? Je me rappelle que, un jour, il nous a vendu une farine coupée à la craie, au point que, sur le chemin du retour, tu t'en es servi pour dessiner, mon petit Roar. À la maison, nous en avons fait du pain que nous avons mâché et avalé. Nous n'avions pas le droit de nous plaindre. Voilà ce qu'il nous avait accordé, il ne nous restait plus qu'à espérer pouvoir continuer à nous nourrir de ce pain poudreux. C'était un homme intransigeant, la roue pouvait tourner à tout moment.

C'est ce qui a fini par arriver.

Ni garantie ni avertissement. Je pensais que nous avions déjà touché le fond, que nous avions regardé notre misère dans le blanc des yeux, mais en réalité, ce n'était que le début. Ce jour-là, tandis qu'Armod était dans le magasin, je discutais à l'extérieur avec une villageoise, une grande femme maigre du nom de Johanna. En la voyant approcher, j'avais eu peur qu'elle vienne me poser des questions, mais elle monopolisait la parole, me racontant des anecdotes et me donnant des conseils qui n'exigeaient aucune réponse. Les chèvres aux alentours nous fixaient en ruminant. Nous devrions cueillir des champignons, m'a dit Johanna quand je lui ai confié que nous redoutions l'hiver. Seulement, à cette saison, il n'y avait plus rien de comestible, la neige avait tout gâté.

– Les champignons, on peut toujours les faire sécher pour l'hiver, mais cette année, vous allez devoir faire sans.

Elle a hoché la tête pour souligner chaque mot qui sortait de sa bouche, et j'ai tenté un sourire, mon habituel sourire inquiet. J'étais si nerveuse au contact des gens et des questions, effrayée d'être découverte et renvoyée d'où je venais. Chez ce vieux pasteur à fraise. Dans cette cage qui devait me conduire à Tronka. Je m'efforçais de ne pas scruter la porte du magasin d'où Armod ne devait pas tarder à sortir.

– Gardez vos bons coins pour vous. Les coulemelles sont comestibles et même bonnes pour la santé, sauf si elles ont de petits points blancs qui rendent malade. Il y a aussi les girolles, qui sont jaunes ou marron clair, et faciles à faire sécher. Mais attention de ne pas les confondre avec des coiffes mortelles qui sont plus pointues, ou avec de fausses chanterelles. Les agarics des forêts et les tricholomes colombettes se mangent, à condition d'avoir de jolis disques blancs sous le chapeau, mais surtout pas de volve, pensez-y ! Si vous avez le malheur d'avaler un champignon à volve, tout est fini. Pour les faire sécher, il vaut mieux…

La voix de Johanna s'est soudain effacée. Par-dessus son épaule, j'ai vu Armod sortir du magasin, notre panier vide accroché au bras. Les gonds de la porte ont grincé, la bouche de Johanna continuait de remuer devant moi, et j'ai tout de suite su. Ton père avait les yeux qui brillaient de panique. Cet homme que je connaissais si bien, et qui me semblait brusquement étranger, s'est approché sans esquisser la moindre mine, et pourtant, sa peur était flagrante. D'un hochement de tête, j'ai salué la villageoise, la coupant au milieu de son discours, avant de suivre Armod sans rien dire. Il marchait en regardant droit devant lui, mettant mécaniquement un pied devant l'autre. Même s'il n'a pas prononcé un mot, je savais ce qui s'était passé. Je savais qu'il avait attendu que la boutique se vide, tâtant nerveusement sa casquette. Qu'il avait rejoint le comptoir, s'était raclé la gorge avant de prendre la parole, le regard droit mais la nuque courbée. Cette fois, le marchand avait dit non. Un refus sans doute silencieux dont l'écho avait eu l'effet d'un hurlement. À moins que l'homme ne l'ait sifflé haut et fort :

– Fini le crédit. Tu ne pourras jamais rembourser au-delà de ce que je t'ai déjà accordé.

Il n'y avait rien à faire. Chacun ses problèmes. Le propriétaire du magasin lui avait certainement à peine adressé un regard, se contentant d'un geste de la main vers la porte, tourné vers ses étagères croulant sous les marchandises. Armod s'était fait chasser comme une vulgaire mouche posée sur le cul d'une vache. Pas de farine emballée dans du papier. Pas de céréales. Pas de morceau de saindoux raclé dans le fond de notre boîte en fer-blanc. Sans attendre de réponse, le puissant commerçant avait relevé son col et s'était retiré dans la réserve, fermant la porte derrière lui. Dans la boutique ne se faisaient plus entendre que le tic-tac de l'horloge et le souffle haletant d'un homme affamé, noyé dans ses pensées.

J'imagine la manière dont Armod a baissé la tête pour regarder le panier vide. Lorsqu'il est ressorti, il avait les yeux rouges. Nous sommes rentrés ensemble, réfléchissant en silence. Non loin du rocher à mi-chemin entre le village et la forêt, Armod a finalement eu quelques mots rassurants :

– Ne t'inquiète pas, Unni, m'a-t-il dit en me caressant la joue. Il y a toujours mille raisons de se faire du mauvais sang, mais ça ne sert à rien. On ne risque pas de rebrousser chemin, alors allons de l'avant. Il va falloir penser différemment. Notre imagination, ça, personne ne peut nous la retirer.

L'imagination. Nous avions depuis longtemps mangé toutes les pommes de terre nouvelles. Et bientôt, nous n'en aurions plus d'autres sortes. Alors, nous allions devoir entamer les pommes de terre de semence. La farine à la craie ne cessait de diminuer, le sac toujours plus tristement éventré par terre. En attendant les beaux jours, nous préparions à manger sans gras, nourrissions nos enfants de pain détrempé assaisonné aux feuilles bouillies dans de la neige fondue, avec une pincée de contes de fées et d'espoir. L'amertume de la potée et de l'air. À l'aube et au crépuscule, Armod tendait l'oreille armé de son couteau, mais le gibier avait l'ouïe plus fine. Les animaux savaient qu'un prédateur se cachait là, ils sentaient l'odeur de la faim. Aucun n'approchait assez pour que la lame risque de l'atteindre et de le transformer en nourriture pour nos petits.

– Mère, qu'est-ce qui se passe quand on ne mange pas ?

Je me suis bien gardée de te répondre.

Nous n'avons pas tardé à nous tordre de faim. Si les premières neiges nous avaient embrassés tendrement, l'hiver n'avait plus rien de doux ni de chaleureux. Ce n'était plus que gel, vide et paysage mort. Je manquais de lait pour ma petite. Mon garçon semblait avoir les yeux plus grands qu'avant. Sous les miens étaient apparues des poches aussi grosses que des prunes, marque des nuits trop courtes, du vent cinglant, de tous ces ventres vides et fragiles à remplir.

Mes mots écorchaient Armod. Après tout, c'est ça, l'amour : s'il ne trouve pas de quoi se nourrir, il ne peut gagner la conscience et le cœur. Avec la faim, l'amour se déchire en lambeaux. Les moustiques desséchés sont les plus agressifs.

Au-dehors s'étirait une éternité blanche et glaciale. Armod avait de plus en plus de mal à formuler des phrases, à mobiliser ses mains. J'avais beau ajouter de la paille et de l'écorce à la farine pour nous préparer suffisamment de pain, le garde-manger demeurait vide. Un jour où j'avais trop forcé sur l'écorce et t'avais servi ces bouses de vache dures et sèches que j'appelais du pain, ton estomac ne l'a pas supporté et tu as pleuré désespérément toute la nuit, mon petit Roar. Des sillons d'eau salée coulaient sur tes joues et disparaissaient au creux de ton cou.

– J'ai tellement mal quand j'ai faim ! gémissais-tu. Mais quand je mange, c'est encore pire, mère. Qu'est-ce qu'il faut faire ?

Et puis est arrivé ce jour où nous n'avions plus qu'un oignon et deux choux-navets dans la maison. Pas même un misérable quignon de pain abandonné quelque part. Mon bouillon était déjà tellement clair que je voyais le fond de la marmite au travers. J'ai épluché notre dernier oignon, haché en petits morceaux la moitié d'un chou-navet et mis le tout sur le feu. Quelques jours plus tard, j'avais le sentiment de signer notre arrêt de mort en nettoyant quelques pommes de terre de semence toutes fripées, et en les coupant en cubes sans les éplucher – tout était bon à prendre. En les regardant cuire, je me suis dit que nous paierions cher ce repas. Le printemps venu, cultiver des pommes de terre nous coûterait beaucoup.

Mais serions-nous encore en vie ?

La peur nous laissait aussi à vif qu'un os à moelle. Je le voyais sur Armod, et il le voyait sur moi. Mon humeur sombre, cette inquiétude nouvelle chez lui. Mais il veillait à sécher ses larmes avant de se montrer. Il avait le regard toujours aussi assuré, le sourire prêt à se visser à ses lèvres.

– Tiens bon, Unni. Il est vain de se ronger les sangs.

Nous continuions de nous affairer entre les troncs d'arbres. D'aller de l'avant dans l'espoir de jours meilleurs.

À l'approche de Noël, la faim s'est encore intensifiée. Après un maigre repas le soir du réveillon, jour de repos d'Armod, nous sommes allés au village pour goûter l'ambiance de Noël, mais aucun enfant ne chantait déguisé, comme le voulait la tradition chez nous. En vous voyant sucer des morceaux de glace que vous aviez décrochés d'un toit, j'ai décidé de sortir les derniers restes de farine. À partir de ce moment-là, ma marmite serait aussi vide qu'un tambour. Des diamants fondant dans vos bouches, voilà tout ce qu'il vous restait maintenant que nous n'avions plus une miette de pain. Chaque jour, après son travail en forêt, Armod se traînait de village en village à des dizaines de kilomètres à la ronde pour proposer ses services en échange d'un brin de nourriture, mais il revenait le plus souvent bredouille. Le matin, il s'en allait, les lèvres pincées. Son regard avait perdu de son éclat et il se forçait à sourire, la mine grise.

– C'est comme ça, il n'y a rien à y faire, disait-il.

Et il avait raison.

Je n'avais plus la force de m'inquiéter pour lui quand il s'absentait. J'étais simplement heureuse de le voir revenir – qui sait, peut-être qu'il avait conclu un marché qui nous donnerait quelque chose à nous mettre sous la dent. Tone Amalie était aussi fragile qu'une branche desséchée. Son visage osseux avait perdu sa jolie forme. Cette allumette qu'était devenue ma petite fille retrouverait-elle un jour ses joues rondes et ses poignets potelés que j'aimais tant cajoler et embrasser ? L'odeur irritante d'un fruit gâté. Voilà le parfum que dégage un enfant affamé. Parfois, j'ouvrais le coffre installé dans un coin de la maison et regardais ma boîte de médicaments. Je m'en emparais, passais la main sur le couvercle rouge, consciente que ce que j'avais là pourrait me rapporter de l'argent, de quoi nourrir mes enfants. Mais j'avais promis de ne plus jamais m'adonner à ça. En même temps, c'était moi qui nous avais entraînés dans ce pays. J'ai donc pris mon courage à deux mains et me suis mise en route pour Flor, où j'ai cherché la coquette maison de mère Anna et frappé à sa porte. Je ne connaissais personne d'autre. Dès qu'elle a ouvert, j'ai abandonné l'idée : elle avait le ventre aussi rond qu'un fromage. Se doutant de ce que je voulais, elle m'a coupée dès que j'ai prononcé un mot, non, ce n'était pas possible, elle avait déjà bien assez avec les siens. Elle aurait sans doute pu m'accorder un petit quelque chose pour la route, mais elle redoutait sans doute que je revienne frapper à sa porte. Quand on montre un peu d'amour à un chien errant, il ne vous oublie pas. Tandis que je rentrais les mains vides à travers la forêt, j'avais le sentiment que les arbres me tournaient le dos, eux aussi avaient bien assez avec les leurs.

Armod et moi nous querellions sans cesse. Un soir où il est revenu sans rien à manger, je l'ai jeté dehors.

– Quand on te dit non, va voir ailleurs ! ai-je grondé, les dents serrées, le fusillant du regard. Au sud, à l'est du côté de la mer, ou toute une semaine dans le Nord, peu importe ! Tu passes ton temps à dire que tout est vain, eh bien sache qu'il est vain de revenir à la maison sans rien à manger pour nos enfants !

Il a baissé la tête, sans voix. Lorsqu'il a renfilé son manteau, s'apprêtant à disparaître sur le sentier, j'ai aperçu ses os saillants sous le tissu de sa chemise. Je ne lui avais pas suggéré d'aller voir du côté ouest, nous savions tous les deux pourquoi. À cause de moi, nous ne pouvions pas nous approcher de la Norvège. Malgré les remords qui me rongeaient l'estomac, je me refusais de courir derrière lui. La rage avait besoin d'un coupable, de taper et de crier sur quelqu'un, peu importait qui.

Et s'il ne revenait pas ? S'il continuait à parcourir les routes comme il l'avait fait avant de nous avoir ? En le rattrapant finalement, je lui ai pris l'épaule. Il pleurait.

– Pardon, Armod.

Il est resté longuement silencieux, à me caresser la joue.

– Je ne le pensais pas.

Je l'ai pris dans mes bras, le visage calé contre sa gorge. Plus il me serrait, plus je sentais ses os à travers nos vêtements.

Tu ne t'en souviens sans doute pas, Roar, mais ce soir-là, nous avons mangé de la mousse bouillie qu'Armod avait extirpée de sous la neige. Tu n'avais plus la force de grimper sur ta chaise pour te mettre à table, nous devions te porter et t'y installer avant de te regarder mastiquer. À près de deux ans, tu semblais avoir à la fois vieilli et rajeuni. Tone Amalie avait de si grands yeux. Les genoux et les coudes squelettiques. À l'heure de se coucher, elle poussait des gémissements. Toi, tu mâchais le vide dans ton sommeil – je t'entendais dans mes rêves et je te tenais fort contre moi.

Rien n'est éternel, mais cet hiver allait-il vraiment cesser un jour ? Aurions-nous reçu de l'aide si nous avions cherché à connaître les gens du village, tissé des liens, veillé à nous tenir dans un petit groupe à la sortie de l'église le dimanche ? Le pasteur de la paroisse avait bien essayé, lui qui s'était présenté un jour avec son col amidonné et ses cheveux imbibés de sueur après la longue marche qui nous séparait du village. Mais il avait dû repartir, sa visite n'aurait pas pu se dérouler autrement. Non seulement j'avais peur des questions, mais horreur de l'Église et de ses hommes, je ne supportais même plus la vue d'une de ces chapelles couvertes de crépi blanc. Nous ne pouvions donc compter que sur nous-mêmes. Ni Tronka ni le pasteur de Trondheim n'avait eu raison de nous, mais peut-être que la faim s'en chargerait. Qu'est-ce que ça changeait, après tout ?

Je mettais à sécher des feuilles et des branches qui dégouttaient les unes sur les autres à mesure que le froid s'en échappait. J'avais beau les faire bouillir, elles donnaient rarement de quoi se nourrir. En s'en allant le matin, Armod ressemblait à un vieillard, et en revenant le soir, à une serpillière. Nous n'avions plus la force de nous toucher. Quand nos corps ont commencé à se couvrir de poils, j'ai su que le temps était compté. Bientôt, je n'aurais plus une goutte de lait à faire boire à ma petite.

Armod et moi, les adultes, nous nous évitions du regard. Nous ne parlions plus, il n'y avait rien à dire. La peau tombait comme un sac sur nos os. La faim, la vraie, est une expérience à part. Quand on n'a rien à manger, les jours sont terriblement longs. Et à force de rester immobile pour économiser la moindre force, le monde extérieur rétrécit. Vous, frêles enfants, aviez la peau qui se fripait à mesure que vos corps rabougrissaient. Le visage couvert de poils rugueux et l'esprit fané.

Les yeux vides. Tone Amalie délirait, un petit squelette bourdonnant contre sa mère. Armod ne racontait plus ses histoires, il restait muet. Ta sœur et toi, vous aviez le bout des doigts gercé, la peau écaillée. Deux dents étaient tombées de ma bouche. Depuis que mon estomac s'était mis à enfler, je savais que la fin était proche. Je te regardais, mon petit Roar, tu ne parlais plus, trop faible même pour rester droit sur ta chaise. Un coup de vent, et nos vies risquaient de s'éteindre. J'ai porté le regard sur Tone Amalie, croisé ses yeux brillants sortis de leurs orbites. Je me suis glacée en remarquant son ventre tout gonflé et tendu sous sa couverture.

– Tone Amalie ? Tone Amalie, mon petit bourdon ?

Elle avait les muscles lâches. Elle ne pleurait plus, ne réagissait pas.

Était-elle sur le point de mourir ?

Peut-être.

Chaque minute, l'évidence s'imposait un peu plus.

La mort s'installait chez nous.

Lorsqu'un bouvreuil a soudain percuté un carreau et s'est écrasé par terre, aucun de nous, les adultes, n'y avons fait attention. Tone Amalie a porté ses yeux fatigués vers la fenêtre, avant de chercher à capter mon regard ou celui de son père, mais toi seul, Roar, avais entendu le bruit et remarqué la réaction de ta sœur. Moi, je fixais le vide, et Armod avait le visage enfoui dans les mains. Je voyais bien que tu gesticulais, mais je n'avais pas la force de tourner la tête pour voir ce qui se passait. Tu t'es écrié, le doigt pointé vers la fenêtre :

– Il s'est fait mal !

Nous, tes parents, sommes enfin sortis de notre torpeur. À voir la tache grosse comme une pièce de monnaie sur le carreau, il était arrivé quelque chose. J'ai inspiré sans bouger. Armod, le regard embué fixé sur la fenêtre, s'est redressé, s'appuyant à la table de la cuisine pour s'aider à se lever. Un instant plus tard, en me montrant l'oiseau mort qu'il était allé chercher dehors, il oscillait comme un brin d'herbe dans le vent. Un beau plumage. La nuque brisée. J'ai fait bouillir de l'eau, ai plumé grossièrement l'animal et l'ai mis en entier dans la marmite, avec la tête, les pattes, tout. Des plumes rouges et noires jonchaient le plancher. Je l'ai laissé cuire jusqu'à ce que la chair se détache des os.

Ta sœur et toi, vous avez eu une tasse de bouillon à boire pendant que l'oiseau mijotait.

– Miam ! t'es-tu exclamé. Miam.

Tone Amalie était d'accord.

Nous avons partagé le repas en petites parts équitables, puis rempli la marmite de neige fondue pour récupérer les restes de bouillon. Armod a raclé soigneusement le tout pour te donner les dernières miettes. Nous, les adultes, avons mangé les pattes. De maigres pattes qui craquaient sous mes dents et me râpaient le gosier.

Rien n'a jamais été aussi délicieux que ce bouvreuil. Je me rappelle encore le goût, l'odeur et la manière dont nous avons enfin osé nous regarder dans les yeux, une fois notre festin fini. Ta sœur et toi, vous vous êtes endormis sans pleurer, le bouvreuil battant des ailes dans la poitrine. Armod a posé son front sur mon épaule, somnolent, avant de se redresser et d'aller chercher des campagnols. Il n'en a pas trouvé ce jour-là, mais le lendemain, il est revenu avec toute une nichée dans son panier, et de mon côté, j'avais repéré sous le manteau de neige des rameaux d'airelles que j'ai soigneusement cueillies. Le squelette des petits rongeurs croustillait comme du pain plat, et tu piochais délicatement les baies de cette soupe maigre pour les mâcher une à une. Quand tu as retrouvé le sourire, tes dents brillaient comme des perles. Nous n'avions pas de quoi manger à notre faim, mais de quoi survivre.

Avec la fonte des neiges se sont envolées nos dernières craintes, laissant place à la détermination. Sur les branches décharnées du saule sont apparus des bourgeons recherchant le soleil. Le premier arbre à fleurir.

Réveille les autres, petit saule !

J'ai cueilli les chatons duveteux pour en faire des mèches de bougie, que j'ai mises de côté. Avec le liber, j'ai fabriqué un grand panier destiné aux pommes de terre que nous récolterions cet été sur un champ que j'espérais plus vaste. Avant même que le gel ne lâche son emprise, Armod a commencé à déterrer des pierres de notre modeste carré de pommes de terre, formant un tas, témoignage de son amour à notre égard. Les plus imposantes et enracinées lui ont causé un mal de dos qui l'a empêché de bien dormir pendant des semaines. Il se donnait du mal pour nous. Parce que sans terre ni nourriture, nous mourrions. Les soirs où il souffrait le plus, je faisais bouillir de l'eau, y ajoutais une pelote d'écorce de saule et laissais infuser. Il buvait le remède et, une fois soulagé, il laissait le sommeil l'emporter. À la montée de sève, quelque chose d'implorant et de tranchant flottait dans l'air. Armod a entrepris de construire une clôture pour nous protéger de la faim, soufflant à peine entre deux coups de marteau. Comme si des bouts de bois pouvaient arrêter la faim. Au bout à l'angle, il a laissé un passage pour les lutins et le chat que nous allions adopter plus de vingt ans plus tard. En réalité, il ne lui restait plus qu'une planche qu'il réservait pour un ouvrage plus important.

– On va vous mettre une balançoire dans le grand pommier, les enfants, a-t-il annoncé, et tu as ri aux éclats.

– Je vais apprendre à voler, père !

– Tu voleras, Roar, je te le promets. Comme nous tous.

La balançoire était déjà prête. Armod avait passé du temps à la poncer, installé sur son tas de pierres, même s'il ne comptait pas la fixer avant le printemps suivant, une fois que Tone Amalie aurait grandi et ne risquerait plus de se faire mal. Toute votre enfance, agrippés à cette balançoire, vous alliez sentir le vent souffler dans vos cheveux et vos vêtements. Chaque fois que votre père allait vous pousser haut dans le ciel, droit vers la cime des arbres approchant et disparaissant de votre champ de vision, vous alliez constater comme la forêt était grande. Vous ne seriez pas enchaînés à la terre. À côté d'une telle liberté, que signifiait un trou dans une clôture ? Mes pensées pouvaient également s'échapper au travers.

Le doux vent de mai. Enfin la chaleur, aussi fragile fût-elle. La maison a changé de forme, il y flottait un parfum de bois sec et de résine chauffée au soleil. Ta sœur et toi, vous mangiez des pousses de pin à en avoir mal au ventre. Elles étaient pourtant bon signe, le signe que le pire était passé. En entendant des oisillons gazouiller joliment, nous ne pensions qu'à les dévorer comme le bouvreuil. Il a suffi de suivre leurs piaillements pour les trouver. Pardon, monsieur le moineau. Tes petits ont sauvé les miens. Dès que le printemps s'est vraiment installé chez nous, je me suis mise à rassembler tout ce que je trouvais de vivant aux alentours, je nous nourrissais de pousses et de lichen, préparais de la bouillie, du pain et de la bière à la sève de bouleau. Ta sœur et toi, vous buviez ce liquide comme si c'était un élixir. Armod avait toujours les épaules tendues lorsqu'il vous portait, mais il avait retrouvé son talent de conteur. Un jour, il vous a offert à chacun un sifflet qu'il avait fabriqué avec de jeunes branches de saule. Tu produisais des notes au hasard, et Tone Amalie suçotait le sien.

Armod et vous deux, vous avez oublié la faim comme si elle n'avait jamais eu lieu. À l'aide d'une vieille taie d'oreiller, d'une croix en bois et de ficelle, il vous a confectionné un cerf-volant. Dieu que ce cadeau vous a plu. Le monogramme bleu clair brodé sur le tissu lui donnait un air royal. Tandis qu'Armod vous apprenait à le faire voler, tu courais pieds nus sur le chemin derrière lui, regardant avec émerveillement cet objet effleurer les nuages. Et puis finalement, l'été est arrivé. Et quel été ! Une chaleur éblouissante qui faisait pousser la végétation à toute vitesse. De petits pieds crapahutant sur le plancher chaud, des joues s'arrondissant. Nous avons repris des couleurs. Nos assiettes se sont d'abord garnies de surelle et de pousses de pin, puis de chou et d'oignons accompagnés de feuilles de pissenlit en guise de salade. Quand Armod a trouvé du travail lui permettant de payer une partie de nos dettes au marchand, nous avons pu nous rendre à la boutique remplir de nouveau notre panier. Un soir, ta sœur et toi avez même laissé un fond de lait dans vos tasses. Vous aviez le sourire radieux et les jambes nues. Les premières semaines, avides de rayons de soleil et de fleurs de pommier, nous levions la tête vers la lumière pour ne pas en perdre une goutte. Mais l'astre du jour revenait tous les matins, et nous avons fini par nous habituer à cette tendre chaleur lumineuse dans laquelle nous baignions. Armod en a profité pour se défaire de tout ce qui lui pesait. La lumière dansait sur la lame de son rasoir, projetant des reflets dorés sur les murs et sur ses joues.

Des odeurs de cuisine plein la maison et de la graisse sur les carreaux de fenêtre. À table ! Je vous ai arrachés aux papillons et aux oisillons, et vous vous êtes rempli le ventre de poisson frit et de chaudes framboises, le temps qu'Armod revienne du champ de pommes de terre avec deux campagnols pris au piège. Nous avons ri en chœur, secouant la tête. Tone Amalie a retiré son pouce de sa bouche et souri. Vous avez entonné une comptine, et en vous écoutant, j'ai aéré la pièce et débarrassé la table, ma jupe se balançant en rythme avec la chanson.

La chaleur a persisté. Armod devait travailler de longues heures pour payer notre dû, et je passais lui apporter à manger sur ce champ où des femmes transpiraient au milieu d'une mer de lin azur. Dans notre clairière, la lumière filtrait entre les arbres comme à travers une passoire, mais au champ, les rayons du soleil se précipitaient en cascade sur ces corps moites. Les fleurs d'un bleu éclatant luisaient dans les yeux des travailleurs pressés, leur rappelant qu'il fallait œuvrer sans relâche pour transformer ces graines en linge de maison. J'ai entendu dire que, à la fin de l'été, une femme ne supportait plus cette couleur.

Armod chassait au collet les pigeons et les écureuils, même s'il était rare qu'il en attrape. Nous nous régalions de poissons frits, de fruits rouges et de pommes vertes acidulées. Armod était un bon pêcheur, mais le sel était cher, et ses prises difficiles à conserver. J'espérais que nous aurions bientôt assez de pluie pour faire sortir les champignons, comme la villageoise du nom de Johanna l'avait évoqué.

Sous les rayons tranchants, l'herbe brunissait, et bientôt, nous avons dû récolter nos légumes et les manger avant qu'ils ne soient parfaitement mûrs. Les poissons se cachaient dans le fond du lac pour échapper à la chaleur, y compris la nuit. Le ruisseau qui abreuvait notre petit lac s'est étiolé, à bout de forces. Toute la nourriture aux alentours a flétri et notre garde-manger se vidait à la saison où il aurait dû abondamment se remplir.

Nous avons mangé notre dernier oignon.

Puis notre dernier chou.

Il ne nous restait plus qu'à avaler des soupes maigres de gardon et de feuilles comestibles.

L'été était coincé dans un long tourbillon de sécheresse. Terriblement inquiets, nous ralentissions le rythme en attendant la nouvelle qui aurait dû nous faire l'effet d'un coup de poing au ventre. Mais la résignation est doucement tombée sur moi comme de légers flocons de neige du mois de mars. Nous n'aurions rien à récolter cette année. La tête sur l'épaule d'Armod, sentant sa main dans mon dos, je vous regardais vous amuser au soleil. Nous, les parents, qui comptions les provisions, nous avions envie de pleurer. Derrière vos rires, vous étiez déjà en train de vous rabougrir, alors que vous aviez à peine commencé à reprendre des formes. Tu es devenu si maigre, mon petit Roar. Et Tone Amalie avait le teint affreusement gris, la faim lui avait pris toutes ses couleurs. Elle nous regardait avec un fatalisme d'adulte. Je m'absentais longuement pour chercher du bois, des baies et des champignons, et quand je revenais avec un peu de bois, parfois des baies mais jamais le moindre champignon, vous vous tourniez vers moi la bouche ouverte comme des oisillons affamés.

Le soleil entrait par la fenêtre et réchauffait les cheveux bouclés de Tone Amalie. Mais les caresses n'ont jamais nourri personne.

Une fois de plus, nous nous sommes retrouvés, nos chapeaux en main, devant ce désert sourd qui n'avait rien à offrir à des gens comme nous. Une maison est un brouhaha incessant. Quand la nourriture manque, même les objets se taisent. Être à la maison, c'est se regarder dans les yeux autour de la table de la cuisine. Mais pas une table vide, nous n'avions jamais envisagé les choses ainsi. La faim nous écorchait. Les oiseaux perchés sur la clôture, les oiseaux dans les broussailles, les oiseaux qui tournoyaient au-dessus de notre toit. Tous cherchaient comme nous quelque chose à grignoter. L'art de s'occuper les mains pour contrôler ses pensées tout en économisant ses forces. Je cueillais des fleurs de lilas à côté de l'abri à bois et les fixais aux cheveux de Tone Amalie, mais ça ne la nourrissait pas. Pourtant, je la voyais parfois détacher les petites fleurs violettes et les avaler. Le temps lourd et orageux avait beau laisser espérer la pluie, pas une goutte ne tombait du ciel. La chaleur et la sécheresse. Une odeur de brûlé dans l'air, des brins d'herbe secs remuant dans le vent. La canicule nous étranglait. Et le soleil continuait de briller. L'herbe a jauni, la terre a fini par se découvrir, par se montrer nue aux yeux des hommes et des animaux. J'avais la réputation d'être un peu étrange, et je me tenais toujours à l'écart, mais même de loin, j'ai remarqué que les gens qui avaient l'habitude de s'entraider restaient chacun de leur côté, désormais. Johanna, la femme aux champignons, avait quelque chose de furieux dans le regard lorsque nous nous sommes rencontrées dans ce coin de forêt censé regorger de girolles. De bons amis pouvaient se bagarrer pour un navet tombé d'un chariot. Quelqu'un a même accusé son voisin d'avoir mangé son chien. Le village se déchirait, et je l'évitais encore plus que d'ordinaire. Cette belle communauté s'était transformée en une centaine de personnes cherchant à manger dans son coin. Chacun pour soi. Je songeais à la misère que nous avions laissée derrière nous et qui, de nouveau, nous avait rattrapés.

– Et maintenant, qu'est-ce qu'on fait, Armod ?

Il ne m'a pas répondu.

Nous étions déphasés. Lorsque je revenais avec mon panier vide, Armod m'entendait approcher et il vous nourrissait de contes et de récits de voyages. Toi, Roar, tu réclamais encore et encore l'histoire d'Axel Paulsen, le patineur qui était devenu riche ce jour de février où il avait battu le Hollandais devant toute une foule réunie sur les berges du fjord d'Oslo.

– À la vitesse de l'éclair, mon petit ! L'homme le plus rapide qu'on ait jamais vu sur la glace ! Un Norvégien, bien entendu.

– Et maintenant, une qui fait peur, père !

Les yeux écarquillés, il a murmuré qu'un beau jour d'été, alors qu'il revenait d'un travail en forêt à une demi-journée de marche de chez lui, il avait vu un bateau à moteur, chavirer et couler. Je me suis immobilisée.

– Treize enfants se sont noyés ce jour-là !

Tu retenais ton souffle, Roar.

– Faites donc bien attention aux eaux profondes, les enfants.

Vous étiez sans voix, et moi, je suis retournée à mes occupations. Je ne lui ai jamais posé la question, mais parfois, je me demande encore pourquoi il avait un tel besoin de raconter, d'être vu. Toutes ces histoires lui permettaient-elles de fuir quelque chose d'enfoui sous les mots ?

Un squelette dans la verdure devenue marron. Il cherchait à s'alimenter de tout, buvant les rayons de soleil et se nourrissant de son imagination qu'il partageait avec vous. Moi, je n'arrivais pas à faire semblant, de plus en plus affamée et irritable. Sans pluie, pas de pain. Ni le parfum humide de la vie. Le ruisseau en forêt n'était plus qu'un filet assoiffé, bientôt asséché. Ce que nous avions semé ne risquait pas de pousser, mais nous continuions de travailler à en mouiller nos chemises, en vain. Nos ventres grognaient, gémissaient. Nos intestins criaient famine, mais nous n'avions rien à leur donner. Je regrettais ces odeurs de cuisine si difficiles à faire partir. Et les campagnols que nous n'avions pas voulu manger quelque temps plus tôt, j'en rêvais dans une potée de baies de genièvre.

– Que va-t-on devenir, Armod ? Que faire ?

Sa bouche formait un rameau fané au milieu de son visage.

– À ton tour de trouver une solution, a-t-il répondu en me tournant le dos.

Nous pourrissions de l'intérieur, nous êtres humains, soumis à une épreuve que nous n'arrivions pas à surmonter. Il était de plus en plus difficile de différencier les moments de sommeil de ceux où nous étions éveillés, nos cauchemars devenaient réalité, à ceci près que la réalité était bien plus misérable et douloureuse. La pauvreté – une course d'endurance sur toute une vie. Seule au cœur de la forêt, je me surprenais parfois à maudire à voix haute notre destin. Le désespoir de quelqu'un qui a baissé les bras, mais qui refuse de le reconnaître.

– Ça ne peut plus durer, Armod.

Avant de me plaindre, je veillais à ce que vous ne nous entendiez pas, les enfants.

– Regarde-nous ! Tes histoires et tes légendes ne remplissent pas nos assiettes. Qu'est-ce qu'on va devenir, tu peux me le dire ?

Aucune réponse. Aucune réaction.

– Armod, je t'en prie. Réponds-moi ! Que pouvons-nous faire ?

– Ça suffit !

Il avait le visage furieux et le regard rude.

– À toi de me le dire, Unni ! Pourquoi passes-tu ton temps à me demander ? Tu as une idée, toi ? Qu'est-ce que tu en penses, hein ?

– Je vais te dire ce que j'en pense. Je regrette de t'avoir écouté et d'être venue dans ce pays sans avenir ni rien à manger !

Des éclairs sont passés dans ses yeux.

– Tu as oublié ?

Devant la force de sa voix, je me suis ratatinée. L'amour s'était retranché dans les murs, laissant toute sa place à la colère qui vibrait dans l'air.

– Tu as oublié, Unni, que si nous sommes tous ici, c'est à cause de toi, de ta petite boîte et de tes plantes ? De toi et de ce corbeau de pasteur, pour que tu ne finisses pas à Tronka, dans une de ces maudites cellules !

Tronka – l'asile pénitentiaire de Trondheim. Même si j'avais conscience de tout ça, ses mots ont creusé un marais autour de moi. Sans le laisser finir, j'ai ouvert la porte et me suis mise à courir, fuyant les cachots et notre maison, la peur et la faim, l'haleine noire du pasteur, ses mains dans l'obscurité. Vacillant entre les troncs d'arbres, m'écorchant sur d'épaisses racines, je me suis soudain effondrée par terre. Le visage plaqué contre le sol, du mucus plein la bouche et la voix étouffée par la sphaigne, j'ai expulsé ma douleur à pleins poumons. Personne ne m'a entendue, et lorsque je suis revenue sur mes pas, l'écho s'était tu. La peau pendouillant sur mes os comme un vêtement de deuil froissé, je suis retournée à la maison. En approchant, j'ai entendu la voix d'Armod raconter encore le récit du naufrage de son oncle, avant d'enchaîner sur son père qui avait participé à la construction du chemin de fer d'Elverum et qui les avait emmenés, ses frères et lui, assister à l'exécution de Svartbækken, le confiseur assassin. Avait-il seulement des frères ? Au fond, je savais si peu de choses sur cet homme. Trois enfants avec des rêves plein la tête au milieu d'un désert. Fleurs d'hiver et soleil d'été… On peut mourir de faim en toute saison.

Kåra

Une cage ou un navire

– Pin massif ?

Tout en parcourant le catalogue de cercueils, elle s'éclaircit la gorge d'un raclement tranchant. Dans le jardin, une pomme tombe bruyamment par terre. D'habitude, nous les cueillons pour en faire de la compote et de la confiture, mais pas cette année. Vers la fin, il y en avait des choses qui se passaient par là-bas, mais Bricken est aveugle. Je me ressouviens que la tempête ne gronde qu'au fond de moi.

– Oui, dis-je, les yeux fixés sur la table.

Aurais-je dû répondre autre chose ?

Le pin, ça colle bien à Roar, avec ses bottes et sa chapka. Les sentiers couverts d'aiguilles étaient son domaine, il savait où menait chacun d'entre eux, où les girolles se cachaient et où se terraient les lapins qu'il était capable de capturer entre ses mains. Son mirador était tapi de peaux de bêtes rugueuses contre ma paume, douces contre mon dos nu. La forêt était son royaume. Non pas que ça change quoi que ce soit. Ce pays est un royaume, mais les titres de noblesse, ça ne garantit rien : en ce moment, Gustave VI Adolphe, le roi en personne, est en train de mourir dans une chambre d'hôpital.

Tout peut mal tourner pour n'importe qui, n'importe quand.

Mon enfer à moi, c'était mon manque de courage. Je devais avoir sept ou huit ans quand j'ai réalisé que ce n'était pas uniquement la faute de Liva. J'accompagnais mon père à Söderhamn, loin derrière tous les arbres, toutes les ombres et tout ce vide qui entourait notre village. Il devait discuter avec quelqu'un du prix du seigle ou de l'avoine, il me semble. J'ai le souvenir d'une journée claire, d'un soleil voilé de nuages blancs vaporeux. Tandis que nous arpentions les rues, j'avais le sentiment que tous les réveils de la ville avaient sonné simultanément, un vacarme assourdissant, des gens de partout, des pas précipités, vite, allez ! Des regards nerveux cherchant à vaincre les minutes. Du bruit, un étrange dialecte en avance rapide. Des motos au moteur ronflant, des coups de klaxon, des talons battant le pavé. Les gens de la ville. J'avais beau essayer de me décaler, j'étais sans cesse dans le chemin. De toutes parts, des personnes pressées me passaient devant, me contournant comme une vulgaire tache à ne surtout pas effleurer. Si je tombais, m'auraient-ils marché dessus ? Un homme se tenait seul sur le trottoir, en pleurs. Je n'arrivais pas à porter mon attention ailleurs. Les gens aux alentours semblaient gênés, ils évitaient le regard des autres, trouvaient des détours pour ne pas avoir à l'affronter. Tout le monde semblait s'accorder tacitement sur le fait que cet homme n'existait pas – parce que nul n'était censé se comporter comme ça.

À cet instant, j'ai vu pour la première fois l'ombre de mon Berger du Caucase, le mien, apparu à l'angle d'un bâtiment.

– Il m'a trouvée ! ai-je laissé échapper.

Mon père m'a poussée vers la porte du bâtiment où nous devions nous rendre, ses mains épaisses plaquées sur mon dos.

– Avance, ma petite Kåra, a-t-il dit d'un ton ferme.

Lui ne semblait pas avoir peur. J'ai traîné exprès pour le forcer à répéter.

Sur le chemin du retour, nous nous sommes arrêtés pour aller chercher Johan-Le-Voisin à l'imprimerie, et le conduire chez lui.

– Non, s'il te plaît, papa ! ai-je protesté.

Johan-Le-Voisin avait eu la polio. Mon père m'a parlé de café et de casquettes à rayures, il voulait passer dire bonjour aux gars de l'imprimerie. Le claquement des chaussures sur le bitume résonnait encore au fond de moi lorsque nous avons pénétré dans le grand hall d'entrée. Le local était plongé dans la pénombre. Des machines bruyantes et de petites fenêtres crasseuses. La porte s'est refermée avec un lourd fracas derrière nous. Basculant sur les orteils, je songeais à la manière dont boitait Johan-Le-Voisin, effrayée à l'idée que la maladie puisse s'emparer de moi s'il me touchait. D'être paralysée. Boiteuse. De mourir. Le spectre de la femme de ménage qui avait fini à l'asile de Norrfly, l'impression que la polio se faufilait déjà dans mes jambes, les joues moites de l'imprimeur et les gens de la ville qui nous contournaient.

– Regarde, ma petite Kåra ! a déclaré mon père, le doigt pointé sur les casses contenant les lettres. Tous les caractères du monde. Ici, on les assemble comme le veut le rédacteur, mais sache qu'ils nous mentent, ces journalistes !

Des mensonges bruyants. Lui comme moi, nous savions que je ne disais quasiment jamais la vérité quand on me demandait si j'avais peur, si j'arrivais à bien respirer et à dormir la nuit dans le noir. Était-ce pour ça qu'il me parlait de mensonges ? Avait-il remarqué comme j'avais la voix aiguë quand je répondais à ce genre de questions ? Allait-il m'envoyer à Norrfly ?

Un boucan métallique tout autour. L'obscurité brute de la salle des machines.

– Sortons, ai-je dit.

Mon père a souri. La chaleur de sa main diffusait de fins rayons à travers mon corps, je m'efforçais de bien les sentir, ça et rien d'autre. Le vacarme des machines. Mensonge. Mensonge. Mensonge. L'odeur du vieux papier et du nouveau, de l'encre d'imprimerie et des vidanges. Un peu plus loin, l'écho de voix rouillées. La pause. Des rires. En remarquant que je traînais les pieds, mon père m'a tiré la main sans ralentir le pas. Puis il m'a lâchée et a continué vers les autres. L'odeur du café m'a enveloppé la main que mon père avait laissée chaude. Il a tourné à l'angle et disparu.

Dans le froid de la pièce que je ressentais à travers mes chaussures et les odeurs de produits chimiques, ma main gelée a vite oublié la chaleur de mon père. Des rais de lumière formaient d'énormes araignées qui rampaient par terre. Des ombres se précipitant des coins et des recoins m'encerclaient. Les araignées me cherchaient, avec leurs pattes velues, rencontrant des ombres en chemin, s'agrippant à des mains poilues.

L'obscurité la plus noire n'a ni début ni fin. Ce n'est qu'égarement.

Elles arrivaient à pleine vitesse, toutes griffes dehors. Il me semblait que les murs se resserraient, que les machines se penchaient sur moi. J'avais envie de crier, de courir, de me mettre en boule, mais mes oreilles bourdonnaient et un sifflement persistant retentissait dans ma tête. J'étouffais. J'aurais eu besoin d'un animal, mais personne n'était là pour me protéger.

Ma poitrine se comprimait. Les voix et les rires qui s'échappaient au loin me laissaient déscspérément seule, écrasée par une lumière blanche éblouissante. Je me préparais à mourir. J'avais la nausée et des sueurs froides. Des pattes d'araignées plein le corps. C'est alors qu'une flaque s'est formée entre mes pieds. Mes chaussures trempaient dans le liquide chaud qui coulait à n'en plus finir le long de mes jambes. L'odeur m'irritait le nez, j'ai fermé les yeux, tout s'est mis à tourner de plus en plus vite, et j'ai vacillé. Mon corps a gardé l'équilibre, mais mon âme gisait dans l'urine.

Au même instant, une ombre est apparue au fond de la pièce pour disparaître aussitôt. Aussi furtif que ce fût, je savais ce que j'avais vu.

– Mon chien !

Il était venu, mon Berger du Caucase, il m'avait redonné vie. Je me suis élancée à travers la pièce, l'écho de mes pas résonnait entre les murs, j'ai poussé de toutes mes forces la lourde porte menant à la liberté et je me suis jetée dans les bras du soleil. Une fois refermée, la porte de l'imprimerie se dressait comme un barrage contre ma peur.

Les genoux branlants, je me suis écroulée par terre. Je tremblais comme une feuille, en boule sur le gravier, la poitrine oppressée, les lèvres engourdies, des picotements dans les doigts et des cris plein la tête. Et pourtant… Grâce à mon Berger du Caucase, j'étais en vie.

J'ai passé le trajet du retour dans ma culotte froide et trempée, à espérer que mon père et Johan-Le-Voisin ne remarquent pas comme je sentais mauvais, au milieu du parfum de l'herbe qui s'élevait du bord de la route. Il faisait bon, mais je grelottais. Je pensais à l'asile de Norrfly, à mon chien mangeur de loups capable d'engloutir la polio, les araignées, la peur et le noir. Les arbres aux bras noueux projetaient de longues ombres sur les bas-côtés. Le souvenir des araignées menaçantes. Johan-Le-Voisin se curait les ongles et tripotait son chapeau. Lorsqu'il s'est soudain retourné pour m'ébouriffer les cheveux, j'ai sursauté. J'ai essayé de sourire à pleines dents. Une vraie poule mouillée. Papa allait-il le dire à maman ? Je retenais mon souffle et rêvais de me réfugier dans une grotte, au plus profond de la forêt. Un endroit désert, où il n'y aurait que moi, devenue les yeux de la forêt. Un Berger du Caucase qui connaîtrait mon nom. La bouche ouverte vers le ciel, je boirais de l'eau de pluie. Je me nourrirais de racines, me coucherais sous la terre et la mousse. Et lorsque le temps se gâterait et qu'un vent de février sifflerait à abattre les arbres, je me blottirais contre mon chien au pied du pin le plus vieux du monde, de plus de sept cents ans. Plus de « sois gentille », « sois calme », « sois contente ». Pas l'ombre d'un être humain. Mon visage luirait sous la pluie et l'arbre me protégerait jusqu'à ce que le vent tombe.

Quand personne ne me regardait, je pleurais dans mes mains. Puis je me frottais le visage pour ne laisser aucune trace.

Dans tous ces échecs, ma mère avait sa part de responsabilité. Une semaine avant mes treize ans, je me suis réveillée avec un mal de ventre qui me donnait l'impression qu'on me récurait l'intérieur du nombril et qu'on essayait de me l'arracher. En descendant l'escalier, j'ai senti quelque chose couler entre mes jambes. Je m'étais encore fait pipi dessus ? Je n'avais pas la vessie pleine, mais je me suis précipitée aux cabinets. J'avais beau me retenir, une autre goutte a glissé sur ma cuisse. Essoufflée, j'ai verrouillé la porte. Tandis que le jet d'urine s'écrasait sur le monticule de lisier, j'ai remarqué des boules de sang dans ma culotte.

Mon sang.

Cette fois, pas de chien pour me protéger. Mon instinct me disait d'appeler ma mère ou de m'enfuir dans la forêt. Je n'ai fait ni l'un ni l'autre. Je suis restée là, vissée aux toilettes, à fixer les caillots rouges. Mes mains se sont mises à trembler, la nausée est montée. Allais-je mourir ? Il fallait pourtant bien que je prévienne ma mère. En sueur, avalant ma salive, j'ai suivi ses instructions :

Inspire par le nez et souffle par la bouche.

J'ai rempli ma culotte de papier, puis, les jambes serrées pour maintenir le tout en place, je suis allée la voir.

Comme j'ai eu honte devant ses éclats de rire. Elle qui passait son temps à me dire de me mettre à la place des autres se moquait de moi. À cet instant, j'aurais voulu qu'elle tombe et qu'elle se blesse. J'ai fini la journée sur mon lit, pétrie de honte, des serviettes en tissu dans les mains et le ventre tordu de crampes.

Aujourd'hui, j'ai à peu près la même sensation en voyant Bricken feuilleter le catalogue de cercueils. La chapka et les bottes de chasse de Roar m'apparaissent sans cesse depuis qu'elle m'a dit qu'elle voulait qu'il soit enterré dans le costume noir qu'il portait à notre mariage. Le costume que je n'aime pas. Ce mariage date d'il y a trente ans, mais j'ai l'impression que je me tenais sous le porche de l'église au printemps dernier, au bras de Dag qui devait me protéger toute la vie contre mes peurs et l'asile de fous. Pour l'occasion, je m'étais cousu une robe, j'arborais une belle coiffure et le collier en argent de ma grand-mère. Vingt-deux ans. Dag avait les cheveux dorés, une chemise en lin neuve amidonnée et des souliers soigneusement cirés. Il était aussi flegmatique que d'habitude, sentait un mélange de savon et de tabac. Moi, je dégageais l'odeur du soulagement. La sueur me piquait sous les bras, mais tout le monde souriait lorsque nous avons marché vers l'autel. Roar avait l'air fermé, je sais qu'il avait le sentiment que son costume cherchait à l'apprivoiser. Pourtant, il inspirait la liberté avec son regard plissé formant deux traits au milieu de son visage. Dag m'a serré la main un peu plus fort et souri avec les yeux, lui aussi.

Faites que je l'aime.

Je respirais lentement pour calmer mon cœur palpitant.

Sept mois plus tôt, mon aventure avec Dag était devenue sérieuse. Je passais l'été au chalet d'alpage avec Liva, au milieu des sons clairs des sonnailles et du kulning, du souffle des bêtes et de leurs coups de sabot dans l'herbe. L'Europe était en feu et des marins britanniques arrivés dans ces contrées nordiques après avoir été torpillés troublaient la tranquillité du village, mais là-haut, le calme régnait. Il y avait longtemps que nous n'avions pas été ensemble, ma petite sœur et moi, qui la regardais enfourcher sa bicyclette à tout-va, quittant volontiers la ferme pour aller voir ailleurs.

– Viens, Kåra, on va s'amuser ! On ne rentrera pas tard, c'est promis !

Depuis qu'un ami de notre père l'avait vue embrasser un de ces marins à l'orée de la forêt, elle n'avait pas le droit de sortir seule le soir, voilà sans doute pourquoi elle voulait que je l'accompagne. Je répondais presque systématiquement que je ne pouvais pas, même si, au fond, j'aurais pu avoir envie de la suivre. Si seulement ce n'était pas si loin, s'il n'y avait pas tant de monde. Elle allait voir des amis à Rengsjö et Glössbo, des gens bruyants que je n'avais jamais vus de ma vie, et tout sourire, elle affrontait les pistes de danse et les questions des étrangers. Liva n'avait rien de tante Gurli. Les hommes et les femmes s'agglutinaient autour d'elle et elle restait là, à l'aise, au milieu de la foule. Voilà pourquoi je déclinais l'invitation. Mais le soir où j'ai rencontré Dag, elle a insisté. Nous avons pédalé jusqu'à Björtomta alors que la nuit était sur le point de tomber.

Dès que nous sommes arrivées, la bande des dactylos s'est jetée sur elle.

– Salut, Kåra ! Liva, viens voir !

– Liva, tu sais quoi ?

Ma sœur s'étirait vers ces filles comme un chat dans un rayon de soleil.

– Suis-nous, Kåra, mais si tu préfères rester là, je reviens vite ! a-t-elle lancé avant de disparaître.

Je suis restée plantée là comme un dos d'âne au milieu de tous les vélos garés aux alentours.

De loin, j'entendais les voix de Liva et de ses copines qui formaient un petit clan au milieu de la foule. Elles prêtaient l'oreille et tendaient la nuque pour mieux voir si quelqu'un exhibait une bague. Liva n'allait pas tarder à prendre des cours de dactylo, elle aussi, me laissant seule à la ferme avec mes parents.

C'est à ce moment-là que Dag est passé. Comme moi, il se tenait en retrait. Il tripotait sa casquette et regardait d'un air curieux autour de lui. Une posture flegmatique.

– On est mieux en forêt, a-t-il dit.

– Tu habites où ? ai-je demandé.

Liva a disparu avec un des frères de Bocksjön, et quand j'ai voulu rentrer, elle était introuvable. Aussi ai-je demandé à Dag de me raccompagner. Mon père a eu le regard dur en constatant que Liva n'était pas avec moi. Dag s'est présenté et ma mère a mis la table. Lorsque Liva est enfin rentrée, je m'étais couchée. Elle m'avait cherchée plus d'une heure dans le noir, assurait-elle. Elle ne m'a pas adressé la parole jusqu'à ce que nous nous retrouvions toutes les deux au chalet d'alpage.

Ma mère voulait à tout prix que Liva y passe l'été pour veiller sur les vaches, après l'affaire du bal. Moi, je n'avais pas le droit d'y aller.

– Imagine qu'elle s'éloigne trop du chalet, Torvid, avait-elle dit à mon père. Qu'elle s'aventure dans la forêt, qu'elle se perde, ou qu'elle se blesse, elle et quelqu'un d'autre, comme avec le petit Olle, et qu'elle n'arrive pas à retrouver son calme.

Mon père estimait qu'il fallait essayer. J'ignore ce qu'en pensait le Dr Thorsén, il ne disait jamais grand-chose. Une poignée de main, une ordonnance et au revoir. Je redoutais chacune de mes visites dans son cabinet. Quand ça se passait bien, je ramassais à sa porte un marron que je gardais dans notre chambre, à moi et Liva. Des bons points tout ronds, preuves que j'avais réussi l'examen. La semaine précédente, j'avais regardé le médecin soulever de ses mains impeccables de praticien son presse-papier et le reposer pensivement. J'avais affirmé que j'arrivais à bien respirer, que je n'entendais pas mon cœur battre, que je n'évitais pas les gens, que je ne sursautais pas au moindre bruit et que je ne laissais pas mon imagination s'emballer. En somme, que j'allais bien. C'était presque vrai. Mon Berger du Caucase n'était jamais bien loin. C'est ça qui m'aidait, mais je m'étais bien gardée de le lui dire. Mon père, assis à côté, m'avait écoutée donner les bonnes réponses à toutes les questions.

Puis, un beau marron au fond de ma poche, je m'étais félicitée d'avoir réussi. Et par conséquent, j'avais eu le droit d'aller au chalet d'alpage.

Je m'éloignais de l'étang où Liva avait décidé que nous allions nous baigner. Elle avait l'air de m'avoir pardonné d'être rentrée seule du bal, à voir la manière dont elle barbotait loin, trop loin, en riant et dégageant des mèches mouillées de son visage. Moi, je n'y avais mis que les jambes. L'eau froide me heurtait les genoux, et dès que j'avais senti une plante me chatouiller la cheville, je m'étais empressée de sortir et de remonter vers le chalet.

Dag m'attendait là-haut. Depuis le bal de Björtomta, nous dansions régulièrement ensemble et marchions en forêt le long des sentiers avec sa main dans mon dos. Lui qui ne me poussait pas à dépasser mes limites, qui ne se moquait pas de moi quand je ne comprenais pas quelque chose, était là, assis à cet endroit où la forêt ancienne s'ouvrait sur le pâturage, un vieux couteau à gaine en main, concentré, tête baissée. Sa silhouette courbée contre les grands arbres, juste devant l'ombre des cimes. On aurait dit qu'ils ne faisaient qu'un. Il n'a pas demandé à voir Liva, son corps mouillé dans l'eau.

Il m'attendait, moi.

Nous sommes entrés dans le chalet. Ma peau collée à la sienne. Quelque chose d'électrique, une onde de chaleur se dissipant lentement. Mon sang pulsant dans mes veines. Des mains tâtonnantes, maladroites, toujours galantes. Des mollets forts, des épaules habituées à porter et à soulever des poids. Quelqu'un de tout à fait normal qui avait envie de moi.

Il avait remis ses chaussures lorsqu'il m'a posé la question, j'entends encore le bruit de ses semelles. J'étais blottie contre lui, les paupières fermées.

– Regarde-moi, Kåra, a-t-il dit.

J'ai ouvert les yeux. Une voix ni fragile ni sonore, d'une tonalité sincère entre les murs en bois.

– Maintenant, c'est toi et moi, si tu as envie.

Il grattait le plancher du bout du pied.

– Tu viendrais habiter avec moi chez mes parents ?

Je me suis imaginé les choses. J'ai pensé au cours de dactylo de Liva, aux rires de ma mère et au Dr Thorsén. À l'asile de Norrfly. À la maison de Dag au cœur de la forêt. À une vie normale, en famille. Au bonheur, peut-être. À l'amour.

Il a de nouveau gratté le sol, j'ai inspiré par le nez et soufflé par la bouche.

– Oui, ai-je affirmé. Je viendrai.

Et il est parti. Je l'ai regardé se confondre avec les pins épais, tous ces arbres centenaires se réunissaient autour de lui. Ils l'acceptaient. Le peuple vertical. Dag était transparent, capable de protéger le potager des escargots et de transformer de vieilles feuilles en terre. Et il voulait être avec moi. Où serais-je allée autrement ? En ville, comme tante Gurli, peut-être... Errer de cachette en cachette et collectionner des marrons porte-bonheur sous le regard des gens dans la frénésie du matin ?

Non. Jamais.

Voilà pourquoi nous nous sommes mariés.

Aurait-il regretté s'il avait su ?

Le lendemain de notre mariage, j'installais des draps au monogramme fraîchement brodé dans l'armoire à linge de chez moi. « KMU ». Pas de village plein de regards, rien qu'une maison perdue dans la forêt. J'ai retiré les rideaux de Bricken pour accrocher les miens à petites fleurs. En bas, la lumière projetée sur le perron devenait verte quand le soleil filtrait à travers les cimes des arbres. La même couleur que les murs. Des lilas se dressaient un peu plus loin. Un minuscule pommier et une fragile souche grise au milieu du jardin, vestige d'un arbre qui avait été abattu et auquel Dag s'adressait en chuchotant. J'ai gardé les rideaux ouverts pour pouvoir jeter de temps en temps un coup d'œil au-dehors. Toute la journée, j'ai arrangé notre chez-nous, jusqu'à l'heure du dîner. Ma collection de marrons reposait dans un grand bol sur la commode, un pour chaque épreuve que j'avais surmontée sans me ridiculiser, je me rappelais à peine ce que chacun d'entre eux représentait. Tant de petits trophées. Peut-être que la collection s'arrêterait là.

Quand Bricken m'a appelée, j'ai mis mon châle gris sur mes épaules et suis descendue la rejoindre au rez-de-chaussée. Une odeur de sauge séchée flottait dans la cuisine. À côté de l'ancienne cuisinière à bois en fonte trônait son équivalent moderne, blanc et électrique. Si la table et les chaises imposantes semblaient dater du début du siècle, ma belle-mère avait mis le tout au goût du jour avec des coussins et une nappe à carreaux verts. Lorsque je suis entrée dans la pièce, elle était en train de saler des morceaux de viande – dont elle allait faire des escalopes – en fredonnant. Elle avait des éclats de graisse sur le front et, régulièrement, elle essuyait les carreaux de la fenêtre avec un torchon. Je suis allée cueillir un petit bouquet pour la table avant de mettre soigneusement le couvert sur la nappe à carreaux, veillant à choisir des assiettes assorties et à les disposer avec la grosse fleur sur le côté droit. Au-dessus du plafonnier se trouvait mon chez-moi. Dès le lendemain, Dag et moi nous débrouillerions, me disais-je, nous mettrions joliment la table dans notre cuisine.

Dehors, une obscurité totale s'est vite imposée. Personne n'a complimenté mon couvert. Dag mangeait et souriait sans dire grand-chose. Roar est arrivé, a vidé et saucé son assiette, avant de la pousser et de s'enfoncer dans son siège. Des mains rugueuses façonnées en forêt au milieu des motos, des chevaux et des hommes larges d'épaules. Un corps solide et bronzé fait pour se tenir droit, non se prélasser dans le canapé, vêtu d'une salopette bleue. Les cheveux dorés comme Dag, la nuque brunie par le soleil et sillonnée de rides blanches.

– Merci pour le repas, ai-je dit.

Il m'a remerciée aussi.

Quand je me suis levée pour débarrasser son assiette, son regard a capté le mien.

– Assieds-toi et mange, a-t-il déclaré. Trouve-toi autre chose à faire.

Et puis il est ressorti pour retourner le fumier et répandre des fanes sur le champ de pommes de terre. Peut-être le verrais-je de ma fenêtre à l'étage, plus tard dans la soirée.

Du bout de ma fourchette, j'ai retiré des morceaux de couenne et des grumeaux qui baignaient dans mon assiette. Une odeur de vieilles tripes s'élevait du seau qui servait de poubelle sous l'évier. L'ombre de Roar est passée devant la fenêtre de la cuisine.

– Je peux m'occuper de ça, ai-je suggéré en me levant et en montrant le seau.

Bricken me l'a tendu et je m'apprêtais à l'attraper quand Roar est réapparu à l'intérieur et a accroché sa chapka. Au-dehors régnait l'obscurité. J'ai baissé le bras.

– Demain matin, plutôt.

– Fais-le maintenant, a objecté Bricken. Avant que ça ne sente trop mauvais.

Elle tenait toujours fermement la poubelle. J'ai regardé vers la cour sans bouger.

– Tu sais où c'est, non ? Longe la dépendance jusqu'à la clôture, et tu trouveras le compost.

Sans me lâcher des yeux, elle approchait les ordures si près de mon visage que l'odeur de tripes et de cartilage froid me piquait les narines. Dag regardait ailleurs. Fixant mes pieds, j'ai saisi le seau et suis sortie dans la nuit.

Des pas ont retenti dans mon dos.

– Je m'en occupe, a affirmé Roar. Repose-toi, Kåra.

Je l'ai regardé traverser en arc de cercle la cour comme un chien de berger rassemblant le troupeau avant le coucher du soleil. Une démarche assurée qui avait un but.

Mme Kåra Moen Ulefos. Le lendemain était en réalité mon premier jour. Désormais, c'était à moi de veiller à ce que les carreaux soient propres et les rideaux repassés. J'ouvrais les placards et les refermais. Je déplaçais un objet et le remettais à sa place. Postée à la fenêtre, je regardais dehors pour m'approprier les lieux. Dans le jardin, mon beau-père a appelé sa femme. Il avait une voix si curieuse, résonnant comme de l'argent fondu. Ces deux-là auraient pu avoir les hanches soudées, tant ils étaient fusionnels malgré toutes les années de mariage. Peut-être pas comme deux amants, mais comme un grand frère et sa sœur, ou des amis très proches.

Il y avait quelque chose de particulièrement léger entre eux.

Roar avait dû peindre lui-même les contours de fenêtres, lui qui savait abattre les arbres, récolter les pommes de terre à mains nues et chasser le gibier pour remplir la marmite et assurer que la vie continue. Sans doute était-il en train de labourer du côté du tas de pierres, mais j'avais du mal à voir à travers les fientes d'oiseau. J'ai astiqué les carreaux jusqu'à ce qu'ils brillent, avant de descendre, d'attraper le seau de compost et de sortir. Malgré l'odeur épouvantable de viande avariée, d'œufs pourris et de déchets de poissons, je me suis approchée de Roar.

– Si on retirait ces pierres, il y aurait la place de planter des fleurs, ai-je suggéré.

– Non, s'est-il contenté de répondre en attrapant le seau.

Bricken a lâché un rire en me voyant revenir. Devant ses yeux perçants, je me suis tortillée sur ma chaise. Même si je ne voulais pas le reconnaître, elle était belle comme un arbre ancien, comme une ruine dans le soleil couchant.

Tout ce temps. Toutes ces corvées. Tous ces non-dits. Au fil des années, toutes ces pommes de terre et toute cette eau. L'eau des patates, l'eau du café, l'eau de vaisselle et l'eau du ménage. Roar avait eu faim à une époque, c'était évident. Quand il rentrait, il se mettait directement à table. Il engloutissait, mâchait et avalait la nourriture plus rapidement qu'un chien de ferme. Comme si les aliments n'étaient là que pour lui remplir le ventre, donner à son corps ce dont il avait besoin. Il me regardait et disait toujours merci, les yeux fixes. Parfois, il essuyait la vaisselle avec un torchon en lin avant de ressortir.

Dag, lui, mangeait lentement, sans se presser, laissant les aliments refroidir dans son assiette. Une fois rassasié, il restait un moment à sa place à se masser les tempes du bout des doigts, tandis que je me contorsionnais par-dessus son épaule pour débarrasser. S'était-il lavé les mains ? Sans doute pas. Les mains sales et les vêtements crasseux. Le dîner, le seau à compost et l'évier gras – un cycle qui ne prenait jamais fin.

Je sursaute sur ma chaise quand Bricken se mouche dans une feuille de papier absorbant. La radio tourne toujours, les informations suivies du quiz musical. Elle a les yeux plus humides qu'auparavant, est-ce l'âge ou le départ de Roar ? Ou peut-être moi. Elle met de côté le catalogue de cercueils, l'air de vouloir que nous parlions sérieusement, toutes les deux. D'un geste théâtral, elle pose son lourd mortier sur la couverture, bloquant ce foutu catalogue sous un poids. Comme si cette collection de cercueils comptait s'échapper. Je serre les poings, aussi vain que ça puisse être. J'avale ma salive et pense à mon fils. C'est pour lui que je fais tout ça.

« Une cage ou un navire », comme dit souvent Bricken. Pourtant, je ne suis pas malade. En tout cas pas physiquement. Bricken n'a pas l'air trop mal en point non plus, juste un peu délavée. L'effet de l'eau de vaisselle et de l'eau savonneuse.

– Des os et de la chair, déclare-t-elle, perdue au milieu des papiers sur la mort et de sacs plastique noirs. Voilà de quoi on est fait. Rien d'autre. Il vaut mieux s'occuper pour ne pas avoir le temps d'y songer.

Elle passe la langue à l'intérieur de ses lèvres de manière répugnante.

Je vois bien ce qu'elle veut dire. Que la vie ne tient qu'à un fil. Qu'il faut se débrouiller. Que je ne suis pas à plaindre. Que j'ai décidé moi-même, et qu'il serait peut-être temps, à cinquante-trois ans, de me ressaisir. Je voudrais me défendre, lui expliquer que, si je pouvais revenir en arrière, je me comporterais différemment – ou que j'essaierais, du moins. J'éviterais de faire tout ce que j'ai fait dans cette maison.

Tais-toi, Kåra.

Je me force à ne pas ouvrir la bouche, ça ne ferait qu'aggraver les choses. Malgré ce que Roar disait, il n'aurait pas voulu qu'elle sache. Je me lève, lui tourne le dos et vais dans la chambre à coucher.

– Pas plus de café ?

Elle a la voix qui gémit comme une vieille. Je voudrais ne pas répondre, mais elle me repose la question.

– Je suis obligée ?

– Non non.

– Dans ce cas…

– Qu'est-ce que tu fabriques là-dedans ?

– Il y a des choses à faire.

– Ah bon.

Le poing appuyé contre le mur, je lui fais son lit, glissant brutalement le drap sous le matelas. Je voudrais cacher quelque chose de piquant là-dessous, mais je serre les dents et traîne un peu avant de retourner dans la cuisine. J'essaie de me dire que c'est une vieille femme. Elle s'effondrerait, me rosserait avec sa canne ou me jetterait la cafetière au visage pour tout ce que je lui ai volé. Mieux vaut que je me taise. Même si c'était moi, je ne suis pas la seule fautive dans cette histoire.

Unni

La vie en ligne de mire

Tronka. Son spectre est revenu alors que la faim nous torturait. Au cœur de la sécheresse et de la chaleur écrasante, le gel s'installait entre Armod et moi. Lui bâtissait des châteaux en Espagne, les ongles rongés. Moi, je regardais par terre et grignotais mes lèvres. De l'herbe desséchée et brûlée de toutes parts. Mais tant qu'il y a l'amour... Ce n'est pas vrai. Avant tout, il faut de quoi vivre. J'avais beau aimer mes petits, leur estomac leur faisait mal. Nous mangions tout ce que nous trouvions, y compris des vers de terre. Ta sœur et toi, vous aviez les yeux qui brillaient de désespoir comme des animaux affamés. Lorsque vous dormiez, nous nous installions, Armod et moi, autour de la table vide de la cuisine.

– C'est sans issue, n'est-ce pas, Armod ? Tu n'as même pas l'air de t'en faire... Normal, pour toi qui peux plier bagage quand bon te semble en sifflotant, et inventer une histoire de brigands nous concernant...

Voilà ce que j'ai dit malgré moi.

– Quand la mangeoire est vide, les chevaux mordent, a répondu Armod en essayant de me prendre la main au-dessus de la table pour me calmer. Ça va s'arranger, tu verras, il faut simplement se serrer les coudes.

Mais j'avais le ventre écorché et le cœur déchiré en voyant vos yeux s'enfoncer avec résignation dans leurs orbites. J'en perdais mon bon sens et mes sentiments, et je criais, je pleurais. J'étais devenue mauvaise, grossière et méchante.

– Tu veux que je m'en aille, Unni ?

Le regard humide, dangereux, il s'est levé si brusquement que sa chaise s'est renversée.

– Te débarrasser de moi ? J'ai de bonnes jambes, tu sais, je peux m'en aller sur-le-champ. C'est ça que tu veux ?

Il s'est dirigé vers la porte.

– J'aurais pu rester là où j'étais, bon Dieu !

Sa voix sonore s'est soudain brisée, ne devenant qu'un gémissement.

– Que je sois maudit de t'avoir suivie, Unni. Maudit soit ce satané pasteur ! Et maudit soit Tronka !

À ce moment-là, tu t'es retourné dans ton lit, mon petit Roar, mais je n'ai pas eu la force de regarder si tu t'étais réveillé. Je suis restée là, sur ma chaise, les yeux fermés, trop épuisée pour pleurer. Ou peut-être que si, mais de faibles larmes.

– Tu as oublié, Unni ?

Armod s'était rapproché et se tenait penché sur moi. Ses cheveux dégageaient une odeur d'herbe sèche.

– C'est toi qui t'es enfuie, Unni. Moi, je n'ai fait que te suivre. Tu as oublié tes sachets de plantes et les papiers du pasteur pour Tronka ?

Une franchise désolée résonnait dans sa voix. Marque d'indifférence ? La nuque baissée, je me suis effondrée sur moi-même. Il m'a soufflé à l'oreille :

– Tu crois vraiment que j'ai envie de m'en aller ?

Je fixais la table vide. Il a retiré son alliance et m'a tendu la main pour que je lui confie la mienne. Sentant mes entrailles s'effriter comme de l'argile, j'ai enlevé l'anneau en or de mon doigt et l'ai posé dans sa paume calleuse sillonnée de lignes, sans croiser son regard. Il m'a attrapé délicatement le menton pour que je lève la tête. Puis, m'embrassant des yeux, il m'a pris la main et m'a fait me lever, les anneaux dans son poing, un grand et un petit.

– Jamais sans toi, a-t-il déclaré.

Son regard n'avait plus rien de rude.

– Si tu ne peux pas y retourner, moi non plus. J'appartiens à ma fille, à Roar et à toi. Je t'ai choisie, Unni, c'est avec toi que je veux traverser les années. Nous formons un tout. Et ici, c'est chez nous.

Alors, nous nous sommes de nouveau promis l'un à l'autre. Enlacés près de la table qu'il avait fabriquée, nous nous sommes repassé au doigt les alliances du pasteur.

– Toi et moi, Unni, a-t-il dit. Pour toujours.

Les larmes se sont mises à couler, aussi brûlantes que le souvenir. Je me suis agrippée à sa nuque et ai plaqué mon front contre le sien. La cathédrale de Nidaros était loin derrière nous. Ta sœur et toi, vous étiez les seuls convives de notre mariage, et vous dormiez.

Nous sommes allés voir le propriétaire pour lui demander la charité. Peut-être pourrait-il nous aider. Le petit lac au fond duquel se recroquevillaient les poissons nous a regardés nous diriger vers la ferme sans savoir à quoi nous attendre. La canche avait commencé à faner.

La famille était à table lorsque nous avons frappé à la porte, et une fille au nez pointu et aux cheveux blonds nous a ouvert. Ce n'était pas la même que celle que j'avais vue, enceinte, au milieu du champ, quand nous nous étions présentés ici pour la première fois. Le parfum d'un bon plat chaud à la crème nous heurta les narines. Plantée sur le seuil, j'ai jeté un œil au-dessus de l'épaule d'Armod. Un bol rempli de pommes de terre luisantes de beurre. Des saucisses baignant dans la graisse sur un plat. Dans un coin, le chien avait la gamelle remplie de nourriture dont nous ne pouvions que rêver.

Le paysan s'est levé et nous a rejoints dans la cour. Il avait les joues rouges et une goutte de gras de viande qui lui coulait sur le menton. Il a eu beau fermer la porte pour ne pas nous infliger davantage ce spectacle, les odeurs de cuisine flottaient dans l'air comme un nuage de moustiques.

Armod a retiré son bonnet, courbé la nuque et marmonné dans sa chemise :

– Les temps sont durs. Mais nous finirons par payer.

Il n'avait plus rien de l'Armod qui avait signé les papiers et serré la main du paysan comme un égal, l'autre fois.

– Je vous en prie. Pour les enfants, le garçon que vous avez vu et sa petite sœur. Vous aurez des intérêts sur toute l'aide que vous pourrez nous apporter, je vous le garantis.

Son interlocuteur l'écoutait sans bouger. Il a ouvert les mains, l'air de soupeser sa décision.

– La maison, les chaises et la chaleur d'un foyer, tout ça, je vous l'ai accordé à crédit, a-t-il répondu d'une voix neutre et calme, fixant un point juste sous mon visage. Je ne peux rien vous offrir de plus, vous devez commencer par acquitter ce que vous avez déjà reçu. On verra plus tard comment.

Il ne ressemblait guère à l'homme dont je me souvenais. Son regard ne m'inspirait rien de bon.

Un gros bourdon poilu nous a suivis sur le chemin du retour. Nous étions en pleurs.

J'avais mal au ventre. Armod mâchouillait un morceau de résine. Lui qui était d'ordinaire si insouciant et équilibré – contrairement à moi, aussi fragile que vulnérable – ne l'était plus, subitement.

– C'est notre destin, a-t-il fini par dire tandis que nous approchions du lac. Ici, c'est chez nous, non seulement la forêt, mais la faim. Nous sommes pauvres, Unni. Ce n'est pas à nous de choisir qui nous sommes.

Je refusais cette idée.

Je l'ai arrêté au milieu du sentier.

– Pardonne-moi, ai-je murmuré. Pardonne-moi d'avoir si souvent perdu courage, de t'avoir fait taire, d'avoir crié et de m'être apitoyée sur mon sort. Mais tu te trompes.

Je lui tenais la manche et essayais de le tourner vers moi.

– Chacun est libre de décider, ai-je repris. Sois celui que tu étais auparavant, cet homme que je connais aux rêves colorés qui mettent du baume au cœur. Et j'en ferai autant, je te le promets. Je tiendrai bon à tes côtés.

Il n'a rien répondu.

Quelques minutes plus tard, nous avons aperçu la Paix. Une maison à la frontière entre les terres habitées par l'homme et les zones sauvages, ainsi que je l'avais pensé en arrivant. Devant l'herbe brûlée et la terre aride, Armod a fermé les yeux comme si rien aux alentours ne valait la peine d'être observé. Il n'est pas allé vous voir, contrairement à son habitude. J'ai regardé par la fenêtre dans l'obscurité de notre maison. Ta sœur et toi, assis par terre, vous fabriquiez des vaches avec des pommes de pin et des bateaux en écorce, à l'aide des outils qu'Armod vous avait laissés dans un panier. À force de vous nourrir d'air, vous aviez le visage émacié. La peau sillonnée de veines bleues. Des omoplates aussi saillantes que des ailes. De petits bras jaunes dépouillés depuis longtemps de leurs muscles. Quasiment plus de chair tendre livrée à la faim. Et l'espoir avait capitulé.

Mon souffle a ralenti. Le désespoir ou le calme ? Je l'ignore, mais je me sentais seule.

– Vanité, m'a dit Armod, ses doigts tranchant l'air stérile. Goûte un peu ce mot.

À contrecœur, je l'ai répété au fond de moi.

Vanité.

À travers les carreaux flous, je t'ai regardé choisir quatre bâtonnets de même taille pour chacune de tes vaches et les planter soigneusement dans les pommes de pin. Tandis que ta sœur mordillait un morceau d'écorce, le menton baveux, tu en as pris un pour te fabriquer un bateau, avant d'en confectionner un pour elle avec une fragile feuille de grand plantain en guise de voile. Puis tu t'es immobilisé, les bras le long du corps. Tu n'avais pas la force de sortir à travers le passage dans la clôture pour aller en forêt les faire flotter dans les restes du ruisseau. Y avait-il seulement encore de l'eau ? Je n'avais pas non plus le courage d'aller voir.

L'obscurité m'a soudain envahie.

D'étranges ombres ont commencé à s'élever aux alentours.

Le soleil s'enfonçait dans des nuages. Le ciel se couvrait ! Je n'osais ni lever la tête ni espérer. Une goutte s'est écrasée au milieu de mon visage. Puis une autre. Des gouttes de pluie grosses comme des myrtilles. L'odeur de la forêt, de la mousse et des feuilles mouillées. Tandis que les nuages s'amassaient comme des fantômes noirs tout là-haut, Armod a eu l'air de reprendre vie, le visage radieux tourné vers le ciel. Il s'est mis à courir à travers la cour, les paumes ouvertes, puis à danser en faisant signe aux petits de sortir. J'ai pris Tone Amalie dans les bras, et nous nous sommes livrées à la pluie. Blotties l'une contre l'autre, nous buvions l'eau dégouttant des feuilles des pommiers. Pas un rayon de soleil ne parvenait à percer l'averse, une merveille ! En embrassant Armod, j'ai dégusté le goût salé de la pluie.

Des grondements retentissaient au loin, le rire d'un troll grand comme une montagne. Sous la pluie battante, la chemise d'Armod est devenue transparente et mes habits collants. De mes cheveux dégoulinait un froid me glaçant la nuque. Quand il pleut, l'air se pare de jolies rayures, mais la fraîcheur qui va de pair n'est pas si belle. Pourtant, nous riions à gorge déployée. Quand Armod m'a pris la taille pour me faire tourner dans les airs, j'ai fermé les yeux dans le vent pour mieux sentir chaque goutte me piquer le visage comme une aiguille. Tenant fermement ma petite au creux du coude, je me suis penchée en arrière, levant l'autre bras pour tenter de saisir l'averse. Toi, tu dansais sur tes petites jambes et riais en chœur avec nous sans savoir vraiment pourquoi, on aurait dit une sonnaille miniature retentissant au ras de l'herbe.

Un instant plus tard, lorsque nous avons mis nos vêtements à sécher à l'intérieur, la pluie crépitait sur le toit. Une berceuse. Le ciel grondait et des éclairs illuminaient nos visages autour de la table de la cuisine. Ça a duré toute la nuit. La foudre. La danse des elfes sur notre toit. Armod est sorti plusieurs fois pour aller chercher de l'eau et installer d'autres seaux dans la cour. Chaque fois, il revenait les cheveux trempés et les vêtements transparents. Il se couchait près de moi, le visage ruisselant.

À l'approche du matin, le monde sentait la pluie. Un air frais qui me rappelait les vents du fjord de Trondheim. J'ai gardé les yeux fermés jusqu'à ce que la lumière s'impose et qu'Armod se lève. À travers la fenêtre entrouverte se glissait une brise qui me semblait nouvelle. Je caressais des yeux les poils bruns qui lui couvraient les jambes. Quand il a traversé la pièce pour accrocher le miroir au clou situé près de la porte, je l'ai suivi du regard. Il s'est rasé, le plancher grinçant gracieusement sous son poids. Les rideaux s'agitaient dans le courant d'air, et tandis qu'Armod était penché sur le miroir, je me suis faufilée à pas de loup derrière lui, dégustant la fraîcheur du parquet sous mes pieds nus, un drap me couvrant les épaules.

Ta sœur et toi, vous dormiez encore, les bras victorieusement tendus au-dessus de la tête, les cils dirigés vers les pommettes. Je me suis plaquée contre lui, le visage sur son épaule, si bien que je le voyais par-dessus, dans le miroir, et sentais son odeur.

– Bonjour.

Le miroir ne laissait pas apparaître tout son visage, seulement la partie qu'il était en train de raser, sous le nez ou une joue. Comme j'étais plus petite, je ne voyais certainement pas la même chose que lui. Il a croisé mon regard.

– Bonjour, Unni.

Nos visages côte à côte dans le miroir, jusqu'à ce que je baisse la tête, le front contre la chaleur de sa chemise, les yeux clos. À travers le tissu, je sentais ses omoplates et ses muscles remuer en rythme avec ses coups de lame. L'air était tiède, et j'ai glissé la main dans son col, chatouillant du bout des doigts les poils de sa nuque.

Nous sommes sortis tous les deux pieds nus dans l'herbe mouillée où attendaient nos seaux, remplis à ras bord d'eau tombée du ciel. Armod s'est mis aussitôt au travail, extirpant des pierres du champ de pommes de terre, torse nu, ses bras noueux enfouis dans la terre. Moi, je sentais le moindre brin d'herbe se coller sous mes pieds. Lorsque je me suis accroupie pour labourer le potager, j'ai constaté comme la terre était molle et noire, gorgée d'humidité. La lumière du matin s'imposait lentement, et le temps que le soleil ouvre entièrement ses yeux et vous tire du sommeil, nous avons bien avancé. Armod s'est glissé derrière moi et a posé sa main chaude sur mon bras.

– Tu avais raison, Unni. Chacun est libre de décider de sa personne : moi, je veux être l'homme qui t'appartient.

Puis il est retourné s'occuper de ses pierres. Parfois, je me réfugie dans ce moment de ma vie comme sous une couverture douillette.

Ta sœur et toi, revenus à la vie, vous barbotiez dans les seaux et couriez entre les arbres comme des écureuils.

– Les oiseaux chantent, mère ! t'es-tu écrié par-dessus la clôture, mon petit Roar. Les champignons vont pousser et tout ira bien !

Puis tu es resté assis dans mes bras sur le tas de pierres, tandis que Tone Amalie cherchait des vers de terre. Avant que le soleil n'atteigne son zénith, le ciel s'est de nouveau couvert et nous avons jubilé.

Trois jours de pluie. Comme la frontière est fine entre la famine et la faim. De tendres linnées boréales tendaient leur cou à travers la mousse de l'autre côté de la clôture. Le champ d'abord glissant s'est transformé en mer de boue que nous traversions tous les quatre pieds nus, main dans la main, en riant. La cour en marais, un fleuve bourbeux au milieu duquel la maison tenait bon, notre vaisseau pour la vie. Pendant que Tone Amalie patouillait dans la boue, tu courais dans le pré et la forêt, le souvenir de ce que nous avions traversé déjà loin derrière toi. Les myrtilliers n'ont pas tardé à crouler sous les fruits noirs bien gonflés, la surelle s'est colorée de vert éclatant, et plus tard dans la saison, j'ai récolté les pommes de terre nouvelles dans mon grand panier. Nous mangions des potées de légumes-racines qui sentaient bon les herbes fraîches. Malgré la sécheresse, ce sont les champignons des bois qui ont sauvé notre hiver, cette année-là. Aux alentours du lac, j'ai cueilli des girolles dorées. Suivant les conseils de Johanna-Aux-Champignons, j'ai cherché un endroit bien caché où poussaient des coulemelles, et veillé à ne pas glisser dans mon panier d'espèces dotées de petits points blancs. Les tricholomes colombettes et les agarics des forêts aux jolis disques blancs, je n'osais même pas les toucher, de peur d'avoir affaire à un de leurs cousins affublés d'une volve, et de nous empoisonner. Une fois à la maison, je contrôlais soigneusement chacune de mes trouvailles en les rinçant. Par ignorance, ces jolis petits chapeaux sur patte pouvaient s'avérer mortels. Je les ai fait sécher et ai conservé les morceaux secs dans du papier. Tout le bois entassé avait pour but de chauffer au fil des jours de maigres soupes de champignons, la saison froide venue. Au cours du rude hiver qui nous attendait, ce trésor jeté poignée par poignée au fond de la marmite allait nous maintenir en vie. Nous mirant dans notre soupe, nous allions échapper aux crampes d'estomac un certain temps.

Nourri par l'espoir des pluies d'été, Armod a retrouvé sa langue et des couleurs. Moi, en voyant notre garde-manger lentement se remplir, je sentais le poids qui m'oppressait la poitrine relâcher son emprise. Nous remplissions nos barils et nos seaux en vue de l'hiver, mais nous n'avions ni sucre ni sel pour conserver la nourriture toute la saison froide, et les nuits douloureuses où la faim s'était fait ressentir avaient laissé leur empreinte dans ma mémoire. La honte de devoir mendier et la peur de se voir dire non. Vos yeux fatigués, vos petits corps qui n'avaient même pas la force de jouer. Je portais ces images en moi. Plus jamais ça. Voilà pourquoi j'ai eu cette idée, aussi mauvaise fût-elle, un soir où nous rentrions entre les parcelles de terre et les prairies. Tandis que les enfants s'amusaient avec un ballon, j'ai porté le regard sur les femmes qui travaillaient au milieu du champ de seigle de la ferme Risland. Les épis étaient parsemés d'une masse noire que je connaissais bien, un poison capable de tuer les enfants encore recroquevillés dans le ventre de leur mère. Il y avait de quoi en récolter assez pour redonner vie à une quinzaine de femmes. Une source d'argent qui pourrait nous offrir à manger pour tout l'hiver. Je me suis tournée vers Armod.

– L'ergot du seigle, lui ai-je dit, le doigt pointé vers le champ.

Armod s'est arrêté net. Aussitôt, il s'est retourné, le visage tout près du mien, et m'a attrapé le bras.

– Plus jamais, Unni, a-t-il répondu, les yeux ardents comme le soufre.

Il a repris en secouant la tête :

– C'est ça qui t'a amenée ici, n'oublie pas Tronka. Plus jamais, tu m'en as fait la promesse, et tu dois tenir parole. L'argent ne vaut pas la peine de prendre de tels risques, tu le sais aussi bien que moi. Ici, nous sommes déjà de curieux étrangers qui se terrent au fond des bois. Ton ergot du seigle nous tuera plus vite que la faim !

J'ai opiné malgré moi. Le froid ne tarderait pas à s'installer, puis l'automne, puis l'hiver, mais une promesse, c'était sacré. Pas d'ergot du seigle. Nous avons repris notre route sans mot dire. En atteignant le rocher marquant le dernier tronçon de sentier menant chez nous, Armod m'a pris la taille.

– Tu me l'as promis, Unni. Pense aux enfants.

Pas d'ergot du seigle. Armod a travaillé trois villages plus loin pour obtenir du sel, et ensemble, nous avons épluché la forêt pour récolter tout ce qu'elle avait à nous offrir. Les myrtilles d'abord, puis les champignons, avant que le temps automnal ne les gâte. Les airelles pouvaient attendre, résistantes comme elles étaient.

Te souviens-tu de cette nuit où je vous ai envoyés, ta sœur et toi, chercher de la sphaigne et de la résine de pin, puis de l'écorce de bouleau ? Ce devait être à la fin septembre, trois ans plus tard, Tone Amalie atteignait la poignée de porte et, du haut de tes cinq ans, tu venais d'apprendre à récolter tout seul les pommes de terre et à répandre des fanes sur le champ. Nous avions attendu longuement Armod et fini par dîner sans lui, ce soir-là. Il était sorti cueillir des herbes et des champignons, et j'avais peur des chutes d'arbre. Sans hache ni scie, tout pouvait lui arriver. Lorsque je vous ai couchés, l'angoisse me rongeait de l'intérieur. Le soleil avait battu en retraite, la forêt était plongée dans l'obscurité, il n'y avait plus rien à trouver dans ce camaïeu de gris où tout se confondait. J'ai attendu, droite sur ma chaise.

« Ne t'inquiète pas, Unni, m'aurait dit Armod. Il est vain de se ronger les sangs. »

Mais je n'y pouvais rien, c'était plus fort que moi.

Je me suis endormie assise. Des heures plus tard, un bruit sourd sur le mur de la maison et des grattements sur la porte m'ont extirpée du sommeil. On aurait dit qu'un chien demandait à entrer. Vous dormiez profondément, quand des griffes se sont mises à frotter la porte comme un blaireau ayant flairé de la viande. Je me suis emparée d'un couteau et ai ouvert, me tenant à bonne distance. Il faisait nuit noire, mais quelques rayons de lune se sont glissés dans la maison. Armod était en sang. Il a manqué de s'écrouler sur moi, blessé et à bout de forces, se retenant *in extremis* à la poignée de porte. J'ai cru un instant qu'il était mort, avec ses cheveux barbouillés de terre et de sang. Il avait les jambes nues, dont une avec sa ceinture en guise de garrot sur la cuisse. Dans une odeur de feuilles, il a titubé vers la cuisinière à bois. Les mains sur les genoux, il s'est recroquevillé légèrement sur lui-même, avant de s'écrouler sur le plancher, le dos bombé, et de rester là, gisant devant moi.

– Père !

Tu venais de te réveiller, mon petit Roar, et ton visage effrayé reflétait mes propres sentiments. Tes yeux écarquillés captaient toutes les plaies béantes dont était couvert le corps d'Armod. Sa chemise réduite en lambeaux rouges. Il avait le souffle court et précipité.

– Qu'est-ce qui s'est passé ? ai-je tenté, mais il a secoué la tête.

– Recouds grossièrement mes plaies, Unni, a-t-il répondu entre deux inspirations. Je dois ressortir, cette maudite ourse est probablement morte, je n'ai juste pas réussi à la traîner jusqu'ici. Il faut que j'aille la chercher, qu'on ait de la viande à saler pour longtemps.

Je n'ai rien dit, mais il n'irait nulle part avec son corps déchiqueté. Si la gangrène gagnait une seule de ces plaies, il n'aurait plus à se soucier de se remplir le ventre. Il a gémi quand je lui ai retiré sa chemise. La sueur dégoulinait sur son dos. Le reste de ses vêtements, j'ai dû les découper pour les lui ôter sans lui faire mal. Il était roué de coups, boursouflé, moite et en sang. La trace de solides mâchoires et de longues griffes apparaissait sur sa peau. Ta sœur et toi, vous êtes sortis du lit, et je vous ai demandé de prendre les couvertures, de mettre de l'eau à bouillir et de m'apporter ma boîte de médicaments, même si notre petite réserve était bien insuffisante. Je l'ai aidé à se coucher, puis j'ai commencé à le soigner. Pendant des heures, j'ai eu l'impression de nettoyer de la viande saignante, et à chaque fois que j'essorais le linge en lin que je passais sur son corps, l'eau se colorait de rouge. L'homme qui m'avait accompagnée à travers les montagnes avait le dos lacéré de ce qui ressemblait à des coups de poignard. Le muscle à vif sur sa cuisse gauche me rappelait ce jour où j'avais dépecé un agneau au presbytère où je travaillais comme bonne, longtemps auparavant. Cette plaie était trop grave, ni eau bouillante, ni mousse, ni toiles d'araignées, ni écorce de bouleau ne parviendraient à agir en profondeur. Je vous ai appelés, ta sœur et toi.

– Faites pipi dans le seau ! ai-je ordonné.

Armod a fermé les paupières de toutes ses forces lorsque j'ai enduit sa blessure d'urine. Il n'y avait plus qu'à espérer que ce soit suffisant.

Au-dessus des omoplates couraient trois fines entailles qui s'étaient gorgées de terre et de bouts de tissu. Il faut décrasser les plaies, autrement les maladies se répandent. Voilà ce que la sage-femme m'avait appris lorsque Carsten le cocher s'était présenté avec un petit garçon maltraité et laissé pour mort dans les rues de Trondheim. Et quand cet ivrogne de Bjerke était venu avec sa Sigrid, affirmant qu'elle était tombée sur une fourche. Plus les plaies sont profondes, plus elles sont dangereuses. Nous n'avons pas réussi à sauver la pauvre femme.

J'ai demandé des yeux à Armod son approbation. Il a hoché la tête, mais détourné le regard quand j'ai chauffé un couteau sur le feu. Il avait les tendons de la gorge raidis et les poings serrés. Ta sœur et toi, je vous ai envoyés chercher de la sphaigne et de la résine de pin assez loin pour que vous ne l'entendiez pas crier. J'ai retiré quelques aiguilles qui s'étaient coincées par-ci par-là, puis j'ai commencé à trancher. Ses hurlements m'ont pénétrée plus profondément que ceux de n'importe quel autre patient ne l'auraient fait. À travers ces fentes béantes, je voyais droit dans son corps. Notre lit était trempé de gouttes de sueur et de larmes. Mais ses cris étaient la preuve qu'il était en vie. Si l'ourse avait eu le malheur d'entailler de plus grosses veines, Armod serait resté au fond des bois.

Quand il a perdu connaissance, le silence s'est soudain imposé. J'ai nettoyé encore un peu les plaies, avant de resserrer les bords, d'y mettre de légers morceaux de sphaigne, et de couvrir les plus grandes d'achillée millefeuille et les petites de résine. Sans oublier les deux entailles superficielles, mais longues comme des coups de sabre. Tous nos linges de lin étaient rassemblés au pied du lit, imbibés de sang. En rentrant de la forêt, vous vous êtes arrêtés sur le seuil de la maison et avez jeté un coup d'œil à l'intérieur, respirant à peine. Vous étiez si petits, et il y avait du rouge partout.

– Tant mieux, ai-je dit. Quand un homme ne saigne pas, c'est qu'il est mort.

Armod est alors revenu à lui et il vous a souri. Tone Amalie a préparé une décoction d'écorce de saule dont il a bu plusieurs tasses pour calmer la douleur. Ce remède semblait fonctionner, à voir ses muscles détendus et sa tête relâchée sur l'oreiller. Ta sœur et toi, je vous ai renvoyés dans la nuit.

– Trouve-moi de l'écorce de bouleau bien fraîche, t'ai-je demandé.

Une seconde plus tard, tu étais dehors. De son côté, Tone Amalie est allée chercher un crochet en métal que je savais se trouver dans l'abri à bois. De l'écorce de bouleau, de la sphaigne, de la résine, et encore de la sphaigne. Une fois toutes les plaies pansées, j'ai senti la fatigue s'abattre sur moi. Je me suis effondrée sur son torse. Il n'a pas semblé le remarquer. Sa sueur et ses larmes avaient cessé de couler, mais à mon tour, j'ai pleuré dans les restes de sa chemise.

Armod a fini par s'endormir. J'ai fait signe à Tone Amalie de ne pas faire de bruit et de venir se coucher au pied du lit, sous une couverture. Si son père se réveillait, elle pouvait lui donner plus de décoction, ai-je murmuré. Puis nous sommes sortis tous les deux, mon petit Roar. Toi et moi. J'avais fixé le crochet que ta sœur m'avait apporté à une corde que je tenais en main, et toi, tu portais le couteau d'Armod. Tous les deux, nous sommes partis à la recherche de l'ourse. Malgré ton jeune âge, la détermination brillait dans tes yeux. Contrairement aux oiseaux qui gazouillaient au-dessus de nos têtes, j'étais épuisée. Le jour était déjà en train de se lever, le matin arrivait dans la forêt au cœur de la nuit, me semblait-il. Nous savions où Armod avait l'habitude de cueillir les champignons, et il ne nous a fallu guère plus d'une demi-heure pour repérer la lourde silhouette brune, inerte par terre. Le panier que j'avais tressé s'était brisé en morceaux contre un tronc d'arbre. Le sol jonché de champignons soigneusement cueillis portait la marque du combat.

Pendant que tu dégageais les branches et les taillis, prêt à repartir vers chez nous, j'ai enfoncé le crochet dans la patte de l'animal pour le traîner derrière moi, pas à pas, en arrière, la corde tendue sur les épaules comme un joug, l'extrémité nouée à mon poignet.

Mais le corps était impossible à bouger. Je n'arriverais jamais à le ramener seule à la maison.

Tu as sorti le couteau de sa gaine et me l'as tendu. J'allais devoir vider et dépouiller l'animal sur place. Sa peau était bien accrochée. Au lever du soleil, de belles couleurs sont apparues entre les arbres, et tu t'es endormi contre un tronc. Au contact de l'épais pelage, la lame s'est vite émoussée. Je me suis maudite de ne pas avoir pensé à prendre la pierre à aiguiser. À force, j'avais le bras engourdi. Une fois prête à rentrer, je t'ai réveillé pour que tu m'aides à porter les morceaux de viande. Nous allions devoir faire plusieurs allers-retours. Tu as grimpé haut dans un arbre qui dominait la bête, sautant de branche en branche comme un écureuil. J'ai jeté les peaux sur un autre pin pour venir les récupérer plus tard. Les oiseaux picoreraient le gras, mais les peaux seraient à nous.

Dès notre retour avec le premier chargement, j'avais mal partout. Avant de repartir, j'ai sorti notre panier à bretelles et t'ai fabriqué un balluchon à l'aide d'un drap. Il nous a fallu près de deux heures et trois allers-retours, alors que ce n'était pas loin. Le panier m'écorchait les épaules. Ton gilet était tellement imprégné de sueur qu'il pendait lourdement sur ton petit corps, mais pas une seule fois, tu ne m'as demandé s'il y en avait encore pour longtemps, alors que tu n'avais pas encore l'âge d'aller à l'école. Je voyais bien que tu étais fatigué, Roar, quand tu es monté dans l'arbre pour descendre les peaux. Mais tu as repris la route les bras chargés, en marmonnant d'une voix ensommeillée que nous allions nous régaler. Les abats, nous avons dû les laisser en forêt : le foie, les reins, toute cette nourriture. Au moins, j'avais pris le cœur. Et j'ai réussi à porter les peaux, même si je ployais sous leur poids. Tes paupières ont commencé à te trahir bien avant d'arriver.

J'aurais dû mettre tout de suite les morceaux de viande à sécher, mais à peine ai-je fermé le garde-manger que mes jambes ont flanché. Je me suis couchée avec ta sœur et toi contre moi, et ai laissé une douce et sourde obscurité m'emporter.

Lorsque je me suis réveillée, Armod avait des frissons et des sueurs froides. Tu as pris de l'écorce de saule dans ma boîte rouge rangée dans le coffre, Roar, que tu as mélangée à de l'achillée millefeuille au mortier pour calmer la fièvre et la douleur. Le remède lui a permis de dormir toute la journée. Pendant ce temps, je me suis occupée de la viande. J'ai coupé un morceau à préparer le soir même. Il a fallu laisser le plat mijoter plus longtemps que je ne le pensais, mais un délicieux parfum se répandait dans la maison. Bien après l'heure habituelle du dîner, la viande était enfin cuite. Nous étions affamés. J'ai mis la marmite au milieu de la table et rempli le bol d'Armod, puis tu as servi le reste de la famille. Le blessé a mangé à moitié assis dans le lit, et nous à table. Une chair coriace et encore crue par endroits, mais nourrissante. À chaque bouchée, je sentais l'odeur de la mousse sur laquelle Armod s'était battu contre l'ourse.

– Je cherchais à manger depuis longtemps et venais d'abandonner l'idée de me glisser entre les fourrés pour pourchasser un lièvre.

La voix d'Armod semblait étouffée par un couvercle. Ta sœur et toi, vous avez arrêté de mâcher, vos grandes billes fixées sur sa bouche.

– À cet endroit, il y avait une clairière tapissée de champignons jaunes comme du beurre, a-t-il repris. Je me suis mis à suivre les girolles entre les arbres, les glissant une à une dans le panier. Concentré sur ma cueillette, je n'ai pas pensé à regarder autour de moi.

Le ragoût dégoulinait de ta cuillère, Roar, mais tu n'y faisais pas attention.

– J'étais agenouillé dans cette mer de champignons dorés quand j'ai entendu une branche craquer et ai levé les yeux. L'animal était juste là, les enfants. Un colosse comme il y en a peu dans les forêts du Hälsingland. La bête avait des lambeaux de viande plein le museau, j'avais dû la déranger pendant qu'elle mangeait un chevreuil. C'est elle qui m'a remarqué la première, elle attendait peut-être de voir si j'allais tourner les talons et la laisser tranquille, faire le choix de la vie.

Rien d'autre que la voix d'Armod n'existait entre nos murs. Cette histoire, nous allions l'entendre bien des fois, mais ça ne faisait rien. Il nous a raconté la manière dont il avait levé les yeux sur l'ourse et dont leurs regards s'étaient croisés, à peu de distance. Le chevreuil lui appartenait, elle avait faim, il l'avait dérangée, mise en colère. Le monstre devait peser près de deux cents kilos. En le voyant et l'entendant approcher, Armod s'était fait tout petit dans la fraîcheur de la nuit, un homme en miniature sous un ciel étoilé.

Il avait eu beau lancer le panier de champignons pour tenter de la distraire, la bête ne l'avait pas lâché de ses yeux noirs. Il avait tout juste eu le temps de se jeter sur le côté pour éviter ses pattes poilues fusant droit sur lui. L'odeur de l'animal sauvage s'était répandue. Ce n'était pas l'un des plus grands spécimens, quelques mètres seulement – mais il était affreusement rapide. Armod s'était enfui entre les arbres. Quand il avait senti une patte effleurer sa botte, il s'était élancé derrière une souche déracinée, refuge d'un instant. Pouvait-il se mettre à l'abri dans un arbre ? Il n'y avait pas une branche en vue à laquelle s'accrocher. Les yeux rivés sur les cimes et le ciel bleu-gris de la nuit, il avait écouté la bête approcher. Il était fait. Et s'il lui lançait à la gueule la grosse pierre tranchante qui trônait par terre ? Il s'était dépêché de la ramasser et de prendre son élan, mais la bête l'avait devancé. *Cratch*, une patte griffue avait déchiré son pantalon.

Les yeux immenses, Roar, tu remuais les mâchoires. Tone Amalie tripotait les boutons de son gilet en mastiquant. La viande était bonne, j'aurais simplement dû la laisser cuire encore un peu plus. Je nous ai resservis tout en écoutant.

– J'ai rassemblé mes forces pour tenter d'assommer l'ourse avec la pierre, mais j'ai perdu l'équilibre en atteignant sa gueule. Le coup n'était pas assez violent, je l'ai su tout de suite. Mon arme de fortune m'a échappé des mains et est tombée lourdement par terre. La bête a rugi et s'est figée un instant, sans me laisser le temps de la rattraper.

Tone Amalie haletait.

– Ça suffit, Armod, ai-je dit.

Vous avez secoué furieusement la tête. Armod, le regard rieur, a continué :

– Elle s'est emparée de moi et nous avons dansé la polonaise, là, au fond des bois. Coincé entre ses griffes qui me déchiraient la peau, j'ai cru que tout était fini. J'ai pensé à ce jour, en Norvège, où j'avais vu un ours tuer un élan. Les crocs férocement plantés dans la gorge et les épaules, jusqu'à ce que la nuque se brise, de violents coups de patte sur la colonne vertébrale. C'était la fin, les enfants. La fin.

Les linges ensanglantés gisant dans un coin de la pièce comme témoins, Armod a poursuivi son récit – plus jamais je ne m'énerverais contre ces histoires qu'il fabriquait de toutes pièces et que je ne voyais que comme des inventions pour charmer l'entourage. Une fois à la merci de l'ourse, il ne pensait plus qu'aux griffes et aux crocs enragés qui s'acharnaient sur lui. Soudain, il avait vacillé en arrière et était tombé lourdement par terre, l'épaule contre la pierre. Accablé de douleur, il avait tenté de se retourner pour se saisir de son arme, tout en écartant sa gorge du museau de la bête. Pas là, surtout pas ! Il fallait qu'il se défende. En sentant son pelage rugueux lui érafler le cou, il avait eu le sentiment que sa lourde respiration remplissait toute la forêt. Mais l'animal s'en était pris à sa cuisse et à sa poitrine, enfonçant ses pattes dans la chair, le frappant, le secouant.

Il s'était recroquevillé autant que possible, les mains plaquées sur la gorge pour empêcher le monstre de lui déchirer les artères. Tremblant comme un hérisson, il s'était enfoncé dans la mousse et les aiguilles, dans l'espoir que les crocs aient du mal à l'atteindre. Il se savait gravement blessé, devinait sa peau entaillée à travers son pantalon en lambeaux. Et s'il ne bougeait plus et retenait son souffle ? Le grand pin qui s'élevait juste derrière n'était d'aucune aide. La mousse sentait la forêt fraîche. Les aiguilles lui piquaient le visage.

L'ourse était loin de se rendre. Armod l'entendait se préparer à passer de nouveau à l'attaque. Il résisterait peut-être encore cette fois, mais ce n'était qu'une question de temps avant qu'elle ne l'achève. Mobilisant toutes ses forces, les muscles contractés, il avait attendu la dernière seconde devant la bête rugissante pour rouler brusquement sur le côté.

Un craquement sourd avait retenti. Puis le silence.

– J'ignore ce qui est arrivé, mais quand j'ai osé regarder, l'ourse gisait par terre. Je crois qu'elle a chargé avec une telle force qu'elle s'est brisée la nuque sur l'arbre derrière moi. Je l'ai échappé belle, mes enfants.

Il avait le souffle lourd et emporté, comme si la scène venait de se dérouler. Tandis que le sang coulait à flots sur ses jambes, il avait eu le sentiment que la vie lui échappait. Une grande et profonde blessure avait entamé les muscles et les vaisseaux sanguins. Vite, il fallait arrêter le saignement. Armod avait retiré sa ceinture pour l'enrouler sur sa cuisse au-dessus de la plaie, bloquer la circulation entre son cœur et cette entaille. Sans ceinture, son pantalon ne tenait plus sur ses hanches et le vêtement avait manqué de le faire tomber, aussi l'avait-il retiré.

Jambes nues, le sang dégoulinant sur la mousse, il s'était traîné à travers la forêt. L'humidité rouge refroidissait ses vêtements et ses plaies aspiraient l'air frais. Il s'efforçait de se hâter, de résister aux violentes crampes qui lui prenaient la gorge, conscient qu'il n'avait aucune chance si on ne le soignait pas rapidement.

– Quand je suis enfin arrivé devant notre clôture, je n'ai pas réussi à l'enjamber comme je le fais d'habitude, j'ai dû la contourner. J'avais tellement le vertige en atteignant la porte que je n'ai pas réussi à ouvrir.

Il s'est tu et a commencé à sangloter, tête baissée. Une averse, aussi soudaine que bienvenue, a couvert le bruit de ses larmes de soulagement. Je me suis approchée du lit et lui ai pris délicatement le visage, le laissant me mouiller les mains. Ce soir-là, nous nous sommes couchés tôt. Le ventre et l'esprit bien remplis, nous nous sommes vite endormis. Armod s'est réveillé quelques fois dans la nuit, et je lui ai donné un remède contre la douleur en lui caressant le front. Un rayon de lune enveloppait nos corps, une lumière venue de l'extérieur unissant nos peaux d'un éclat blanc.

Les plaies d'Armod étaient encore écarlates, chaudes et douloureuses lorsque je les ai de nouveau nettoyées. Elles suintaient légèrement, mais n'enflaient plus, et le rouge ne semblait pas se répandre. Pas de fièvre, c'était le principal. Je m'accrochais à cette idée.

Nous avons pris soin de la bête. Les jours qui ont suivi, j'ai préparé du ragoût et salé la viande. Les peaux, ta sœur et toi, vous les avez salées, récurées, nettoyées et graissées pour les mettre au fond du lit, sous les couvertures, comme barrière contre le froid et tout ce qui pourrait nous faire du mal. Je changeais les pansements d'Armod, j'appliquais de fraîches toiles d'araignée au plus près de la douleur, mais une plaie refusait de cicatriser. Elle ne cessait d'enfler, pleine de liquide jaune qui empestait. Il l'a vu lui-même et a compris.

– Allez donc cueillir des airelles, les enfants, a-t-il dit. J'aime ça, et nous serons contents d'en avoir cet hiver.

Dès votre départ, je suis allée chercher un bâton. Tandis qu'Armod le serrait entre ses dents, j'ai tranché la vilaine plaie, retirant toute la chair en contact avec le pus. Vous étiez en forêt, mais peut-être avez-vous quand même entendu ses hurlements.

Et puis les choses se sont gâtées. À l'aube, les pleurs de Tone Amalie et ses petites mains qui me cherchaient m'ont tirée du sommeil. Elle avait la peau brûlante, le front ardent, et n'arrivait pas à ouvrir les yeux. Ses paupières étaient collées. Je l'ai prise dans mes bras et lui ai chanté une chanson pour la calmer, tout en faisant bouillir de l'eau pour lui préparer une décoction d'achillée millefeuille et d'écorce de saule. J'ai nettoyé ses yeux chassieux avec un linge mouillé, et lorsqu'elle a enfin pu les ouvrir, j'ai constaté qu'elle avait du rouge dans le blanc des yeux. Dans la matinée, tu es allé près du village cueillir de l'achillée, mon petit Roar. Plus tard dans la journée, Armod a voulu se lever pour uriner, mais il s'est effondré par terre, contre le mur, grelottant, lui aussi. Dans la nuit, il se tordait dans le lit, et Tone Amalie tremblait comme une feuille sous les couvertures. Je sentais que je couvais aussi quelque chose, mais je résistais.

Deux jours plus tard, c'était à ton tour. Tu étais si pâle que ta peau semblait aussi fragile que du verre soufflé. Plié en deux, tu as vidé tripes et boyaux sur le plancher.

– Pardon, mère.

Comme ta sœur, tu étais brûlant et avais le contour des yeux enflés. En te nettoyant le visage et les mains, j'ai remarqué que tu avais du sang sous les ongles. Alors, j'ai compris. La bête nous pourchassait même après sa mort. Je n'avais pas laissé cuire la viande assez longtemps. Le ragoût avait mijoté, j'avais faim et n'avais pas eu la patience d'attendre. J'avais mis sur la table une marmite de poison et vous aviez avalé. Des fronts luisants et des corps épuisés. Au plus profond de l'obscurité, il est difficile de se défendre, aussi me suis-je rendue, c'était moi que l'animal voulait. Toute la famille grelottait dans la nuit, le ciel étoilé ne pouvait rien pour nous.

Qu'il était cruel d'en prendre conscience après coup.

Lourdement penchée sur la table de la cuisine, j'ai interpellé Armod.

– C'est l'ourse, a-t-il opiné du fond du lit.

Sa peau de bronze comme un cheval de trait du Nord, à force de travailler au soleil, était devenue livide et mate. Je n'aurais bientôt plus un morceau d'écorce de saule en réserve, et aucun de nous n'avait la force d'aller en chercher. Nous avions mangé pour survivre, mais la nourriture était sur le point de nous tuer.

– Pourquoi fallait-il traîner cette satanée bête chez nous ?

J'ai crié et accusé Armod, qui encaissait mes plaintes sans rien dire. Fatiguée et blême comme un fantôme, je me soutenais à la table, le souffle court. Il avait le regard errant, fuyant mes yeux cernés de rouge.

– Comment ai-je pu penser que nous pourrions manger ce monstre ? Pardonne-moi, Unni !

Il s'est levé et a avancé de quelques pas, me tendant les mains. De blêmes mains calleuses sortant de vêtements usés.

– Aime-moi. Aime-moi, Unni. Je t'en prie, a-t-il murmuré d'une voix rocailleuse.

Ses traits se sont déformés et les larmes ont commencé à rouler sur ses joues. Il pleurait, le visage caché dans ses paumes, secoué de sanglots. Son grand corps haletant s'est effondré sur une chaise, les mains sur les genoux, le dos courbé, comme vidé de tout oxygène, de toute vie. Puis il s'est redressé, la tête toujours baissée, à bout. Moi qui nous avais entraînés ici, je le regardais souffrir sans bouger. Moi qui avais enchaîné ce vagabond à la terre, qui avais préparé le repas qui nous avait empoisonnés. Dans ma tête résonnait la vérité qu'aucun d'entre nous n'osait rappeler : sans moi, nous pourrions retourner d'où nous venions.

À pas feutrés, je l'ai rejoint et me suis assise à côté de lui. Respirant à peine, j'ai posé la main sur son épaule. Armod était toujours affalé comme un cadavre sur la chaise, aussi décolorée que lui-même. Du bout des doigts, j'ai tâté son poignet. Le sang pulsait dans ses veines.

– Pardon, Armod. Pardon.

Et à mon tour, j'ai fondu en larmes.

Un morceau de viande attendait sur la table. Armod s'en est emparé et est sorti. Armé d'une grosse branche, il a frappé les restes de l'ourse de toutes ses forces. Puis il est revenu, les yeux rouges, et il m'a caressé les cheveux en souriant.

Mais j'avais toujours honte. Plus tard, lorsque le marchand a eu besoin d'une nouvelle chaise, je lui ai acheté l'ancienne, un siège autrefois laqué avec des accoudoirs en bois. Je l'ai rapportée à la maison et l'ai restaurée en cachette avant le jour de la Saint-Armod, huilant les accoudoirs et confectionnant une nouvelle assise à partir d'une lirette colorée. Quand je la lui ai offerte, il était aux anges. Accroupi par terre, il a posé la joue contre l'accoudoir et passé la main sur le tissu. Mon mari.

Armod a guéri en surface et en profondeur. Au fil des jours qui ont suivi, les plaies se sont fermées. J'avais demandé au paysan un peu de répit, remplaçant le blessé du mieux que je pouvais aux champs, à l'étable et à la porcherie. Puis je rentrais en courant à travers la forêt, aussi vite que mes poumons me le permettaient, pour changer ses pansements de toiles d'araignée. Les semaines ont passé, la cicatrisation était lente, mais petit à petit, la peau a commencé à se reformer. Son corps s'est paré de larges cicatrices qui se sont gommées avec le temps, traces du passé. Ta sœur et toi, enfin rétablis, vous dormiez les jambes écartées et les bras au-dessus de la tête. Je vous regardais dans la nuit, couchée à vos côtés. Je me rappelle une soirée orageuse, dans la pénombre estivale. Le bouvreuil battait des ailes dans la poitrine de ta sœur, rouge et plein de vie. J'avais défait ses tresses, ses fins cheveux brillaient sur sa nuque et dans son dos. Toi, à côté, tu avais les joues comme des pommes fraîches. J'ai remonté la couverture sur vos épaules, le tissu sentait la lanoline et le nid douillet. La maison craquait et se plaignait dans le vent. La pluie ameublissait la terre. Quand un arbre s'est bruyamment effondré au-dehors, je détaillais vos visages endormis reflétant les nuances grises de la nuit. Tone Amalie a gémi comme un petit animal dans son sommeil, mais elle ne s'est pas réveillée. Je me suis allongée près d'Armod et il m'a pressée contre lui. La tête sur sa poitrine, ses poils rugueux me grattant ma joue, j'ai effleuré du bout des doigts les traits qui lui cernaient l'œil, comme sur un tronc d'arbre. Puis j'ai plongé les yeux dans les siens. Sa main chaude sur mon dos et mon ventre nus.

– Là, il y a la trace de Roar, a-t-il dit, l'index posé près de mon nombril. Et là, celle de Tone Amalie.

J'ai fermé les yeux et inspiré. Sur sa peau couraient les sombres sillons que les crocs et les pattes de l'ourse avaient laissés derrière eux. La forêt était plongée dans la nuit et nous nous aimions. Il a passé sa main à l'intérieur de mes cuisses, me caressant de plus en plus fermement. J'éprouvais toute la chaleur de son corps. Mais alors, tu t'es réveillé, mon petit Roar. J'ai soupiré et Armod a éclaté de rire contre ma gorge.

– Viens là, mon garçon, a-t-il dit en t'attirant contre lui.

Tu es reparti à l'aventure dans les bras de Morphée, et Armod s'est endormi en respirant doucement, avec retenue. Moi, j'imaginais ce que ce serait de vieillir à vos côtés.

Les années se sont écoulées, et nous approchions toujours un peu plus du jour où la maison nous appartiendrait. Aux premières neiges, Armod dansait toujours non seulement de joie, mais pour conjurer les épreuves qui nous attendaient. En été, il admirait les champs bleus, et en automne, toutes ces nuances de vert, de jaune et d'orangé qui nous entouraient, résistant à l'angoisse de la saison froide, et à la faim, l'hiver venu. Il rentrait à la maison tantôt le cœur léger, tantôt le cœur lourd, mais avant de passer le pas de la porte, il se déridait toujours, ne traînant jamais aucun souci dans notre foyer, rien que l'odeur de la forêt. Nous l'attendions souvent jusque tard dans la soirée, je guettais depuis mon lit ses pas dans la cour. Après avoir refermé la porte, il m'embrassait toujours à la racine des cheveux, là où les mèches sont les plus fines. Pas un soir sans ce baiser que je recevais les yeux clos. Je l'écoutais sortir le repas que nous lui avions mis de côté dans le garde-manger et tentais de savoir s'il y déposait autre chose. Je ne voulais pas lui demander s'il revenait avec de la nourriture, et je crois qu'il pensait que je dormais. Une fois qu'il s'était mis à table, je m'endormais.

Le jour, j'enfermais mes soucis dans un bocal dans le garde-manger. Toutes les saisons, l'hiver en particulier, étaient d'une pure beauté dans le Hälsingland, mais dès que la neige se couvrait d'une croûte de glace, la faim nous menaçait. Nous étions inquiets tous les deux, je le voyais bien, mais Armod ne voulait pas m'encombrer de ce fardeau. Il avait la nuque tendue et le dos souvent courbaturé. Il ne soufflerait pas tant que nous n'aurions pas acquitté notre dette auprès du marchand. Le jour où nous avons versé les derniers centimes, je suis sortie de la boutique en souriant et ai échangé quelques mots avec Johanna-Aux-Champignons, avant de rentrer. J'avais l'impression de voler au-dessus du plancher tandis qu'Armod bavardait gaiement. Qu'importe ce qui de ses histoires était vrai et ne l'était pas.

– Ça y est ! s'est-il exclamé en admirant le tissu et les denrées que nous avions achetés au magasin où nous ne devions plus un sou. Bientôt, les enfants auront les joues rondes et la force de jouer tard le soir.

J'ai hoché la tête.

– L'année prochaine, nous mangerons à notre faim dès le printemps.

Son grand sourire creusait des rides autour de ses yeux.

– Et un jour, cette maison sera à nous.

Avec le tissu neuf, je lui ai fabriqué une chemise jusque tard dans la nuit. L'ancienne, j'en ai fait une poupée de chiffons pour Tone Amalie qu'elle a baptisée « Beatrice ». Même si nous n'en avions pas les moyens, Armod a acheté de l'huile et de nouvelles ferrures pour mon coffre en bois. Il avait raison : les joues des enfants se sont arrondies, et ils s'amusaient jusqu'au coucher du soleil. Un brouillard de nacre. Des éclats de rire. De délicieuses averses sous le ciel gris. Des noix de beurre dans notre bouillie et le fracas d'outils dans le jardin. La terre et la forêt nous donnaient des fruits, et à la fin de l'été, notre garde-manger était rempli avant l'hiver. Chez le marchand, je me suis offert un petit pot de peinture vert pomme pour repeindre nos quatre chaises dépareillées, afin d'en faire une famille. Armod a pris quatre roues pour construire un chariot dans lequel transporter la nourriture et les enfants, et je me suis laissé tenter par neuf jolis crochets en laiton. Comme à chaque fois que nous entrions dans la boutique avec de quoi payer, le commerçant nous a adressé un sourire aimable. En rentrant, Armod marchait d'un pas si léger, à grandes enjambées, les roues dans une main, sifflotant vers les cimes des arbres. J'essayais de suivre en trottinant, m'accrochant à sa main.

– Ça y est, Unni ! s'est-il écrié en m'attrapant fermement la taille.

Il a exécuté quelques petits pas de danse avec les oiseaux pour seuls spectateurs.

– Ça y est, Armod, ai-je répété, et nous avons continué de danser sur le sentier qui menait chez nous.

Tandis qu'il fixait les crochets en laiton à côté de la porte et de la cuisinière, à la place de nos anciens clous, sa chemise se relevait sur son ventre. Je me souviens de la sensation étrange qu'ont laissée au bout de mes doigts ses cicatrices, lorsque je me suis approchée et que j'ai posé ma main au-dessus de sa ceinture. Il s'est arrêté et m'a tenue tendrement un moment, avant de continuer de visser.

J'ignorais à l'époque que nous n'aurions jamais besoin d'autant de crochets.

Kåra

Berger du Caucase

Elle porte le gilet gris aux boutons recouverts que Roar lui avait offert à Noël, une année, celui avec lequel elle avait fait des pirouettes après avoir ouvert le paquet. Il est tout peluché et, sous les bras, les bouloches forment des boudins gris. Un vêtement bientôt mort, comme Roar. À sa place, la toile cirée est marquée de ronds, la trace de son mug de la Société des forêts. Son agenda noir à ficelle rouge repose sur la table, sous le stylo à bille. Ce stylo, je pourrais le mettre dans mon sac à main si je décidais de me lever et de m'en aller, là, j'y ai autant droit qu'elle. Toutes ces choses que je ne peux pas dire, toute cette honte et cette frustration qui vont moisir au fond de moi. Me faire pourrir de l'intérieur. « Donnez-moi ces papiers et allez-vous-en ! ai-je envie de crier. J'aurais dû hériter de cette cuisine, elle devrait m'appartenir, maintenant ! Éteignez la lumière et disparaissez ! » Elle a le visage fripé comme un vieil éléphant, des plis qui lui tombent du menton, et elle fait du bruit en buvant, et même si je viens de me promettre de me taire, je voudrais la regarder droit dans les yeux, croquer un morceau de mon assiette en porcelaine à fleurs bleues, me pencher au-dessus de la table et mâcher dans ses oreilles.

Elle a l'air gentille.

– Chaque vie, c'est un morceau de temps, il faut juste espérer qu'on ait de quoi s'abriter du vent.

Voilà ce qu'elle me dit, et je me sens nue sous mes vêtements et frissonne en voyant la nuit tomber. Lorsque le téléphone retentit soudain, nous sursautons toutes les deux, la sonnerie tranchante résonne dans la pièce, et Bricken prend presque un air vexé quand je me lève pour décrocher. C'est Liva. Sa voix claire s'échappe dans la cuisine à travers les trous du combiné, elle me demande comment je vais, Åke et elle viendront à l'enterrement, bien entendu, et aussi Lotten, mais Sture est occupé, c'est quand déjà ? Dans deux semaines, marmonné-je. En l'écoutant bavarder, je suis du bout du doigt le motif du plan de travail en Formica. Dehors, les arbres fruitiers tranchent dans le ciel, des silhouettes noueuses qui se fichent de savoir qu'elles sont en train de goûter les derniers rayons de soleil avant la nuit. Liva soupire. La mort est omniprésente, en ce moment, quel malheur pour le roi, sans oublier l'affaire Clark Olofsson, à Stockholm. Je regarde par la fenêtre. Les mots de Liva me dérangent, ils n'ont rien à faire ici, dans cette maison, dans cette pièce. Comme d'habitude, ma bouche se met à trembler, j'ai envie de rire aux éclats, réaction nerveuse que je dois repousser en me mordant les lèvres. Dis bonjour à Bricken, ajoute-t-elle avant que je ne raccroche. Je m'en garde bien. Tout ce à quoi je pense, c'est à l'ambiance pendant le pot après l'enterrement, si je prononçais le discours dont j'ai vraiment envie en mémoire de Roar, entre deux petits fours.

Depuis mes vingt-deux ans, je suis coincée dans cette bicoque mal isolée au fin fond de la forêt, les mains de plus en plus gercées, avec une femme qui ne cesse de me raconter des histoires. Au fil du temps, l'odeur des pommes de terre et des haricots au four s'est mêlée au parfum de la pluie et des feuilles mouillées. Les rideaux ont été changés et la cuisine a été repeinte, mais toujours en bleu ciel. Les premières années, lorsque Bricken voyait mon regard vaciller, en proie à l'angoisse dans le potager, me tournant dans l'espoir de voir apparaître mon Berger du Caucase, elle me faisait signe de venir. Elle caressait son chat orgueilleux, prenait une gorgée de café et me racontait sa vie. Les mêmes souvenirs que ceux qu'elle ressort ce soir.

Il est souvent question de Frida, sa mère d'accueil, chez qui elle s'était retrouvée petite. Au village, on disait d'elle que tous les hommes allaient la voir. Ce qui est sûr, c'est que, avant ses vingt-cinq ans, elle avait déjà quatre enfants, de quatre pères différents. L'un d'eux était libraire, l'autre paysan. Le père de la petite Asta était probablement un charbonnier du village voisin, aussi l'appelait-on Asta-Charbon quand les enfants ne la traitaient pas de bâtarde.

– Ce n'est pas facile d'être la gamine de quelqu'un dont tout le monde parle, déclare-t-elle, et je me dis qu'il n'est pas non plus facile d'être la gamine dont tout le monde parle.

Bricken croit qu'elle sait tout, parce qu'elle était là. Un jour, Frida a commencé à tousser, la toux résonnait dans sa cage thoracique comme à l'intérieur d'une boîte en fer-blanc.

– Ma Frida, je m'en souviens comme d'une voix fragile et d'une poitrine moelleuse et tombante, dit Bricken. Dans ma mémoire, elle a les seins dans les coudes, sans doute parce qu'elle passait son temps allongée. Elle ne devait pas avoir la force de se lever.

Les petits pleurnichaient, c'était à eux de se débrouiller pour mettre du pain sur la table, contraints de sortir mendier avec un panier. Voilà dans quoi ils ont été élevés. Le froid, l'humidité et la poussière. Des enfants endurcis, ne demandant qu'un peu de sérénité au milieu de ce marais d'ennuis.

– Les plus gentils, c'étaient Greta et Alvar. La compassion était leur seule chance. Certaines gens, de méchantes bonnes femmes, étaient capables de leur lancer au visage qu'elles n'avaient rien à donner à des bâtards. Aux grands, surtout.

Passer à l'attaque est le meilleur moyen de se défendre, me dis-je.

– Et votre mère, vous vous en souvenez ?

Cette question qui me brûle les lèvres depuis si longtemps et que je n'ai jamais osé lui poser. Moi, je me rappelle bien la mienne, même si on ne s'entendait pas.

Bricken frémit. Elle ouvre et ferme la bouche, l'air de chercher une échappatoire, puis elle se racle la gorge :

– Je me rappelle qu'elle me prenait dans ses bras quand je pleurais. Qu'elle me portait, et puis j'ai gardé en mémoire une belle couronne de fleurs des champs qu'elle m'avait fabriquée un jour. Elle était prête à tout pour nous, ses enfants. Tout.

Mon corps se transforme en coton. Moi qui pensais la rendre en colère, voire triste. Parfois, j'avais envie de lui poser la question précisément pour cette raison. Mais la voilà curieusement sans voix, le regard baissé. J'ai envie d'en savoir plus, qu'elle me dise si ses parents sont morts ou s'ils ne s'en sortaient pas, tout simplement, mais je ne parviens pas à capter son regard. Quand elle se remet à parler de Frida, j'ai le sentiment qu'elle égraine des mots pour me perdre.

Plus le temps passait, plus Frida était maigre, transparente et fatiguée. Elle grelottait et transpirait dans ses draps humides. Bricken avait beau lui éponger le front, elle n'en était pas moins fiévreuse et la toux pas moins tranchante. Les petits s'entassaient dans l'autre lit, au sec.

– Le corps fait toute la différence entre un malade et une personne en bonne santé, affirme Bricken. Est-ce une cage ou un navire ? C'est ça la question. La capacité à se lever et à aller chercher à manger. La capacité à se torcher soi-même.

Un papier portant le nom de Roar glisse de la table et atterrit par terre. Voilà ce qu'il est, désormais. Il me manque. Dehors attendent toutes les pommes lisses que personne n'a encore ramassées. Les branches s'en sont libérées, faisant de la place au vide. Là, si je me postais dans la boue sous les pommiers, la lampe de la cuisine apparaîtrait si accueillante, si chaleureuse. Autrefois, nous nous en occupions tous ensemble : Roar et moi passions à Bricken par la fenêtre de la cuisine des paniers remplis, et elle chantait pour le chat tout en préparant de la compote. Cette année, on dirait bien que je vais devoir me débrouiller toute seule.

Un chevreuil apparaît près de la clôture, nos regards se croisent et il s'enfuit aussitôt. Peut-être que ce n'était que mon imagination, l'ombre d'une branche. Les chevreuils ont les bois qui poussent chaque année, paraît-il, une fois tombés, ils réapparaissent comme des bourgeons sur leurs têtes. Pour nous, les humains, c'est différent. Ce qui est fait est fait.

La nuit se pose sur nous comme un couvercle. Elle est encore pâle à cette saison, mais bientôt, il fera noir comme dans un four. L'automne approche. Nous cherchons quelque chose à lui mettre pour l'enterrement, autre chose que cette camisole de force qu'il portait à mon mariage. Je sors du placard des cintres et des piles de vêtements, les montre à Bricken et attends sa réaction. Elle rejette d'un revers de main la chemise bleue que je lui ai achetée à Söderhamn, il y a quelques années, avec la trace de sa boîte de snus sur la poche poitrine.

– Pas celle-là. Il disait qu'elle grattait.

Devant la grise, elle fronce les sourcils :

– Pas ce chiffon.

Et lorsque je lui tends la pile de pulls norvégiens, elle prend un air dédaigneux :

– Ne nous embarquons pas là-dedans.

Je continue sans broncher, les dents serrées. Je n'ai pas le choix. Peut-être que ce costume noir lui convient, mais moi, je ne l'aime pas. Sa parka de chasse verte lui tiendrait bien chaud. Elle veut se débarrasser de tout, donner et jeter un maximum, alors que moi, je voudrais hériter de ces vêtements, peut-être les porter sous les miens. Toutes ces étoffes vides, rien que de les toucher me brûle les doigts. Ses caleçons dont je me souviens, sa chemise de fête à rayures claires qui restait surtout au fond du placard, ses casquettes de chasse usées, ses jeans avec la marque de sa boîte de snus. Les chemises finissent dans le sac de fringues à donner. Les pantalons, les casquettes et les sous-vêtements, elle décide de les jeter, je fourre le tout moi-même dans deux sacs-poubelle noirs. Tant de choses abandonnées. J'espère qu'elle ne compte pas trier aussi ses chaussures. « Il y a trop de courants d'air dans l'entrée », lui dirai-je si elle me demande de le faire. J'attrape la chemise à carreaux rouges sur fond blanc qu'il a arrêté de porter quand ses mains ont commencé à trembler. Il n'arrivait plus à la boutonner, et je devais l'aider.

Je me souviens de toi dans tous ces vêtements, je me souviens de toi dans le jardin à côté de la souche du saule, je me souviens de toi en forêt, ta casquette enfoncée sur les yeux, et je me souviens de toi devant la fenêtre de la cuisine, à contre-jour, vêtu de cette chemise.

Les manches sont décousues, mais le tissu est en bon état.

– Poubelle, dit-elle, le doigt pointé sur le sac noir.

Cette fois, je proteste :

– On pourrait en faire des serviettes de table…

Elle pousse un soupir, mais n'insiste pas.

– Tout ce qu'on a peut disparaître en un coup de vent, réplique-t-elle d'une voix qui gratte comme de la laine grossière. Inutile de résister, tout ce qu'on croyait avoir n'est que poussière et toile d'araignée.

C'est sans doute vrai.

Mais il faut toujours qu'elle me fasse la leçon.

Dès la première seconde, elle a eu l'avantage. Pour Dag, chez lui, c'était le rez-de-chaussée. À l'heure du dîner, nous descendions de plus en plus souvent, et tous les quatre, nous nous serrions autour de la table de la cuisine, des casseroles et des mots croisés. Je débarrassais la table que j'avais mise avec soin, puis aidais Bricken à faire la vaisselle, avant de rejoindre Roar.

J'adorais le regarder travailler. L'observer manier la hache d'un geste si sûr, si calme. Le voir éplucher soigneusement les légumes pour nous laisser souffler, Bricken et moi, ou poser ses mots croisés pour aller chercher du bois. Jamais le moindre doute dans ses mouvements, ni d'empressement. Tout était toujours efficace et bien fait. Il se levait et se couchait tôt – quand on est debout, c'est pour travailler, quand est au lit, c'est pour dormir, et entre les deux, il est l'heure de manger. Et pourtant, il semblait d'une autre nature. Parfois, il avait l'air d'être plongé dans un profond sommeil, les yeux ouverts, et quand il allait du côté de la souche du saule, il n'entendait plus rien, même si on l'appelait. De temps en temps, il s'asseyait sur le tas de pierres, passant les doigts sur leur surface rocailleuse, sourd et aveugle au monde extérieur. Quand il se penchait sur son magazine de mots croisés, de ce côté de la table bien éclairé par la lampe de la cuisine, tout le reste cessait d'exister aux alentours. Tant qu'il n'avait pas résolu les énigmes du jour, il restait concentré. Il m'arrivait de me mettre sur le seuil de la pièce et de le regarder disparaître au fond de lui-même. Sa respiration s'alourdissait et j'imaginais que son cœur tambourinait comme s'il avait monté une côte en courant, un battement constant résonnant dans le silence. Son stylo vrillait entre son pouce et son index, et il n'y avait pas un bruit. Bricken l'observait depuis son coin, à côté de la cuisinière. Elle le surveillait. Me fouillait des yeux. Mais Dag était encore plus au centre de l'attention. Ses parents le suivaient du regard, soutenant l'air qu'il respirait. On aurait dit qu'ils portaient le deuil de leur fils, alors qu'il était en vie.

Mon beau-père, le père de quelqu'un.

L'arrivée de l'hiver se lisait sur Bricken. Elle sortait son gros gilet et ses chaussettes en laine, et enfilait cette étrange toque en blaireau que Roar lui avait offerte. Une fourrure gris chiné rayée de noir et de blanc, je crois qu'il l'avait faite lui-même. Elle était déjà incompréhensible et lunatique, à l'époque. Voilà ce qui m'attendait. Voilà à quoi ressemblait mon avenir. Dag, au fil des jours. Dag, où que j'aille. Me fabriquerait-il une toque en blaireau, lui aussi ? En était-il seulement capable ?

Il faisait du bruit en mangeant. Un grand cœur d'enfant enfermé dans un corps bruyant. J'avais beau mettre le savon contre le robinet, il ne le voyait pas. Il était incapable de se changer sans jeter ses vêtements par terre. Du linge sale dans l'entrée, sur notre lit en alcôve, des caleçons crasseux dans la salle de bains. Aurais-je dû les laisser moisir là ? Les jeter par la fenêtre, droit dans le champ de pommes de terre ? Je me baissais et les ramassais.

Tout allait à merveille. Notre pays était épargné par la guerre, et de toute façon, quand on vit avec deux hommes qui travaillent en forêt, on ne souffre guère du rationnement. Je n'avais aucune raison de me plaindre. À en croire Bricken, quand Dag et son grand frère, le petit Emil, étaient enfants, il n'y avait parfois rien à manger. À l'époque, elle était obligée de les envoyer donner un coup de main à Rävbacka, où on leur accorderait peut-être quelque chose à grignoter. Elle prenait un ton si mélodramatique en me racontant ce genre d'histoires.

– Roar refusait que les garçons y mettent un pied, mais je les envoyais quand il n'était pas là. Il fallait bien qu'ils se nourrissent.

Ce jour-là, Roar a jeté un coup d'œil dans notre direction, avant de retourner à ses occupations. Bricken a repris en épluchant les pommes de terre :

– Ça ne faisait de mal à personne. Ada Nilsson était tellement riche qu'elle se pavanait en manteau et manchon de fourrure… Son mari était mort, il ne pouvait plus rien dire. Il a fait une mauvaise chute qui l'a tué, tu sais. Moi, je ne l'ai jamais connu, mais ce paysan était réputé comme le bouc du Hälsingland. Il en a eu, des femmes. C'est à se demander ce qu'elles lui trouvaient toutes… En tout cas, au village, il n'y avait pas une classe sans un gamin qui lui ressemblait.

Roar essayait de la faire taire quand elle jacassait comme ça, mais elle l'ignorait, et il finissait souvent par enfiler ses chaussures et s'en aller, lui laissant tout le loisir de continuer. Ce dont elle ne se privait pas.

– Il avait tellement le feu aux fesses que sa femme a failli mourir à force de mettre au monde des gosses, a-t-elle ajouté. Quel boute-en-train, ce Nilsson, il plaisait à tout le monde, jusqu'à ce qu'il se tue sur un rocher. Tu vois, tu aurais pu moins bien tomber.

Et elle a ri, présentant les choses à sa manière comme elle le faisait sans cesse, pour nous tous.

Bricken me fait signe de mettre les vêtements de côté, et j'en suis soulagée. Ils sont encore imprégnés de l'odeur de Roar que j'inspire en fermant les yeux. Je sens mes joues se réchauffer. Bricken refait du café et jette le vieux filtre plein de marc dans le seau à compost. Il est quasiment plein, ce sera sans doute bientôt à moi de le sortir.

Les mains légèrement tremblantes, elle sirote son café. À la radio, on parle de cette digue qui s'est brisée dans le Värmland, une femme de mon âge a été emportée par les flots et s'est noyée. Je ne m'identifie pas à la victime, mais à la digue. À tout moment, je peux inonder cette maison, déferler sur ma belle-mère et la noyer. Bricken se remet à parler de Frida. À la mort de sa fille aînée, emportée par la scarlatine, elle avait eu besoin d'aide avec les petits, voilà pourquoi Bricken s'était retrouvée chez elle. Quelques années plus tard, *pouf*, tous les gamins avaient été dispersés comme les aigrettes d'une fleur de pissenlit dans le vent. Toute une vie plus tard, Bricken en a encore les yeux luisants.

– Mère Frida a dû finir bigleuse, tellement elle veillait sur nous, les enfants, et à ce qu'on soit bien au chaud.

Comme toute bonne mère est censée le faire.

Les mots me brûlent.

– Même si elle était payée pour me garder chez elle.

Avant de continuer, elle ajuste la toile cirée, peut-être pour se calmer les mains.

– L'amour maternel s'exprime de bien des façons.

Qu'est-ce qu'elle sous-entend ?

La mienne me répétait que j'étais trouillarde et égoïste. Quand j'avais peur et oubliais de fermer la porte de l'étable, elle agitait la menace de Norrfly. Et quand j'ai poussé ce garçon alors qu'on abattait un cochon, elle m'a renvoyée chez le Dr Thorsén et l'a laissé noter sur son carnet tout ce qui n'allait pas chez moi. Nous, Bricken et moi, nous avons chacune notre enfant, et le mien fait notre joie à toutes les deux. Peut-être que Bo ne comprendrait pas, si je lui en parlais. Mais je ne crois pas lui avoir jamais fait de mal. Comme ça, Bricken a l'air d'une femme normale, alors qu'elle a été vendue pour une bouchée de pain. Elle met ça sur le compte de la pauvreté, cette misère incrustée dans les murs de bien des maisons au début du siècle. Des gens se faisaient payer pour prendre soin des enfants des autres, afin de pouvoir nourrir les leurs.

– Au début, on était trois frère et sœurs, dit Bricken, le regard perdu à travers la fenêtre.

Ça y est, il fait nuit.

– Comme j'étais la benjamine, j'ai fini chez Frida. Seul mon frère est resté à la maison, auprès de notre mère. Il ne faut jamais rien tenir pour acquis.

Elle a l'air de lire dans mes pensées.

– C'était comme ça, à l'époque, reprend-elle. Et ça l'est sans doute encore. Il n'y a pas toujours la place pour tout le monde.

Elle baisse les yeux sur la toile cirée, époussette quelques miettes et resserre son gilet autour d'elle, se protégeant des courants d'air.

– Tout ce qu'on sait, c'est que rien ni personne ne nous est donné pour la vie. Il y a certaines choses qu'on ne maîtrise pas.

Pourquoi me dit-elle ça ?

Peut-être qu'elle parle en général. Roar est mort, après tout, et ses parents et sa mère d'accueil lui ont été retirés, eux aussi. Frida est partie avec la tuberculose, m'a-t-elle raconté. Une fois qu'on en souffrait, il n'y avait plus rien à faire, on n'y échappait pas.

Il y a beaucoup de choses auxquelles on n'échappe pas, me dis-je. *Certaines s'arrangent, d'autres non.*

Ils auraient sans doute fini par m'enfermer, mais ça ne s'est pas fait. Je parlais comme les autres, riais comme les autres et haussais les épaules. Et puis, le fils de Bricken m'a demandé ma main, alors je me suis mariée et suis devenue quelqu'un de normal, une femme capable d'ouvrir les portes de l'extérieur et de l'intérieur. J'ai longtemps échappé aux visites chez le médecin – personne dans cette maison ne soupçonnait que j'avais encore une matinée par trimestre prévue chez le Dr Thorsén. Des heures à répondre « non » à toutes les questions, dans son tribunal médical. Ne pas confesser que j'avais le sentiment de tomber la tête la première dans le noir devant le regard des étrangers. Marcher sur la pointe des pieds.

Mon Berger du Caucase n'était jamais bien loin quand j'allais chez le Dr Thorsén. Déjà avant que nous nous mettions en route, mon père et moi, la viande marbrée du petit déjeuner m'évoquait l'escalier de son cabinet : des motifs blancs sur fond sombre. Le feu qui fumait dans la cheminée représentait sa pipe, le vent soufflant dans les arbres au-dehors, sa moustache frétillante. L'ombre de l'animal me suivait dans la cour lorsque mon père avançait la voiture et me faisait signe de monter.

– Allez courage, ma petite Kåra !

Et c'était parti, parce que ma mère l'avait décidé. Mon père n'écoutait qu'elle. Des deux côtés de la route, les champs se dissipaient peu à peu, et la ville ne tardait pas à s'imposer avec ses odeurs de bitume et de pneus. Nous arrivions toujours bien en avance, pour ne pas risquer d'être remarqués. L'herbe des trottoirs profitait du calme du matin pour pousser, avant que les magasins n'ouvrent et que les gens ne les piétinent, les yeux rivés sur leurs souliers. Les oiseaux qui volaient d'arbre en arbre pour chercher à manger se fichaient que la ville soit encore assoupie.

En serrant la main de mon père, le médecin avait l'air d'aspirer son énergie, un homme maigre dans la quarantaine, se tenant légèrement penché en arrière, les épaules étroites et les cheveux bruns bien peignés. Entre ces murs, mon père paraissait tellement plus petit qu'à la maison. Lorsque le médecin tirait sur sa pipe, je regardais le fond briller. La fumée me chatouillait les narines et me brûlait les yeux.

Depuis notre dernier rendez-vous, avais-je eu le souffle court ? Entendu mon cœur battre ? Sursauté à un bruit soudain ? Eu des cauchemars ? Fait du mal à quelqu'un ?

– Tout va bien, affirmais-je. Plus de peurs, plus de cauchemars.

Non, je ne m'étais pas cachée lorsque je n'avais pas su donner la bonne réponse à la maîtresse. Non, je n'avais pas troublé le calme de la classe. Non, je ne m'étais pas échappée dans la forêt à la vue du sang, en plein abattage. Mes pieds se tortillaient dans mes chaussures. J'avalais ma salive et lorgnais la porte du coin de l'œil. Le médecin prenait note, son stylo coincé entre ses ongles clairs épargnés par les corvées. Le stylo grattait le papier. S'il se levait pour aller chercher un livre sur l'une des étagères, le pan de sa blouse claquait sur ses jambes telle une voile sur un mât.

Au bout d'une demi-heure, nous étions de retour dans la rue, avec deux flacons en verre brun remplis de comprimés et un rendez-vous le trimestre suivant. Une fois, j'ai ramassé un bon point tout rond sous le marronnier et me suis élancée derrière mon père, qui allait d'un bon pas. Sur le chemin du retour, il ne cessait de toussoter et d'ajuster sa casquette, et ne retrouvait sa taille normale qu'en approchant de notre village.

J'avais hâte d'arriver, mais dès que nous étions à la maison, je voulais m'en aller. Devant tous ces regards, ces cris et ces gens, je me cachais. Maman et les autres me dévisageaient, l'air de savoir que j'avais menti au médecin et que je méritais qu'on m'enferme. Je les entendais dire tout bas de moi qu'il fallait me ménager, éviter les situations stressantes et les endroits bruyants. Un jour, je me suis perdue en m'enfuyant dans la forêt. J'avais couru entre les arbres sans faire attention aux branches qui me fouettaient le visage et aux buissons qui me griffaient les genoux. J'étais allée à toutes jambes sans savoir où. Un pas devant l'autre, encore et encore. J'avais dû trébucher sur une racine, car j'étais tombée. Une claque en plein visage. La joue en feu, j'entendais au loin brailler des chiens ou des chevreuils. Ces bêtes se nourrissaient de plantes, mais qui se nourrissait d'elles ? Les ours ? Les gloutons ? Et s'ils me dévoraient ? Un animal poussait des cris. Y avait-il des loups dans les parages ? Ils ne tarderaient sans doute pas à me rattraper. Le jour défilait entre les nuages, laissant place au crépuscule, sourd à mon pouls monotone que j'étais seule à entendre. Toutes sortes de bruits résonnaient entre les arbres. De longs doigts noueux sortant de terre.

C'est à ce moment-là que mon Berger du Caucase et moi avons vraiment fait connaissance. Il est apparu là, devant moi, comme s'il avait toujours habité cette forêt. Non pas une ombre, mais une créature en chair et en os au regard vif et tendre. Il approchait en me fixant, me flairant. Je me suis blottie contre son corps, un doux lit de fourrure. Les doigts enchevêtrés dans ses longs poils chauds, je me suis endormie, laissé emporter au loin.

Mon père m'a retrouvée des heures plus tard, tout près du sentier. Je dormais.

– Kåra ! s'est-il écrié. On t'a cherchée partout !

Je me suis réveillée en sursaut. Allait-il me gronder ? Peut-être pas si je me faisais toute petite à côté de lui.

– Je me suis perdue ! ai-je larmoyé en m'accrochant à son manteau. Je me suis retrouvée là, une bête aurait pu me manger ! Je ne savais pas où aller !

Il ne m'a pas grondée, mais prise dans ses bras, et m'a caressé les cheveux.

– Dans la forêt, on ne se perd pas, ma petite Kåra, a-t-il affirmé en commençant à marcher vers la maison. On n'arrive simplement pas toujours là où on le pensait, et ça ne fait rien.

Même si mon Berger du Caucase s'est confondu avec les troncs d'arbres, j'avais le sentiment qu'il me suivait. Je n'en ai pas parlé à mon père, consciente du regard que je risquais de recevoir. Après cet épisode, j'espérais pouvoir me perdre de nouveau, au lieu de quoi, je me suis retrouvée plus tôt que prévu chez le Dr Thorsén. Non seulement parce que je m'étais encore enfuie, mais sans doute aussi parce que Liva m'avait vue desserrer une roue de la voiture de Johan-Le-Voisin, pour qu'il ne revienne pas nous voir avec sa polio. Cela dit, j'ai bel et bien fini par me perdre, puisque me voilà entre ces murs.

Tous les jours, j'ai répété les mêmes gestes dans la cuisine de Bricken ou attendu que le temps passe dans mon appartement, à l'étage, au lieu de goûter la liberté sur un muret de pierres, un brin d'herbe entre les lèvres. Tous ces mois. Toutes ces années. Toujours ce même mortier sur la table, comme du plomb alourdissant le temps. Un jour, j'ai voulu le déplacer, mais Roar l'a remis à sa place en disant simplement :

– Ça, ça va là.

Ces dix dernières années, l'ambiance était électrique. L'a-t-elle remarqué, elle qui semble si appréciée de tout le monde ? Elle qui se pavanait comme une reine au rez-de-chaussée, quand j'étais exilée telle une sorcière là-haut, dans les courants d'air ? Des tensions palpables à travers l'odeur du pain qui dore au four. Du métal aiguisé tranchant le ronronnement de la machine à laver. Sans cesse la même conversation, tout devait toujours être si parfait dans cette maison. J'écoutais, parce que je le devais. Mais j'aspirais à m'en aller. Au bonheur, au changement. Si j'étais là, c'était à cause des notes du Dr Thorsén et de ce que ma mère et Liva m'avaient raconté sur cet asile de fous. Parce que j'avais besoin de me marier, de prendre sur moi, de m'occuper d'une famille. D'être normale, normale. Préparer les pommes de terre et le hareng. M'occuper de la lessive. Régner dans ma cuisine, et petit à petit, me faire de la place dans le placard, derrière le muesli. Je me suis vite fondue dans le décor et ai appris quelles lattes du plancher il valait mieux éviter. Ça aurait pu être pire, me disais-je, comme ma sœur qui avait fini à Ockelbo et avait donné naissance à cinq enfants en six ans. Au moins, j'avais échappé à Norrfly. Cette idée me permettait de respirer et me donnait l'énergie de faire à manger, de récurer les mêmes casseroles jour après jour et d'écouter les histoires de Bricken, la tête penchée. Pendant que j'inspirais cet air étouffant au-dessus de la marmite de pommes de terre, Dag ricanait et salissait tout. Roar, lui, caressait le bras de Bricken dès qu'il passait devant elle.

Touche-moi, Dag.

Aurais-je eu du chagrin s'il avait disparu à l'époque ?

Je n'en ai pas eu plus tard, mais à ce moment-là, j'étais incapable de le savoir.

Unni

Même les jours des arbres sont comptés

L'arbre, le vent qui le menace, un pin puissant s'écroulant par terre, impossible à déplacer. Il est déjà trop tard. Notre moment sur la Terre. Aucun avertissement. Aucune garantie.

Il devait avoir plu ce jour-là, même si je me rappelle un sol sec. Mon panier en main, j'étais allée cueillir les derniers tricholomes et trompettes de la mort de la saison, des airelles et des plantes pour la soupe. Les grands pins me protégeaient du vent et je me souviens avoir pensé que même les jours des arbres étaient comptés. Quelle idée étrange. Un écureuil pressé est passé devant moi sans s'arrêter. À travers le feuillage frémissant d'un tremble, une corneille aux ailes luisantes m'a regardée approcher. Il y avait quelque chose de contradictoire entre l'air indifférent de l'oiseau et ses petites prunelles perçantes qui me piquaient le visage.

Un chevreuil s'est immobilisé un peu plus loin. Ses yeux bruns ont croisé les miens, verts. Je n'avais pas de couteau, aucune arme, nous ne pouvions qu'être amis. Nous sommes restés là un instant à nous observer, avant que le charme se rompe et qu'il sorte de sa torpeur. Au même instant, j'ai senti des ailes de papillon me chatouiller les entrailles. J'ai posé la main sur mon ventre. Là, encore ! Un rapide battement d'ailes ! Je suis rentrée en sautillant le long du sentier, pressée de retrouver Armod pour lui annoncer la nouvelle.

C'était il y a si longtemps, mais je m'en souviens comme si c'était hier.

Les images de cette journée sont gravées dans ma peau. Je vous vois encore, ta sœur et toi, rire à gorge déployée, le visage écarlate dans l'herbe froide, où je vous ai trouvés en arrivant. Vous étiez en train de démêler les fils de votre cerf-volant, gloussant, la figure parsemée de taches de rousseur, tel un ciel étoilé. Quand Armod est rentré, vous alliez lui demander de faire la course, comme d'habitude. J'avais le pas léger et le cœur gonflé par ma rencontre avec le chevreuil, l'écureuil et la corneille, et la sensation que me laissaient vos rires et les ailes de papillon.

Les pommiers, dévêtus de leurs dernières feuilles d'automne, se courbaient sous le vent d'est. En vérifiant qu'il ne restait pas un dernier fruit qui nous attendait par terre, dans le tapis de feuilles à leurs pieds et les buissons à baies aux alentours, j'ai aperçu les moufles de laine cardée d'Armod. Il avait dû les poser pour vous serrer dans ses bras le matin même, ne plus les trouver au moment de partir et ne pas avoir le temps de chercher. Comme il devait avoir froid aux mains, son autre paire était loin d'être aussi chaude. Les motifs rouges et bleus tranchaient dans l'herbe.

Je devais penser à les accrocher au-dessus de la cuisinière, me suis-je dit, qu'elles sèchent d'ici au soir. Il avait prévu d'installer enfin la balançoire qu'il vous avait fabriquée. J'ai vaqué à mes occupations la main sur le ventre, pour ne pas manquer le moindre signe de vie de l'enfant qui grandissait en moi. Armod, Armod… Bientôt, il saurait. J'imaginais l'expression de son visage en comprenant, j'entendais d'ici son rire, voyais la danse de joie qu'il exécuterait. Il porterait Tone Amalie haut dans les airs, à faire vaciller le nœud fixé dans ses cheveux, puis ils valseraient ensemble vers la maison, les petits pieds de la fillette sur les grands de son père. Toi, il allait t'ébouriffer les cheveux et te serrer dans ses bras, et toute la soirée, il me regarderait en souriant.

« Allonge-toi, allait-il dire. Et laisse-moi me mettre contre toi et poser ma main sur ton ventre, que je dise bonjour à notre enfant invisible. »

J'ai jeté quelques poignées d'herbes dans la marmite et les ai regardées mijoter à la surface de l'eau. Ta sœur et toi, vous êtes entrés en humant l'odeur du repas. Vous avez remarqué qu'il y avait quelque chose sur mon visage, mais je me suis contentée de vous adresser un clin d'œil avant de reporter mon attention sur la potée. De temps en temps, je passais la main sur mon coffre en bois qu'Armod avait joliment poncé et huilé, et dont il avait changé les ferrures. Lorsque le soleil se faufilait chez nous, celle de gauche projetait une belle ombre par terre. Pour le remercier, j'avais astiqué son miroir et aiguisé son rasoir, avant de reposer délicatement le tout au fond du coffre.

Pourvu qu'il compte se raser le lendemain et non le soir même, me suis-je dit, j'aimais tant être réveillée par le grincement du plancher sous ses pieds. Le soir, ce bruit se confondait aux autres.

Le repas était presque prêt, mon ventre encore creux sous mon tablier, mais contenant le début d'une vie. Vous deux qui seriez bientôt trois, vous jouiez dans mon dos. À mesure que les vents iraient s'intensifiant, mon ventre allait grandir telle une nouvelle montagne s'élevant dans le paysage, mais pas pour le moment. Aujourd'hui, à l'heure où les pommiers se défaisaient de toutes leurs couleurs d'automne, quelqu'un était déjà blotti dans la chaleur de mon ventre. Il était près de dix-huit heures. Armod n'était toujours pas rentré, alors que le jour avait commencé à décliner depuis longtemps. Qu'il était étrange de s'inquiéter autant pour un adulte. Plantée sur le seuil de la porte, je ne le voyais pas arriver. À ce moment de la journée où le jardin était le plus beau, le crépuscule.

Il devrait être là.

Assise à ma place, j'ai épousseté quelques miettes de la table avant d'attendre, le visage dans les mains. Mon angoisse bouillonnait comme la potée dans la marmite, atténuant légèrement la joie d'attendre un enfant. J'ai entendu ton ventre gargouiller, Roar, et dire à ta sœur que nous allions bientôt manger, dès que père serait rentré. Lorsque j'ai levé la tête, j'ai vu que tu lui souriais à pleines dents. Tes jolies dents du bonheur. À force, le bouillon s'était évaporé de la marmite et de doux rayons de lune se frayaient un chemin à travers la fenêtre. Il était largement l'heure de manger, Armod finirait bien par rentrer, il avalerait ce que nous lui aurions mis de côté puis rincerait son assiette, avant de vous raconter l'aventure qui lui était sans doute arrivée.

– Venez, les enfants ! Le repas est prêt !

De petits pas accourant, des jeux de mains sous la table et des ricanements.

– À qui fait le plus de bruit en mangeant !

Je crois que c'est ta sœur qui a dit ça. J'ai posé la marmite sur la table et t'ai tendu la louche. Tu as puisé maladroitement le liquide chaud jusqu'à ton assiette, puis j'ai porté le tout vers la cuisinière en faisant un crochet par la porte, pour jeter un coup d'œil à l'extérieur. Elle s'est brusquement ouverte.

Ce n'était pas Armod.

L'homme est entré sans fermer derrière lui, exposant notre intérieur aux courants d'air froids et humides. Il avait le front en sueur, le visage cramoisi. Les yeux injectés de sang essayant de s'accrocher à mon regard. J'ai reculé d'instinct, la main sur le ventre, mais il ne nous voulait aucun mal. Il était bûcheron comme tant d'autres, et dans la journée, il était allé du côté de Tuns pour déblayer les chemins après la tempête. Il avait vu l'arbre tomber. Il a retiré sa casquette, la tripotant nerveusement entre les poings.

La réalité s'est échappée de sa bouche tel un grand oiseau noir. Au son de sa voix brisée, j'ai tout de suite compris.

– C'est allé vite. Il est mort sur le coup.

Rien d'autre.

L'homme respirait sans bruit, les yeux rivés par terre.

La pièce était plongée dans la pénombre, je crois que, un instant plus tôt, je m'étais dit que c'était agréable. La marmite en cuivre m'a échappé des mains et est tombée par terre avec fracas. Une profonde marque se verrait à jamais dans le plancher. Les légumes et le bouillon se sont déversés entre les lattes comme un lent fjord rocailleux. Je me tenais là, d'un côté de la cuisine, déjà transformée. Vous, à l'opposé, n'aviez peut-être pas entendu, n'étiez peut-être pas au courant. Armod était mort.

Un tronc d'arbre sur son cadavre. J'ai hurlé au visage de l'homme, l'ai assassiné du regard, braillé entre les murs. Vous avez accouru, je vous ai pris dans mes bras, et nous sommes restés là, tous les trois. Je ne voulais pas vous dire, de peur de rendre ce cauchemar réel. Un inconnu et quatre mots se dressaient entre nous.

– Votre père est mort.

Devant la menace, mon corps se préparait au combat, ne comprenant pas qu'il était trop tard. À travers l'extrême douleur, il pensait me protéger, tout arranger. L'homme qui se tenait devant moi ne pouvait rien pour moi, lui aussi représentait une menace, tout n'était que menace dirigée sur moi et mes enfants maigrichons.

Il m'a demandé de l'eau. J'ignore si je lui en ai donné, mais il n'a pas tardé à s'en aller.

Une fois seule, je vous ai serrés contre moi. Ces petits corps chauds, vêtus de vêtements glacés et humides, qu'il était de mon devoir de protéger. Tone Amalie embrassait Beatrice. Elle était rouge à force de pleurer, et toi, Roar, blanc comme le lait. Ma douleur se reflétait dans vos yeux.

Votre père est mort.

Le bûcheron avait dit que tout était allé vite, alors je vous l'ai répété. Sur le coup. Plus tard, j'allais apprendre que ce n'était pas vrai : on avait scié et coupé l'arbre pour tenter de l'extirper de là, l'agonie avait duré plus d'une heure.

Et puis, je l'ai vu de mes yeux.

Tard dans la soirée, le bûcheron est revenu avec trois hommes pour nous apporter Armod. Nous avons installé son corps froid et broyé sur la table de la cuisine, avant de le couvrir d'un drap orné de fleurs et d'un monogramme brodé de fil jaune clair. Quelqu'un lui avait fermé les yeux, puisqu'il en était incapable lui-même. Son visage s'était figé en plein cri de désespoir. Les lèvres bleues, la peur incolore. Tone Amalie était trop petite pour voir à l'autre bout de la pièce, mais toi, Roar, je crois que tu n'as rien manqué du spectacle avant que le sommeil ne t'emporte dans ses bras salvateurs.

Votre père est mort. Dès que les inconnus m'ont laissée, j'ai eu l'impression que le monde vacillait autour de moi. Impossible de remonter le temps. Vous ai-je bordés ce soir-là, ou vous êtes-vous couchés seuls ? Tout ce que je sais, c'est que, tandis que vous dormiez, je me tenais devant la table, deux pièces de monnaie dans la main, les oreilles bourdonnantes, les yeux rivés sur ses pieds. Il me faisait peur. Jamais je n'avais vu une telle expression sur son visage, et l'angoisse se faufilait sous mon épiderme. J'ai effleuré sa main qui dépassait du drap. Il avait la peau glacée, le sang ne pulsait plus dans ses veines. Mes doigts ne tâtaient que le silence. Il gisait là, vidé de son sang et de la vie. La forêt avait rouvert les marques blanchâtres des pattes de l'ourse. Cette fois, elles ne cicatriseraient pas.

Je me suis obligée à le regarder de nouveau, il le fallait. Les pièces que j'avais en main, il les avait gagnées à la sueur de son front. Je devais les mettre sur ses paupières. Mes yeux voulaient fuir, mais je les ai forcés à se concentrer.

Mon complice ne me voyait plus. Même dans la mort, il semblait fatigué et amaigri. Pourtant, derrière la peur et la douleur, je discernais son vrai visage. Ce visage qui ne m'appartenait plus. Je me suis approchée de vous dans l'espoir de trouver un peu de sérénité, bercée par vos souffles endormis. Cette masse de pierre et de plomb qu'était devenu mon corps n'a sombré que tard dans la nuit.

La lumière nous a réveillés, la lumière et le froid. Le feu s'était éteint, et désormais, je ne pouvais compter que sur moi pour le rallumer. Armod serait revenu avec du bois, la veille. Maintenant, c'était à moi seule d'aller en chercher. À moi seule de porter les bûches. De porter l'eau. De porter les enfants. De porter, porter, porter. Toute la journée, j'ai porté des choses sans oser m'arrêter. Nous avons dû manger à un moment ou à un autre, mais je ne me rappelle pas avoir fait la vaisselle. Votre balançoire était abandonnée par terre, devant l'abri à bois. Je la contournais, incapable de la déplacer.

La nuit suivante, nous étions encore quatre corps rassemblés dans cette petite maison, comme depuis le jour où nous nous y étions installés. Mais l'un d'entre nous ne bougeait plus d'un cil, étendu sous le drap de lin sur la table qu'il avait fabriquée de ses mains. J'ai enduit son doigt d'huile à pétrole lampant pour lui retirer son alliance, même s'il m'était douloureux de le toucher. Cette bague qui n'avait pas été fabriquée pour lui et qui avait toujours été trop grande. Je l'ai glissée dans ma boîte en bois laqué rouge, avec son miroir et son rasoir, et ai refermé le couvercle. Mes yeux saignaient de l'eau salée. J'avais le sentiment de couler.

La forêt, ce n'était pas que les arbres, mais ce qu'il y avait autour, dans la lumière, entre les pierres, et dessous. Ce n'était pas ça qui l'avait tué. Les troncs d'arbres qui cernaient notre maison s'accrochaient à la terre, bien enracinés. Ils poussaient de lents soupirs et pleuraient mon Armod.

Des hommes sont venus le chercher, sans emporter le vide qui s'était installé entre nos murs. Nous l'avons rendu à la terre, et nous autres qui restions errions là, à la surface. Chaque matin, je me réveillais dans une lumière d'une pâleur inquiétante. Les yeux rouges et luisants, la bouche entrouverte, le souffle agité. Notre maison était glaciale. Le matelas enfoncé, les oreillers humides et les draps rugueux. Je me passais les doigts dans les cheveux pour tenter de me défaire de ma fatigue d'un coup de brosse.

Les yeux enflés, Tone Amalie nous aidait à mettre la table. Le claquement des placards, l'entrechoquement des couverts et des assiettes. Puis le silence. J'avais la tête ballante, incapable de la soutenir. Les souvenirs m'écorchaient la poitrine. Les pensées s'embourbaient dans mon esprit et me rongeaient comme des tiques. Mon estomac n'était qu'une mare d'angoisses, mon for intérieur un gouffre sans fond. Il ne restait de moi qu'une coquille. Une anxiété pâle. La pauvreté.

Armod était toujours là. Nous étions ensemble, il se trouvait parmi nous. Si la vie plongée dans la grisaille n'est pas belle, elle l'est toujours plus que le néant opaque. Sa hache usée sur le billot. Ses gants cardés à motifs bleus et rouges dans le gel du matin. Lui qui les avait cherchés. Désormais, il n'en avait plus besoin.

Mon corps avait beau être planté devant les navets et la cuisinière, mon âme s'échappait par la fente de la clôture. Quand je passais devant la balançoire, je détournais le regard, et en te voyant tendre la main vers le tas de pierres, Roar, je manquais de me noyer dans mes larmes. Les mois, le temps, n'aidaient en rien. La nuit, pendant l'hiver, j'évitais de regarder le ciel. Les étoiles avaient perdu leur éclat, elles luisaient faiblement dans une mer obscure.

Le paysage était blanc. Les hommes cramoisis de froid. La solitude infinie du chagrin. Je n'arrivais pas à me résoudre à retirer de son crochet la casquette d'Armod, geste qui me semblait définitif. Comme si tout n'était pas déjà fini.

Plus jamais ci, plus jamais ça.

– Au printemps, les oiseaux reviendront, mère, m'a dit Tone Amalie en frappant des mains.

À moi qui étais censée la consoler.

– Oui, mon bourdon, c'est vrai.

– Le soleil nous réchauffera, mère. Ça ira, ça va s'arranger.

J'ai souri et ravalé la boule qui grossissait dans ma gorge.

Tu nous préparais de la bouillie en suivant mes instructions, ta silhouette de petit garçon allant et venant entre la table, la cuisinière et le garde-manger. Au-dehors, des flocons tombaient du ciel, mais personne ne dansait dans la neige. Le blanc se posait sur notre herbe fatiguée et fondait au contact des douces feuilles d'automne. Quand tu as installé le panier à bois vide dans le coin à côté de la porte, là où Armod avait l'habitude de se raser, j'ai eu envie de protester : « Non ! Pas ici, écarte-toi ! » Mais je n'ai rien dit, et le plancher a grincé. Tout ce que tu voulais, c'était penser à aller chercher du bois. Je suis sortie sans châle ni chaussures pour m'en occuper. Dehors, je me suis immobilisée un moment, le souffle coupé, tripotant mon épais chandail et regardant les flocons qui tourbillonnaient lentement dans les airs. Aucun d'eux n'arrivait indemne par terre. Tous se précipitaient doucement vers la mort. Je me suis retournée et ai observé notre maison. Je n'avais pas envie de rentrer, aussi ai-je reculé, les yeux fixés sur mes propres traces de pas perdues dans le manteau blanc.

Puis, j'ai fait volte-face et me suis mise à courir. Loin de la neige privée de sa danse, loin de notre maison privée du chant matinal du plancher, loin de la forêt, pieds nus sur le sol gelé qui me tranchait les talons comme des couteaux. Mes talons s'enfonçaient de plus en plus dans la masse trempée, et à chaque pas, je devais lever un peu plus les genoux pour continuer. Mais où ? Où me guidaient mes pieds ? Où pouvaient-ils aller ? Je n'ai pas tardé à abandonner, me laissant tomber dans le froid. Gisant dans la neige, je sentais l'humidité glaciale s'infiltrer dans mon corps.

Je n'ai pas pleuré, déjà vidée de mes larmes.

As-tu remarqué mon absence ce jour-là, Roar ? Mon humeur sombre te faisait-elle de la peine ?

En cicatrisant, la douleur a laissé derrière elle la marque de la solitude. « Notre imagination, ça, personne ne peut nous la retirer », avait-il dit un jour. Mais ce n'était pas vrai. Peu à peu, les légendes ont laissé place aux mensonges. Notre imagination avait été enfouie avec toi dans un trou dans la terre.

Ce jour-là, le ciel était d'un bleu froid, les airelles rouges tranchaient dans les premières neiges. Mon amour n'était plus qu'une pierre grise effleurant mes poumons, une entaille invisible sur ma peau. Et pourtant, ce n'est qu'au moment où j'ai rangé sa boîte en fer-blanc et ses outils que j'ai vraiment compris qu'Armod était mort. Il ne les aurait jamais abandonnés.

Les jours se sont succédé. On peut être malade d'infortune et de chagrin. Moi, je ne suis pas tombée malade. J'ai continué, comme je m'y applique toujours. Il n'y a rien d'autre à faire que de continuer à exister. Petit à petit, j'ai de nouveau appris à rire, tu le sais bien. Mais lorsque le vent souffle dans les cimes des arbres, j'entends encore Armod respirer.

Kåra

Médicaments

Bricken avale ses médicaments. Le soir, les courants d'air sont déjà glaçants à cette saison. Je me lève pour aller chercher une paire de grosses chaussettes, quand Bricken se racle la gorge. Elle pose son verre d'eau, son corps se met à trembler, et elle tousse à n'en plus finir. Le visage de plus en plus rouge, se soutenant d'une main contre le plan de travail, elle se plie en deux et tousse encore. Un râle venu du fond de la poitrine. J'hésite, je devrais sans doute approcher et lui taper le dos, mais elle se redresse et me fait signe de rester là où je suis. Elle cligne des yeux derrière ses culs-de-bouteille et sèche ses larmes, avant de refermer le pilulier et de le remettre dans le placard de la cuisine.

– Je les ai comptés, donc pas la peine d'essayer de m'en chiper, dit-elle d'un ton acerbe.

J'ai envie de me précipiter vers la porte et de m'en aller. Derrière son sourire, je sais ce qu'elle pense. Je lui en ai pris il y a longtemps, et visiblement, elle l'a compris. Ce qu'elle ignore, c'est que ce n'était pas que pour moi, et c'est bien ça le pire. Enfin presque. Si je lui balançais au visage tout ce que j'ai accumulé sur sa peau d'éléphant au fil des années, est-ce qu'elle prendrait feu et tomberait en cendres, comme des médicaments réduits en poudre sur la toile cirée ?

Jamais je n'oserais.

Elle voit mon regard. Heureusement, elle ne l'interprète pas comme il le faut.

– Excuse-moi, dit-elle. J'ai toujours pensé que c'était toi. Mais ça peut être Roar, à cause de ce qui est arrivé à Tone Amalie. Ou à cause de moi, à cause de tout.

Je ne réponds pas. J'ignore qui est cette Tone Amalie.

Elle pense que je devrais résister, m'accrocher et prendre mon mal en patience. Je le sais, elle n'a eu de cesse de me répéter à quoi devait ressembler une bonne personne, selon elle : quelqu'un de persévérant, d'usé jusqu'à la moelle, plcin d'espoir et préparé à tout. Elle-même devait se battre dans son enfance, chez Frida, pour avoir un endroit où dormir et de quoi manger. Elle adore me le rappeler, persuadée que tout n'est pas forcément mieux aujourd'hui.

– La forêt regorge de nourriture pour les oiseaux, ils doivent juste se bouger pour en trouver, me rabâche-t-elle.

Le robinet de l'évier goutte. Je n'ai pas envie de monter à l'étage, de me coucher dans mon lit en alcôve coincé entre ces murs jaune criard, cette couleur qui me donne la nausée et le vertige depuis le premier jour. Qui, dès le réveil, me pousse à vouloir me réfugier au rez-de-chaussée, comme Dag, même si moi, je ne viens pas me faire dorloter. Je veux juste pouvoir respirer. J'ignore quand a été construit l'étage qui est devenu le nôtre, mais il y a une démarcation nette entre les murs d'origine et cette extension. Elle ne s'est jamais intégrée au reste. Moi non plus, d'ailleurs. Enfin si, avec Roar. Il suffisait qu'il me regarde pour que je trouve ma place.

Et voilà, elle recommence à radoter. Sur le fait que, chez Frida, tout était miteux et crasseux, et que les gamins en étaient réduits à chasser les mouches pour se nourrir. Ils n'avaient pas de savon.

– Pauvre mère Frida.

Elle passe la main sur sa jupe.

– Son corps avait beau flancher, au fond, elle était la même. C'est grâce à elle que j'ai survécu, je le sais. Malgré la toux et la fatigue qui ne faisaient qu'empirer, elle veillait à ce que je m'en sorte. Elle était presque transparente tellement elle était maigre, avec ses chiffons ensanglantés qu'elle serrait dans sa main en guise de mouchoir. Elle me disait que le sang avait un goût de fer, parce que la maladie la vidait de ses forces.

Satanée Bricken. Aussi creuse et rasoir qu'un vieux poème.

Et Roar ? Serait-il devenu transparent s'il avait approché lentement de la fin, ou si son cadavre était resté longtemps dehors ? Quand Bo est né, on pouvait presque voir au travers. C'est comme ça que la vie commence, et qu'elle doit finir.

– Je ne l'ai vue pleurer qu'une seule fois. Greta s'était ouvert le genou en tombant. La petite avait accouru dans la cuisine et s'était accrochée à mes vêtements, en pleurs. La plaie lui faisait mal, alors je l'ai nettoyée, j'ai soufflé et je l'ai consolée. Tandis qu'elle avait le visage enfoui dans mon cou, j'ai entendu Frida sangloter à côté. Sa cadette lui était passée devant pour venir chercher de l'aide auprès de quelqu'un d'autre.

Décidément, Bricken se vautre dans la misère. Elle s'en régale.

– Pendant que je soignais son enfant, Frida était là, invisible, un mètre plus loin. Seulement, son corps n'était plus qu'une masse d'air. Dehors, les gens se retrouvaient, mais elle, personne ne venait lui rendre visite, et elle ne pourrait plus jamais se déplacer. C'est en réalisant tout ça qu'elle a fondu en larmes.

Bricken redresse un stylo sur la table.

– Elle en avait conscience, ajoute-t-elle. Alors, elle nous a dit : « Quand je serai morte et toute froide, allez à Hammarlunds. »

À la mort de Frida, personne n'est allé à Hammarlunds. Les enfants ne se sont rendus nulle part, mais se sont bousculés autour de Bricken et blottis contre elle. Leur mère avait beau avoir refroidi depuis longtemps, ils restaient là, à attendre que les aiguilles du temps reviennent en arrière. Frida gisait telle une poupée de cire sur la banquette de la cuisine. Finalement, Bricken s'est résolue à s'extirper pour aller chercher de l'aide. Lorsqu'elle est revenue, Asta et Greta étaient recroquevillées sous la table. Les larmes d'Asta luisaient dans la pénombre.

– Elles étaient enlacées par terre, raconte-t-elle. De leur cachette, elles n'ont dû voir que des pieds chaussés de sabots s'éloigner avec leur mère et des bras vêtus de bleus de travail donner au chat des restes de poisson. Comme j'ai regretté d'avoir prévenu ces gens.

Enlacés par terre, me dis-je en regardant la porte de la cuisine, et la latte qui grince toujours dans le coin. *Un jour, nous nous sommes mis là quand tu n'étais pas là, ça sentait bon le plancher fraîchement nettoyé, et nous étions heureux, mais tu n'en sais rien, trop occupée à ressasser tout ce que tu crois savoir.*

Les lunettes qu'elle a sur le nez, elle les partageait avec Roar, c'est lui qui a fixé un des verres à la monture avec un bout d'adhésif, je discerne encore la marque de son doigt. Elle qui veut jeter tout ce qui lui appartenait, elle s'en débarrasserait si je le lui rappelais ?

Mauvaise idée. Je continue de l'écouter, à moitié plongée dans mes pensées.

Le chat de Frida était gris tigré. Celui de Bricken qui a disparu avait le pelage tacheté. C'était le caprice de Dag, évidemment, quand une chatte de Rävbacka s'était cachée dans la dépendance pour mettre bas.

– On peut bien en garder un, avait-il suggéré.

Ce n'était pas lui qui allait s'en occuper. Mon Berger du Caucase s'était mis à grogner.

Peu après la naissance, le chaton le plus agité de la portée avait disparu. J'avais laissé les autres s'en aller, mais lui demeurait introuvable. Alors que je m'apprêtais à ranger des vêtements dans le placard, j'avais entendu des miaulements dans le poêle installé près de la porte.

– Roar !

Ma voix s'était brisée. Il avait monté l'escalier, suivi de près par Dag. Ensemble, ils avaient ouvert le poêle. Des yeux brillaient comme deux lanternes là-dedans, et une petite boule de poils s'était accrochée au pouce de Roar. Dag souriait. Malgré mes protestations, il n'avait pas réussi à s'en séparer. Kurrbits se frottait à nos jambes et miaulait en regardant les oiseaux passer devant la fenêtre. Lorsque Roar prenait l'animal sur ses genoux, il ne prêtait plus attention à moi. Désormais, quand il faisait ses mots croisés, il avait le bras gauche relâché pour le caresser.

– Minet, disait-il. Joli petit minet.

Dans ces moments-là, il ne me parlait plus.

L'animal en était fier, il se hérissait en ronronnant et me regardant de haut.

Le chat de Frida a eu du poisson en guise d'adieux, lui aussi. Tandis qu'il se régalait, une manche bleue a placé un canon de fusil sur sa gueule. L'animal a sursauté. Son pelage s'est hérissé et s'est taché de rouge. Les pattes secouées de crampes, il est mort dans une flaque sur le sol de la cuisine. Bricken a beau me raconter la scène la main sur la bouche, elle n'arrive pas à ravaler ses cris. La petite Asta tremblait comme une feuille. Alvar avait mouillé sa culotte, avait-elle constaté quand on les avait tous emmenés dehors. Puis on avait mis le feu à la maison et les orphelins avaient regardé le théâtre de leur enfance disparaître dans les flammes. Les gens qui toussaient du sang pouvaient répandre la mort dans les meubles et les étoffes. Voilà ce qu'avait appris Bricken de longues années plus tard.

Ensuite, il y avait eu une vente aux enchères. Les paysans regardaient de travers ces petits travailleurs, mais l'un d'eux avait besoin d'aide et il avait arraché Alvar, l'enfant qu'il venait d'acheter, des mains de Bricken. Les rejetons de Frida avaient été dispersés aux quatre coins du village comme des noix de beurre dans une poêle chaude. Les plus âgés avaient fini esclaves dans les fermes alentour. Asta et Greta, trop jeunes pour être d'une quelconque utilité, avaient été envoyées à l'hospice. J'imaginais comme le temps avait dû s'arrêter pour ces ventres criant famine.

Bricken, devenue fille de ferme à Glössbo, vivait des restes qu'elle trouvait dans les assiettes des autres. Pendant sept ans, elle allait devoir supporter qu'on lui crache dessus, qu'on la rosse à coups de bâton, de seau et de louche.

La vie peut tourner à l'enfer de bien des manières.

Bricken n'avait pas de verrou sur sa porte. Elle avait été engrossée et jetée à la rue. Lorsque son petit Emil était né, elle n'avait plus un centime dans ses poches, mais bientôt, il n'y aurait personne auprès de qui mendier. L'Europe était à feu et à sang, la nourriture manquait, la Banque centrale imprimait des billets d'une couronne, et le temps semblait s'être figé jusqu'à ce vendredi où elle avait rencontré Roar.

Enfin, qu'est-ce que j'en sais, il faut toujours qu'elle dramatise.

Cette histoire, je la connais par cœur. Roar qui lui répare son vélo et l'emmène rencontrer sa mère dans la foulée. C'est ce que raconte Bricken, mais c'était bien le genre de Roar, alors pourquoi pas. Il paraît que c'était la plus jolie fille du village, mais je me garde bien de le lui dire. Quelques mois plus tard, ils étaient mariés. Moi aussi, je me rappelle la manière dont il installait ses bottes contre la porte avec un bruit sourd et dont il accrochait son blouson qui sentait la terre, le froid humide et la forêt.

Chez eux, Emil a trouvé la tranquillité d'un foyer, mais aussi connu la fatigue, la disette et la faim. Des années plus tard, il est parti travailler dans le Grand Nord, là où l'urine gèle avant d'atteindre le sol. Dag parlait rarement de son frère, voire jamais, pas plus que Bricken, aussi bavarde qu'elle soit. Je ne l'ai entendue que quelques fois laisser échapper son nom d'une voix étranglée, avant de se taire, de se lever, de refaire du café et de se reprendre.

Roar. Emil. Dag. Bo. Que de fils dans cette maison. Je crois savoir précisément quand Bo a été conçu. Une matinée en semaine habituelle. Roar a salé son œuf avant de l'avaler, puis il est allé chercher leurs outils, à Dag et à lui, dans l'abri à bois. La forêt vous appelait. Tout en essuyant une assiette, je l'ai regardé traverser la cour. J'avais froid, je n'avais pas pris le temps de bien me sécher avant de m'habiller en sortant de la douche, et je grelottais. Dag me fixait, sa cuillère à mi-chemin entre son bol et sa bouche. Comme toujours. Il a contourné la table, j'ai senti ses bras me prendre la taille, et nous sommes montés dans notre chambre. *Laisse-toi faire, Kåra. Sois normale.* Son souffle haletant dans mon oreille, ses doigts me tâtant le corps, et partout, son odeur : dans l'air, dans les draps, sur la couverture. Ça a été rapide, et avant de partir, il m'a dit qu'il m'aimait.

Il me le répétait souvent. Je devais prendre soin de lui jusqu'à sa mort, j'en avais fait la promesse. *Sois normale.*

Je crois que c'est à ce moment-là, penchée sur le lit tandis que Dag s'agitait dans mon dos, que je suis tombée enceinte. Il n'y a pas eu tant que ça de matinées de ce genre.

Presque toutes les femmes peuvent tomber enceintes, ça n'a rien d'extraordinaire. Et pourtant, on risque d'y laisser sa peau. Cette lueur sacrée dont tout le monde parlait. Entre l'angoisse, la peur et l'épuisement, tout pouvait mal tourner. Faire une fausse couche, devenir une mauvaise mère.

Le chat se plaisait chez nous, il dormait sur ma poitrine, et je me réveillais, les poumons comprimés. Si j'osais bouger, il plantait ses griffes dans ma peau. Le matin, il chassait dans l'herbe gelée, son épais pelage d'hiver ébouriffé par le soleil, l'air aussi puissant qu'un ours ou qu'un homme préhistorique en plein combat, vêtu d'une peau de bête. Le petit chat chéri de Bricken. Juste de la bonne taille pour en faire une toque.

Les pommes gelaient sur les branches, et les restes du saule s'efforçaient de flotter avec les autres arbres dans le vent. Le jour où Dag et Roar ont coupé par le lac pour aller chercher du bois sur la rive opposée, ils ont avancé prudemment à travers la surface blanche, pas à pas. J'observais Roar de loin. Appuyé sur un bâton, il regardait les motifs qui se répandaient sous ses pieds pour estimer l'épaisseur de la glace. S'assurer qu'elle tiendrait sous leur poids. Plus elle épaississait, plus mon ventre s'arrondissait. Mais mes journées n'ont pas changé. Malmenant la lourde responsabilité qu'était l'enfant pelotonné dans la chaleur de mon ventre, je nettoyais et récurais le plancher, épluchais les légumes, mettais la marmite sur le feu, faisais la lessive, trimballais, étendais et pliais le linge, encore et encore, avant de recommencer, jamais les corvées ne prenaient fin. Depuis que j'avais commencé à m'asseoir sur les branches noueuses du griottier avec les autres, pour cracher des noyaux pendant des heures, je savais que je n'avais manqué de rien dans mon enfance.

La nuit, je rêvais des sinuosités de l'allée d'un cimetière soigneusement ratissée, conjuration contre les enfants mort-nés. Dans mes songes flottaient des bébés aux yeux noirs comme des étoiles de mer, attrapant du bout de leurs tentacules toutes les angoisses aux alentours pour les engraisser. Petit à petit, mon ventre se remplissait sous mes mains et l'enfant me repoussait. Mon cœur, pressé contre la gorge, battait à contretemps dans mon aisselle gauche. Mes poumons, vidés comme des sacs plastique, s'étaient trouvé une petite place contre les clavicules, et étouffaient. Lorsque je rentrais du magasin au clair de lune, mon ombre se balançait tel un canard sur le sentier enneigé. Un petit pied pointu tentait de me transpercer la peau. Dag ne faisait pas toute une histoire de ma grossesse, il se contentait d'une caresse de temps en temps sur mon ventre, mais autrement, il ne pensait toujours qu'à se goinfrer. Comme cette fois où j'avais préparé des brioches à la vanille parsemées de sucre perlé, défiant mon mal de dos. Une fois prêtes, je les avais glissées dans des sachets et avais mis le tout dans le garde-manger, et les jours qui avaient suivi, Dag et Roar en avaient reçu chacun une à emporter en forêt. Un matin, j'avais eu envie d'en manger une après leur départ, mais Dag s'était attribué la dernière. Le chat et lui se pavanaient avec une telle assurance dans la maison. L'animal, au moins, je le maîtrisais. Un matin, il faisait si froid qu'il ne voulait pas sortir, installé devant la porte, les yeux ronds et le museau luisant, attendant que l'averse passe. Je l'ai jeté dehors et ai refermé derrière moi. Avec Dag, c'était plus compliqué.

Tout aurait sans doute été différent s'il s'était comporté autrement. Je me souviens d'un matin, quelques jours seulement après l'affaire des brioches. La veille au soir, j'étais restée longuement dans les vapeurs de cuisine, en sueur, à préparer du gratin de chou aux pommes de terre et aux airelles, et je nous ai servi deux belles parts équitables pour le déjeuner. Il s'est immobilisé, sa boîte en fer-blanc à la main, ses yeux vides cherchant désespérément du rab sur le plan de travail. Il m'a pris ma fourchette et s'est servi dans mon assiette.

– Et moi, qu'est-ce que je vais manger ?

– Ça manque de viande, Kåra. Je ne risque pas d'être calé avec ça.

Il a fermé sa boîte et l'a glissée dans son sac. Les bords de mon assiette étaient barbouillés de sauce.

Roar est apparu sur le palier, un roulé à la cannelle entamé dans la main.

– Grouille-toi, Dag ! Il faut qu'on y aille.

– Maman ? s'est écrié Dag. Je peux prendre un roulé à la cannelle ? Il n'y a presque pas de viande dans mon déjeuner, j'aurai faim dans une heure !

Il a disparu dans l'escalier. Lorsqu'il est revenu, j'ai constaté qu'elle lui en avait donné trois. Ignorant la main que je lui tendais, il en a englouti un en quelques bouchées et fourré les deux autres dans son sac. Juste avant leur départ, j'ai sorti discrètement la boîte de son sac, l'ai entrouverte et remise à l'envers, au milieu des gourmandises de Bricken.

Le moment venu, Dag m'a conduite à l'hôpital. Nous avons attendu dans une lumière froide et agressive, face à une horloge en panne dont les aiguilles tentaient en vain d'avancer en crissant. Des pas languissants ont fini par se faire entendre, et une femme à la forte poitrine comprimée dans son uniforme blanc nous a conduits dans une pièce au bout du couloir. On m'a montré une banquette dure, donné un verre de sirop avec une paille, et à Dag un café à savourer dehors. Les contractions se succédaient, je buvais du sirop à chaque pause, ruisselante de sueur. Le tic-tac de l'horloge résonnait entre les murs gris de la pièce, et vers l'heure du dîner, la douleur est montée d'un cran. J'avais le sentiment de tomber la tête la première dans le noir, nue comme un ver devant des inconnus. Pendant ce temps, Dag devait siroter son café, avachi sur une chaise. J'avais de moins en moins de répit entre chaque contraction, pas une seconde pour souffler. Une force me transperçait. « C'est ce qu'il faut, m'assurait la sage-femme. Très bien, magnifique, pas besoin de calmants. N'est-ce pas merveilleux d'accueillir une nouvelle vie ? » Puis elle a disparu. Tout a disparu autour de moi, ne laissant place qu'à la douleur qui me paralysait les jambes, me broyait le bassin, me cognait la colonne vertébrale. Une infinité s'est écoulée. Puis une autre.

Peu avant qu'il ne reçoive un nom, le bébé, comme on le désignait encore, ne faisait pas un bruit. Le silence malvenu dégage un parfum âcre. J'attendais, n'osant pas respirer. La tension était palpable dans l'air chargé de la chaleur de mon corps et de l'odeur du sang. Et enfin, un miaulement a retenti. Dag, les larmes aux yeux à mon chevet, l'a appelé Bo et lui a caressé la joue du dos de l'index, avant de rentrer à la maison annoncer la nouvelle. Bo avait trop de peau pour sa taille, on aurait dit un oisillon aux poings serrés. Ses petits doigts fripés à force de baigner dans mon ventre étaient comme des ventouses faites pour s'agripper à moi.

L'amour dont j'avais rêvé. Était-ce donc ça ? Nous deux, dès maintenant ? Il était recroquevillé comme une grenouille, et lorsqu'il s'est réveillé, ses yeux m'ont paru aussi profonds que des puits de contes de fées.

Une fois de retour chez nous, je passais mes nuits à le regarder dormir, assise à côté de son berceau.

Fais dodo. Fais dodo.

Dag l'aimait plus que tout, moi y comprise. Ils avaient leur propre langage, toutes sortes de gazouillis. Roar a offert à Bo un anneau en or fabriqué pour une main d'homme. La sienne, imaginais-je. Quand je lui ai demandé ce que signifiait la gravure, *Diocèse de Trondheim*, il a haussé les épaules.

Roar aimait Bo, lui aussi. Et il aimait Dag. Mais il était fou de Bricken.

Roar et Bricken. Quand elle entrait dans la pièce, il esquissait toujours un mouvement, s'apprêtant à se lever de sa chaise, avant de prononcer son nom comme s'il avait quelque chose d'important à lui dire. Elle était son alliée. Lui son sauveur. Et moi, l'œil qui les observait.

Je me souviens d'un dimanche matin où nous nous promenions tous les deux avec le landau. J'avais tant sommeil que la forêt m'attirait et me rebutait à la fois. Nous avions déjà marché un bon bout de chemin quand j'ai déclaré qu'il devait trouver Bricken magnifique.

– Magnifique, tu dis ? a-t-il répondu. Oui, peut-être. Mais elle est surtout d'une grande beauté intérieure, même si elle est devenue un peu plus sèche avec le temps. On cache tous quelque chose de beau au fond de nous, au milieu de nos intestins.

Il a pris cet air qu'il avait parfois dans la cuisine, lorsqu'il essayait de disparaître derrière ses mots croisés. J'ai laissé les mots vibrer dans l'air, avant de changer de sujet :

– La forêt ne vous fait pas peur ? Tous ces marais et ces animaux sauvages. Sans parler des champignons. Il y a tellement de menaces.

Je savais que Bricken, au moins, comprenait ma peur des champignons. Se tromper pouvait s'avérer mortel, et je redoutais toujours de cueillir du poison. Les premières années, elle examinait scrupuleusement le contenu de mon panier. Aujourd'hui, je ne doute plus, mais à l'époque, je priais toujours quelqu'un de jeter un coup d'œil à ma récolte avant de laver les champignons et de les cuisiner. À table, je les avalais par tout petits bouts, et je m'auscultais, à l'affût de la moindre crampe d'estomac, du moindre vertige, de la moindre nausée, et du moindre signe de diarrhée. Les vapeurs d'une fausse morille pouvaient intoxiquer en quelques heures, et dans ce cas, il n'y avait plus rien à faire, même mon Berger du Caucase ne serait d'aucun secours. Voilà pourquoi je demandais confirmation autour de moi, mais Roar se contentait de me tapoter l'épaule en souriant et en suivant mon regard perdu entre les contours des pins dressés autour de nous.

– Toi, tu aurais peur d'un souriceau, a-t-il répondu. Tu as ça dans le sang. Mais sache qu'au coucher du soleil, même les petits lutins projettent de grandes ombres.

En passant devant le rocher à mi-chemin du village, il a dégagé quelques feuilles tombées là.

– Ce n'est pas la forêt, le danger, a-t-il repris. Mais le feu, la faim et les autres. Et puis ça, ce n'est qu'un champ d'arbres. La forêt, la vraie, commence de l'autre côté de notre clôture. Outre les arbres, c'est ce qu'il y a autour qui fait son caractère, l'air, la mousse, le lichen, les fleurs et les champignons. De simples troncs alignés en rang d'oignons, ce n'est pas une forêt. De même qu'on n'a pas une vie juste parce qu'on existe.

Dag n'aurait jamais pu s'exprimer en ces termes.

Bo n'est pas non plus devenu un tel homme. Il aurait pu, mais non.

Les arbres, avec leurs cimes, ont survécu à Roar.

– Vous êtes toujours aussi amoureux qu'au premier jour ? lui ai-je demandé ce matin où nous nous promenions.

Il s'est affaissé, comme si on lui avait retiré sa colonne vertébrale.

– Bricken, a-t-il simplement murmuré. Notre chère petite Bricken. Elle n'a pas eu la vie facile.

Sur le chemin du retour, il a pris le relais et poussé le landau, accélérant le pas. Comme je m'y attendais, dès qu'il eut retiré ses bottes à l'intérieur, il s'est réfugié dans ses mots croisés. Lui non plus n'avait pas dû avoir une vie facile, j'avais bien vu la collection de médicaments qu'il gardait dans son armoire à fusils, un jour où il s'apprêtait à nettoyer l'arme qu'il avait héritée de sa mère.

– Ne t'inquiète pas, avait affirmé Bricken lorsque je l'avais interrogée à ce sujet. Ce n'est pas grave. Autrement, il les aurait déjà tous gobés. La plupart ne font que moisir là-dedans.

J'avais beau insister, il n'y avait rien à en tirer.

– Il prend juste des comprimés pour le cœur et le moral de temps en temps, avait-elle ajouté en secouant la tête. Les pastilles blanches, c'est pour se calmer, et les petites bleues dans le flacon, c'est au cas où il aurait besoin d'un moment d'évasion. Laisse-le faire ses affaires et reste à tes fourneaux.

Mais c'était plus fort que moi. Sans oser poser davantage de questions, je le regardais ouvrir l'armoire, muette. Des flacons de perles bleues, rouges et blanches, entiers et entamés. Certaines étiquettes avaient commencé à s'effriter, d'autres à se décolorer. Que de petits cachets. Le genre de choses qu'on avale pour s'enfuir.

– Se souvenir de tout, ce n'est pas joyeux, a déclaré Roar en sentant mon regard, un jour où la curiosité m'avait poussée à approcher.

J'ai hoché la tête et me suis mise à côté, interprétant ses mots comme une promesse. La promesse qu'il me comprenait, et qu'il était peut-être le seul.

Effleurant mon avant-bras de sa main rugueuse, il a ajouté :

– Parfois, il vaut mieux oublier certaines choses.

Et pourtant est arrivé ce jour où il a fourré le flacon de cachets bleus dans sa poche, avant de verrouiller l'armoire et de remettre la clef à sa place, en haut du chambranle de la porte.

Diocèse de Trondheim. C'est lui qui m'a incitée à agir. Je n'en avais pas conscience à l'époque, mais maintenant, ça me paraît évident.

Unni

Aller de l'avant

Personne n'a envie de voir les vêtements d'un disparu. On ne peut ni les revêtir ni les donner, car leur propriétaire n'est pas là. J'ai plié et lissé soigneusement les étoffes, et avant d'installer la pile dans le coffre, je l'ai portée à mon visage pour sentir l'odeur d'Armod.

Des jours aussi pâles que la mort. Au village, l'écho de la voix d'un homme heureux, qui n'était pas la sienne. Tous ces gens qui venaient me voir pour me présenter leurs condoléances, des camarades de travail qui se souvenaient des récits d'Armod, tous ces regards compatissants au magasin. Un soir, un panier rempli de nourriture trouvé sur mon perron, avec un gentil mot de mère Anna. Je n'ai jamais osé la remercier, par peur des questions. Lorsque le pasteur s'est approché, les mains tendues, j'ai fait semblant de ne pas le remarquer. Le pasteur, Tronka. Les mots d'un autre homme d'Église résonnaient dans ma tête. « Ça ira pour le garçon, je le prendrai sous mon aile. » J'étais aussi seule qu'une souche moisissant au fond de la forêt. Nous autres humains, nous ne sommes sur Terre que l'espace d'un instant. Nous vivons quelques années, avant de mourir. Des plantes fanées hochaient la tête le long des chemins, lorsque l'obscurité automnale se couchait sur notre forêt et le village. Les arbres dépouillés, privés de leur chair, devenaient des squelettes. L'humidité de l'automne se posait sur nos cheveux gras et ternes, nos vêtements crasseux. Ta frange avait poussé, Roar. Tu étais coléreux et sec à mon égard, impatient avec ta petite sœur. Tu ne voulais pas jouer, tu ne voulais rien. Juste te mettre à la fenêtre, les yeux plissés, et observer la forêt plongée dans le noir. Peut-être espérais-tu voir Armod apparaître entre les troncs, hanté par le souvenir de cette époque où il accourait dans la cour pour te consoler, quand tu te faisais mal. Mais cette époque était révolue. Nous parlions peu de ce qui était arrivé, sans doute parce que je n'y arrivais pas, j'avais besoin de m'occuper, d'aller de l'avant. Mais je voyais bien comme vous souffriez.

– Il perd son temps, mère, a dit Tone Amalie un jour, en te regardant scruter la forêt. Père ne reviendra pas avant le printemps.

Alors, tu es sorti de la maison. Je n'ai pas réussi à lui répondre.

Ne t'attends pas à trouver une femme qui te comprend. Mais si tu as cette chance, prépare-toi à t'effondrer le jour où on te l'arrachera des bras. La mort d'une personne âgée peut être un événement solennel, vécu avec dignité, mais celle d'un homme en plein devoir est quelque chose de bourbeux, de la mélasse renversée sur le sol de la cuisine.

Il n'y avait rien de beau dans la mort d'Armod. Que du gâchis.

Désormais, c'était moi et personne d'autre. Nul ne peut se cacher derrière les morts pour ne pas avoir à s'occuper des vivants. J'étais seule avec toi, Tone Amalie, et les jeunes pommiers, de petits poings serrés aux épaules courbées m'effleurant la jupe. Sa vivacité et ses histoires vous manquaient, et moi, je n'avais rien à vous donner en échange. Je me perdais dans mes larmes qui gouttaient par terre.

D'une certaine manière, j'ai fini par passer le cap, par m'extirper du chagrin. Mais la solitude était impossible à combattre. Ni ma colère contre Armod. N'avions-nous pas passé un pacte, tous les deux ? Il était censé me suivre, où que j'aille, il m'en avait fait la promesse. À l'aube, le plancher devait craquer sous son poids, ses pas à travers la pièce devaient me réveiller, et je devais le regarder s'éloigner, sachant que le soir, je retrouverais son sourire. Des promesses en l'air. J'avais beau résister, un jour ou l'autre, j'oublierais son odeur qui se dissipait peu à peu de ses vêtements.

Maintenant, c'était moi qui m'éloignais le matin pour aller travailler à Rävbacka. S'il faisait beau, je coupais par la forêt ; en cas de pluie ou de verglas, je prenais le sentier qui passait devant le rocher. On ne m'envoyait pas au milieu des pins, mais à l'étable, au poulailler, à la porcherie et au lavoir. Le plus souvent, j'étais seule avec les animaux. Il m'arrivait de m'adosser à la chaude panse d'une vache et de m'écouter respirer quelques minutes.

Le soir, vous m'attendiez à la clôture. Sur le chemin du retour, je maudissais la forêt, mais je me reprenais toujours en approchant de la maison. Les joues rouges et les lèvres gercées à force de grelotter et d'avoir faim, vous alliez à ma rencontre. J'étais devenue transparente, il ne me restait que mes mains pour vous nourrir. La balançoire qu'Armod vous avait fabriquée, je me suis résolue à l'accrocher à un pommier. Tone Amalie s'y mettait de temps en temps, avec Beatrice sur les genoux, oscillant comme un pendule déréglé. À travers la brume, je vous voyais vous épanouir avec le temps. Tu te mettais de moins en moins à la fenêtre, et, bientôt, ta sœur n'a plus mentionné son père. La vie a continué à trois. D'une certaine manière, vous vous releviez entre les pleurs et les rires. Je vous regardais vivre sans mot dire, sentant avec angoisse l'enfant grandir dans mon ventre. Comment allais-je y arriver sans Armod ? La nuit, il m'arrivait de ne pas réussir à m'endormir avant que le jour naissant diffuse sa faible lumière dans la maison.

Rävbacka était un endroit calme, loin du remue-ménage de certaines fermes. Je contournais les questions, et les gens me laissaient tranquille. Madame Ada s'occupait de ses affaires, le dos courbé, et les valets se tenaient en bande, chiquant du tabac et crachant par terre. Un jour, la femme au nez pointu est venue me voir, cette bonne qui nous avait ouvert le jour où nous étions venus demander la charité au paysan. Elle m'a présenté ses condoléances, et s'est empressée de s'éloigner en titubant, un seau d'eau en main. Les autres filles me regardaient aller et venir avec mon ventre de plus en plus proéminent, se dispersant dès que j'approchais comme si la mort était contagieuse. Peut-être que ça l'était.

Il a beaucoup plu cet automne-là, les averses martelaient la terre et les carreaux de fenêtre. La végétation avait à peine le temps de sécher que surgissait une autre ondée. Plus les champs s'aplatissaient, plus les paysans baissaient la tête. L'été précédent avait été trop sec, celui-ci trop humide. L'hiver serait de nouveau difficile.

Autour de chez nous, j'ai vidé les groseilliers de leurs fruits. Lorsque j'en ai fait du sirop, j'ai eu le sentiment de fouetter tous mes sentiments dans la marmite et de relever le tout d'un grain de folie pour faire mousser le mélange. Voilà ce que vous alliez boire pendant l'hiver, il ne fallait penser qu'à ça. Puis j'ai récolté les pommes de terre. Toute ma vie semblait trouver sa place dans les barils et mon grand panier qui se remplissaient progressivement. Je ne songeais à rien d'autre qu'aux tubercules que je sortais de terre. Au moins, nous n'aurions pas faim pendant un certain temps.

Le soleil avait beau percer le voile de nuages et les carreaux de fenêtre crasseux, Armod n'était pas là. Vous vous amusiez autour des buissons, ou par terre dans la cuisine, mais dès que j'approchais, vous vous taisiez. Je me drapais dans la réalité. Elle ne tenait pas chaud, mais m'endurcissait. Je m'affairais avec un souci en tête : la maison. Avec mon ventre qui ne cessait de grossir, je ne pourrais pas travailler encore longtemps pour la payer. Bientôt, j'allais devoir demander un sursis, et il nous fallait des provisions.

Lorsque je récurais le plancher et que j'épluchais les légumes, je regardais l'alliance qui brillait sur mon doigt. Avec celle d'Armod que je conservais dans ma boîte de médicaments, elle pourrait nous offrir de quoi manger pour un an, en lésinant un peu. Hélas, je ne pouvais rien en tirer, les mots gravés à l'intérieur m'auraient envoyée derrière les barreaux. Non pas nos noms et la date de notre mariage, mais *Diocèse de Trondheim.*

Des alliances volées au pasteur.

Volées à Dieu.

La prison ou l'asile. Pas d'échappatoire, plus d'avenir. Je n'osais pas non plus proposer de soigner les petits maux des villageois contre de l'argent, de révéler au grand jour ma boîte rouge. Les rumeurs se répandraient comme une traînée de poudre. C'était trop risqué.

Armod, enfoui dans la terre.

Laisse-moi me mettre contre toi.

Non, surtout pas.

Ça irait, il le fallait bien.

Cette bague témoignait aussi d'autre chose. Elle était la preuve que tout était possible. Même sans Armod. Sans ergot du seigle. Sans avoir à rebrousser chemin. C'est dans le deuil, délivrance de la mort, que j'ai repris courage. La sage-femme y était arrivée seule, sans homme à ses côtés. Et elle était morte de sa belle mort, dans son lit, des années plus tard.

– On ne va pas rester là comme ça, ai-je dit soudain.

Vous m'avez regardée me lever. La chaise a crissé sur le plancher. Vos grands yeux me dévisageaient.

– Venez me voir, les enfants !

Affichant un air confiant, je vous ai tendu les bras, ai attrapé vos mains et savouré la chaleur qu'elles diffusaient dans mon corps. L'espoir que je voulais vous transmettre venait de vos menottes. Nous allions nous en sortir. Un rayon de lumière est apparu à nos pieds.

– Le soleil ! s'est écriée Tone Amalie, les yeux scintillants.

Le soir même, j'ai lavé les carreaux de fenêtre. Pour la première fois depuis ce qui me semblait une éternité, vous avez ri devant moi. Je me suis redressée et nous sommes sortis tous les trois dans la lumière pour récolter des pommes de terre.

À partir de ce moment-là, nous nous sommes soutenus mutuellement au fil des jours : vous me portiez à bout de bras, et j'en faisais autant. Nous nous couchions blottis les uns contre les autres comme une chatte et ses chatons, moi vous protégeant du froid extérieur, vous me réchauffant de l'intérieur. Tone Amalie s'endormait toujours en premier, et tu me faisais signe, l'index posé sur la bouche, de ne pas la réveiller. Une fois que vous dormiez et que l'enfant qui n'était pas encore né avait trouvé sa place dans mon sein, j'écoutais les souris se promener sous le toit, songeuse. Les draps chauds sentaient la sueur et la laine de mouton. Tard dans la nuit, la lune brillait au-dessus des arbres comme une assiette décorative accrochée sur un mur. Tout irait bien.

– J'en suis capable, disais-je dans l'obscurité, ne doutant plus.

Je m'en étais déjà sortie une fois, longtemps auparavant. J'étais libre, alors que je n'aurais pas dû l'être. Il y avait sans doute encore de la place pour moi à Tronka.

Une mère est prête à tout donner à ses enfants, et pourtant non. Même les plus aimés n'auront jamais certaines choses. La vérité, par exemple.

Il y a toujours un avant. Avant la Paix. Avant ce pays. Avant le Hälsingland. Mon passé a cessé d'exister avec les papiers sur le bureau du pasteur, à Trondheim, dans la sacristie. Plus de retour en arrière possible. Il s'est brisé en morceaux le jour où je suis entrée et où j'ai remarqué le document sur un coin de la table, à côté de deux fines alliances en or. Le pasteur portait sa tenue noire bien repassée de corbeau. J'ai eu la nausée rien qu'à le voir assis à son bureau.

– Vous m'avez fait venir ? ai-je demandé, repoussant mon envie de déguerpir au plus vite.

Je me rappelle comme je serrais ma boîte rouge sur les genoux, et comme mes doigts tremblaient tandis que je fixais la feuille et les alliances. Un couple était en train de se préparer pour son mariage, les fiancés allaient bientôt emprunter les bagues pour la cérémonie. Moi, je n'allais pas me marier. Petit à petit, j'ai compris pourquoi on m'avait fait venir. Le pasteur avait rempli le document qui allait m'envoyer à Tronka, un grand bâtiment dans un beau parc. Un colosse qui renfermait un labyrinthe de couloirs qui empestaient les excréments et menaient à des cellules glaciales, où l'on arrosait les gens d'eau froide. L'asile de fous.

– Je vous avais prévenue des conséquences de votre activité, a-t-il déclaré.

Comme si j'avais le choix. Il fallait que je te nourrisse, mon petit Roar, que j'aie un gagne-pain, aussi misérable fût-il. La seule autre solution aurait été d'attendre dans le noir les mains tâtonnantes de cet homme et de tant d'autres. Non, plus jamais ça. Je ne bougeais pas d'un cil, assise sur ma chaise. Le pasteur s'est penché en avant, capturant mon regard. Ses cheveux blancs bien peignés m'évoquaient la neige fraîchement tombée qui recouvre la fange. Un quart d'heure plus tard, je courais de toutes mes forces vers Armod et toi, malgré la douleur qui pulsait dans ma jambe. Tu paraissais si petit dans la barque qu'il était en train de goudronner, je me souviens que tu m'as souri en me voyant arriver. Armod et moi, nous ne nous connaissions que depuis quelques mois, mais il avait l'habitude de parcourir les chemins, et il savait que Tone Amalie était en route. Il n'a pas hésité une seconde, ce jour-là, en comprenant ce qui se passait.

– Je te suis, a-t-il affirmé.

Je l'ai regardé se baisser pour te soulever, n'en croyant pas mes oreilles.

– Reste, ai-je protesté. Aucun cachot ne t'attend, tu n'as commis aucun crime, et tu n'es pas fou.

Il a affiché un sourire.

– Je te suis, a-t-il répété. Où que tu ailles, je te suis.

Alors, je lui ai tendu les alliances et nous les avons passées à nos doigts pour la première fois. La sienne était trop grande, la mienne un peu trop petite, mais ça me convenait. Puis nous sommes partis.

J'avais échappé à Tronka cette fois-là, et voilà que dans un nouveau pays, dans une nouvelle vie, je faisais face à d'autres crocs acérés. Bientôt, je ne pourrais plus travailler pour payer notre dette, je n'arrivais déjà pas à m'affairer comme je le voulais, de plus en plus contrainte dans mes mouvements. J'allais devoir supplier le propriétaire. Mieux valait attendre qu'il ait fini sa journée et mangé à sa faim. La dernière fois que nous étions venus le trouver pour lui demander une faveur, il avait refusé. La voix d'Armod résonnait dans ma tête : « Tiens bon, Unni. Il est vain de se ronger les sangs. »

L'eau se froissait dans les flaques lorsque j'ai pris le chemin de Rävbacka d'un bon pas, tenant Tone Amalie par la main. Dans les champs, les sillons n'étaient plus que des traînées de boue. Les longues tresses dorées de ma petite rebondissaient sur son dos, de part et d'autre d'une raie au milieu. Elle serrait Beatrice contre elle. Une corneille aux ailes luisantes a crié lorsque nous sommes passées devant son nid – peut-être celle dont j'avais fait la connaissance en forêt, le jour où j'avais senti le papillon me chatouiller le ventre. Mon dernier jour de bonheur. Mais cet oiseau n'y était pour rien, il avait bien assez à faire avec son nid.

Le paysan était dans la cour lorsque nous sommes arrivées. J'ai esquissé une révérence.

– Par le passé, nous sommes déjà venus en vain implorer votre bonté, mais me revoilà.

Il me fixait du regard, sans prêter aucune attention à Tone Amalie.

– Tout ce qu'a ma petite, c'est une mère et un toit sur la tête, ai-je repris. Je vous supplie de nous aider, de m'accorder un sursis, je promets de tout faire pour payer plus tard.

Impassible, il a basculé le poids du corps d'une jambe à l'autre et chassé un chien qui grignotait un morceau de viande qui aurait nourri mes enfants pendant deux jours. Tone Amalie salivait, je le voyais bien.

– Je vous en supplie !

J'avais la bouche sèche, les genoux qui tremblaient.

– Je ferai tout !

Le cuir de ses chaussures grinçait. Ses yeux se sont baissés sur mon ventre.

– Un service contre un autre, a-t-il répondu. On devrait pouvoir s'entendre là-dessus. La prochaine fois, ce sera à toi de m'aider, mais il y a le temps. Je trouverai bien quelque chose, et ce sera réglé.

Il a souri et s'est passé la main dans les cheveux. « Il y a le temps », voilà mot pour mot ce qu'il avait dit.

– Comme il est gentil, mère ! s'est exclamée Tone Amalie, une fois que nous étions assez loin pour qu'il ne nous entende pas.

Et nous sommes rentrées d'un pas léger.

La danse des elfes. De jolies baies rouges, aussi toxiques soient-elles. La réponse du paysan m'avait libérée d'un poids, mais il y avait encore du chemin à parcourir avant l'été, et dès que nous serions quatre, le temps ralentirait encore. Avec l'enfant qui grandissait en moi augmentait la peur. Qu'alliez-vous devenir sans père ? Tone Amalie et toi, encore si petits, et puis le nourrisson. Il fallait de quoi nous nourrir tous.

Notre salut a pris la forme d'un chasseur assoupi dans la forêt. Je le vois encore comme si j'avais son portrait sous les yeux, avec son crâne dégarni, ses fins cheveux roux et son épais manteau, adossé à un large tronc de pin, une flasque en main. Un instant, j'ai cru que je le dérangeais en surgissant avec mon panier et mon ventre rond, mais il ronflait au soleil comme un gros chat. Quelques heures plus tard, j'allais cacher son fusil sous notre lit. Il ne s'est pas réveillé lorsque je me suis approchée et que j'ai retiré délicatement l'arme de son poing, avant de disparaître entre les arbres, emportant son sac au passage. Le fusil était orné de ferrures dorées, c'était la deuxième fois que je volais impudemment un objet en métal précieux. Un oiseau aux plumes noires aura beau faire sa toilette, il ne risque pas de devenir blanc, mais peut-être sera-t-il rassasié.

À la nuit tombée, je me glissais en forêt avec l'arme. Je me postais là où je savais que passait le gibier, toujours assez loin du village pour que le coup de feu ne s'entende pas. La mort et la faim en ligne de mire. Dans l'obscurité étoilée, il m'arrivait de rentrer à la maison pour grignoter quelque chose et souffler un instant, avant de repartir, gonflée d'une fierté retrouvée – la fierté de m'en sortir.

À quelques mois de la naissance, nous mangions à notre faim. Pourtant, les animaux flairaient le danger. Ils s'aventuraient rarement assez près pour me laisser l'occasion de tirer. Le vent devait porter mon odeur, Armod en avait lui-même fait l'expérience. Comment les chasseurs s'y prenaient-ils ?

Tu es allé chercher la réponse en forêt.

– Il faut qu'on fabrique une cachette, mère ! as-tu annoncé un jour en rentrant, à peine passé le seuil de la porte.

Je t'ai écouté en m'essuyant les mains sur mon tablier.

– Les chasseurs construisent des tours, mère, voilà la solution ! De là-haut, les chevreuils, les renards et les blaireaux ne sentent pas l'odeur de la faim.

Tu sautillais dans tes chaussures, tout excité.

– Au fond des bois, là où personne ne passe, c'est là-bas qu'il faut se cacher. On va se fabriquer une cabane de chasseur, mère !

– Demain, ai-je répondu. On s'y met dès demain matin, après le petit déjeuner.

Tu t'es précipité sur moi pour me serrer dans tes bras.

Le lendemain, nous sommes partis dès le réveil pour une longue promenade entre les fougères et les buissons d'airelles, des bouts de bois plein les bras. Nos membres écorchés étaient le prix à payer pour pouvoir mener notre chasse clandestine. Aucun sentier ne conduisait à notre but, et aucun n'en partait. Mon fragile ventre me ralentissait. Vous leviez les pieds de plus en plus haut entre les racines et les buissons, et j'entendais à votre souffle que vous fatiguiez.

Au bout d'un moment, tu t'es immobilisé.

– Ici, mère ?

Nous étions arrivés de l'autre côté du petit lac, près d'une clairière éblouissante parsemée de souches d'arbres où les scarabées avaient élu domicile. J'ai posé le bois et ai hoché la tête.

– Il faut qu'on ait le vent de face pour flairer le gibier, ai-je ajouté en me tenant le dos. Si on veut de la viande à manger et à saler pour tout l'hiver.

Tu as tendu ton petit doigt, humé l'air et indiqué un endroit au fond de la clairière. Voilà où nous avons construit notre cachette perchée dans les airs. À l'ombre des troncs d'arbres et des branchages couverts d'aiguilles, nous avons bâti le château de notre salut, le temple de la nourriture. Ici, la vie serait assurée. Tandis que toi et moi donnions des coups de marteau, Tone Amalie cueillait des girolles, des coulemelles et des fruits rouges bien mûrs. Chaque jour, nous veillions à emprunter un chemin différent pour ne pas risquer de former un sentier sur cette terre qui ne nous appartenait pas. Mon cœur commençait à manquer de place dans ma poitrine, comprimé par l'enfant qui ne cessait de grandir, et je m'arrêtais souvent pour reprendre mon souffle. Je vous regardais épier les animaux entre les arbres, cueillir des baies et tremper les pieds dans le lac, entre les nénuphars.

Et un beau jour, le mirador était prêt. Le symbole de notre soif de vivre. L'air était léger comme une plume, le froid me piquait le bout des doigts et les lobes d'oreille. Nous admirions notre œuvre dans la fraîcheur de l'automne, cernés de flaques gelées. Il flottait un parfum d'arbre récemment abattu. Nous avons grimpé dans cette étrange cabane, une sorte de balcon couvert, protégé des intempéries grâce aux parois munies de trous par lesquels guetter nos proies. Nous nous sommes assis là, dissimulés par les branchages. Tone Amalie s'est glissée près d'une des cloisons pour jeter un coup d'œil dans un trou, le visage de Beatrice contre le sien. Toi, tu es resté près de moi, Roar, et j'ai baissé les yeux sur ton petit corps, sur ta main agrippée à une timbale en fer-blanc et tes cheveux en bataille. Nous avons attendu. Adossé à l'épais tronc d'arbre, l'arme sur les genoux, je respirais l'odeur de la résine et écoutais la forêt. Une feuille orange vif m'a effleuré le poing, avant d'être emportée au loin par le vent du Norrland. Elle s'enfuyait comme je l'avais fait moi-même à travers les montagnes, des années plus tôt. Aujourd'hui, peut-être qu'elle est arrivée à destination, nul ne le sait.

C'est toi qui as rapporté à la maison notre première proie, Roar, du haut de tes sept ans. Le soir, une fois que l'obscurité s'était imposée, l'animal est venu te chercher, furieux, prêt à se battre. En apercevant sa gueule blanche rayée de noir, tu m'as fait signe de ne pas bouger. Tu t'es emparé de l'arme, tu as visé et tiré. Sur le chemin du retour, je portais ta sœur et le fusil, et toi, un blaireau mort. Cette bête charriait-elle des maladies qui mettraient en péril notre santé, le dernier bien de valeur qu'il nous restait ? J'ai examiné soigneusement son pelage sans rien repérer. *Au pire*, me disais-je, *ce qui ne tue pas rend plus fort*. Nous avons écorché délicatement la bête pour que tu puisses te confectionner une toque chaude avec sa peau. Puis nous avons fêté notre fortune avec du sirop d'airelle, pendant que la viande mijotait dans un bouillon d'herbes au fond de la marmite. Je l'ai laissée cuire longuement, comme j'aurais dû le faire avec l'ourse. Notre boisson avait le goût de l'espoir, un espoir bien amer, mais qu'importe. Nous avions de quoi nous remplir le ventre. Le lendemain, tu as préparé un fromage de tête qui nous a nourris pas moins d'une semaine. Tone Amalie était chargée du sel et des bocaux où conserver la viande, tandis que j'assaisonnais à la marjolaine un petit morceau à faire bouillir et revenir longuement. Toi, tu veillais à ne pas perdre une miette de gras. Le soir, nous avons cuisiné un ragoût de blaireau aux herbes et une purée de chou, et nous nous sommes mis à table.

– Je trouve que ça a le goût de l'agneau, as-tu dit en mâchant, l'air songeur.

Tone Amalie était d'accord. Vous n'en aviez jamais mangé, mais je ne vous ai pas contredits.

Quand je me suis réveillée le lendemain matin, tu n'étais pas là. Tu es revenu dans l'après-midi avec un écureuil. Je voyais Armod dans ta détermination, il vivait encore à travers tes pupilles. J'étais déjà trop embarrassée par mon ventre pour me rendre au mirador, aussi te laissais-je y aller seul, avec ton arme gigantesque sous le bras. Entre ces parois qui sont vite devenues ton refuge, tu passais des heures à attendre qu'un animal vienne nous sauver. Même si je n'étais pas là, je te voyais, assis à l'intérieur. Avant de rentrer, je savais que tu coupais des taillis pour que la clairière reste bien ouverte, et que tu observais la forêt et le lac couvert de nénuphars endormis. J'imaginais tes pieds nus, ton petit nez gercé. Tes maigres épaules grelottant sous les flocons qui n'ont pas tardé à flotter dans les airs. Pendant ce temps, l'homme que tu appelais « père » gisait dans sa tombe. Mais tu y retournais tous les jours, joyeux et volontaire, des bleus plein le corps à force de traîner le lourd fusil à travers la forêt. Tu avais même veillé à mettre de côté des munitions pour ne pas en manquer pendant l'hiver.

J'ai gardé en mémoire une journée d'une limpidité à faire mal – pas un nuage à l'horizon, que beauté et gel s'attaquant à tout ce qui vivait. Tone Amalie t'avait suivi au mirador, elle regardait dans les trous pendant que tu attendais ta proie. Je commençais à m'inquiéter, voilà sans doute pourquoi ce souvenir me semble si joyeux. J'ai entendu vos voix de loin, des gazouillis d'oiseaux rares. Vous marchiez main dans la main, Tone Amalie titubant dans l'herbe sur ses petites jambes, un nœud flottant dans ses boucles rebelles, Beatrice aux cheveux de fil se balançant dans son poing, et toi, le nez barbouillé de terre, avec ton arme disproportionnée. Vous étiez radieux. Grâce au fusil et aux battements de vos cœurs entêtés, nous avons survécu à l'automne, avare de ses richesses, et à l'hiver glacial qui nous attendait. Nous avons eu moins faim cette année-là, ou peut-être nous étions-nous habitués. Pour vous amuser, je me transformais en sorcière sur son balai, récitant des formules magiques au-dessus de sa marmite, pendant que l'orge cuisait. L'ironie voulait que ce fût la sorcière sommeillant en moi qui nous avait conduits dans ce pays. Je veillais à vous protéger de la faim, des objets tranchants, de la lèpre et de la fièvre charbonneuse, vous réchauffant de mes bras au long des nuits froides. Plus je faisais semblant d'avoir des pouvoirs, plus ils me semblaient réels.

La neige a fondu plusieurs fois, avant que ne s'installe la croûte gelée promettant de rester jusqu'au printemps, l'année suivante. Le lac s'est couvert de glace et l'aube obscure s'est chargée de lourds flocons. La forêt n'a pas tardé à reposer sous un lourd manteau blanc, la nourriture à disparaître dans les congères. Mon ventre grossissait impassiblement. Bientôt, je serais de nouveau mère. Je m'endormais en tâtant mon alliance, et dans mes rêves, elle m'appartenait.

Une nuit, un coup de poignard m'a réveillée en sursaut. Je saignais. Il était trop tôt !

Pas d'avertissement. Pas de garantie. Pas d'homme à mes côtés. Pas de nourrisson. Une douleur tranchante se diffusait dans mon ventre, des crampes expulsant le petit qui mûrissait dans mon ventre, notre dernier enfant. J'ai attendu que ça passe, impuissante, pleurant en silence. On pressait de mon corps ma seule consolation, au point de me vider de mes larmes et de mon sang.

Pourquoi ?

Kåra

Hibernation

– Tu as fait un tour ?

Bricken s'était assoupie, il est tard, presque l'heure de se coucher, et voilà qu'elle est sur mon dos alors que j'ai à peine passé le pas de la porte. Il faut toujours qu'elle se mêle de tout.

– J'aurais dû vous prévenir ?

– Non non.

– Bon.

– Tu étais où ?

– Dehors.

Je suis sortie jeter le compost, Bricken, j'ai traversé la cour plongée dans la nuit, le seau rempli d'ordures dans la main, passant devant le pommier et l'abri à bois. Il y a des choses bien pires que j'ai faites derrière ton dos et que je garde pour moi.

Tromper ton fils, par exemple, même si je n'avais encore jamais envisagé les choses sous cet angle.

Et cette histoire de valve. Je regarde ailleurs.

– Je vois.

Ne sent-elle pas la menace ? Qu'à tout moment, je risque de vider mon sac, de lui dire tout ce que j'ai fait, tout ce que nous avons fait et bien plus encore ? Visiblement non. Elle est trop concentrée sur elle-même. Elle vient de perdre son mari, je n'ai plus qu'à vomir ma bile dans l'évier et rincer. Serrer les dents comme j'aurais dû le faire depuis le début. Demain, nous allons mettre de l'ordre dans les affaires de Roar. Ça ne me dit rien, mais nous allons faire le tri dans sa vie, remplir le vide de sacs-poubelle et de détartrant. Il y a tellement d'affaires à passer en revue. Moi qui ai toujours trouvé que nous vivions chichement. Au début, Dag trouvait que je jetais l'argent par les fenêtres, et ça l'énervait. Lui qui savait à peine compter et avait besoin d'une liste quand on l'envoyait faire les courses. Qui avait le visage plein de boutons à force de le tripoter avec ses mains crasseuses. Si seulement j'avais eu quelqu'un de débrouillard comme Roar. Mais je me suis retrouvée avec Dag. En sept mois, nous étions mariés, et nous avons passé les vingt-huit années suivantes dans le même lit, à regarder le plafond. Enfin, c'était moi qui fixais le plafond. Dag s'endormait en quelques minutes et il se mettait à ronfler. Il a fallu moins de six jours aux otages de Stockholm pour s'habituer à la captivité, mais moi, je ne m'y suis jamais faite. En réalité, Dag n'avait pas tort au sujet de l'argent. Contrairement à Bricken qui avait toujours trop dans son enveloppe, la mienne ne cessait de se vider – quand des marchands ambulants se présentaient à notre porte avec leurs valises pleines de curiosités, je n'arrivais jamais à dire non. Des chaussettes en soie colorées par-ci, des fleurs en plastique par-là, sans oublier l'assiette de Noël décorée à la main. Il m'est même arrivé de donner tout ce que j'avais pour deux coussins criards avec des perroquets. D'ailleurs, je me demande bien où est passé l'un des deux.

J'avais beau dépenser nos économies pour aménager joliment notre appartement, couvrir la table d'une belle nappe, toute la famille se retrouvait en bas, chez Bricken.

– Viens voir, Kåra, comme le tissu devient doux quand on le repasse bien ! pouvait-elle lancer du rez-de-chaussée.

Je n'avais pas envie. Dag affichait son sourire niais et allait au travail, avant de revenir dans l'après-midi et de tout dégueulasser en se grattant la tête, l'air ravi. Ses mains sur ma taille, son souffle dans mon cou. Essayer de lui confier un désir ou une angoisse revenait à se frotter les yeux avec des oignons. Il ne faisait que ricaner. Le petit Bo interrompait mes nuits comme un coucou, il gémissait à n'en plus finir en me dévisageant. Je m'efforçais de me représenter des petits pieds nus, des cheveux dorés au soleil et des genoux égratignés, mais je ne voyais que des araignées ramper par terre en chuchotant. Quand j'apercevais Bricken dans le jardin matinal couvert de neige boueuse, affublée de sa toque noire et blanche, j'avais l'impression que le plafond me tombait dessus.

– Allez, descends maintenant ! s'écriait-elle en revenant. Le café est prêt ! Debout, le monde appartient à ceux qui se lèvent tôt !

Facile de se montrer radieuse et attentionnée quand on avait Roar à ses côtés. Pour lui, tout était si simple, il savait même manger les œufs avec plus d'aisance que les autres.

Certains retirent un à un les morceaux de coquille comme des débris de verre coincés dans une plaie, mais pas Roar. Lui tapotait légèrement le sommet de l'œuf avec sa cuillère, puis retirait le dessus comme un chapeau. Si je le regardais faire, il haussait les sourcils.

– Mange, disait-il.

Le jour où les plombs ont sauté, il m'a guidée vers la table, la main contre mon dos, et m'a aidée à m'asseoir à ma place, avant d'aller examiner le disjoncteur. Un instant plus tard, il était de retour avec la lumière.

Bricken a les sourcils levés comme Roar quand elle souffle sur son café. Ses sourcils broussailleux de vieille. Le jus est plus fort que tout à l'heure, ou c'est le goût de la honte ? Sans me regarder, elle parle de son chat. Roar était tête en l'air, affirme-t-elle, c'est lui qui a dû lui prendre ces médicaments et oublier. Ce n'est pas ce qu'elle voulait dire. Moi, je sais que Roar était attentif. Sans parler du chat. Je ne comprends pas comment ils pouvaient trouver si merveilleux de gâter cet animal, tous les deux. Il ronronnait et se pavanait, fier d'accaparer toute l'attention. C'est bien fait.

Les veinures du bois de la table et de nos mains. Tout laisse des traces. Bricken bat des paupières, il y a quelque chose dans son regard, une lueur qui montre qu'elle sait quelque chose. Ses yeux me font mal. Pourtant, quand je me retrouvais sur son plan de travail, les jambes écartées et le dos pressé contre les placards, elle était occupée à cueillir des myrtilles ou à récolter des pommes de terre, non ? Il faut que je me taise, elle peut encore me briser en morceaux. Ou l'inverse.

– Il y a plus de cinquante ans, c'était moi qui étais assise là, avec ma belle-mère, me dit Bricken, manifestement pour se montrer aimable.

Derrière son masque gris, je devine un brin de ce sourire qu'elle adressait à Roar, et je me surprends encore à éprouver de la pitié pour elle.

– Une femme sacrément résistante, notre Unni. Elle venait de Norvège. C'est Armod, son mari, qui a fabriqué cette table. Il est mort jeune, lui aussi.

Unni. La mère de Roar. Une femme résistante. Contrairement à moi qui passe mon temps à baisser les bras, sous-entend Bricken. Unni la Norvégienne. J'ai beaucoup entendu parler d'elle, et pourtant si peu.

– C'est d'elle que venait la bague que Bo a eue à sa naissance.

Mes tempes battent. L'alliance appartenait à Unni, c'était un héritage de famille, et nous ne l'avons plus. Décidément, Bricken est incapable de se taire, elle ne cesse de rabâcher de vieux souvenirs. J'en viens à penser au sourire de Dag, à son regard humide et blessé vers la fin. Accusateur. Les yeux de Roar, eux, ne m'ont jamais heurtée, ils n'étaient que vie, d'un gris profond.

– Tu sais, cette alliance qui a été perdue.

Je n'ai pas envie de parler de ça, alors je change de sujet :

– Quand est-ce qu'elle est morte ?

– Elle n'est jamais morte, rétorque-t-elle. Elle était sans doute rongée de maladies, comme moi, qui sait, mais elle n'est pas morte de façon banale. Elle est partie, tout simplement, en montagne probablement, ou bien hors du temps. Un jour, elle a disparu entre les arbres, et nous ne l'avons plus jamais revue. C'était peut-être le seul moyen qu'elle a trouvé de passer dans l'autre monde.

Bricken marque une pause. Le feu crépite dans la cuisinière à bois. Je l'ai pourtant vue faire le café sur l'électrique, mais manifestement, elle a aussi allumé l'ancienne. Pour l'ambiance, j'imagine.

– C'est pour nous qu'elle est partie.

Unni a dû s'en aller pour de vrai, contrairement à Kurrbits. Je devrais avoir honte à son sujet, mais ce n'est pas le cas. Moi aussi, je suis partie un jour. Mais pas pour les autres, même si c'était leur faute. L'hiver avait été particulièrement difficile, cette année-là. Des jours et des nuits sombres, pas une odeur dans l'air, pas une seconde de répit. Il ne restait du jardin coloré que des tas de feuilles brunâtres. J'avais les mains gelées rien qu'à aller chercher du bois ou des conserves dans la dépendance. Mes doigts gercés sur les poignées de porte et les seaux. D'écœurantes saucisses rouges, aussi noueuses que des branches d'arbre. Un vent glaçant. De la neige lourde comme le plomb. Je suis morte des centaines de fois, cet hiver-là. C'est alors que tout a commencé, six mois avant que je ne craque, à peu près.

Roar et Dag s'activaient plus que jamais. Ils partaient sur leurs motos dérapant dans la neige, cap sur la grand-route pour aller travailler ici et là. Moi, j'étais coincée à la maison, les pieds enlisés. J'espérais au moins pouvoir aller me promener avec la poussette, mais habiller Bo contre le froid, lui passer toutes ces couches de vêtements alors qu'il criait et se débattait, rouge de colère, prenait tellement de temps que j'abandonnais le plus souvent. Quand je faisais l'effort de sortir malgré tout, je me plantais au bord de la route où j'aurais pu rester jusqu'au printemps. J'essayais de compenser en préparant de bons dîners le dimanche. De la soupe de légumes au lard, du bouillon salé, des tartines de fromage sèches. Du poulet rôti trop cuit. Des côtes de porc brûlées. Puis je me mettais à table et triturais la nourriture du bout de ma fourchette, la gorge nouée. La fenêtre de la cuisine laissait passer les courants d'air. Au moins, nous ne manquions pas de bois, et nous faisions du feu dans le poêle. La poussière et les poils de chat s'accumulaient entre les franges des layettes, le chiffon laissait sur mes mains une pellicule grasse, lui que Dag jetait sur le plan de travail sans prendre soin de l'essorer, si bien qu'il dégouttait sur le plancher. L'humidité avait beau se faufiler dans mes chaussettes, il ne remarquait rien. Il babillait avec Bo, qui me toisait en pleine nuit. Les rideaux étaient trop étroits pour la fenêtre de l'alcôve, la lumière, aussi faible fût-elle, passait sur les côtés. Bo était encore tout petit, j'essayais de me convaincre que ça irait mieux avec le temps.

Tout le monde n'avait pas un Roar ou une Bricken à ses côtés. Quand je sortais pour aller chercher du bois, la lumière brillait souvent à leur fenêtre. Comme il avait l'air de faire chaud chez eux.

– Ris un peu pour voir ! ai-je entendu Roar lui dire un jour, à travers les murs.

Moi, personne ne me demandait de rire. La neige se faufilait à travers le vieux chambranle de porte dans la maison, des glaçons s'accrochaient au plancher et au tapis de l'entrée. Je battais des pieds pour retirer le blanc de mes semelles. Mon manteau sur le crochet. La vaisselle dans l'évier. Combien d'heures ai-je passées assise à table sans bouger, les mains sur les genoux ?

Quelle mauvaise mère. Cette impression me lancinait comme un couteau. Bo, qui était si mignon quand il dormait, me fixait de ses yeux luisants dans la nuit. Nous nous dévisagions, puis je l'allaitais, les yeux tournés vers la forêt, jusqu'à ce que le sommeil finisse par l'emporter. Il avait beau gesticuler dans son sommeil, il semblait reposé quand il se réveillait. Roar ne montait jamais nous voir, il ne faisait que bosser, bosser, bosser. Je gardais un œil sur l'horloge. Il fallait que je me mette à mes casseroles avant le retour de Dag.

Vivement le printemps.

Contente-toi de ce que tu as.

Dag avait pris Bo pour aller récolter la sève de bouleau. Les arbres s'étaient récemment parés de vert, et à travers un trou réalisé à l'aide d'un clou, le précieux liquide s'écoulait dans des boîtes de saucisses en conserve vides. J'entendais leurs éclats de rire, voyais le chat se tortiller à leurs pieds. Personne ne regardait dans ma direction. Comme j'allais le faire tout l'été, j'étais postée à la fenêtre tel un espion, armée d'une tapette à mouches, le front appuyé au carreau.

Une mouche est entrée par la fenêtre au-dessus de l'évier et s'est posée sur une assiette. Porteuse de toutes les maladies du monde, elle s'est mise à frotter ses deux pattes avant. J'ai commencé par la chasser mollement. Je savais que je devais nettoyer la table, faire la vaisselle et récurer le plancher comme la femme de ménage de l'imprimerie, avant qu'on ne l'emmène chez les fous. Soudain envahie de rage et de désespoir à l'idée que ça, c'était ma vie, j'ai brandi la tapette et frappé la bestiole, lui arrachant deux pattes. La colère bouillonnant dans mes veines, j'ai cogné le petit corps jusqu'à ce qu'il n'en reste qu'une tache rougeâtre.

Puis je me suis ressaisie et j'ai nettoyé ma maison, pliée en deux.

Je n'ai pas fermé l'œil, cette nuit-là. Dag était d'humeur câline, il avait commencé à me tripoter dès son retour, et j'avais réussi à m'en débarrasser, mais quand nous nous étions couchés, il avait recommencé à me caresser. Les draps sont devenus humides et poisseux, et dès qu'il a eu fini, je les ai changés de mon côté. Puis je suis restée là, les yeux grands ouverts dans l'immense obscurité silencieuse, un gouffre de velours. Le lendemain, tandis que j'allais de corvée en corvée sous le soleil éblouissant, je n'avais qu'une hâte : retrouver l'obscurité. La lumière du jour me griffait les yeux, des larmes jaillissaient à chaque battement de paupières, à croire que ma vie s'était retirée au fond d'un puits. Bo avait mal au ventre, il ne cessait de mouiller ses couches et n'arrivait pas à dormir. Au grenier, les souris couinaient et couraient bruyamment. Faire à manger, sortir les poubelles, et une fois que l'été avait laissé place à l'automne, aller et venir dans la cour avec le panier à bois, sous la pluie. Nettoyer les traces que laissaient nos bottes crottées sur le plancher. Maintenant que j'étais là, j'allais y rester. Je regardais mes pieds et les photos de mon mariage.

Des visages souriants me scrutant sur les murs. J'avais beau fixer le portrait de Dag dans le blanc des yeux, il ne sourcillait pas. Il m'ignorait. Putain de photo.

Et finalement, la chute libre.

Recroquevillée sur mon lit comme un hérisson, j'imaginais les arbres dorés se balancer tout autour, je fantasmais un repas chaud qui n'impliquait pas que j'épluche et cuisine une pomme de terre, ni que je débarrasse et nettoie une assiette. Le chat avait dû prendre ma place. Si j'arrêtais de respirer, quelqu'un allait-il me pleurer ? Je suis restée là, sans bouger, malgré les cris de Bo.

Bricken est montée.

– Comment ça va, Kåra ? m'a-t-elle demandé, l'air de vouloir arranger les choses, de rendre tout ça vivable.

Comme si elle avait vraiment envie de savoir.

– Tu veux que je te prépare de petites brioches ?

Sa prévenance m'a heurtée de plein fouet.

– Un peu d'air et de lumière du jour te feraient du bien, a-t-elle ajouté.

J'avais envie de la frapper avec ma tapette à mouches, mais j'ai fermé les yeux et la bouche pour la faire disparaître. Cette maison… J'aurais préféré moisir au fond d'un trou. Ma peau me démangeait, les courants d'air tentaient de m'entraîner vers Norrfly.

– C'est peut-être le cœur, ai-je dit à Bricken, mais elle n'était pas dupe.

Elle est partie avec Bo dans les bras, me laissant seule dans la pièce. Roar et Dag étaient au travail. J'ai attendu. Mais personne n'est venu me voir.

J'ai fait un dernier effort un après-midi humide de la fin septembre. Roar avait fini de labourer le potager et s'essuyait le front dans sa manche. J'ai enfilé des vêtements propres et des chaussons, et suis descendue. Quand j'ai commencé à piétiner la terre en direction de la souche du saule, il avait la main en visière pour se protéger du soleil. Bricken lui tendait un verre de sirop rouge et les bergeronnettes s'apprêtaient à prendre le relais derrière lui. Son visage scintillait dans la lumière. Si j'avais eu du talent, je l'aurais peint en quelques épais coups de pinceau avec la forêt en arrière-plan. Il a vidé son verre, je l'ai vu avaler, puis il l'a rendu à Bricken en lui effleurant la main. Aucun d'eux ne m'avait encore remarquée. Je me suis emparée d'une bêche. Au bout d'un moment, Roar s'est tourné vers moi et a déclaré :

– C'est bon de te voir debout, Kåra. On ne peut pas traverser la vie au fond de son lit.

Qu'est-ce qu'il en savait ? La table était toujours bien propre quand il se mettait à ses mots croisés, avec une tasse de café et un crayon parfaitement taillé. L'humidité de l'herbe imprégnait mes chaussons. Dans quelques mois, l'hiver arriverait accompagné de son froid mordant. J'aurais deux paires de chaussettes dans mes chaussons, mais je serais toujours là, à faire plus ou moins la même chose. Comme tous les ans.

Les maigres restes du saule dépassaient derrière lui.

– Retirons cette vieille souche, ai-je dit.

– Non, a-t-il protesté.

Sans rien ajouter, il a tourné les talons et est allé s'occuper un peu plus loin dans le jardin.

J'avais essayé. J'écartais les jambes quand Dag le voulait, je nettoyais derrière lui, je préparais à manger, je débarrassais la table et je m'occupais de notre enfant. Je m'appliquais, je me montrais normale.

En vain.

Ça ne changeait rien.

Une profonde fatigue m'a envahie. En un instant, j'ai renoncé à ma vie, j'ai décidé de tout quitter et je suis partie, laissant tomber la bêche. Les pins de l'autre côté de la clôture semblaient noirs dans le contre-jour.

Tout n'était pas encore perdu.

Mais s'il se mettait à pleuvoir, je devrais rebrousser chemin.

Il n'y a pas eu d'averse et personne ne m'a priée de rester. Je me suis enfoncée dans la forêt en direction du lac, vers les orchis à deux feuilles, l'œil noir de l'eau et la chouette hulotte, avançant sur un tapis de feuilles fraîchement tombées mêlées aux restes à moitié pourris de l'an passé. Le lac brillait comme la lame d'une hache aiguisée. Un coup de vent a subitement déformé ce miroir, flouté ses contours.

Ils n'ont remarqué que j'étais partie que lorsque Bo s'est mis à pleurer. Abandonné par terre, il s'était nourri de pommes de terre à la crème qu'il avait mangées avec les doigts. Dans la nuit, huit hommes m'ont cherchée, mais au lever du jour, ils ont dû renoncer et retourner au travail.

Je suis réapparue au petit matin. Crasseuse et trempée, mes chaussons troués, mais en vie. Cette fameuse Unni dont me parlait Bricken n'aurait jamais fait une chose pareille. Je suis montée à l'étage, ai laissé mes vêtements sur la chaise bleue écaillée, et je me suis couchée. J'ai dormi d'un sommeil sans rêves près d'une journée entière. Personne ne m'a réveillée. Personne ne m'a demandé où j'étais passée. À mon réveil, Bricken m'a donné de la soupe et m'a caressé les cheveux. Tandis que Dag s'agitait dans le fond de la pièce, Roar s'est penché sur le lit et a posé sa main sur mon épaule. J'ai senti la chaleur de sa paume à travers ma chemise de nuit.

– Ne cherche pas à plaire, fiche-toi de ce que les autres attendent de toi, a-t-il déclaré. Prends-toi en main.

Peut-être qu'il ne m'a jamais prononcé ces mots, mais c'est l'impression que m'a laissée le contact de sa main.

On m'a emmenée voir un médecin, le Dr Leijonhufvud, « tête de lion », que les gens surnommaient « Kattskallen », « crâne de chat », je les ai entendus dans la salle d'attente aux fauteuils protégés de plastique et au sol couvert de moquette. J'ignore si c'était l'idée de Bricken ou si ma mère avait appelé. Dag n'avait presque aucun avis sur rien. Kattskallen était un médecin aux mains moites et à la blouse déboutonnée, enfilée par-dessus un sous-pull à col roulé. Je le voyais voler de la salle d'attente à son bureau comme un rapace battant des ailes. Après quelques gribouillis sur son carnet et un instant de réflexion, il a déclaré que j'étais surmenée. Il m'a prescrit du repos en riant comme un singe, et des cachets de toutes les couleurs pour m'aider à me détendre et à dormir. *Fais dodo, fais dodo.* Quand j'arriverais à court de médicaments, il suffirait de prendre rendez-vous pour refaire le plein.

Les petits flacons sur ma table de chevet étaient comme mes munitions de combat. Je chargeais, visais et tirais. La première fois que j'ai sombré dans un sommeil chimique, j'ai eu le sentiment que mon corps en réclamerait toujours plus. Je voyais vaguement le soleil se lever au-dehors et disparaître peu après derrière les arbres. Le vent portait l'écho des sonnailles des vaches jusqu'à mon lit. Les pilules avec une encoche gommaient la honte et la déception. D'autres sentiments fugaces m'échappaient au passage, mais je n'y pouvais rien. Je prenais deux cachets rouges et un blanc. Et dans les pires moments, encore un blanc.

Les autres m'appelaient et venaient me voir de plus en plus souvent. Ils apparaissaient sur le seuil de la porte.

– Et si on ouvrait les rideaux pour faire entrer un peu la lumière avant que la nuit tombe ?

Des mouvements de lèvres compatissants et des yeux écarquillés devant moi. Bo n'était plus qu'une ventouse qu'on me mettait au sein, avant que Bricken ne le reprenne. L'odeur de son cou, et dès que je me retrouvais seule, mon corps moite et nauséeux coincé entre les murs jaunes. Au bout de quelques semaines, le Dr Thorsén s'est présenté à mon chevet, avec ses lunettes bien polies. Ils avaient dû discuter de mon état avec mon père. Bricken a ouvert la fenêtre en voyant le médecin arriver, alors qu'il faisait trop froid pour aérer. Je me suis dépêchée de cacher les médicaments les plus efficaces tout en haut du placard de la cuisine, derrière le paquet de muesli. Le médecin était toujours aussi maigre, ses mains et ses ongles toujours aussi impeccables, mais ses cheveux étaient devenus blancs. Comme autrefois, sa fine moustache frétillait quand il soufflait par le nez.

Il a regardé les flacons qui restaient sur ma table de nuit et secoué la tête.

– Il y a de meilleurs remèdes que ça.

Puis il m'a prescrit les mêmes cachets blancs que Kattskallen, ceux que j'avais cachés derrière le muesli. C'était tout ce que je voulais.

– Si vous le souhaitez, madame Moen Ulefos, on peut sûrement vous admettre quelque part.

À Norrfly, qui sait, mais la panique ne parvenait pas vraiment à percer à travers les médicaments. Une simple piqûre d'insecte.

Mme Moen Ulefos a fait non de la tête. Bonne réponse. Le médecin a souri.

– Parfait.

L'affaire était close.

Chaque jour, je commençais par faire mon lit, avant de glisser la main derrière le paquet de muesli. Au bout d'un petit quart d'heure, j'étais emportée vers des forêts inhabitées, à bord d'un bateau en écorce. Je ne passais plus mes journées au fond de mon lit, mais dessus, allongée sur un plaid à carreaux. Je pensais aux arbres endormis à cette saison. À la neige qui ne tarderait pas à assourdir les ronflements des animaux. Les ours hibernaient. Les fourmis hibernaient. Les arbres hibernaient. Tout était calme, enveloppé dans du coton. De temps en temps, Bricken montait me voir, et je la laissais ouvrir les rideaux. Dag venait sans doute aussi – pas seulement le soir pour se coucher, je veux dire –, il me regardait encore, à l'époque. Bo, c'était Bricken qui s'en occupait. Nous n'en avions pas discuté, mais elle avait toujours veillé sur lui de toute façon.

Un jour, j'ai eu la visite de Roar. J'étais allongée sur le lit, la pièce s'est baignée de lumière lorsqu'il a ouvert la porte. Il est resté sur le seuil.

– Tu es la bienvenue dans la cuisine, Kåra, a-t-il dit. J'ai fait du café.

Rien d'autre. Juste ce qu'il fallait.

Il m'a regardée un instant, puis a tourné les talons.

Il y a deux choses auxquelles personne n'échappe dans la vie. Mourir et choisir. « Prends-toi en main. » Quatre semaines et quatre jours après la visite du Dr Thorsén, Roar m'a tirée du lit. J'avais fait mon choix. Il était dix heures et demie, il m'avait préparé du café. Je me suis levée et suis descendue. La cafetière était pleine, comme il me l'avait dit. Sa tasse était encore chaude. À travers la fenêtre, je l'ai regardé couper du bois près du champ de pommes de terre enneigé. Le gel avait dessiné des motifs d'hiver sur les carreaux, et je voyais que Bo et Dag s'étaient amusés à écraser leur nez sur le verre, il y avait des marques. Je m'imaginais les éclats de rire du petit. Je ne lui aurais jamais fait de mal.

Roar m'avait demandé de descendre. Je suis restée un moment là, à respirer les odeurs de café, de cuisine et de savon noir. Du bruit s'échappait de la chambre à côté, Bricken avait piqué du nez sur son ouvrage et ronflait, installée dans son fauteuil. Bo dormait sur le lit. Tandis que l'ancienne horloge sonnait, j'ai fermé la porte. Le chat était couché sur ma chaise, mais je l'ai chassé dehors, dans la neige. J'ai rempli la tasse de Roar, posé la bouche là où il avait mis la sienne un instant plus tôt, et savouré le café parfumé aux restes de sucre fondu. Puis j'ai enfilé un tablier et ai commencé à astiquer le plan de travail et les placards, noyant mes pensées dans les vapeurs de savon et de produit vaisselle. Dès que la pièce a été propre, je me suis attaquée à l'entrée et à notre cuisine à l'étage.

Le lendemain, du café m'attendait de nouveau, et je me suis occupée du plancher de la chambre, l'astiquant comme du cuivre. J'avais encore l'esprit embrumé, mais le ménage m'aidait à m'éclaircir les idées. Après, tout me semblait limpide. Et pourtant, mes efforts étaient vains : le sol avait à peine séché que Dag l'a piétiné avec ses bottes crottées, laissant derrière lui des empreintes brunes, des traînées de lisier. En le voyant recommencer, je suis allée cueillir des fruits d'églantier. Le lendemain, il a passé la journée à se tortiller dans son maillot de corps plein de poudre d'églantier. Chacun d'entre nous doit se défendre, c'est comme ça.

Voilà le sentiment qui s'était épanoui au fond de moi et qui faisait luire mon regard.

Je suis anxieuse de nature. Je l'ai toujours été. Mais Roar m'apaisait.

– Ça va aller, Kåra, m'a-t-il dit un jour en me voyant sortir le savon noir. Laisse donc la serpillière et la poussière tranquilles. Un peu de crasse sous les pieds, ça n'a jamais tué personne.

Peut-être que c'était ce genre de paroles, ou peut-être les médicaments qui m'ont aidée à formuler les choses quelques mois plus tard. Roar avait fait tomber un morceau de sucre et j'étais en train de le ramasser quand un cachet coloré est apparu dans ma conscience. Je me suis redressée, défiant mon mal au dos, et j'ai rendu à Roar son sucre, effleurant sa main chaude. J'avais soudain la réponse à la question que personne n'avait osé me poser. Je ne crois pas que ce soit mon imagination qui me joue des tours après coup, je me vois encore déclarer en le regardant dans les yeux :

– Je n'irai plus au lac.

– Tant mieux, Kåra, a-t-il répondu. Tant mieux.

– Mais vous savez, Roar, ai-je enchaîné me semble-t-il. Je n'ai pas peur de mourir, j'ai juste peur de ne jamais vraiment vivre.

Et maintenant ? Est-ce que je vis pour de vrai ? Mes précieuses pilules cachées derrière le muesli ont beau servir d'insonorisant, cette question continue de résonner au fond de moi. Bricken détient toute cette pièce, elle détient la mémoire de Roar, mais elle finira bien par mourir, elle aussi, comme Roar et le chat, bientôt ou dans longtemps, ce n'est pas à elle de décider. Je devrais me lever de ma chaise et lui lancer au visage toutes les vérités blessantes que j'ai sur le bout de la langue, ou lui demander de prendre ses cliques et ses claques et de disparaître. Si tout le monde est maître de son destin, quelqu'un d'autre peut aussi s'en charger. Je suis bien placée pour le savoir, moi qui suis devenue maîtresse non seulement de moi-même, mais des autres. Ça me fait penser à l'épisode du jambon, il y a des années. Je venais enfin de m'asseoir quand Dag s'est planté devant moi, une miche de pain à la main, la bouche ouverte comme un oisillon affamé.

– Il n'y a plus de jambon.

J'ai compris ce qu'il sous-entendait, mais j'étais fatiguée et j'avais mal au dos.

– Tu ne peux pas aller en acheter ? lui avais-je répliqué.

– Et toi, tu peux aller te les geler en forêt demain et bricoler de vieilles machines en panne ? Chacun son boulot.

En chemin vers le magasin, je sentais le froid pénétrer mes vêtements et le vent se faufiler dans mon col. J'avais le nez qui coulait, je l'essuyais dans ma manche. Dire que, pendant ce temps, Dag était au chaud chez sa mère. L'idée avait germé dans mon esprit avant mon retour.

« Prends-toi en main. »

Rien de plus facile que de retirer la valve d'un pneu de moto. J'ai failli le faire sur la roue avant, puis je me suis rappelé qu'il était plus difficile de retirer la roue arrière pour la réparer. Je n'ai pas laissé échapper beaucoup d'air avant de la remettre, juste ce qu'il fallait pour qu'il ne remarque rien avant de se mettre en route. Le lendemain, il est rentré furieux du travail, il avait cherché toute la soirée d'où venait la fuite. Désormais, Dag allait souvent crever à cause des racines et des cailloux en forêt. Personne n'avait l'air de se demander pourquoi ça n'arrivait jamais à Roar.

Kurrbits a disparu la même année. Il l'avait bien cherché à se prendre pour un roi. Je n'avais pas encore trente ans que mon corps tombait déjà en ruine, alors que lui était doux et soyeux, et Roar lui parlait en roucoulant. Je ne pouvais pas rire ou tousser sans me retrouver avec la culotte mouillée. J'essayais de cacher l'odeur avec du parfum, mais Dag et Bricken me regardaient de travers. Alors que le chat se pavanait avec son pelage luisant. Je me suis aventurée dans une tourbière pour me débarrasser de lui, pas un champignon comestible en vue, et mes pieds s'enfonçaient dans le sol. À partir de ce jour-là, Kurrbits n'a plus été lui-même, ce n'était plus qu'une boule de poils ébouriffés au museau froncé. Il avait les yeux mi-clos, les membres engourdis : afin de se lever, il devait s'appuyer sur ses pattes pour trouver l'équilibre.

– Pauvre minet, il n'est pourtant pas vieux, a observé Roar. Il a le regard terne.

Il a fixé Bricken, qui a secoué la tête.

– Je ne peux pas, a-t-elle déclaré. Tu le sais bien, le souvenir du chat de Frida m'est trop douloureux.

Ils se sont examinés longuement. Quelques jours plus tard, Bricken est partie rendre visite à Greta, sa sœur adoptive. Elle a fermé la porte sans bruit derrière elle et disparu au bout du chemin, en direction de l'arrêt de car. Roar se tenait tête baissée, je savais ce qu'il comptait faire. Il était du genre à rester stable quand le monde vacillait. Les choses et les gens rebondissaient doucement sur lui, sans jamais se briser. J'avais l'impression de graviter en orbite autour de lui, quoi qu'il arrive, il serait là, au milieu du tourbillon dans lequel j'étais entraînée.

Il a soupiré et est allé dans son bureau. Quand il est sorti dans la cour avec son vieux fusil et du hareng posé sur du papier journal, je suis restée à la fenêtre, la main d'instinct plaquée sur la bouche. Il a donné au chat un peu de poisson, l'a caressé derrière l'oreille, puis le dos, de la tête à la queue. L'animal chancelait légèrement, et sa colonne vertébrale se devinait sous son pelage échevelé. Le coup n'a pas été aussi fracassant que je le redoutais.

Un chat, ça ne contient pas beaucoup de sang.

Les larmes aux yeux, Roar s'est éloigné avec son corps dans les bras. Je n'aurais pas cru qu'il aurait autant de chagrin que Bricken. Mais les gens n'ont pas le cuir aussi épais qu'on se l'imagine. Pendant qu'il était au mirador, j'ai nettoyé les dégâts, recouvrant de sable le rouge pour que tout semble presque comme avant.

Quand Bricken a appelé Kurrbits à son retour, le soir même, il ne s'est pas montré.

D'un regard, j'ai fait taire Roar et affirmé :

– Il a dû repartir à Rävbacka.

Un mensonge. Ce n'était ni le premier ni le dernier, loin de là.

Unni

Vide

L'hémorragie a fini par se calmer et les crampes par s'arrêter. Je n'ai pas perdu mon enfant. Pas tout de suite, du moins. Ma petite s'accrochait de toutes ses forces à mes entrailles. Au creux de mon corps, je cultivais une délicate plante qui a continué de pousser bien au chaud. Le matin, je restais un moment sous la couverture à me passer la main sur le ventre. J'ai retrouvé le sourire. Le sommier en bois craquait de plus en plus, à mesure que je m'arrondissais et que les enfants grandissaient. La vie suivait son cours. Lourde et engourdie, je m'émerveillais de la légèreté de tes pas dans la neige, Roar. Ta sœur et toi, vous alliez et veniez à la maison en volant, vous vous asseyiez un instant à mes côtés, avant de vous lever, laissant de légers renfoncements dans le matelas. Le matin, pendant que tu préparais le petit déjeuner, je nattais les cheveux de Tone Amalie. À cause de mon gros ventre, j'avais du mal à atteindre ses mèches pour y fixer des rubans colorés, ce qui te faisait rire.

– Tu te transformes en boule, mère !

– En énorme boule de neige !

Lorsque Tone Amalie a mis Beatrice au lit dans une flaque d'eau de fonte, j'étais trop raide pour pouvoir l'en empêcher. Ce n'était pas grave. J'ai fait bouillir la poupée et l'ai mise à sécher, me moquant de ses jambes qui s'allongeaient sous le poids de l'eau qui gouttait par terre. Quand vous dormiez, j'écoutais votre souffle qui me rappelait le vent d'été en Norvège, alors que nous étions en plein hiver.

Votre petite sœur me pressait les côtes, se blottissait contre mon cœur. Elle prenait des forces dans mon ventre. Les semaines qui ont précédé sa naissance, mon pouls s'est accéléré. Un jour, j'ai croisé mon amie la corneille en forêt, elle s'est approchée tellement près que j'aurais pu la toucher. Je sentais mon cœur battre comme les ailes d'un oiseau. La tête de biais, elle me regardait avec mon panier. Nous avions déjà fait connaissance, elle n'avait rien à craindre. Elle et moi, nous nous comprenions : elle aussi avait dû couver ses œufs, nourrir ses petits et se ronger les sangs.

– Bonjour, ma jolie ! ai-je dit. Tu as repéré quelque chose d'intéressant, aujourd'hui ?

Sans un bruit, elle m'a observée longuement de ses yeux noir brillant comme des boutons. Puis elle s'est envolée, et j'ai senti l'enfant bouger dans son sommeil au fond de moi.

Ta petite sœur est née un mois plus tard, la nuit de mon anniversaire, dans l'écho de mes rugissements et de vos ventres criant famine. Un cadeau qui m'était offert et auquel j'ai survécu. Mon corps était imposant, brûlant et puissant. Plus les heures passaient, plus les contractions s'intensifiaient, et plus je fatiguais. J'avais tellement soif que, entre chaque vague de douleur, je rêvais du lac, de cet œil humide en forêt. J'ai tenu bon. J'étais une lionne capable de tout. Lorsque je pensais être à bout de forces, je retrouvais courage pour vous, mes petits, pour tes cheveux en bataille et les boucles de ta sœur. Vous aviez besoin d'une mère, d'être en sécurité, de ne pas avoir à vous enfuir devant ma folie. Quand elle est enfin arrivée, je l'ai attrapée moi-même et l'ai mise contre moi, contre ce corps dont elle venait de sortir. Elle couinait, j'ai respiré en rythme avec elle, et dès qu'elle a poussé son premier cri, le cri de ses efforts, mes muscles se sont relâchés. Au contact de sa peau visqueuse, j'ai senti comme j'avais soif au milieu du bonheur et du soulagement qui m'envahissaient. Il me fallait de l'eau pour que le lait monte. Tone Amalie est allée m'en chercher, j'ai vidé ma tasse d'un trait en la tenant à deux mains. Puis j'ai laissé Tone Amalie porter sa petite sœur. Elle semblait plus grande, tout à coup. Je l'ai regardée et lui ai expliqué comment la laver.

– S'il te plaît, mère, on peut l'appeler Beatrice ?

– C'est un joli prénom, mon bourdon, mais c'est celui de ta poupée. J'aimerais que ta sœur ait un nom bien à elle, d'autant qu'elle n'aura sans doute pas grand-chose dans la vie. Ta grand-mère s'appelait Berthe Amalie. Que penses-tu de Berthe ?

Elle a froncé les sourcils.

– Birgitte Cornelia, alors, comme la comédienne ?

Ma fille a secoué la tête et esquissé une grimace, les yeux baissés sur sa sœur.

– Birgitte, c'est un nom de vieille dame.

Malgré la fatigue, j'ai réfléchi pendant qu'elle lui faisait sa toilette. Mes pensées m'ont portée jusqu'à la sage-femme, à ses mains toujours à l'ouvrage, en train de cueillir ci ou d'indiquer ça. Brita la sage-femme.

– Et Brita Cornelia, c'est joli, non ? Tu sais, comme la dame de Delsbo qui brode si bien !

Cette jeune veuve qui avait appris à mettre au monde seule ses enfants.

– Je sais, mère ! a annoncé Tone Amalie.

Elle s'est tournée avec sa sœur propre comme un sou neuf dans les bras.

– Brita Elise ! Ça pourrait être le nom de la sœur jumelle de Beatrice, mais en encore plus joli ! Regarde-la : ça lui va bien, hein ?

Je l'ai prise, l'ai séchée et l'ai réchauffée, et me suis endormie en la serrant tout contre moi, tout contre moi.

À l'aube, je me suis réveillée avec le doux petit corps de Brita Elise au creux du mien.

Désormais, tout ce que je vais faire, c'est pour toi. Je promets de te protéger de mes ailes maternelles tant que je le pourrai.

J'ai senti le cœur de ma cadette battre dans sa poitrine. Ses doigts étaient si petits, ses yeux de nouveau-née si sombres. Toute la matinée, elle est restée blottie comme un escargot contre mon sein, à dormir et à téter. Ma petite, qu'elle était belle.

Un doux soleil de printemps. De l'eau tiède sur le visage pour se réveiller. Des yeux fatigués à la table du petit déjeuner. La nuit décoiffait ta sœur et rendait tes cheveux encore plus ébouriffés. Vous étiez épanouis, la tête pleine de pensées, la bouche pleine de paroles. Pendant que je faisais la vaisselle, vous jouiez à pierre-papier-ciseaux. Tu brandissais un atout que tu avais inventé, et ta sœur gémissait. L'écho de la vie. L'espoir du renouveau animant notre maison.

Avant que Brita Elise apprenne à différencier le jour et la nuit, je me couchais souvent sur le banc de la cuisine, la petite contre moi, pour tenter de rattraper le manque de sommeil. Mon regard était aussi neuf que le sien. Pendant ce temps, tu gagnais des centimes en rendant service aux paysans du coin, et avec ta sœur, je vous envoyais au village faire les commissions à ma place. Un matin, nous avions besoin de sel, de céréales et d'un peu de beurre.

– Tenez-vous par la main, vous ai-je dit. Méfiez-vous de l'eau, de l'obscurité et des gens.

– Promis, avez-vous répondu en chœur, et vous vous êtes mis en route.

J'ai regardé vos silhouettes rétrécir sur le chemin, de part et d'autre du chariot, vos cheveux crasseux, vos vêtements déteints et vos pieds nus sur le sol froid. Puis j'étais seule avec Brita Elise. À mesure que les heures filaient, des ombres passaient sur son visage. Elle m'était étrangère, et pourtant, je la connaissais si bien. Nous étions liées par les bruits, aucun animal en forêt n'a écouté aussi attentivement ses petits que moi. Tandis que les chatons du saule gris s'étiraient vers le ciel, les poings de ma fille trouvaient des mèches de cheveux auxquelles s'agripper. Je l'ai dévorée des yeux tout l'après-midi. Quand elle gigotait avec les jambes, on aurait dit un crapaud ensorcelé, et quand elle dormait, elle souriait aux anges.

Mais peu à peu, l'inquiétude a commencé à me ronger : le jour était en train de décliner, et vous n'étiez pas encore rentrés. Les chemins seraient bientôt sombres, la nuit ne s'annonçait pas étoilée. Un bassin d'eau saumâtre dans un fossé. Un ivrogne armé d'une bouteille en verre. Des chevaux prenant peur du vent qui soufflait dans les arbres. Il pouvait tout vous arriver. Mais vous étiez deux… À moins que non ? Lorsque la porte a fini par s'ouvrir, j'ai soufflé tout l'air glacial qui s'était accumulé dans mes poumons.

– Nous voilà !

– Enfin, je vous attends depuis des heures !

Vous étiez sains et saufs. Deux enfants maigrichons avec le ventre vide et le regard pétillant, poussés dans la maison par le vent.

– Mère, on…

– Chut, Tone ! Retirons d'abord nos manteaux !

Tu avais un drôle d'air, Roar, mais vous reveniez avec du beurre, des céréales et du sel, comme je vous l'avais demandé. Malgré son grand sourire, ta sœur semblait hésitante, chancelante, les mains dans le dos. J'ai commencé à me lever, mais tu m'as arrêtée dans mon élan :

– Ne bouge pas, mère, on va te montrer quelque chose.

Vous vous êtes approchés, et tu l'as aidée à porter le précieux petit objet à la lumière. Tone Amalie était radieuse.

– Regarde, mère, comme c'est beau ! C'est un cadeau !

Un mortier en marbre vert-de-gris. Vous aviez porté des bûches, ouvert des clôtures et cueilli des myrtilles pour me faire ce présent.

– Prends-le ! C'est lourd, mais presque aussi doux que Brita Elise !

– Mais, les enfants…

Sans voix, j'ai passé la main sur le mortier et vous ai caressé la tête. Puis vous l'avez installé sur la table. Le marchand attendait encore trois versements, m'as-tu expliqué, mais il y avait du travail au village, ce serait vite fait. Tu as tenu parole.

Cet objet de décoration était à la fois le seul et le plus beau de notre maison. Il était tellement lourd qu'il a laissé une marque sur le bois, comme dans du beurre. Lorsque nous avons fait baptiser Brita Elise et que j'ai dû prendre le pasteur par la main, la fraîcheur du marbre m'a aidée à m'apaiser après la cérémonie. Quand j'écrasais des baies de genièvre, je sentais tout le poids du pilon dans les muscles de mon bras.

La petite grandissait, je crois que vous l'aimiez presque plus encore que vous ne vous aimiez, l'un et l'autre. Elle poussait comme un champignon. Je caressais ses cheveux duveteux, m'étonnant que des mèches de coton comme les siennes puissent autant s'ébouriffer. Sur son teint de nourrisson apparaissaient et disparaissaient des rougeurs. Je la portais contre ma poitrine, et puis sur le dos une fois que j'avais repris le chemin du travail, direction Rävbacka. Bientôt, la petite pourrait faire elle-même quelques pas sur le sentier, et un jour, elle serait assez grande pour que je la laisse à la maison avec sa grande sœur. Tone Amalie s'occupait si bien d'elle. Toi, Roar, tu avais commencé l'école. Tu te débrouillais bien. Doué en sciences naturelles et travaux manuels, rarement tracassé par ses camarades, et jamais puni par la maîtresse. Mon cœur de mère gonflé de toutes ces fiertés, je traversais chaque matin la forêt pour aller travailler. Parfois, il suffisait que je reste dans un coin de la ferme, souriante, mais le plus souvent, j'allais et venais dans la cour sous le regard brûlant du paysan. Il devait avoir pitié de moi, me disais-je, mais je n'y pouvais rien. À mon retour, vous veniez à ma rencontre, rayonnants, la frimousse constellée de taches de rousseur.

J'ai gardé en mémoire le souvenir d'un après-midi d'été dans le jardin. Brita Elise est installée dans le chariot, l'herbe est d'un vert éclatant. Vous ne me remarquez pas, trop occupés à montrer des insectes à votre petite sœur. Dans le doux vent du sud qui me flatte le visage, j'approche de la maison. La brise décoiffe Tone Amalie et fait osciller les couettes de Brita Elise. Toi, Roar, tu as le dos tourné, je regarde ta nuque bronzée. Dès que je signale ma présence, que je vous dis que je reviens avec de la nourriture, vous vous tournez vers moi, et vous riez, nous rions tous en chœur comme quatre cloches qui résonnent dans l'herbe. La petite se lève et se met à sautiller de joie.

Brita Elise, Brita Elise. Elle était ma consolation et notre bicoque un château, notre abri du froid, du vent et de la faim. Entre ces murs, j'avais mes enfants, et vous les uns les autres.

Mais tout ça avait un prix.

Le propriétaire n'est venu que l'année suivante réclamer son dû, lorsque les jeunes pousses de pin s'étaient assombries et que l'été s'était installé. Depuis quelques jours, la forêt crépitait de chaleur. La corneille trimait pour ses petits, et moi pour les miens. Tu m'aidais, Tone Amalie mettait du lilas dans les cheveux de sa poupée, et la petite courait pieds nus dans l'herbe, échevelée, son ruban rouge se balançant au bout de sa tresse. Je venais de passer en revue les légumes de notre potager, et tu étais parti chercher du bois.

– Tu mangeras après.

Tu avais faim, je le savais, mais nous avions besoin de provisions de bois pour l'hiver. Une tartine t'attendait sur le buffet. Au milieu de la cour baignée de lumière, Brita Elise a trébuché et son petit corps potelé s'est écroulé par terre, esquissant une drôle de pirouette. Elle s'est relevée, chancelante, un bond, et elle est retombée aussitôt, s'étalant de tout son long dans le gravier. Je me suis redressée en m'essuyant les mains pour aller la voir, mais Tone Amalie m'a devancée. Accroupie, elle soufflait déjà sur le genou de sa sœur. Vos têtes penchées l'une contre l'autre, vos taches de rousseur, vos mèches presque invisibles dans le vent. La petite a retrouvé le sourire.

Soudain, la porte de la clôture a grincé. Je me souviens de cet instant comme d'une gifle en plein visage. Des oiseaux se sont envolés dans les arbres aux alentours, sortant de leur cachette. Il était venu jusqu'à nous. Cet homme au front luisant et aux yeux clairs que je connaissais, mais qui, ce jour-là, dégageait quelque chose de différent. Le regard vacillant, il a traversé la cour les bras croisés et s'est planté devant moi. L'haleine chargée de l'alcool de la veille, il m'a souri et tendu la main pour me saluer, m'effleurant le poignet au passage. Ma main froide dans sa paume moite, ses yeux captant les miens. Tone Amalie et sa sœur se sont redressées et ont approché, et nous ont souri, à moi et à notre visiteur. Il leur a montré ses dents brunies par le tabac à chiquer.

Puis il m'a dit d'un ton léger, comme s'il parlait de la pluie et du beau temps, que l'abri à bois qu'Armod avait construit lui appartenait. De même que les pommiers que nous avions plantés et la terre où je faisais pousser ma nourriture. Sans oublier les latrines, le lisier, tout.

– Un jour ou l'autre, il faut bien payer, a-t-il ajouté. Tu ne crois tout de même pas qu'on engraisse les cochons pour leur faire plaisir, si ?

Chaque syllabe me faisait l'effet d'un coup de couteau. Je sentais dans la nuque ce qu'il attendait de moi. Un homme, ça s'épluche comme un oignon, on peut lire dans ses pensées couche après couche. Et à un certain point, on commence à pleurer. Tone Amalie ne souriait plus, mais se faisait toute petite, les bras bien droits, les mains pressées contre les cuisses, veillant à ne croiser ni mon regard ni celui du paysan.

– Les bonnes femmes, ça ne bosse pas bien, a-t-il repris.

Ses yeux clairs traînaient sur mon corps.

– Pas aussi bien que ton gars, en tout cas. Le remboursement va prendre plus de temps, c'est comme ça, et si ça ne te va pas, je récupère ma maison, mon abri à bois et mes chiottes, et tu peux t'en aller avec tes morveux. Mais je suis sûr qu'on peut trouver un arrangement.

Les mots s'échappaient de sa bouche comme des nuages de cendre se répandant dans le jardin, couvrant toute la verdure d'une couche de gris. J'ai levé les yeux sur ses pâles iris. Heurtée par son regard qui semblait voir à travers mes vêtements, j'ai baissé les paupières et scruté le sol à mes pieds. La peur se tordait tel un serpent dans mon ventre. J'avais l'impression d'être un cheval à vendre. J'ai resserré mon châle sur mes épaules.

– Maintenant ?

– Tu veux un toit pour tes gamins ? a-t-il rétorqué d'un ton agacé.

Sa réponse tranchante a réveillé le souvenir de l'été où nous avions connu la famine et erré entre la vie et la mort.

– Oui, ai-je dû répondre, confuse.

J'étais prise dans un piège à renard qui enfonçait ses dents de métal dans ma chair. Mes yeux me brûlaient, mais je ravalais mes larmes. Tone Amalie a continué à fixer les buissons au fond du jardin lorsque je lui ai demandé de rester dehors et de s'occuper de sa sœur.

Je suis entrée la première, comme si j'invitais cet homme chez moi. En l'entendant fermer la porte derrière lui, je n'ai eu qu'une envie : m'enfuir par le trou de souris percé dans le mur à l'angle, derrière mes chaises que j'avais soigneusement repeintes. Je suis restée là une éternité, sentant son souffle dans mon dos, son corps me séparant de mes enfants. L'estomac noué, je regardais par la fenêtre, un rayon de vie et de lumière s'est glissé à l'intérieur, trop loin pour m'atteindre.

Mon pouls battait dans mes oreilles comme le tic-tac obsédant d'une horloge. Seulement, il n'y avait pas d'horloge entre ces murs, qu'une lumière fanée et de la boue à même les côtes. Il m'a attrapé l'épaule pour me forcer à me tourner et à affronter son regard pénétrant. Sa respiration saccadée enveloppait mon visage de relents d'eau-de-vie.

C'est pour notre bien. Il faut le croire, autrement, je ne serai bientôt plus qu'un tas de chair, de peau et de vêtements. Le cœur assoiffé de sang comme un poisson haletant dans un seau vide.

J'ai reculé d'un pas et laissé voir ma peur. Une lueur a traversé ses pupilles.

– Ne fais pas ta grande dame, espèce de souillon. Tu chies comme tout le monde.

Il m'a poussée en arrière, au milieu des couvertures, et m'a plaquée au lit en me crachant son haleine âcre au visage, pour me mordre, me griffer, me déchirer mes vêtements jusqu'à ce que je sois nue. Ses doigts sans merci trituraient mes seins difformes et ma peau gercée. J'avais beau pleurer, il me tenait d'une poigne de fer tout en retirant son pantalon.

– Non ! Pitié, pas ça !

Ces mots qui m'avaient échappé m'ont valu une gifle.

– Ferme-la, salope. Et savoure !

D'un coup sec, il a ôté sa ceinture en cuir. Je l'ai entendu haleter puis gémir en me prenant de force, et aussitôt est arrivée la douleur. C'était donc ça, la mort. Par la fenêtre, j'apercevais un petit bout de ciel auquel je m'accrochais tandis que le supplice me serrait dans ses bras. Brita Elise, qui avait dû se glisser discrètement à l'intérieur, s'est immobilisée en nous voyant. En pleurs, elle s'est approchée et m'a attrapé le bras, mais le paysan s'est emparé d'elle pour la jeter vers la porte. Son petit corps a lourdement atterri sur le plancher. Le temps s'est arrêté. Elle gisait là, sans bouger, nous fixant de ses yeux ronds comme une poupée. En la voyant finalement tourner son attention vers la porte, j'ai voulu croire qu'elle était en vie. Puis elle s'est traînée dehors et a disparu de mon champ de vision. Avait-elle des échardes plein les genoux ? Les yeux fermés, je l'entendais pleurer. Quand elle s'est enfin tue, je savais que Tone Amalie était en train de la consoler.

Après, il a renfilé son pantalon et s'est levé sans me regarder. Il a repéré ta tartine sur le buffet, Roar, et il est parti avec. L'air frais s'est déversé sur moi lorsqu'il a fermé la porte derrière lui. Je suis restée en boule sur le lit, les yeux fermés. J'avais mal partout et je grelottais. Je me suis recroquevillée encore un peu plus sur moi-même, les paupières plissées.

Une heure plus tôt, la journée était encore normale. L'enfer n'est jamais qu'à quelques minutes du quotidien. Le temps que je l'appelle, Tone Amalie avait trempé sa poupée de larmes. Je l'ai prise dans mes bras, ai enfoui le visage dans ses cheveux. Armod, j'étais toujours ta femme, me rappelait l'alliance sur mon doigt. Brita Elise s'est endormie contre mon sein, malgré la plaie qu'elle avait à la racine des cheveux. Lorsque tu es arrivé, Roar, tu as laissé tomber tes bouts de bois par terre, et tu es resté un instant sur le seuil de la porte, avec tes genoux cagneux, à regarder mon corsage déchiré sur le plancher et les miettes de pain sur le buffet. Puis tu as baissé la tête. Les yeux rivés sur le sol, tu t'es essuyé le nez dans ta manche.

– Je ne voulais pas, as-tu murmuré.

Aucun de nous ne voulait ça.

Je t'ai fait signe d'approcher, et je me suis accrochée à toi.

– Ce n'est pas grave, mon Roar, ai-je dit, en larmes. Ce n'est pas ta faute, ce n'est pas grave. S'il revient, il faudra m'attendre au mirador.

Et je t'ai ébouriffé les cheveux. Tes avant-bras étaient couturés de griffures perlées de rouge que le bois avait laissées sur ta peau. Tu as regardé la blessure de la petite. Tu ne m'as pas demandé où était passée ta tartine.

Il est revenu. Je n'avais pas senti le danger alors qu'un gros oiseau s'était envolé d'une branche, la laissant se balancer derrière lui, et qu'un écureuil avait grimpé sur un tronc, sans butin à cacher. Mais lorsque de petits volatiles ont fusé comme des points noirs dans les airs, j'ai compris. Ses lourds pas sur le chemin. Le crissement du gravier.

– Fuyez, les enfants !

Le voilà.

– Courez !

Encore.

– Vite !

Et encore.

– Prenez votre sœur et fuyez !

Nous aurions pu tous nous en aller, mais à quoi bon ?

De vastes forêts et des champs brunis par le soleil entouraient notre maison. Ça irait. À l'approche de l'automne, j'ai sorti les peaux d'ourse pour que vous soyez bien au chaud la fois suivante. Et la suivante. Les yeux grands ouverts, j'ai traversé la forêt en direction du mirador. Vous alliez y revenir encore et encore, les chaussures pleines de neige, je le savais. Un vent du nord soufflait et le lac se cachait entre les arbres.

Des feuilles colorées aux gracieuses nervures craquant sous vos pieds. Puis des pas traînant sur le gravier. Un-deux, un-deux, un-deux. Tel est le bruit de l'enfer. À chaque fois que ce serpent rampait à travers la forêt, vous couriez vers le mirador, où vous restiez blottis les uns contre les autres sous les couvertures, jusqu'à ce que je vienne vous chercher.

Moi, je me figeais en l'entendant approcher, et m'assurais que vous disparaissiez bien entre les arbres. Je serrais les poings à m'enfoncer les ongles dans les paumes. Ses mains laissaient sur mon corps des marques violettes qui tiraient peu à peu sur le vert et le jaune, avant que de nouvelles viennent se mêler aux anciennes.

Il n'était jamais rassasié. Quand je travaillais à la ferme, il ne se montrait guère et ne me touchait pas, mais à peine étais-je rentrée qu'il surgissait dans mon sillage. La nuit, dans mon sommeil, je le voyais retirer sa chemise et son pantalon, et s'enfoncer dans ma chair. Mon sourire n'était plus qu'un réflexe que mon regard ne soutenait pas. Brita Elise, elle, riait toujours aux éclats en crapahutant sur le gravier, avec sa cicatrice à la racine des cheveux, une étoile perdue dans le petit ciel que formait son front. Plus je me rabougrissais, plus elle grandissait. Elle courait entre vous deux, vos mains la portaient vers le soleil pour la faire tourner dans les airs. Un jour d'été, elle est venue me voir, comme toujours pieds nus sur ses petites jambes potelées. Tone Amalie avait tressé un ruban bleu dans ses cheveux et l'étoile brillait sur son front. Elle me montrait quelque chose en souriant. J'ai suivi son regard et arrêté de respirer.

Au milieu de l'herbe, un serpent prenait le soleil, enroulé sur lui-même. Il me regardait avec sa tête plate. En un mouvement, je me suis emparée de la petite, jamais je n'aurais cru être aussi rapide. Elle s'est mise à pleurer, sans doute avait-elle peur parce que je ne la regardais pas. Je ne regardais que l'animal, cette ceinture de cuir mortelle. Il m'aurait fallu une pelle, une hache, une massue, mais j'avais mon enfant dans les bras et le serpent nous fixait. Je l'imaginais se glisser dans notre maison et nous faire du mal.

Accroche-toi, ma petite au front étoilé.

La pressant contre moi et lui cachant le visage, j'ai piétiné la bestiole. Un coup de sabot, puis un autre, et encore un autre, visant la tête et continuant de tout mon poids jusqu'à ce que sa peau rubanée se fende et que ses muscles cèdent. Même si je savais l'animal mort, je n'arrivais pas à m'arrêter, et me suis acharnée longuement sur son cadavre.

Le soir, les oiseaux se sont régalés de ses restes.

« Chacun est libre de décider », avais-je affirmé un jour, des années auparavant. Supporter cet enfer était un choix.

Si c'était le seul moyen de vous maintenir en vie, il le fallait. Ça irait. Je me réjouissais de vous voir jouer et grandir, malgré le peu que je parvenais à vous offrir. J'avais mal à la mâchoire à force de serrer les dents, mais au moins, nous étions ensemble et en vie. Sache que tout aurait pu se terminer différemment, Roar.

Après la mort de ma mère et jusqu'à l'année de ta naissance, j'avais trouvé refuge chez Brita, la sage-femme. On nous donnait des légumes, du poisson et de la laine pour nous remercier de notre aide, et nous ne manquions de rien. Avec sa boîte remplie de plantes médicinales, elle vivait dans un monde de mots et d'images étranges. Je vois encore sa manière de plisser les yeux pour se concentrer, le nez froncé, sur telle ou telle femme qui l'appelait à son chevet. Dans la nuit, les parturientes transpiraient à grosses gouttes, et je l'assistais. Elle avait également le pouvoir de soulager les blessures et les filles dans l'impasse, qu'elles aient été violentées, qu'elles aient laissé faire le patron ou qu'elles n'aient pas attendu le mariage. C'est ainsi que j'ai appris tous les dangers de la coloquinte vraie, du sabinier, du phosphore, de l'arsenic, de la quinine et de l'ergot du seigle.

– Les gens ne veulent pas entendre parler de ces poisons, m'avait-elle dit en sortant sa boîte en bois laqué rouge. Mais ce qu'ils font aux femmes dans cet état et à leur petit, si nous n'agissons pas, c'est bien pire : ils les vident de toute vie.

Lorsqu'elle était en colère, elle avait la voix tranchante, les cordes vocales qui grinçaient comme de vieilles charnières. Son visage devenait dur et ses yeux s'enflammaient en pensant au sort des filles mères.

Et puis, Brita était morte, et je n'avais pas le courage de continuer seule, ni le savoir nécessaire. J'étais devenue bonne au presbytère, la femme du pasteur avait besoin d'aide pour tenir la maison et ma présence plaisait à son époux. La nuit, quand le silence régnait, il ne manquait jamais une occasion de se glisser dans ma chambre. Comme le paysan des années plus tard, il venait se servir. Sa peau devenait moite contre la mienne aussi souvent qu'il le souhaitait, et la buée qui apparaissait sur la vitre donnait l'impression que même les murs avaient abandonné.

– Je vous remercie, mademoiselle, m'avait-il dit un jour, avant de s'en aller.

Il me donnait envie de vomir, mais je le laissais recommencer. Qu'aurais-je pu faire d'autre ? La femme du pasteur avait mis sept mois à remarquer que mon ventre s'arrondissait et à me jeter dehors. Seule et enceinte, je n'avais qu'un moyen de subsistance : l'art que la sage-femme m'avait enseigné. C'était ça ou la faim. J'avais hérité de sa boîte regorgeant d'achillée millefeuille, de houblon et de digitales aux vertus cicatrisantes, et d'anis contre la toux et les mauvais rêves. Je n'avais rien contre les mains baladeuses dans le noir, mais dans un des compartiments, il restait de l'ergot du seigle, et lorsque des femmes me le demandaient, je leur en donnais. Jusqu'au jour où quelqu'un m'avait dénoncée. J'aurais été condamnée à plusieurs années de travaux forcés si le pasteur n'avait pas décidé que j'avais perdu la raison.

– Vous m'avez fait venir ? lui avais-je demandé sur le seuil de la sacristie.

– Ne faites pas l'innocente, avait-il déclaré. Non seulement on joue à la putain, mais aussi à l'avorteuse.

Il m'avait expliqué que j'étais habitée par le diable, que je souhaitais la mort de pauvres enfants. On ne pouvait pas laisser en liberté des femmes comme moi, complice de criminelles. Tout ça, je ne pouvais pas te l'expliquer, Roar, quand tu rentrais de l'école et me demandais de t'aider avec tes devoirs.

Le jour où nous avons pris la fuite, une jeune fille de seize ans m'attendait, moi et ma boîte rouge. Je me demande aujourd'hui encore ce qui lui est arrivé.

Kåra

Un quart de vie

Sans Roar, les jours se ressemblent tous. Je ne dis pas à Bricken que j'ai du chagrin, ni que je sais qu'elle me ment. De temps en temps, je prends un sablé aux amandes pour me faire taire. Ces biscuits datent d'avant la mort de Roar, ils ont un peu le goût de moisi. Bricken aurait dû les mettre au sec. Quand elle se penche pour attraper sa canne, il lui arrive de se cogner à la lampe de la cuisine, et je regarde la lumière se balancer lentement sur la table. On dirait qu'il n'y a plus d'oxygène dans cette maison tellement on suffoque.

Un après-midi étouffant de la fin août, l'un des derniers jours d'été. Mon Berger du Caucase me défie du regard, les oreilles dressées. Bricken est au téléphone, elle explique quelque chose à l'entrepreneur des pompes funèbres en gesticulant. Comme s'il la voyait, appuyée à ses placards de cuisine bleu clair.

– Oui, je peux venir mardi à quatorze heures, dit-elle, sans chercher à s'assurer dans mon regard si ça me convient, à moi aussi.

Connasse.

Un silence passe.

– Oui, ça me paraît très bien... Non... Enfin, si, je vais réfléchir à une musique qui pourrait me plaire.

Je, je, je. À croire que c'est son enterrement. Je me tourne vers l'entrée où attendent les bottes de Roar, abandonnées par terre, et son blouson, suspendu au crochet, exhalant toujours un parfum humide de terre et de forêt. Je suis installée en face de sa chaise, du même vert que la mienne, mais à l'assise usée.

Son cerveau était déjà mort avant que son corps ne lâche. Le mien ne cesse de ressasser, alors que ce sont mes méninges qui m'ont poussée à tromper, droguer et tourmenter mon entourage. Bricken attend-elle que je lui avoue tout ? Et si c'était pour ça que nous passons nos journées dans cette pièce, à discuter et à boire du café ?

Je n'ai pas envie de lui faire plus de mal.

Tous ces matins gris, assise dans mon coin. À la radio, les gens appellent pour raconter leurs ridicules petits problèmes. L'enterrement approche, et je dresse une liste des personnes à inviter à la collation. Je n'en ai pas pour longtemps : quelques collègues et villageois. Lorsque Bricken s'assied devant moi, je lui tends la liste.

– J'ai oublié quelqu'un ?

Elle baisse les yeux sur le papier et se met à lire en marmonnant, en suivant les mots de l'index.

– J'en ai parlé à Nordgren et à Olsson, déclare-t-elle. Lars et Astrid viendront si elle en a la force.

– Pas de famille à part Bo ? Roar avait des sœurs, il me semble, elles sont toujours en vie ?

Le silence nous avale.

– Contente-toi de prévenir Bo, dit-elle finalement en reposant la liste.

Elle laisse sa tasse sur le papier et une trace marron apparaît, aussi ronde que l'anneau en or de Bo. Le sujet est clos. C'est bien fait pour moi, j'imagine. Le retour de bâton.

– Je vais dormir comme un bébé ce soir, dit-elle en bâillant à s'en décrocher la mâchoire. Comme Bo quand il était petit, tu t'en souviens ?

Oui, je m'en souviens. L'un des nombreux mensonges auxquels je dois faire attention.

C'était comme ça. Chaque matin, je prenais la décision d'essayer vraiment, un jour de plus. Par moments, il m'arrivait pourtant de ne pas supporter de n'être ni vue ni écoutée. Dag et Bricken n'arrêtaient pas de semer de petits objets que Bo risquait d'attraper avec ses doigts potelés et de mettre dans sa bouche, au risque de s'étouffer. Quant à la vieille balançoire humide accrochée au pommier, n'importe quel enfant aurait pu s'y briser la nuque. Dag était maladroit, il ne faisait que ricaner, incapable de garder un travail si Roar n'était pas là pour le guider. Il fallait toujours qu'il me tripote, qu'il me tâtonne avec ses mains épaisses et ses doigts impatients. Le chat, jusqu'à ce qu'il disparaisse, se mettait sans cesse sur mon chemin. Et au milieu de tout ça, Bo. Ma joie. Mon fardeau. Dans le vent d'automne, mes yeux se voilaient de larmes. Les premières neiges, d'ordinaire si douces, me fouettaient le visage. Un tourbillon de flocons glacials et de feuilles mortes qui m'écorchaient le front et les joues. Plus les branches croulaient sous la neige et les chemins disparaissaient sous le blanc, plus j'avais les doigts gelés et mal au dos. Bo était fatigué, déchaîné et enrhumé. Il avait un si joli rire, de si belles dents, mais à peine lui avais-je enfilé sa dernière couche propre qu'il la mouillait. Les journées étaient longues et sombres. Le brouillard effaçait le monde extérieur. Il ne restait plus que la maison et ses habitants. Tout le reste n'était que nuit.

Un édredon blanc scintillant au soleil. Enfin. Cette fois, l'hiver serait beau comme dans les contes de fées. Glissant à travers la neige tendre sur le traîneau, nous veillerions à rester discrets pour ne pas effrayer les petits oiseaux égarés. Mon Berger du Caucase ronronnerait et le feu crépiterait dans le poêle. Voilà ce dont j'essayais de me convaincre sous mon bonnet qui me grattait la tête. Je respirais à pleins poumons l'odeur des saucisses grillées sur la cuisinière à bois pour me mettre dans l'ambiance. Et j'épluchais des pommes de terre, l'or de la terre, brossais des carottes à n'en plus finir et touillais la sauce brune.

Mais non. Le plancher se plaignait. Jour après jour, j'arpentais la scène et jouais mon rôle, parfois pour moi-même, parfois pour les autres. Dès que le soleil se cachait derrière les nuages, je grelottais. La panique me guettait de l'intérieur, un grondement sourd qui pouvait prendre la tonalité insupportable d'une craie écrasée sur un tableau noir. Profitant de l'absence de mon Berger du Caucase pour passer à l'attaque, elle prenait la forme d'un frisson persistant qui me secouait sans ménagement, une serpillière me barbouillant le visage. Quand je faisais la queue au magasin, quand je mettais les courses dans ce foutu chariot aux roues voilées ou quand j'allais chercher le courrier dans le vent mordant. Moite de sueurs froides, je devais me concentrer pour me ressaisir, pour ne pas lâcher ce que j'avais dans les mains et partir en courant me réfugier dans la forêt. Le paquet de muesli était mon seul recours.

Bricken avait beau me parler, je n'avais pas la force de répondre. « C'est l'heure du café, Kåra ! », ou bien : « Des tartines t'attendent en bas ! » Je laissais les mots en suspens, ne lui prêtais aucune attention. « Fais comme tu veux », finissait-elle toujours par bredouiller. « Fais comme tu veux. » Le genre de phrase qui sous-entend le contraire.

Les hommes travaillaient loin, et Dag me laissait toutes les corvées. Dès qu'il rentrait, il prenait la défense de Bo, alors que le petit avait trois ans et que j'étais sa femme. Quand il ne restait pas en bas à plaisanter avec sa mère. Les cachets disparaissaient comme des perles dans un collier. J'écoutais le plancher craquer et rêvais de m'en aller.

Je me rappelle un jour où je me suis brûlée avec de l'eau bouillante, alors que je m'apprêtais à nettoyer le biberon. Je n'avais pas eu le temps de déjeuner ni de ranger, et l'eau de vaisselle refroidissait. Au moment où Bo devait se brosser les dents, il s'est enfui vers l'escalier, les joues rouges, nu comme un ver.

– Reviens, Bo ! C'est l'heure d'aller au lit !

– C'est mamie qui va me brosser les dents !

Je l'ai suivi à grandes enjambées.

– Reviens immédiatement !

J'entendais moi-même comme ma voix était haut perchée.

– Mamie ! a-t-il crié sans s'arrêter.

– Fais ce que je te dis !

Je lui ai attrapé le bras, il s'est retourné et m'a regardée tandis que mes ongles s'enfonçaient dans sa chair. J'ai fini par le lâcher, par le laisser s'enfuir, et j'ai fondu en larmes. Puis je lui ai préparé un nouveau biberon, ai sorti les verres, les assiettes et les couverts pour le dîner, sans mettre la table. Un parfum de bifteck s'élevait de la cuisine de Bricken. Elle n'a pas tardé à apparaître avec Bo dans les bras et à le coucher. Alors qu'il dormait enfin et que j'avais commencé à éplucher les pommes de terre, Dag est rentré, se débarrassant bruyamment de ses bottes et de sa boîte en fer-blanc. Pendant que je rendormais Bo, il s'est mis à table. En revenant dans la pièce, je l'ai trouvé à sa place, l'air d'attendre quelque chose. Les assiettes et les couverts n'avaient pas bougé du plan de travail. Je lui ai tourné le dos et ai continué à éplucher les pommes de terre. Au bout d'un moment, Dag s'est raclé la gorge.

– J'ai faim.

Sans me retourner, je lui ai répondu :

– Prends du pain, il y en a dans le garde-manger.

– Occupe-t'en toi-même. Ma journée de travail est finie.

J'ai attrapé la casserole contenant les restes de biberon et lui ai versé le contenu sur la tête. Puis j'ai enfilé mes chaussures et suis sortie. Lorsque je suis revenue de la forêt, Bricken m'a fusillée du regard. Si c'était comme ça, elle pouvait se charger de nourrir son fils.

Peu de temps après, Liva, ma sœur, nous a rendu visite. Elle avait récemment épousé un négociant et vivait dans le Småland. Elle avait pris le dialecte local, et quand elle prononçait mon nom, il me semblait totalement différent. Elle avait les joues aussi lisses et rondes que des brioches à la crème. Elle a passé du temps dans la cuisine à boire du café et à rigoler avec Bricken, elle m'a aidée un peu avec Bo, me répétant qu'il était mignon, et au bout d'une semaine, elle est partie. Après son départ, Bricken me dévisageait, l'air d'attendre un miracle, de croire que, désormais, j'irais beaucoup mieux. Je suis montée me coucher.

Moi qui avais tout fait pour éviter Norrfly, j'avais bâti les murs de mon propre asile. Au rez-de-chaussée, l'ambiance était différente. Je voyais bien leurs visages dans l'entrebâillement de la porte, lorsque je passais avec les poubelles et le compost. Leurs manières de se regarder, réunis dans la cuisine. La porte se fermait derrière eux, engloutissant la lumière de la cuisine, me laissant seule dans l'obscurité de l'entrée.

Pourtant, Roar m'appartenait un peu, je le voyais comme une sorte de deuxième lune dans le ciel. De temps en temps, nous discutions dans la cuisine ou dans le jardin. À côté de lui, je m'apaisais. Il semait le calme, littéralement. Comme cette froide journée sans vent, où il a soufflé des bulles de savon. Il n'y avait que lui pour avoir ce genre d'idées. J'étais à côté quand il a commencé à fabriquer des boucles en fil de fer, avant d'en confier une à Bo. Qu'ils étaient beaux, tous les deux. J'ai regardé la première bulle se former doucement, voler un instant et se poser par terre, sans se briser. Le symbole de la volatilité prenait corps sous mes yeux. Des bulles qui naissaient et glissaient vers la mort, mais tenaient bon, gelant petit à petit dans l'air glacial. Seulement, de petits doigts potelés les pourchassaient pour les éclater.

– Arrête, Bo !

J'avais envie de le pousser. Roar m'a adressé un coup d'œil. Sans rien dire, il a fait d'autres bulles, assez pour que Bo soit incapable de les attraper toutes. Les petites étaient plus tenaces que les grandes. En retenant ma respiration, je regardais le froid les transformer en boules de cristal qui portaient mes pensées vers des forêts et des jungles lointaines. À la surface se dessinaient des feuilles arrondies, des guirlandes de fleurs prisonnières de la perfection. Chaque bulle était un univers à part. Si seulement j'avais pu me glisser à l'intérieur et admirer le monde à l'abri d'une de ces bulles. Bo courait en riant aux éclats. Quand il en a heurté une de son poing, elle s'est brisée en morceaux. Je me suis précipitée sur lui et lui ai attrapé le poignet pour l'empêcher de recommencer, mais Roar est vite intervenu et l'a pris dans ses bras.

– Mon petit oiseau, a-t-il dit en lui caressant les cheveux.

Sa voix avait une sonorité particulière.

Dag ne s'est jamais prêté à ce genre d'expériences. Et même si nous nous étions juré de nous aimer, je trouvais que sa voix sonnait creux.

Je me souviens d'un soir comme d'une gifle en plein visage. J'avais des crevasses sur les mains à force de porter les sacs de courses en rentrant du magasin. Roar était à la maison, il discutait avec Bricken dans la cuisine, et quand je suis entrée, je me suis sentie de trop. Devant le visage radieux de Bricken, j'ai pris conscience de ce que je savais déjà : Roar était son Berger du Caucase.

Je suis montée et ai mis de l'eau sur le feu pour les pommes de terre. Au dîner, Dag souriait comme un imbécile. En le regardant se tripoter le menton en mâchant, je me suis dit qu'il allait encore avoir des boutons.

– C'est bon, a-t-il marmonné.

– Qu'est-ce que t'es con, ai-je répondu.

Il s'est levé de sa chaise et, sans débarrasser son assiette, il a quitté la pièce et fermé la porte derrière lui. Impossible de retirer ce que j'avais dit, les mots s'étaient déjà gravés dans sa mémoire. Notre mariage a commencé à moisir à cet instant précis, quand il a décidé de quitter la table. La gangrène avait gagné notre relation, et ce qu'il allait en rester serait impossible à sauver. Dag était un incapable, et il s'était lassé de moi.

Après cette soirée, il ne m'a plus jamais adressé un regard. Plus une parole, plus une caresse, sauf la nuit, exceptionnellement, vite fait bien fait pendant que je serrais les dents. Le matin, avant de partir, il enfilait son bleu de travail et ses grosses chaussettes en laine sans me remercier de les avoir lavées.

– On sera de retour samedi, a-t-il déclaré un jour. C'est bien ça, papa ?

J'ai mis son déjeuner dans son sac et lui ai tendu le tout.

– Il faut vraiment que tu y ailles ?

– Oui.

Il m'a pris le sac des mains comme d'un crochet au mur, et ils sont partis.

Aussitôt, mon Berger du Caucase a disparu entre les arbres avec ses lourdes pattes et son pelage marron et blanc, me laissant seule. J'avais un goût amer dans la bouche. Des brûlures d'estomac, affirmais-je, mais il aurait été plus honnête de reconnaître que c'était la peur.

Qui étais-je, au fond, à part une boîte à déjeuner, des vêtements propres et des caleçons pliés dans la commode ? Où était ma place à part aux fourneaux, à préparer de la sauce à la vanille avec une vraie gousse ? Quelqu'un s'en souciait-il ?

Bricken est montée pour me tenir compagnie.

– Tu ne crois pas qu'un frère ou une sœur ferait plaisir au petit ?

Je n'ai rien répondu. Je regardais dans le vide et espérais qu'elle disparaisse au plus vite. Comme si je n'avais pas assez de choses à faire. De toute façon, Dag ne me touchait quasiment plus.

Plus tard, il est arrivé qu'elle revienne à la charge sur la question.

– Il paraît qu'il est plus facile de s'occuper de deux enfants que d'un seul, parce qu'ils jouent ensemble.

– Ah oui.

Braquant les yeux sur elle, j'ai visé là où ça faisait mal :

– Roar et vous, vous n'avez jamais voulu en avoir d'autres ?

Avec ça, je savais qu'elle me laisserait tranquille. Elle est descendue sans rien dire.

Parfois, j'avais honte de mes gestes et de mes paroles. En même temps, je n'étais au courant de rien, je ne faisais que deviner les choses. Bricken n'avait jamais expliqué à Dag pourquoi il était fils unique. Sans compter Emil, son demi-frère. Peut-être qu'ils n'avaient pas pu avoir d'autres enfants, ou qu'elle avait voulu, mais pas Roar. On ne me racontait rien, alors pourquoi aurais-je pris des gants ?

Deux enfants, c'était peut-être plus facile qu'un seul, mais je n'avais aucune envie de chercher à le savoir. Bo me suivait à la trace et respirait mon air. Qu'allais-je devenir le jour où il n'y aurait plus d'oxygène pour moi ? Il était là, partout, chaque minute du jour et de la nuit.

– Chut !

Voilà tout ce que Bricken trouvait à répondre quand j'essayais de formuler mon sentiment :

– Un enfant qui n'est pas là, on ne s'en fatigue pas. Alors que…

Je me taisais. De toute façon, elle ne comprenait pas. Bo était mon enfant, mon fardeau. Tous les deux, nous avions des besoins différents. Quand je l'emmenais faire un tour de traîneau, il voulait rentrer à la maison, quand j'avais besoin de silence, il voulait papoter, quand j'admirais une mésange charbonnière, il la faisait fuir, quand je voulais être seule, il me suivait, et quand j'étais épuisée, il tombait, se blessait et se mettait à pleurer, le visage rouge et froncé, impossible à calmer.

D'où les médicaments.

Un petit morceau suffisait à l'apaiser.

Rien qu'un quart de cachet blanc, parce qu'il exigeait de moi plus que je n'étais capable de lui donner, parce que j'avais besoin d'air.

Le grincement de la porte du placard, le froufrou du paquet de muesli. Un coup de vent me soufflant par la fenêtre que j'étais une mauvaise mère. Les médicaments réduits en poudre avaient la même consistance que les flocons d'une boule à neige en plastique, le genre qu'on achète pour Noël. Des flocons de somnifère que je répandais dans son lait, veillant à ne pas trop chauffer le tout pour qu'il ne se brûle pas. La poudre restait à la surface comme du pollen sur un lac. Je fouettais le mélange pour la noyer dans la mousse. Bo buvait son biberon et s'endormait.

Il devenait si calme. J'ouvrais le placard, un petit cachet m'offrait quatre après-midi de vie, et non simplement de survie. Du temps pour moi à la maison ou en forêt. Un moyen de mettre sur « pause » le quotidien.

– Je reviens, disais-je à Bricken en sortant. Bo dort profondément, j'en profite pour me promener un peu en forêt.

Vite, vite, vite, loin de la maison et des gens, à l'abri des arbres. Le plus souvent, je ne traînais pas, mais je me rappelle que, une fois, j'ai attendu la tombée de la nuit pour rentrer. Des heures de silence. Une étoile filante est passée à l'horizon pour éclairer une autre âme, ailleurs dans le monde.

Bricken m'a regardée quand j'ai fini par réapparaître ce soir-là, mais elle n'a rien dit et a continué de donner de la compote de pommes à Bo, qui venait de se réveiller. Elle préparait de la confiture. De temps en temps, Liva appelait pour prendre de mes nouvelles, mais je manquais souvent ses coups de fil parce que j'étais dehors.

Une fois le flacon du Dr Thorsén vide, nous avons commencé à partager les cachets de Kattskallen, Bo et moi. Une bille de velours dans ma paume. Et parfois, une de plus. Mais j'ai vite commencé à voir le fond du flacon, et je ne pourrais pas me réapprovisionner avant des semaines.

Comment allons-nous faire, Bo ? Nous en avons besoin tous les deux.

Privée de pilules, je me sentais sans secours. Perdue dans la bile noire. Lourde comme du plomb. En chute libre dans un trou noir. Seule, sans aucune créature pour me protéger. Ni parachute ni bouée de sauvetage. Le naufrage. Une barre au front, la poitrine comprimée, le dos courbaturé. Tout le monde m'appelait pour me réclamer quelque chose : « J'ai faim », « Viens m'aider à essuyer la vaisselle », « Pipi, maman ! », « J'arrive pas à dormir ». Recroquevillée sous ma couverture, je sentais la sueur couler dans ma nuque. Qu'aurait fait Unni à ma place ? L'armoire à fusils de Roar, voilà la solution. Des médicaments à ne pas savoir qu'en faire, source d'apaisement. Il ne s'en servait même pas.

Dans son bureau flottait une odeur d'huile pour armes à feu, de feuilles, d'arbres et de sueur. Le parfum de Roar, venant sans doute de sa manière de vivre, de tout faire avec des gestes précis, de concentrer son énergie là où il le fallait.

La clef était à sa place, en haut du chambranle de la porte. Cette armoire regorgeait de munitions en tout genre : deux flacons de cachets pour la tension artérielle, un autre contenant plusieurs sortes de médicaments et le petit dont j'avais besoin. Il comprendrait. « Se souvenir de tout, ce n'est pas joyeux », avait-il dit lui-même à ce propos. Peut-être qu'il se doutait à l'époque que j'en viendrais là. Je suis remontée discrètement. Contrairement aux miens, ces cachets n'avaient pas d'encoche et ils étaient tout durs, mais à l'aide du couteau à pain, j'ai réussi à couper un quart, et ai avalé le reste avec un grand verre d'eau. Bo était si beau quand il a commencé à somnoler que la mauvaise conscience n'a pas tardé à relâcher mon ventre. Je me suis couchée, savourant la douceur des oreillers noirs dans lesquels je m'enfonçais. Ces médicaments m'apaisaient encore plus que ceux de Kattskallen et du Dr Thorsén.

Fais dodo. Fais dodo.

Des heures plus tard, j'ai entendu de lourds pas dans la cuisine, accompagnés de petits martèlements sautillants. Dag était rentré, il devait attendre son dîner. Il faisait nuit. Je n'avais aucune envie d'aller dans le fouillis de la cuisine m'émerveiller devant de vilains dessins d'enfant et de ridicules anecdotes. De toute façon, Dag ne m'aimait plus.

Un cachet par jour en début d'après-midi, dans l'obscurité de l'automne et de la fin d'année. Juste ce qu'il nous fallait à chacun. De loin, l'hiver semblait si doux, mais il est arrivé d'un coup, et sans que je le voie venir, mes mains se sont mises à trembler. Le flacon de Roar se vidait vite. Il était évident que quelqu'un venait se servir dans son armoire. *Pourvu que personne n'y mette le nez*, me suis-je dit un jour en revissant maladroitement un flacon que je venais de vider. Lorsque je l'ai remis à sa place, l'objet a basculé, et en voulant le rattraper, j'ai heurté une boîte de cartouches avec l'avant-bras, et tout est tombé par terre. Évidemment, Bricken m'a entendue.

– Qu'est-ce que tu fais, Kåra ?

Sans lui répondre, je me suis dépêchée de ramasser. Bricken avait l'habitude que je l'ignore.

– Je me demande ce qu'elle fabrique là-dedans, a-t-elle repris au bout d'un moment. Va donc voir si elle a besoin d'aide.

Dag est apparu sur le seuil de la porte. J'aurais voulu le chasser. Il n'avait pas ce sourire niais qu'il affichait autrefois dès qu'il me voyait, mais me regardait d'un air neutre, me photographiant des yeux dans mon embarras, à quatre pattes au milieu de la pièce, les mains pleines de projectiles dorés. Il m'a aidée à les remettre dans la boîte.

– Qu'est-ce que tu fous, en fait ? m'a-t-il demandé.

Cette fois, j'étais bien obligée de répondre.

– Je voulais faire la poussière, ai-je affirmé d'un ton léger.

Il a dû le répéter à Bricken, j'imagine. Après cet épisode, la porte du bureau était toujours fermée. Elle grinçait, et je ne pouvais plus m'aventurer dans cette pièce quand je n'étais pas seule à la maison. Mais j'avais toujours besoin de tranquillisants. Ce jour-là, Bo a eu sa part dans un verre de lait qu'il tenait à deux mains, et j'ai avalé la mienne avec du sirop. Peu après, ses cils dessinaient des ombres sous ses yeux clos.

J'ai continué comme ça quelques semaines, je dirais. Les jours avaient commencé à rallonger, mais la forêt et notre toit reposaient toujours sous un lourd manteau immaculé lorsque j'ai ouvert l'armoire pour la dernière fois. Il faisait mauvais, cet après-midi-là. Dehors, les pommiers devenaient flous dans l'averse de neige mouillée. Ce n'était pas un temps à aller se promener. Une branche de tremble cédant sous le poids de la neige s'est posée doucement sur le duvet blanc, près de la clôture. Soudain, toutes les lumières de notre étage se sont éteintes et la cuisinière a cessé de ronronner. Le noir. Encore un plomb qui avait sauté, me suis-je dit en descendant l'escalier, sans m'en soucier. Dans la cuisine de Bricken, je me suis adossée à l'un des placards et ai inspiré. L'air m'écorchait légèrement la gorge, aussi suis-je allée chercher un cachet dans l'armoire à fusils. Dès que je l'ai avalé, une chaleur sournoise s'est répandue comme un cocktail Molotov dans mes bronches. Je me suis allongée sur la table de la cuisine, la tête en arrière, de sorte que je voyais le monde à l'envers par la fenêtre. Je ne songeais à rien, mais savourais la sensation que me procuraient mes cheveux tombant vers le plancher, attirés par le centre de la Terre. Une ombre est sortie de la forêt, une grande silhouette se distinguant des arbres, un fusil sur l'épaule.

Roar.

Il ressemble à la forêt, ai-je pensé. *Il la reflète. Non, il* est *la forêt.*

Un instant plus tard, il est apparu dans la lumière de la cuisine, se passant la main dans les cheveux. Qu'il était beau. Je me suis levée, ai rempli deux tasses de café et me suis approchée. Nous nous taisions, tous les deux plantés sur le seuil de la pièce, lui les cheveux et les vêtements mouillés. Du bout des doigts, j'ai dégagé son front d'une mèche trempée et essuyé les gouttes de neige fondue de son visage. Il me regardait droit dans les yeux. Je sentais à la fois la fraîcheur de sa peau et la chaleur de son corps. Puis il s'est tourné vers son bureau, le fusil en main, il a attrapé la clef sur le chambranle et a ouvert l'armoire. Son souffle chaud dans mes cheveux, sa bouche à deux doigts d'effleurer mon cou.

Je n'avais aucune honte de ce qui allait se passer.

Après avoir remis son arme à sa place, il est resté un instant là, à observer les boîtes de cartouches et les flacons de médicaments. Puis il s'est retourné vers moi. Il m'a pris des mains mon flacon, mon secours, mes petits quarts. Il a fourré le tout dans la poche de son pantalon, m'a caressé le bras et est parti.

Unni

Ange

Brita Elise n'est pas morte ce jour-là, mais elle s'est éteinte. Elle qui goûtait la vie à pleines dents. Vers ses deux ans, je voyais déjà Armod dans sa manière de marcher. Comme lui, elle gesticulait pour se faire comprendre. Brita Elise, ma chérie ! Un amour de petite fille qui s'extasiait devant les fruits rouges dans le lait, au fond d'un bol et dans les buissons. Elle pouvait avoir les joues striées de larmes tout juste ravalées, le visage poisseux et les genoux écorchés, quand le jeu avait mal tourné. Mais autrement, elle était aussi rayonnante que le soleil. Ses longs cils et ses joues rondes. Son esprit plein de fantaisie et de rêves peuplés de licornes et de lutins. Elle ne se lassait jamais d'écouter – comme son père, elle rêvait les yeux ouverts. Et elle savait tout faire, courageuse et confiante qu'elle était.

– À moi ! Je peux y arriver, donne-moi le bâton !

Elle aimait s'installer dans le chariot et vous regarder faire voler votre cerf-volant, jusqu'à ce qu'elle se lève et le suive dans les airs.

Je porte encore le chagrin et la douleur de ce qui lui est arrivé.

Brita Elise était gourmande. Lorsque nous avions du beurre, je retrouvais régulièrement la marque de ses doigts dans la motte, sa robe était souvent barbouillée de taches de myrtille, et son visage de lait et de purée de pommes de terre. Pour ses deux ans, je voulais lui offrir de la crème fouettée. J'avais commencé à économiser dès l'été, me réjouissant de la voir rire et s'en mettre partout. Elle partagerait avec vous, je la savais généreuse depuis ce matin où, avant que je ne parte pour Rävbacka, elle nous avait invités à boire de la rosée dans ses mains, soucieuse qu'il y en ait assez pour chacun d'entre nous.

– Tenez, j'vous en prie !

À mon retour, elle courait vers moi pieds nus dans l'herbe.

– Mamaaaan !

Ses guibolles étaient pleines de bleus, à force de jouer avec vous aux gendarmes et aux voleurs ou aux cow-boys et aux Indiens, toujours dans le rôle du chaton égaré. Comme son père, elle racontait des histoires de trolls et de fées, et riait aux éclats. Elle respirait le bonheur. Quand son sourire disparaissait, c'était parce qu'il était là. La peur l'engourdissait et éteignait son regard. Cet homme avait le pouvoir de transformer son corps en une fragile feuille.

Il se montrait de plus en plus souvent et devenait de plus en plus cruel. Quand je l'apercevais du coin de l'œil à Rävbacka, je devais m'empêcher de vomir, ravaler les haut-le-cœur qui me prenaient à la gorge. Un jour où Brita Elise s'est trop approchée, il l'a jetée dehors d'un coup de pied. La pluie avait ameubli la terre, et elle a eu de la boue plein la bouche. Elle n'a pas protesté, se contentant de pleurer en silence en attendant que Tone Amalie vienne la consoler et l'éloigner de la maison.

– Mère, quand je serai grande, je t'achèterai de la ficelle et une cloche pour fabriquer un piège sur le chemin, m'a annoncé Tone Amalie ce soir-là. Comme ça, tu seras alertée à temps pour nous dire d'aller nous cacher.

Tous les jours, ses pas sur le gravier. La veille, le lendemain, le surlendemain, année après année, pour l'éternité. Ses mains moites, ses poings solides et ses dents acérées sur ma peau. Même la nuit, je pouvais être tirée du sommeil par de lourds piétinements dans la cour. Dans ces cas-là, il avait bu, je l'entendais à sa démarche, je le sentais à son haleine à travers la fenêtre. Aussitôt, j'avais les idées claires.

– Debout ! Vite !

La peur part du ventre pour se diffuser à travers les veines dans le cœur, les poumons et les tempes, enflammant les organes et les tissus sur son passage. Un corps effrayé est transi comme un cadavre qui ne respire plus.

– Dépêchez-vous ! Prenez la petite.

Sans plus d'explications, ce n'était pas nécessaire. Vous sautiez par la fenêtre de derrière. Tone Amalie manquait d'oublier sa poupée, sa chemise de nuit s'accrochait à un clou, mais elle parvenait à s'enfuir à temps. Je te confiais Brita Elise et vous vous précipitiez vers le chemin. Tu lui mettais la main sur la bouche pour étouffer ses pleurs.

– Chut ! lui soufflais-tu à l'oreille. Tu auras des myrtilles en rentrant.

Je voyais ses yeux luire dans l'obscurité jusqu'à ce que vous disparaissiez entre les arbres. Sa bouche grande ouverte n'émettait plus un son. Ma petite au front étoilé. Les nuits sont si noires, à la fin de l'été.

Pourvu que le mirador vous protège.

Puis je me tournais vers la porte, me préparant à le recevoir. Les vibrations de ses pas se propageaient dans le plancher sous mes pieds. Mon regard devenait de verre, comme celui d'un animal empaillé. Plus un mot. Plus un geste. Il approchait. Ses cheveux gras, son visage émacié, taché de rouge.

Il portait la main sur sa ceinture.

– Viens par ici, ma gueuse, disait-il. Ça va te plaire.

Le crâne enfoncé dans l'oreiller. La nuit au-dehors. Je regardais le ciel par la fenêtre, les yeux mi-clos, m'accrochant à deux étoiles qui scintillaient parmi les autres, mes complices.

Quand il avait fini, il relâchait son menton sur ma poitrine et basculait lourdement la tête sur le côté, somnolent. Je me faisais toute petite et emmagasinais de l'air dans mes poumons en attendant qu'il s'en aille.

« Tiens bon, Unni. Il est vain de se ronger les sangs. »

Et dès qu'il était parti, je me levais et me rhabillais. Dehors, on aurait cru que rien ne s'était passé. Le vent soufflait normalement. Parfois, le soleil brillait. À mon doigt luisait mon alliance, ma planche de salut. Je prenais la direction du mirador et ne tardais pas à vous trouver, blottis les uns contre les autres, main dans la main, le regard effrayé. Je vous réchauffais avec mon châle. Sur le chemin du retour, vous vous serriez contre moi pour fendre les tourbillons de neige. Tone Amalie avançait en tenant fermement Beatrice et en suçant son pouce, alors que ce n'était plus de son âge. Quand je voyais ses doigts rougir dans l'air glacial, je les attrapais. Sa main me semblait étrangement froide et sans vie.

L'automne exhalait un parfum de feuilles mortes. J'avais beau calfeutrer les fenêtres de mousse et vous envelopper de couvertures dans la nuit, nous grelottions. Le froid venait de l'intérieur. Nous étions les ombres de nous-mêmes. Vous ne me lâchiez pas du regard. Pelotonnés les uns contre les autres, vous me dévisagiez, étudiiez la moindre expression de mon visage. Toi, Roar, d'un air de plus en plus inquisiteur. Pourquoi est-ce que je laissais faire ? semblais-tu te demander. Notre avenir était limpide : rien ne pourrait jamais changer. Et pourtant, chaque nuit, j'espérais que la roue tourne, qu'au lever du jour vous n'ayez pas à quitter le lit pour errer dans les courants d'air, que pour une fois nous dormions au chaud et nous réveillions, le sourire aux lèvres, prêts à retrousser nos manches.

Ce sont toujours les enfants qui encaissent les coups les plus violents. Le propriétaire ne cessait de nous surprendre, arrivant sans crier gare, alors que je me croyais toujours prête à l'affronter. Il arrachait toute beauté sur son passage. Seuls les oiseaux continuaient de chanter, et mon petit saule s'efforçait de survivre dans sa pauvre terre. Un jour a marqué un tournant. L'après-midi était doux, sans vent, mais un frisson m'a parcouru la nuque, là où les cheveux sont le plus fins. Il approchait, je le sentais.

– Les enfants !

Les poils se sont dressés sur ma peau et mes muscles se sont contractés.

– Les enfants !

Où étiez-vous passés ? Les lèvres vibrantes, les doigts tremblants et les jambes vacillantes, mais le regard acéré.

– Vite, déguerpissez !

Tone Amalie avait déjà franchi la clôture et courait se réfugier dans la forêt. Une silhouette minuscule disparaissant au milieu des hauts troncs, allant chercher secours auprès des chants d'oiseaux, loin d'ici. Un petit bonhomme en chemise à rayures et culotte courte la suivait. Toi, Roar. Mais je ne voyais Brita Elise nulle part. L'homme est apparu, le regard voilé par l'eau-de-vie, armé de sa ceinture en cuir.

Tais-toi, ma petite ! Cache-toi !

Assise près du groseillier avec la poupée de chiffons de sa sœur, elle mangeait les fruits attaqués par le gel. Elle n'avait rien remarqué, mais soudain, elle a levé les yeux sur le paysan. Son regard s'est écarquillé, sa bouche s'est tordue et ses joues sont devenues cramoisies.

– Mère ! Au s'cours !

Les poings serrés, elle s'est mise à hurler.

Tais-toi, ma petite !

Qu'il est affreux de lire la peur sur un si petit visage.

– Au s'cours, mère !

Tu t'es emparé d'elle, mais elle continuait de pleurer et de crier, et le paysan ne l'a pas supporté. À peine ai-je eu le temps de réaliser le danger qu'il vous avait rattrapés.

– Sales merdeux ! a-t-il rugi, crachant sa chique.

Ses gros bras s'étiraient vers mes enfants. Le teint rouge et luisant, il vous a pris chacun d'une main. J'aimerais que tu aies oublié la suite, Roar, mais je crois que tu te souviens qu'il t'a jeté par terre et saisi les cheveux pour te traîner en titubant. La petite ballottait dans son autre main. L'homme t'a fait te lever, ses doigts toujours agrippés à ta tignasse, continuant à marcher. Un cri étouffé s'est dessiné sur ton visage, mon garçon. Je voyais dans ton regard comme tu avais mal. Le corps aussi tendu qu'une scie frottée sur un tronc d'if, tu t'efforçais de suivre la cadence pour qu'il ne t'arrache pas les cheveux. En atteignant la clôture, il t'a lâché brusquement et tu es tombé la tête la première dans le tas de compost. Brita Elise, toujours prisonnière, ne cessait de brailler.

– Au s'cours, mère ! Pitié, aide-moi !

Un goût de sang dans ma bouche. En deux pas, je me suis plantée devant le paysan au regard embrumé et ai commencé à déboutonner mon corsage. Il m'a caressée des yeux en esquissant un sourire, mais a reporté son attention sur la petite.

– La mort va te soulager, espèce de braillarde, a-t-il bredouillé. Ce n'est pas une vie, ce que tu connais là !

Elle me suppliait de ses grands yeux, les tresses ballantes.

Dieu, si tu existes, protège mon enfant.

Vite, encore quelques pas et un bouton. Il a saisi la tête de ta sœur et l'a cognée contre la clôture. Trop tard. Les pleurs de mon enfant résonnaient dans le ciel nuageux.

Et soudain, elle s'est tue, immobile dans ses poings. Du sang coulait de ta bouche, Roar. Malgré la peur, tu t'es levé et tu as bondi vers elle quand l'homme l'a jetée dans les airs. Elle a fusé dans le vide comme un oiseau, mais je savais qu'elle allait s'écraser par terre.

– Non !

J'ignore si le cri venait de toi ou de moi.

Ma petite, tes jambes sont-elles aussi fragiles que des branches ?

Tu avais beau galoper, tu n'es pas arrivé à temps pour la rattraper, elle s'est abattue de tout son poids sur le gravier avec un bruit sourd. Tu as soulevé des deux bras son corps inerte et continué vers le trou dans la clôture. Beatrice gisait au milieu de la cour, le visage tourné vers la terre.

L'homme ne vous a pas regardés vous enfuir en forêt. Il n'avait d'yeux que pour moi. Dès que vous avez disparu, nous nous sommes enfoncés dans le néant. Il n'avait plus le regard furieux, mais avide. Affamé. Il a sorti sa flasque de sa poche, l'a vidée et s'est essuyé la bouche. Je n'étais qu'une mouche prise au piège dans une toile d'araignée. Ma petite était blessée, loin de moi, et je ne pouvais rien faire. L'odeur de mon bourreau se frottant à ma peau, ma douleur excitant ses poings, mon corps se brisant sous son poids.

Lorsque ses pas se sont enfin éloignés, je suis restée allongée sans bouger. Son souffle haletant a résonné longtemps entre les murs après son départ. Je n'émettais pas un bruit, éteinte, calcinée, fixant les poutres au plafond.

Ce jour-là, ce sont quatre cadavres qui ont traversé la forêt pour rentrer à la maison. Brita Elise était terrorisée. Elle avait les yeux caves et les cheveux emmêlés, maculés de sang. Lorsqu'elle a aperçu les groseilles piétinées dans le jardin, elle a eu un mouvement de recul et s'est mise à pleurer. Elle voulait retourner se réfugier dans la forêt. Si elle n'a pas sangloté longtemps, le silence qui a suivi s'est imprimé au fond d'elle. Les blessures se sont fermées, mais ma petite fille est restée muette. Elle avait perdu toute sa fantaisie, refusait d'entendre parler de trolls et de fées. Elle ne faisait que secouer la tête. De vilaines plaies en zigzag et une entaille en forme de tête de clou lui amochaient le front. J'ai ravalé mes larmes lorsque je les lui ai nettoyées. Peu à peu, elles se sont transformées en marques rouges, puis ont disparu, à l'exception d'une petite qui ressemblait à un clair de lune et qui ne s'est jamais effacée. Mais Brita Elise, elle, n'a pas cicatrisé.

Désormais, de grands yeux effrayés coiffés de deux jolies tresses me suivaient à la trace. Dès qu'elle me voyait, elle voulait me tenir la main ou s'accrocher à ma jupe et, quand la peur ressurgissait, s'agripper à mon cou.

– Serre-moi, mère…

Plus de cris, rien que des murmures. Ma fille était terrorisée par les ombres, les bruits brusques et les coins sombres, elle se débattait quand elle croyait apercevoir le propriétaire, et la nuit, elle faisait des cauchemars. Elle refusait de me laisser partir pour Rävbacka. Je ne pouvais pas l'emmener, aussi Tone Amalie devait-elle la tenir quand je m'en allais. Tout l'amour que je lui témoignais pour tenter de chasser le mal qu'on lui avait fait était vain. La câliner, la bercer comme un bébé, jusqu'à ce qu'elle s'endorme. La nourrir, l'embrasser, la cajoler pendant de longues heures. Je passais mes soirées avec elle blottie contre mon cœur.

– Tiens-moi, mère !

– Nuit et jour, ma Brita Elise, ma petite au front étoilé.

Seule la pluie parvenait à l'apaiser. Le martèlement des gouttes sur le toit estompait sa peur. Elle avait compris que, quand il pleuvait, le paysan se tenait à l'écart.

Le silence est si pesant dans une maison où toute joie a disparu.

Ma petite. Ta douleur et tes pleurs, je voudrais pouvoir t'en libérer. Dieu, si tu existes, protège mon enfant.

Rien n'était plus pareil. Dans la grisaille, la table de la cuisine ressemblait à un rocher, et le jeune bouleau à un homme aux doigts griffus et aux tibias écorchés. Armod ne pouvait pas m'aider. Les morts se taisent, laissant aux vivants une vie en lambeaux.

Cet homme avait abîmé ma petite. Ma Brita Elise. Quand elle croyait percevoir l'écho de ses pas, elle mouillait sa culotte, et lorsque le vent heurtait la fenêtre, je l'entendais murmurer des formules magiques pour se protéger. Que se passerait-il la prochaine fois qu'il se montrerait ? Et la suivante ? L'angoisse m'éraflait le dos.

Il paraît que les premiers êtres humains pensaient qu'à l'horizon se trouvait un précipice, où l'océan se jetait dans les abysses. J'avais l'impression qu'on me poussait au bord, que des chiens de chasse me forçaient à m'approcher. Je me sentais comme un jouet en métal avec une molette sur le dos, allant et venant au-dehors, le regard fixe, jusqu'au jour où je m'arrêterais en plein mouvement. J'allais rouiller là, incapable de remonter mon propre mécanisme.

L'odeur du paysan pénétrait de plus en plus ma chair, jusqu'au jour où l'évidence m'est apparue dans toute sa cruauté : Brita Elise ne pouvait rester avec nous. Parce qu'elle n'était pas encore capable de courir assez vite, elle se mettait, elle *nous* mettait, en danger.

N'y avait-il aucune autre solution ? Des ventres criant famine, des jambes maigres et des coudes cagneux, il y en avait dans tous les villages. Le premier enfant n'était que joie. Le deuxième une épreuve affrontée en inspirant profondément. Mais le troisième pouvait donner aux parents l'impression d'être des criminels forçant les aînés à partager le peu qu'ils avaient.

Je me maudissais d'avoir été aussi entêtée, d'avoir voulu me débrouiller seule au fin fond de la forêt, par peur que mon passé ne nous rattrape. Tronka. Plus personne ne pouvait m'aider. Tout était ma faute.

– Mère ! Tiens-moi, mère !

Je ne lui répondais plus.

Son anniversaire approchait, mais elle n'aurait pas de crème fouettée de ma part.

Mon ange, il faut que tu vives !

Quelqu'un s'occuperait de ma petite. Il y aurait bien quelqu'un pour la prendre sous son aile, non ?

Je me rappelle un ciel bleu, la couleur du deuil. Je l'ai laissée par une belle matinée. À l'aube, en sentant une fraîche brise s'échapper de la forêt, je l'ai prise dans mes bras, la tirant de la chaleur du sommeil pour la blottir contre la mienne. Je l'ai serrée fort, lui ai promis de la protéger du mal en caressant la cicatrice qu'elle avait sur le front.

Ma petite au front étoilé.

Les premiers rayons se sont faufilés à travers la fenêtre, vides d'espoir. J'ai attrapé la couverture de Brita Elise imprégnée de l'odeur de son corps et de ses cheveux, je l'ai mise tout au fond du coffre et ai refermé le couvercle. Pourvu que son parfum se conserve. Elle, je l'ai enveloppée dans mon plus beau drap blanc, brodé de mes initiales en tout petits points bleu clair, comme le cerf-volant qu'elle aimait tant. Puis, incapable de continuer, je me suis assise par terre, adossée au mur, mon petit balluchon vivant dans les bras. J'ignore combien de temps je suis restée là, à lui embrasser le front, lui caresser les joues et lui répéter encore et encore que je l'aimais. Elle dormait, mes larmes mouillaient son visage.

Peut-on aimer quelqu'un à ce point ?

Oui.

Je l'ai emmenée au village, loin de chez nous. En chemin, j'ai ignoré la corneille venue à ma rencontre près du rocher. Elle a eu beau approcher en sautillant, j'ai regardé droit devant moi et poursuivi ma route. Un pied devant l'autre. Le silence de la forêt grondait dans mes oreilles. À un moment, Brita Elise s'est réveillée et a gémi dans mes bras, mais elle s'est vite rendormie. Plus nous approchions du village, plus elle me semblait lourde. Son petit corps me réchauffait la poitrine.

Tiens-moi, mon ange.

J'aurais voulu m'asseoir au milieu du sentier et la cacher contre moi, mais mes jambes continuaient d'avancer. Bientôt, il serait trop tard. Un chien maigre s'est enfui entre les maisons en nous voyant arriver.

J'y étais presque. Elle battait des paupières dans son sommeil à cause de mes larmes qui s'écrasaient sur son visage. J'ai embrassé son tout petit nez et ses joues rondes, ai caressé ses cheveux. La nuit s'accrochait au jour, laissant une lumière étrange derrière elle.

C'était il y a si longtemps. Et pourtant, je me souviens de ses joues comme si je venais d'y déposer un baiser, j'éprouve encore le poids de ma petite fille dans mes bras.

Kåra

Soupe de pierres

– Il n'existe plus.

Voilà ce qu'elle me dit en fourrant ses vêtements dans des sacs plastique. Comme si je n'étais pas au courant. Comme si elle s'attendait à ce que je proteste. Je me prépare à ce qu'elle enchaîne avec un commentaire acerbe, les yeux dardés sur moi, mais non. Elle baisse la tête et fond en larmes. Une mouche bourdonne paresseusement vers la fenêtre. Ce matin, il pleuvait, mais le soleil est revenu. Le regard noir et les épaules courbées, elle tangue sur elle-même comme une barque en pleine mer. Ses pleurs étouffés résonnent par à-coups, à croire qu'elle recommence à chaque fois. Je croise ses pupilles luisantes une fraction de seconde, et porte mon attention vers l'abri à bois où je me suis couchée, il y a des années, le soir où Bo s'était blessé. Je voudrais m'approcher, poser ma main sur son épaule et la consoler, mais ce serait hypocrite. C'est vrai qu'il n'existe plus. Et pourtant, il devrait pouvoir se montrer d'une minute à l'autre et se nourrir d'une tranche de pain et de jambon. Son fauteuil l'attend dans la chambre, avec le coussin criard à perroquets qui porte la marque de son dos, le seul qu'il reste de la paire. Mais il est ailleurs. Et nous, nous continuons de nous mentir, je n'ose pas faire autrement.

Comment réagirait-elle si elle apprenait la vérité ?

À la radio, une femme appelle pour qu'on l'aide à trouver le courage de quitter son amant, un homme marié. Elle a une voix nasillarde insupportable. Si c'était aussi simple, je n'aurais pas à m'en vouloir. Nous nous taisons, Bricken et moi. Le silence est la solution à presque tout. On devrait tous être soumis au secret professionnel, comme Kattskallen et le Dr Thorsén. N'avoir rien à se dire. Une fois que je n'avais plus accès à l'armoire à fusils, je prenais rendez-vous chez eux deux. Le même jour, pour obtenir deux ordonnances d'un coup. Double dose de tranquillité. Je devais juste m'assurer d'avoir de quoi payer les consultations et les médicaments, sans avoir à m'expliquer auprès de tous les espions dont j'étais entourée.

Dans une vieille boîte en bois rouge que Bricken gardait dans sa chambre, j'avais trouvé un anneau en or parmi des babioles et des morceaux de feuilles séchées. À bord du bus, je la tripotais au fond de la poche de mon manteau. Une bague toute fine de peu de valeur. Le bijoutier m'a appris qu'elle pesait trois grammes.

– Diocèse de Trondheim ? s'est-il étonné.

J'ai frissonné. La même inscription que sur l'anneau de Bo. Celle-ci était plus petite, la bague de Bo valait plus.

– Oui, ai-je dit simplement.

Et il me l'a achetée.

Le marronnier trônait toujours devant le cabinet du Dr Thorsén, et la moquette de chez Kattskallen était toujours aussi tendre sous mes pieds. Deux marrons en poche, je soufflais. Souvent, après avoir avalé mon cachet, je restais adossée à une armoire ou étendue sur un couvre-lit. Je savourais le silence sans rien faire. Au fond je faisais tout : chaque matin, j'arpentais le sol gelé pour allumer le feu, brosser les dents de mon enfant, nourrir toute la famille. C'était déjà beaucoup. Jour après jour, mois après mois. Évidemment qu'il m'arrivait de flancher. Et pourtant, j'attirais des regards réprobateurs.

Honte et culpabilité. Ils avaient tous l'air de penser que c'était ma faute. Toujours ma faute. Roar. Les cachets qu'avalait Bo. Ce qui est arrivé à Dag. Et peut-être aussi le chat. Sans oublier l'abri à bois. Et puis cet accident, même si je n'étais pas là. En réalité, j'étais toujours ailleurs. Si seulement Dag ne s'était pas autant emporté, ce jour-là. J'avais laissé le petit jouer dans la grange, rien de plus. Je n'aurais jamais imaginé qu'il se ferait mal.

L'été touchait à sa fin. Roar avait les mains calleuses et le crâne bronzé et dégarni. Bo venait de descendre dans le jardin après une longue sieste, son pantalon enfilé à l'envers. Il aidait Roar à ramasser les pommes, instable sur ses jambes encore engourdies par le sommeil, pendant que Dag ratissait les feuilles et les fruits tombés des arbres. Je devais aider, moi aussi. Bricken était chargée de prendre les paniers pleins et de préparer de la compote. Roar portait Bo haut au-dessus de sa tête, si bien qu'il effleurait les branches au sommet. À presque cinq ans, il avait les cheveux chocolat et le regard joyeux. Quand des gouttes ont commencé à tomber du ciel, Roar a pris Bo par la main et nous nous sommes abrités sous l'auvent du perron. Dag a continué de ratisser sous l'averse.

Dès que la pluie a cessé, nous l'avons rejoint. Bo voulait faire de la balançoire, insistant comme toujours, incapable d'attendre une seconde.

– Allez, maman !

Il avait des feuilles dans ses cheveux en bataille. Comme lui, les cordes de la balançoire ne cessaient de se tordre et de me défier.

– Il faut que j'aille faire à manger, ai-je répondu, et je me suis éloignée.

Bricken est apparue à la fenêtre de la cuisine, avec son tablier et son fichu sur la tête. Elle adressait de grands gestes aux autres en riant.

– Bo, mon petit coquin, tu as ton pantalon à l'envers, a-t-elle observé. Attendez-moi, j'arrive !

Tous les quatre, ils avaient les mêmes pommettes. Roar, Bricken, Bo et Dag. Une famille. Les miennes juraient à côté. Voilà pourquoi je n'avais pas envie de les aider. Quelqu'un pouvait bien pousser Bo à ma place. Plantée dans la cuisine, je regardais dehors, au-delà des pommiers et de la clôture, guettant l'occasion de m'enfuir. Bo était projeté haut dans le ciel, Dag y allait beaucoup trop fort.

– Regarde, maman !

Ses rires me chatouillaient le ventre.

– Regarde comme je vais vite ! Quand je serai grand, je serai cascadeur !

Mieux valait porter mon attention ailleurs pour ne pas être tentée d'accabler Dag. Personne n'est venu me voir pour me demander comment j'allais. À un moment, Bo est monté chercher un pull, mais lui non plus ne semblait pas se soucier de moi.

– Je vais jouer avec Sven-Åke, a-t-il simplement dit.

Je me doutais que c'était un prétexte, mais je n'ai pas réagi, alors que j'aurais dû le mettre au lit et attendre que ça lui passe. Sans rien répondre, j'ai ajusté mes cheveux, faisant la sourde oreille, lui tournant le dos.

Il pouvait bien aller s'amuser avec Sven-Le-Braillard. Et les autres n'avaient pas besoin de moi.

Une décision prise à la légère dont j'allais payer les conséquences.

La vie répond à ses propres règles. La mort peut surgir à tout moment, et la poitrine s'affaisser. Mais les enfants s'en moquent. Cet après-midi-là, un oiseau s'est cogné à la fenêtre de l'alcôve. J'imagine qu'il est resté dans l'herbe jusqu'à ce qu'un renard s'en empare. La petite tache rougeâtre apparue sur le carreau annonçait ce qui allait se passer. Je l'observais en écoutant les bruits qui venaient du rez-de-chaussée. Ils devaient s'apprêter à dîner. Le plancher grinçant sous le poids de Roar. Le tintement des verres pris dans le placard. Le glouglou de l'eau du robinet remplissant l'un d'eux, s'écrasant sur le fond de l'évier, puis en remplissant un autre. Deux verres. Un pour lui, un pour Bricken.

Bo et Dag ne tarderaient pas à rentrer et à réclamer quelque chose à manger.

Des pas précipités dans la cour. Des cris. Sven-Le-Braillard. Sans doute gesticulait-il, comme toujours. Cet enfant n'avait que de mauvaises idées. Je suis descendue. Bo pouvait bien passer la soirée chez Bricken, me suis-je dit, les lèvres pincées. Mais quand j'ai ouvert la porte, j'ai constaté qu'il n'était pas là. Il n'y avait qu'une grande bouche hurlante au milieu de la cour. Le visage cramoisi de Sven-Åke. Le chat du voisin faisait le dos rond près de la clôture et des oiseaux s'envolaient des champs. Dag a lâché son râteau et s'est approché du gamin qui ne faisait que hurler. Il le fixait, je les fixais tous les deux. Haletant, le garçon a regardé Dag, puis moi, et enfin Roar qui venait d'apparaître au coin de la maison pour voir ce qui se passait.

C'était Bo. Sven-Åke arrivait à peine à parler.

– Il est tombé ! Il est tombé de la grange et il est coincé ! Il est en train de mourir accroché à un clou.

Un clou. On peut se nourrir et mourir d'à peu près tout. Roar a aussitôt enfilé son blouson, mais Dag n'a pas bougé. Pourquoi ne réagissait-il pas ? Comment pouvait-il abandonner notre enfant ? Mon corps s'était glacé. Les muscles de mon estomac et de mon dos s'étaient noués. Mon petit Bo. Un clou pointu. Il pouvait se vider de son sang, attraper la gangrène, faire une septicémie. Si la pointe atteignait le cœur, c'était la mort assurée. Et Dag ne bougeait pas. Il a levé les mains d'un air désabusé, comme s'il lisait dans mes pensées.

– Il m'a dit qu'il t'avait demandé et que tu avais répondu oui.

C'était aussi simple que ça. Bo m'avait demandé l'autorisation. Et je lui avais tourné le dos.

– Je vais jouer avec Sven-Åke, m'avait-il annoncé en venant chercher son pull.

Je le savais d'humeur malicieuse, je me doutais qu'il avait une idée derrière la tête, mais je l'avais ignoré. J'avais fait la sourde oreille. Qu'allait-on penser de moi ? Et qu'allait-il arriver à Bo ?

Les hommes sont partis en tête, et Roar est arrivé en premier. J'avais beau être à la traîne, j'entendais Bo. Sa voix était plus aiguë que d'habitude, comme lorsqu'un renard s'empare d'une proie dans la nuit et que l'animal se met à crier, trop tard. J'avais le vertige. Tout le monde allait m'accuser. Son vélo et son sac attendaient par terre comme si de rien n'était. Sur les deux flancs, la grange disposait de petites fenêtres aux carreaux floutés. Ou plutôt : aux carreaux brisés. Les orties aux alentours étaient jonchées de débris de verre, comme toujours aux abords d'un bâtiment abandonné. C'est grâce aux fenêtres cassées et à l'herbe tranchante que les enfants repèrent les lieux déserts pour se les approprier. La façade était bordeaux, une couleur qui tient. Voilà tout ce que j'ai vu. Rien de plus, ni à cet instant ni plus tard.

Jusqu'à l'hôpital. Le trajet me faisait l'effet d'un combat dans la boue. Roar était au volant, je serrais mon sac à main sur mes genoux sur le siège à côté, et Dag tentait tant bien que mal de calmer le garçon sur la banquette arrière. Ses cris me faisaient mal. Je gémissais, les mains pressées contre mon sac. Une ligne droite infinie à travers le brouillard. Les autres voitures avançaient normalement, ignorant notre détresse. Nous ne cessions de rouler sans jamais arriver. Dans le rétroviseur, je voyais que Dag me fusillait du regard. Et enfin, le vacarme de l'hôpital. On m'a désigné un siège dur où m'asseoir. Roar se tenait debout à côté, adossé au mur.

L'hôpital se situe hors du temps. Il n'y a ni jour ni nuit, ni soleil ni pluie. Aucune garantie, que l'attente. Et si mon petit Bo n'était pas accepté dans ce château fort ? Et s'ils le laissaient tomber et nous jetaient dehors, refermant le pont-levis ? Il aurait dû me redemander avant de partir, s'assurer que je l'avais écouté. Clic-clac, clic-clac. Des pas précipités sur le sol impeccable. De temps en temps, des sirènes s'en allant ou approchant. Des signaux sonores, des sonneries de téléphone.

Si la pointe atteint le cœur, c'est la mort.

En l'examinant, verraient-ils que je lui avais donné des comprimés pour qu'il dorme ? Les heures défilaient lentement dans la salle d'attente, tandis que le jury délibérait derrière les portes, au bout du couloir. Quelqu'un avait fait tomber par terre un raisin qui avait roulé à mes pieds, et je me sentais observée par cet œil vert immobile. Des hurlements retentissaient au fond de moi, de cruelles images m'apparaissaient. Bo bébé. Son souffle, ses cheveux duveteux, son petit corps tout doux. Moi, le regardant dans les yeux, honorée d'être sa mère. Les paupières plissées, je résistais à l'envie de m'enfuir. Mon Berger du Caucase était couché près de moi, sa grosse tête ébouriffée entre ses pattes. À un moment, Roar a posé son bras sur le mien. Il avait la peau chaude. Dag était avec Bo, il me semble.

Et finalement, on nous a appelés. Une infirmière en uniforme nous a conduits calmement derrière une porte, où nous attendait un médecin en blouse avec un stéthoscope pour emmener Dag un peu plus loin. Bo était couché sous un plafond lumineux, entre deux rideaux séparant d'autres lits. D'un côté, un homme à la mâchoire ouverte incapable de pisser, et de l'autre, un type au visage froncé que Roar connaissait vaguement et qui souffrait sans doute de calculs biliaires. Bo paraissait si petit à côté, ses pieds atteignaient à peine la moitié du matelas. Il avait les poings serrés et le maillot de corps maculé de sang. Ses chaussures étaient rangées soigneusement près du lit. Roar a ouvert son blouson, et Bo a caché sa figure en pleurs contre la poitrine de son grand-père. Dans la pièce flottait une odeur de produits chimiques, d'agents nettoyants et de chair. Personne ne m'a adressé un regard. Moi, cette mère qui avait envoyé son fils droit sur un clou rouillé. Assise au bord du lit, j'observais ses cheveux en bataille qui dépassaient du blouson de Roar. Voilà où j'aurais voulu me blottir, moi aussi. Les jambes serrées, j'ai inspiré doucement par la bouche et tendu la main vers les pieds de Bo. Il avait de l'herbe plein ses chaussettes.

Un enfant paraît si petit dans un lit d'hôpital. Si blême, si souple. Ses draps étaient d'un blanc éclatant et toutes sortes d'appareils clignotaient autour de lui. Il avait bien dû voir que je ne l'écoutais pas. Si je rentrais les pieds sous le lit, mes larmes s'écrasaient par terre. J'inspirais et expirais, concentrée sur l'air frais qui se glissait dans mes narines. Bo était toujours appuyé à son grand-père, des traces mouillées sur les joues. Roar caressait son vêtement crasseux, lissait le tissu des épaules. Personne n'a demandé à Bo qui était responsable de cet accident. Comment c'était arrivé. Aucun examen n'a révélé la présence des cachets que je piochais derrière le paquet de muesli. Quand le médecin est réapparu avec Dag, il nous a montré le pansement couvrant la plaie. Nous pouvions rentrer à la maison.

– Je t'avais dit que je serais cascadeur, papy ! s'est exclamé Bo.

Le médecin a lâché un rire. Dag, lui, n'a pas esquissé un sourire.

– Ça aurait pu être grave, Kåra, m'a-t-il glissé sur le parking de l'hôpital.

Je m'accrochais toujours à mon sac à main.

– À quoi tu pensais, bordel ?

Je n'ai rien répondu. Il s'est dépêché de monter en voiture, claquant la porte derrière lui.

Le soir même, j'étais avec Bricken dans sa cuisine, et je respirais enfin à pleins poumons. Elle nous a servi du café.

– Il n'est pas assez prudent, ce petit, a-t-elle affirmé. Ça risque de lui jouer des tours. Regardez Nilsson, le paysan de Rävbacka, qui est tombé la tête la première sur le seul rocher de la forêt, dans le virage. Ou Håkan de Näset qui s'est tué avec son pistolet d'abattage.

Roar a quitté la pièce, lui qui d'ordinaire semblait se ficher de ces vieilles histoires. J'ai avalé ma salive et me suis forcée à sourire devant le regard de ma belle-mère. Une lueur étrange est passée dans ses yeux. Sans doute que mon sourire était trop crispé. Se tuer avec son pistolet d'abattage… Les gens étaient capables de tout. Mais je n'ai fait aucun commentaire.

– Il n'est pas assez prudent, a-t-elle répété. Quand on aime la vie, il faut craindre la mort. Il paraît que si les arbres ont emporté mon père, c'est parce qu'il était trop courageux. Emil aussi défiait la forêt, et il n'est plus là. Ceux qui n'ont pas peur de mourir s'en vont trop jeunes.

– Donc c'était sa faute ?

À Emil ou à Bo ? J'ignore moi-même à qui je pensais. Elle m'a dévisagée en se grattant le genou.

– Mon Emil bossait dans le Grand Nord, du côté de Kalix, là où les forêts immenses sont prêtes à recevoir le moindre bûcheron, avec leurs troncs épais enfoncés dans la neige. Il devait y passer trois mois, jusqu'à son anniversaire. Je ne trouvais pas que c'était une bonne idée. Les arbres, c'est pareil partout, alors à quoi bon s'en aller tout là-haut ?

Elle a marqué une pause, avant d'inspirer et de reprendre :

– Deux jours avant son anniversaire, on a frappé à ma porte. Il faisait bon dans la cuisine, ça sentait le sucre, et mon garçon arrivait plus tôt que prévu. Je me souviens que mon torchon était encore chaud après avoir sorti les gâteaux du four. Des biscuits au caramel, ses préférés. Je venais de les mettre à refroidir dans des boîtes en métal. J'ai tout de suite vu sur le visage de ces gens ce qu'ils étaient venus m'annoncer. J'ai eu envie de leur claquer la porte au nez, de réciter une formule magique pour remonter le temps, de faire de mon torchon un collet pour me défendre.

« Je leur ai dit : "Je ne suis pas là."

« Mais ils m'ont expliqué quand même.

« Tout mon corps hurlait : "Reviens !"

« Il était mort.

« Mon Emil s'était transformé en glace. Ils ignoraient s'il en avait été conscient ou si son sang s'était gelé dans son sommeil. Mais un soir d'hiver, il n'était pas rentré au gîte. Je ne sais pas s'il était reparti en forêt chercher plus de travail, ou s'il avait été surpris par le vent en revenant, ruisselant de sueur. Tout ce que je sais, c'est que la forêt m'a pris mon Emil. Que la neige a enseveli mon garçon. Et qu'il était seul.

Bricken avait les poings serrés sur les genoux, comme une poignée de main échangée avec elle-même.

– Je les ai invités à manger ses biscuits.

Elle s'est tue un long moment, et je n'ai pas osé changer de sujet. Je sentais qu'elle avait encore des choses à ajouter.

– Avant son enterrement, les villageois m'ont trouvé une place dans un camion. Je suis partie là-haut et je suis revenue avec son cercueil. Mon garçon a fait son dernier voyage coincé entre du poisson, de l'aluminium et du fumier. Le parking de l'église était rempli, le jour des obsèques.

Bricken semblait attendre que je dise quelque chose, mais je regardais le fond de ma tasse, aussi patiente et docile que mon Berger du Caucase. Quand elle a fini par reprendre, elle aurait pu aussi bien s'adresser aux placards de la cuisine.

– Emil n'aura même pas atteint vingt-cinq ans, alors que moi, j'en ai presque cinquante. Dire qu'il ne sera jamais vraiment adulte. Le visage et le corps de mon enfant ont été couverts de neige à huit cents kilomètres d'ici, et je n'étais pas là pour l'aider. Il a dû grelotter avant de mourir. Mon cœur s'est desséché à ce moment-là. Moi qui avais toujours aimé la neige.

Les larmes aux yeux, elle a battu lentement des cils en silence. Assise là, en face de la traîtresse que j'étais. Si Bo était mort de l'accident, tout le monde aurait rejeté la faute sur moi. Elle, personne ne semblait l'incriminer.

Je m'imaginais son cœur comme un morceau de viande de renne ou de chevreuil séché. Un organe encore chaud pompant le sang dans les veines, capable de sourire, mais pas de s'enflammer. Comme le mien, maintenant que j'avais failli perdre Bo d'une septicémie. Failli. Décidément, je faisais toujours les choses à moitié.

Roar est revenu dans la pièce, les pouces dans les poches, l'air d'avoir déjà laissé toute cette histoire derrière lui.

– J'emmène le petit au lac.

– Attendez, je vous fais un casse-croûte ! ai-je répondu, sautant sur l'occasion pour m'échapper de Bricken.

Il a pris la cafetière, et quand j'ai voulu lui attraper le sucre, nous avons tendu le bras en même temps vers le placard du haut. Ma joue s'est retrouvée à quelques centimètres de son poignet qui dépassait de sa chemise en flanelle à carreaux. Une fois qu'il avait rempli son thermos et qu'il était parti, je suis restée un instant adossée aux placards. Bricken était sortie s'occuper de ses plants de tomates. J'ai songé à la forêt et à la mort, à ma belle-mère avec son cœur de chevreuil, qui refusait de sortir seule avec le compost pour le jeter du côté de la clôture. J'ai pensé à Roar qui était arrivé en premier sur les lieux de l'accident, qui s'était occupé de Bo et qui allait de l'avant. Roar qui sentait parfois les champs, parfois la forêt et le labeur, avec ses vêtements tachés d'huile. À sa grande bouche. À son rire retentissant qui s'échappait par la fenêtre, prêt à conquérir le monde. Je revoyais Bo se blottir contre lui à l'hôpital, et je me demandais la sensation que ça faisait. Sans oublier ma mère, j'ai pensé à cette femme que je ne pouvais plus rendre ni triste ni furieuse, parce qu'elle était morte. Et puis à Unni, qui a choisi elle-même quand il était temps que la forêt s'empare d'elle.

– Elle est partie, tout simplement, en Norvège probablement, ou bien hors du temps, m'avait dit un jour Bricken.

Tout était une question de choix.

À la tombée de la nuit, je suis allée rejoindre Roar derrière l'abri à bois. Le jardin avait quelque chose d'étranger, ce soir-là, comme si je me trouvais ailleurs et que j'étais quelqu'un d'autre. Dans la pénombre du crépuscule, tout était permis. Depuis peu, Roar avait le crâne dégarni, sans doute avait-il à peu près l'âge que j'ai aujourd'hui. La lumière déclinante lui tâtait le visage, les derniers rayons de soleil faisaient briller la lame de sa hache. Il la tenait de ses poings qui donnaient à mes problèmes un aspect ridicule : de grandes mains pleines de callosités et de gerçures, tatouées de terre et de l'huile des machines. Roar avait le pouvoir de faire accélérer le temps. Je me suis glissée tout près, mon ventre contre ses hanches, ma poitrine contre son avant-bras. Puis plus près encore. Quelque chose s'est allumé et éteint dans son regard. Dans le calme qu'il m'inspirait, j'ai déboutonné mon chemisier, je me suis déshabillée, laissant tomber mes vêtements à mes pieds. Le vent me caressait le ventre et le soleil couchant me chauffait le dos. Mes seins blancs contre ses bras bronzés.

– Viens, ai-je dit d'une voix pâteuse.

Une seconde d'hésitation.

– Comme tu es belle, Kåra.

Ses yeux se sont assombris. Un regard venant appuyer un corps consentant.

Chacun de nos baisers était quelque chose d'entièrement nouveau. Ma langue s'enroulant à la sienne, nous nous accrochions l'un à l'autre comme si nous risquions de tomber.

Lentement, je l'ai aidé à se déshabiller. Chaque vêtement se posant sur les miens dévoilait des membres cherchant le contact de ma peau, jusqu'à ce que nous nous retrouvions nus, yeux dans les yeux, ventre contre ventre. Nous nous sommes couchés par terre et regardés un long moment en silence. J'osais à peine respirer. Il me serrait fort contre lui, me caressant la nuque et m'observant. J'en avais l'estomac noué, des frissons de la tête aux pieds. Un feu brûlait au fond de moi. J'ai fermé les yeux pour sentir ma chaleur intérieure se mêler à la sienne.

Quand il m'a écarté les jambes, je l'ai fait basculer sur moi. J'avais les cuisses qui tremblaient. La chaleur ondoyait entre nos corps. Un orage en plein automne.

Après, je me sentais dépouillée, comme une plaie béante gisant par terre. J'avais vingt-huit ans et la vie devant moi, coincée dans cette maison en sachant ce qui venait de se passer. Des pas ont retenti sur le gravier, mais pas dans notre direction. Nous nous sommes relevés et rhabillés en nous évitant du regard.

Il n'y avait plus d'air dans le jardin.

Unni

Fruit du hasard

L'hiver noir. Maintenant que nous n'étions plus que trois, nos provisions allaient pouvoir durer longtemps. Seulement, la nourriture avait un goût amer. Mon corps était empoisonné, rongé par le chagrin, un bol de bouillie de seigle moisi dans lequel était enfoui mon cœur. Le chariot était abandonné à l'angle de la maison. Un vagissement perdu en forêt. Le bruit de petits pieds nus sur le plancher. Une plainte s'échappant de ma bouche, comme un cri face au vent. Impossible de remonter le temps. Je n'étais plus la mère de Brita Elise. Je n'avais d'elle qu'un souvenir qui se diluait au fil des saisons, s'échappant dans le ruisseau du temps.

Me rappelais-je mes parents ? Ma mère s'appelait Tiril et elle avait les cheveux blonds, voilà ce que je sais. À sa mort, mon père, prénommé Moll, m'avait confiée à la sage-femme. Il comptait tenter sa chance en Amérique, il me semble, mais j'ignore s'il est vraiment parti. Il avait la voix grave et rocailleuse, quand celle de sa sœur, la sage-femme, n'était que douceur. Autrement dit, je manquais cruellement d'images de mes parents. Pour ma petite, serais-je aussi une vague silhouette noyée dans la brume ? Fallait-il seulement qu'elle se souvienne de moi, ou valait-il mieux qu'elle m'oublie ?

Personne ne nous fait la promesse d'une vie sans douleur.

Sans son souffle à mes côtés, l'aube n'avait plus de saveur. Au petit déjeuner, nous avions la nuque courbée. Depuis que tu avais perdu des dents dans l'incident, tu zézayais un peu, les mots ne tenaient pas bien dans ta bouche. Nous devions aller cueillir plus de mousse pour calfeutrer les fenêtres, pensais-je en voyant tes muscles qui se raidissaient dans le froid. Tu me regardais d'un œil sombre en massant ton maigre cou et remontant ton col pour tenter de garder la chaleur. Mais le vêtement trop petit découvrait tes hanches, offrant aux courants d'air plus de peau à attaquer. Tone Amalie pouvait passer sa journée à l'intérieur, emmitouflée dans une couverture.

Tous les jours, je me traînais tant bien que mal dans l'hiver jusqu'à Rävbacka. Quand je voyais du coin de l'œil le paysan traverser la cour, je me figeais avec ce que j'avais dans les mains, un seau, un balai ou un panier, et je songeais à ma boîte rouge. Avais-je assez de plantes ? Il fallait que je vous nourrisse, aussi continuais-je de me rendre à la ferme et de laisser cet homme se glisser chez nous. Tandis que j'allais et venais dans mes propres traces de pas à travers la forêt, la neige pénétrait mes chaussures fourrées de papier journal plus vite que mon sang ne parvenait à me réchauffer. Au bout du sentier, je me heurtais à des dos tournés. À des regards. Des voisins, des bourreaux qui devaient savoir ce qu'avait fait l'étrangère que j'étais. Quand on croit avoir mal, la douleur peut s'intensifier encore. La vapeur s'échappant de ma bouche gelait sous mes yeux, comme un petit morceau de moi-même mourant à chaque inspiration.

Brita Elise, ma petite.

Lorsque je montais sur le rocher à mi-chemin du village, perchée sur la pointe des pieds et la tête levée, je voyais le virage où j'avais disparu avec elle, ce jour-là.

Pas l'ombre de ma petite, rien que des gens aux regards fuyants. J'aurais voulu les chasser d'un coup de pied comme du gravier dans mes souliers. Mais m'observaient-ils vraiment ? Peut-être ne me prêtaient-ils aucune attention, moi, la sauvage, qui n'avais jamais voulu faire partie du village. Ce bourg, berceau des coups d'œil inquiets où le ciel se reflétait sur les fenêtres des maisons et sur le visage des habitants, tous identiques.

– Ne sois pas triste, mère, me disais-tu. On ira chercher Brita Elise quand elle sera plus grande et qu'elle saura courir vite.

Courber l'échine et galoper.

Aux alentours de chaque ferme, de chaque maison, flottait le parfum de l'hiver et du feu dans l'âtre. La chaleur d'un foyer. J'avais un toit, moi aussi, mais qu'allions-nous manger au dîner ? J'arrivais au bout de mes réserves, or je savais que je ne pouvais pas compter sur le marchand pour me faire crédit. Je connaissais sa réponse :

– J'attends toujours le paiement de la dernière fois.

Et pourtant, je tentais parfois ma chance. En vain. Toujours la même réponse. Tout ce dont j'avais les moyens, c'était de respirer l'odeur de bougie, de café et de cannelle, quand je passais à côté du magasin.

Il arrivait que le paysan m'apporte un petit quelque chose, le plus souvent des restes moisis. Le genre de nourriture qu'il ne gardait même pas pour ses cochons. Des morceaux d'écorce luisaient dans le fond de mon mortier en marbre, ce bel objet vert-de-gris qui ne demandait qu'à servir, mais qui restait vide sur la table de la cuisine. Aux quatre coins de la forêt, je cherchais des feuilles et des plantes gelées à faire bouillir. Si les écureuils arrivaient à trouver de quoi tenir l'hiver, nous devions bien pouvoir y arriver, nous aussi. Un jour, j'ai rempli mon panier de pommes de pin. Tandis que je les réduisais en poudre à l'aide du mortier, je me demandais s'il avait toujours été aussi lourd ou s'il portait le poids de mon désarroi. Plus les minutes passaient, plus j'avais mal au bras, et j'ai eu beau laisser longuement ces misérables miettes sur le feu, l'eau ne se colorait pas. Nous avons bu le mélange, mais à quoi bon ? Nous avalions des baies, des feuilles et de l'herbe bouillie. Tout. La forêt recelait des trésors, mais en trop petite quantité pour vous empêcher de fondre à vue d'œil, les enfants. La faim formait un bruissement persistant dans le fond, ponctué de violentes crampes d'estomac. Je savais à quoi m'attendre, et pourtant la réalité me faisait l'effet d'une épine m'écorchant le talon. Les feuilles gelées ne suffisaient pas.

Nous avions besoin de nourriture.

Je n'avais pas traversé tout ça pour m'effondrer devant une marmite vide.

Un soir, j'ai volé un morceau de pain d'une charrette qui passait par là. Sans honte, je l'ai caché sous mon châle et l'ai fait tremper dans de l'eau chaude en rentrant à la maison, avant de vous en donner. En une seconde, le quignon avait disparu. Je n'avais même pas pris la peine de ramollir ma part avant de la mâcher à pleines dents comme un animal sauvage.

Ce n'était que le début. Désormais, tout dépendait de moi. Le glas n'avait pas encore sonné. La sage-femme y était arrivée seule, et elle avait cru en moi. Elle qui m'avait recueillie, éduquée et transmis son savoir. Pour le meilleur et pour le pire, mais tout de même. La rage au ventre, je sentais l'animal sauvage prendre des forces au fond de moi. Je portais encore le souvenir de la fureur et du vide qui nous avaient étranglés deux saisons entières, huit ans plus tôt, de la panique qui m'avait lacérée de ses griffes et du désespoir qui m'avait obstrué les yeux, la bouche et tous les pores, telle une tempête de sable dans un désert glacé. Ne pas abandonner. C'était le combat ou la mort. Pour peu que je montre les crocs, nous pourrions survivre à l'hiver.

Dès que tu rentrais de l'école, tu te couchais avec ta sœur dans l'espoir de leurrer le froid et la faim. Et quand je me levais, tu me regardais avec tes yeux, ces deux grottes où logeait ton âme, pendant que Tone Amalie gémissait dans son sommeil.

– Rendors-toi, Roar, je vais nous chercher quelque chose à manger.

Tu me souriais et fermais les paupières.

Je marchais longtemps, les pieds vite engourdis par le froid. Mais l'hiver était mon allié : il poussait le paysan à rester chez lui. Où pouvais-je aller ? Ni là où je risquais d'être reconnue, ni dans un bourg plein de monde, ni chez les pauvres qui peinaient déjà bien assez. Dans l'air glacial, mes doigts de ma main droite commençaient à piquer, puis ceux de la gauche, une fois que la première s'était tue. En réalité, le corps se glace plus vite devant la faim et la douleur que dans le froid.

Un soir, au bout d'une heure, j'ai atteint une ferme que je n'avais jamais remarquée auparavant, entourée d'arbres fruitiers. Une petite allée bordée de bouleaux menant à la cour. Une étable où mugissait le bétail. Un corps de ferme fraîchement repeint. À l'intérieur, je discernais des visages penchés sur la table du dîner. Le feu qui brûlait dans la cheminée me rappelait comme je grelottais, et les bougies qui scintillaient dans l'obscurité montraient que ces gens ne manquaient de rien. Il flottait sans doute une odeur de sauce à la crème dans la pièce. Mais je n'étais pas là pour les espionner. Tel un chien errant, je me suis approchée et ai rasé les murs jusqu'à ce que je trouve ce que je cherchais : le cellier.

Soufflant des nuages de vapeur, je me sentais comme une dragonne venue chercher à manger pour ses petits. Dans le silence, j'ai levé le loquet gelé. Sur les étagères étaient alignés des bocaux, et le long d'un mur séchaient des saucisses. J'en ai arraché deux que j'ai glissées dans mon décolleté. Des caisses remplies de pommes de terre, de navets et de fruits, du fromage sur une étagère. Les provisions de pommes de terre étaient déjà bien entamées, mais les pommes et les poires débordaient des caisses, sans doute en vue d'en faire du jus pour le buffet de Noël. On n'allait pas tarder à les rentrer et les laisser tremper quelques jours, jusqu'à ce que l'eau brunisse. Puis on filtrerait le mélange, on le chaufferait, on ajouterait du sucre et de la levure, on laisserait fermenter le tout et on s'en régalerait. Mon estomac se tordait à la vue de ces fruits. Six pommes et quelques poires ont trouvé leur place dans mon corsage, de quoi vous nourrir pendant quelques jours. Tenir jusqu'à Noël. Je me suis emparée d'un pain rond croquant avec un trou au milieu, et je me suis sauvée. Je n'osais pas rester plus longtemps. J'ai abaissé le loquet et je me suis faufilée entre les maisons à pas de loup. Lentement, doucement. À l'angle de la dernière dépendance avant le champ, j'ai couru pour ma vie.

Le pain d'une autre femme dans la main, les vêtements pleins de saucisses et de fruits volés, je sentais ma poitrine frissonner. Les remords ? La peur, il me semble. Si j'étais découverte, ce serait Tronka, voire pire. Ne pas trébucher, ne pas tomber, continuer d'avancer à travers les congères et le mur de neige. Bientôt, j'atteindrais le chemin, et dans une heure, je serais à la maison et je vous préparerais de la compote.

Mais je n'y étais pas encore. Une porte s'est ouverte quelque part, projetant de la lumière dans la nuit. J'ai jeté un coup d'œil par-dessus mon épaule, pétrifiée. À peine m'étais-je ressaisie que mes doigts gelés ont lâché mon corsage et un fruit s'en est échappé pour tomber lourdement sur la croûte blanche. Le bruit a résonné derrière moi. Plus vite ! La neige craquait sous mes pieds. Ce bruit assourdissant, n'était-ce pas des pas me pourchassant ? Avait-on repéré la voleuse ? À chaque inspiration, mon ventre se heurtait à la fraîcheur de mon butin. Mon souffle haletant couvrait les voix et les pas qui me poursuivaient peut-être.

Enfin sur le chemin, je n'ai pas osé m'arrêter pour tendre l'oreille et reprendre haleine. J'ai continué à l'opposé de la maison, de peur que les traces de mes pas dans le manteau blanc conduisent les gens de la ferme chez nous, s'il ne neigeait pas pendant la nuit. Au bout de près d'un kilomètre, les poumons comprimés, j'ai tourné et me suis enfoncée en forêt, direction la Paix. L'air me semblait encore plus glacial entre les arbres. Des aboiements ont retenti au loin. Je claquais des dents et ne sentais plus mes doigts accrochés au pain. L'autre main, je la bougeais dans mon gant, mais le mouvement rendait le tout plus douloureux. Les derniers kilomètres, je les ai coincées l'une puis l'autre sous mes aisselles pour tenter de les réchauffer.

Le temps d'arriver, mes pieds étaient engourdis depuis longtemps, et j'avais perdu toute sensation dans les doigts. Vous m'avez vue rentrer, et vous vous êtes rendormis. Dans la chaleur de la maison, mes membres me semblaient assaillis par des aiguilles. J'ai préparé de la compote, avant de disposer joliment quelques pommes sur des branches de pin dans le garde-manger, en guise de décoration de Noël. La cachette de mon trésor. J'aurais préféré les exposer sur la table de la cuisine, mais il aurait été cruel de ne pas vous laisser y goûter avant le lendemain, si vous vous réveilliez dans la nuit.

– Bonjour, les enfants. Si vous avez faim, il y a de la compote et des fruits !

– De la compote !

En un clin d'œil, vous vous êtes débarrassés de vos couvertures et avez bondi vers la table. Ce matin-là, tu as mangé les yeux fermés en mâchant lentement. Tone Amalie a englouti sa compote, avant d'ouvrir grand sa bouche gercée pour croquer dans sa pomme. Soudain, elle s'est arrêtée.

– Tu veux goûter, mère ? m'a-t-elle demandé. Tu n'as pas faim ?

– Non merci, mon petit bourdon, ai-je répondu. J'ai dévoré tellement de fruits avant votre réveil que j'en ai mal au ventre.

Je suis restée dans ma tanière jusqu'à ce que vous ayez mangé tout ce que j'avais volé, veillant sur mes petits et mon butin. Au bout d'une semaine, il n'y en avait plus une miette. Je devais de nouveau convoquer la sage-femme en moi, la rage qui me tenait au corps.

Emmitouflée dans mon châle, je suis sortie. Si je savais ce qui me restait à faire, je n'osais pas y songer. J'avais réussi à m'emparer d'un quignon de pain et à piller un garde-manger. Jamais deux sans trois.

Le dois-je vraiment ?

Une pluie de poudreuse est tombée d'une branche lorsqu'une corneille aux ailes luisantes s'est envolée pour venir me voir de plus près. Mon amie s'est posée toute proche de moi. Je me suis immobilisée sur le sentier, un sourire vissé aux lèvres. Nos regards se sont croisés. J'avais beau attendre, l'oiseau ne bougeait pas.

Le faut-il vraiment ?

Oui, il le faut.

Cet animal n'était pas le présage du bonheur, mais de l'enfer. Au bord de la route, j'ai déneigé quelques pierres quasiment aussi grosses que la corneille, avant d'en attraper une et de la lui jeter dessus. Elle a bondi sur le côté, et le projectile est tombé mollement par terre comme un balluchon.

La bestiole sautillait et se tortillait, en vie. Au bout d'une seconde d'hésitation, je me suis emparée d'une autre pierre, plus lourde cette fois. Mais je me suis ravisée. Autant la prendre entre mes mains et lui tordre le cou.

Adieu, mon amie.

Un instant plus tard, elle pendait dans ma paume comme un sac de jute. Son sang a vite refroidi sur mes doigts engourdis. Évitant de la regarder, j'ai rebroussé chemin. De retour à la maison, je sentais mon pouls trancher mes phalanges à mesure que mes mains se réchauffaient.

Tandis que je broyais du poivre et des baies de genièvre, elles se ranimaient et se coloraient de rouge. Le bouillon chantait sur le feu, attendant la corneille gisant sur la table, dépouillée de ses plumes luisantes.

– C'est délicieux, mère !

– Oui, et ça me fait chaud au ventre !

Deux enfants affamés ont presque été rassasiés, ce soir-là.

Merci, mon amie.

Moi, je n'ai pas pu en avaler un morceau.

Une fois que vous étiez au lit, le ciel me semblait d'un noir énigmatique. Les étoiles n'avaient pas les réponses à mes questions. La neige cinglait les carreaux et le vent rouait de coups les murs. Je songeais à la forêt aux alentours. Le lac devait être gelé à cette saison. Combien toute cette glace pouvait-elle peser ? Ce n'était sans doute qu'une fine couche qui tiédirait au contact de la pluie. À chaque pas sur la surface luisante, on risquait de sombrer dans le fond. J'ai porté mon attention ailleurs.

Tone Amalie dormait la joue contre sa poupée, à côté de toi, les yeux clos. La réalité ne semblait pas ternir vos rêves, tu t'accrochais au vent avec une irrépressible envie de vivre. Quant à moi, de quoi avais-je envie ? De vous, tout simplement. Du bout de mes doigts de criminelle, je vous ai caressé la nuque et le dos. J'avais bien fait, je le savais, et je n'avais pas l'impression de vous souiller. Une fierté naissante m'habitait, aussi amère fût-elle. J'ai fini par fermer les yeux, moi aussi, et par m'endormir avant le lever du jour. Lorsque je me suis réveillée, il faisait froid et humide dans la maison. Cet hiver-là, j'ai volé à manger et regretté, tordu le cou de pauvres bêtes et regretté, mais continué. Avec la fatigue grandissait mon orgueil. L'orgueil d'y arriver, de me débrouiller.

Puis le froid a lâché prise. La douceur printanière est revenue comme un amant oublié, faisant fondre la neige. Les arbres se sont parés de feuilles. Mais sans Brita Elise, les bourgeons sur les branches nous apparaissaient comme une couche de vernis posée sur un monde gris.

Les remords. L'impression d'étouffer. Depuis les champs, les villageois me fixaient comme la corneille morte. Johanna-Aux-Champignons évitait mon regard et pressait le pas devant moi. À cause de la petite ? Du quignon de pain ? Peut-être que j'avais toujours attiré l'attention. Le temps passait et, bientôt, la maison nous appartiendrait, cette terre serait la mienne. Pourtant, je n'étais qu'une ombre, à ma place nulle part. Une voix rauque teintée d'une angoisse stridente, marquée par un drôle d'accent qui refusait de céder. Mais pour vous, les enfants, il fallait aller de l'avant. J'ai huilé la balançoire qu'Armod vous avait fabriquée avec une planche qui avait laissé un trou dans la clôture. L'assise luisante se tordait au bout de ses cordes sous le pommier en fleur.

Cette année-là, l'été a été chaud. Des cinq âmes de notre famille, il n'en restait que trois, et je pensais avoir connu tous les malheurs. Le souvenir de ma petite fille, celle que j'avais perdue, m'enlaçait et me comprimait les côtes. Au village, je guettais les enfants à chaque coin de rue, repérant pêle-mêle les gamins crasseux et les têtes blondes bien peignées. Mais nulle part, je n'apercevais de fillette aux mêmes taches de rousseur que Brita Elise. Les minutes, les saisons et les années ont lentement défilé, sans que je la voie à la sortie de l'école, au milieu d'un groupe s'amusant dans le fossé, ou aux champs. Les grands yeux qui me lorgnaient en retour n'étaient jamais les siens. Bien plus tard, j'ai appris qu'elle avait été placée dans un autre village, chez une femme seule avec de nombreux enfants, une mère qui avait besoin d'argent et qui n'était pas plus méchante que la moyenne. J'espérais qu'elle avait donné à ma petite un lit chaud et qu'elle ne la battait pas trop.

Les pins avaient beau veiller sur notre maison, les autres arbres étaient plus forts que tout. Un après-midi, le ciel s'est assombri au-dessus de la forêt en rage, d'humeur assassine. Par la suite, j'ai entendu dire qu'une meule à charbon de bois avait explosé et qu'un garçon avait mis le feu aux alentours dans l'espoir de se sauver. Il avait été retrouvé le visage calciné par terre. L'incendie chuchotait au loin. Au moins, il tiendrait le propriétaire à l'écart, mais si le vent tournait, la menace risquait de s'abattre sur nous.

– Mère, j'ai peur ! a gémi Tone Amalie.

Vous regardiez le spectacle à la fenêtre.

– L'incendie est loin, mon bourdon, ai-je répondu. N'y pense plus et continue de jouer.

Ta sœur s'est éloignée, mais tu es resté là à fixer le nuage de charbon, aussi conscient que moi que le feu pouvait changer de direction et nous rattraper à toute vitesse. Nous approchions du solstice d'été et le soleil nous éblouissait à travers les carreaux, malgré le voile de fumée. Au bout d'un moment, tu as repris ton ouvrage, jetant de temps en temps un coup d'œil par la fenêtre.

– Imagine qu'il vienne jusqu'ici, mère ?

Tout en te caressant le dos, j'ai regardé la fumée noire s'élever vers nous. Une odeur tranchante avait envahi la maison. Tu étais si pâle, mon Roar. Ta sœur s'est mise à pleurer, les mains sur les yeux.

– S'il arrive, où est-ce qu'on ira ?

Brita Elise aurait-elle eu le regard effrayé, elle aussi ?

– Ici, c'est chez nous. Le feu n'a rien à faire là, ai-je affirmé.

Les flammes bruissaient juste un peu plus fort, mais je savais que la nature était capable de se transformer à toute allure. Il fallait que j'arrose notre maison et notre jardin. Notre famille ne ferait pas d'autre sacrifice à la forêt.

– Reste à l'intérieur, Tone Amalie, ai-je dit en m'emparant d'un seau. Roar, viens m'aider à prendre de l'eau au puits.

Elle m'a lancé un regard au-dessus de son bol de bouillie.

– Je dois aller chercher Beatrice ! a-t-elle protesté en commençant à enfiler son gilet. Elle est au mirador depuis la dernière fois !

J'ai secoué la tête.

– Pas maintenant, c'est trop dangereux. En attendant, passe le balai et range un peu. Et surtout, reste à l'abri !

Puis j'ai fermé la porte.

La terre en feu. L'incendie était encore loin, mais nos sentiers, notre mirador et les nénuphars somnolents sur notre lac pouvaient bientôt être cernés par les flammes. Au-dessus de la cime des arbres résonnaient des cris, des sirènes et le claquement de fers à cheval. Nous avons pompé l'eau et vidé seau après seau sur l'herbe sèche et les planches rouges de notre maison. Armod aurait été plus efficace, mais nous faisions de notre mieux. Dans la pénombre, les pommiers nous encourageaient, agitant les branches. Ces arbres auraient-ils l'occasion de grandir et de nous donner des fruits ? Allions-nous pouvoir continuer à vivre ici ?

Avec la foi en leurs rêves, l'espoir est le seul trésor des pauvres. Sans espoir, une pauvre femme ne risque pas de résister au feu, de chercher à manger, de caresser les joues de ses enfants, seulement d'attendre que le temps passe.

Tone Amalie est apparue en chemise de nuit sur le perron.

– J'ai envie de faire pipi !

– Viens vite avec moi.

L'esprit ailleurs, je l'ai aidée à relever son vêtement pour s'asseoir sur le pot de chambre. Tandis qu'elle se soulageait, j'ai à peine regardé ses petites fesses et ses fines jambes. J'aurais dû, mais je ne le savais pas. Je lui ai souhaité bonne nuit, tournée vers la fenêtre, les pensées portées au-dehors, où je voyais ton corps bronzé et décidé s'affairer.

– Dors, mon bourdon. Tu as besoin de forces pour demain.

Malgré la fatigue, Tone Amalie était agitée.

– S'il te plaît, mère, tu iras chercher ma poupée tout à l'heure ? Elle est toute seule là-bas !

La lueur du feu se distinguait nettement entre les arbres, surmontée d'un nuage noir. Pourvu que le vent ne tourne pas.

– Tu peux dormir sans, ce soir. Si elle brûle, je t'en fabriquerai une autre.

– Si elle brûle ? s'est-elle exclamée, les larmes aux yeux.

Puis elle m'a tourné le dos. Ses cheveux bouclaient comme de délicats brins de lin sur l'oreiller. Les joues chaudes, je suis sortie pour continuer à arroser les environs. Le grondement approchait, un crépitement assourdissant. Mon regard s'est arrêté sur notre joli saule, cet arbre qui avait apaisé tant de maux, qui nous avait aidés si souvent. Le destin de ses branches était lié au nôtre. Si le feu s'attaquait à elles, nous étions morts. Tu es allé chercher la scie et j'ai commencé à couper le tronc avec une énergie guidée par la peur. La fureur de l'incendie d'un côté, la mienne de l'autre. Douée d'une force insufflée par l'angoisse, j'ai scié jusqu'à ce qu'un craquement retentisse, et que le tronc et la cime s'écroulent vers la clôture. Les arbres aux alentours n'ont pas osé pousser un soupir pour pleurer leur ami, retenant leur souffle et s'accrochant à leurs racines. Puis nous nous sommes remis à pomper de l'eau, à en verser çà et là, et à en pomper encore.

Peu à peu, l'odeur de fumée s'est dissipée. Les hommes du village devaient travailler dur pour qu'il ne reste déjà de l'incendie qu'une fine bande. Si le vent n'augmentait pas, nous étions sauvés. Malgré la fatigue, nous avons continué de répandre de l'eau autour de la maison. Des cris ont résonné à travers la forêt toute la soirée, mais quand les sirènes se sont calmées et que le nuage noir a disparu, nous avons su que le danger était écarté. Lorsque nous sommes enfin rentrés nous coucher, j'empestais la fumée.

De la couverture ne dépassait pas la tête chevelue de Tone Amalie blottie contre Beatrice.

La poupée était au mirador.

Voilà ce qu'elle avait dit.

Ma fille.

Mon squelette s'est glacé.

Sans dire un mot, tu m'as suivie dehors. Nous avons trempé nos vêtements et nous nous sommes emparés de couvertures mouillées, avant de courir droit vers le feu.

Ma fille. Ma fille. Ma fille.

En approchant, l'obscurité nous étreignait. Il faisait un noir d'encre, la nuit et le feu avaient englouti toutes les formes et tous les contours. L'air chargé de suie était irrespirable.

– Rentre, t'ai-je dit. C'est trop dangereux par ici. Rentre arroser sur la clôture, je reviens vite.

Devant ton hésitation, je t'ai poussé doucement vers chez nous.

– Allez, Roar ! Ne reviens surtout pas me chercher, c'est compris ?

Puis j'ai tourné les talons et je mc suis enfoncée dans la forêt.

Tone Amalie !

Le souffle haletant, le pas chancelant, j'ai couru à travers la fumée. À chaque inspiration et expiration, ma poitrine me faisait mal.

Tone Amalie, où es-tu ?

Je ne voyais que quelques mètres plus loin, la forêt et les sentiers étaient méconnaissables, et je suffoquais. J'ai bien cru mourir dans cet enfer. Mais finalement, au détour d'un chemin, j'ai aperçu Tone Amalie qui se traînait par terre, devant moi, le visage cramoisi et couvert de suie. Ignorant les buissons d'airelles ardents à mes pieds, je me suis élancée vers elle, immensément soulagée de la trouver en vie. Elle tenait Beatrice par la main. Son visage était intact, juste plus crasseux que d'ordinaire, mais le feu s'en était pris à ses jambes. De profondes brûlures apparaissaient sur sa chair en sang, couverte de peau en lambeaux. Dans l'obscur brouillard qui nous entourait, elle ne m'a pas remarquée, cherchant à tâtons à retrouver la maison, moi-même et la sécurité de notre foyer, ses plaies béantes dans la terre, les aiguilles et les buissons. Quand je me suis penchée sur elle, elle a levé les yeux. Deux pleines lunes scintillaient au milieu de son visage charbonneux.

– Mère ! a-t-elle gémi en levant son maigre bras.

– Mon petit bourdon !

– Je savais que tu viendrais !

Et elle s'est effondrée dans la mousse, inconsciente.

J'ai porté ma petite fille à la maison, avançant mécaniquement comme une moissonneuse. Un-deux, un-deux. Elle sentait la chair brûlée. Je traversais la forêt en la serrant dans mes bras, de la même manière que je l'avais fait avec ma cadette, ce jour où je l'avais emmenée au village pour ne plus jamais la voir. Quand elle est revenue à elle, sa bouche n'était qu'un trou noir et ses yeux d'énormes pupilles. L'air manquait entre les arbres. Elle a crié jusqu'à perdre de nouveau connaissance.

Je n'avais aucune chanson à lui chanter.

Dès que j'ai approché de la maison, tu as couru à ma rencontre, soulagé de la voir. Tu ne pouvais pas savoir. Nous l'avons mise au lit, toi et moi. Sous la couche de suie lui couvrant le buste, notre enfant était la même.

– Dors, mon petit bourdon.

Son visage était détendu, non plus cramoisi, mais rose derrière la crasse. Reposé, presque souriant. Et pourtant, je ne me faisais aucune illusion. Aussi lui ai-je donné toutes les plantes qui soulageaient la douleur et apaisaient l'esprit. Je la faisais boire ce qu'elle parvenait à avaler en lui tenant la tête, puis lui caressais les cheveux. Le dos, je ne pouvais pas y toucher, elle n'en avait plus. De sa peau de pêche, il ne restait qu'une friche. Un paysage ravagé comme on en voit dans les cauchemars.

Tout en la cajolant, je lui ai chanté des chansons sur le soleil, sur le petit saule que nous avions abattu, et sur les oiseaux dans le Hälsingland, en été.

Quand ta sœur s'est endormie, tu m'as regardée en souriant. J'ai senti ta petite main se glisser dans la mienne. Nous l'avons observée longuement tous les deux. Des jours et des semaines, peut-être, je ne sais pas. Aucun visage n'était plus beau que le sien, plus parfait. Tu commençais à comprendre, sans vraiment y croire. Tes grands yeux s'accrochaient aux miens. Je la câlinais, je l'embrassais et je pleurais en silence. Ma fille était emprisonnée dans un corps en lambeaux. Toute mon attention était portée sur sa fragile poitrine qui se gonflait encore, mais de plus en plus faiblement.

Pas déjà !

Pas ça !

Une nuit sans clair de lune. Dans mes pensées, du moins. Sa poitrine se levait et se baissait doucement. Et soudain, plus rien. À cet instant, toutes les couleurs se sont effacées de son visage. Ses tendres poumons se sont figés, son cœur s'est arrêté, le bouvreuil s'est envolé. Sa petite main lâche a basculé du bord du lit, tombant vers le plancher. Je l'ai attrapée et l'ai serrée fort. Sa menotte était encore chaude, encore vivante, son poignet gracile encore doux dans ma paume. Mais je ne sentais que mon pouls, signe surprenant que j'étais encore en vie. J'ai tiré la couverture sur ses épaules, remis sa main bien au chaud et l'ai bordée délicatement, avant de m'écrouler par terre, couvrant le plancher de larmes salées. Tone Amalie avait la bouche entrouverte, l'air de s'apprêter à me poser une question.

Des secondes ou des semaines. Au-dehors, la lumière apparaissait et disparaissait. La femme que je voyais dans le miroir d'Armod avait le visage enflé, de petits yeux injectés de sang, et les cheveux ternes. Son corsage était froissé et taché. Son teint rose constellé de vaisseaux éclatés, reflet de son regard et de ses rêves brisés.

Tone Amalie. Étais-tu encore là hier ou dans une autre vie ?

Toi aussi, tu pleurais, Roar. Ta main laissait une trace de suie sur ton front quand tu dégageais des mèches te tombant dans les yeux. Autrement, tu restais immobile à côté de moi, grelottant alors que nous étions à l'intérieur. Je resserrais l'écharpe que tu avais au cou. Tone Amalie nous quitterait bientôt, nous allions devoir l'accompagner au village comme je l'avais fait un jour avec votre petite sœur.

– Pourquoi ? Pourquoi ? me demandais-tu.

Je n'avais pas la réponse.

Le saule gisait sur le sentier ensoleillé, les fleurs et les brins d'herbe reposaient sous une couche de suie, et le chemin était jonché de traces de roues noires. Dieu qu'elle était froide, ma petite fille. Une créature aussi parfaite qu'immobile, avec ses longues nattes luisantes lui tombant dans le dos de part et d'autre d'une raie au milieu. Une poupée de porcelaine.

Parce que le temps finirait par reprendre son cours, nous avons marché ensemble entre les arbres jusqu'au mirador. La construction était indemne, protégée par la clairière. Les oiseaux chantaient, le pic épeiche tambourinait sur les troncs. Beatrice s'en serait sortie, la nuit de l'incendie. Elle aurait pu attendre ici.

J'aurais voulu enterrer ta sœur près de la maison pour l'avoir à côté et veiller sur elle, même si plus rien ne pouvait lui faire de mal, désormais. Mais je n'osais affronter le bedeau, de peur qu'il me pose des questions et me renvoie à Trondheim. Son petit cercueil semblait si fragile. Tu as placé sa poupée contre elle et j'ai glissé un rameau de lilas dans ses cheveux, avant de fermer le couvercle et de le clouer sur notre enfant. Nous avons porté Tone Amalie jusqu'au village et l'avons mise en terre, la confiant à la chaleur de juillet qui l'avait emportée. Le bourg me paraissait noir et blanc. Le chemin poussiéreux qui y menait n'était qu'une traînée de boue sèche privée de vie, comme après le Ragnarök. Pas de question, rien que des yeux humides.

Quand je me réveillais, tout me semblait normal l'espace de quelques secondes. Rien n'était arrivé. Mais dehors, les arbres poussaient de longs soupirs qui me rappelaient tout. Armod et le pin. Le paysan de Rävbacka qui reviendrait dès qu'il aurait constaté les dégâts de l'incendie. Ma petite, privée de mère. Le bouvreuil qui avait cessé de battre des ailes dans la poitrine de Tone Amalie. Elle reposait dans le noir, sous des couches et des couches de terre. Ma fille. Arrivée au monde, et puis morte. Ma fille enfouie là-dedans. Armod n'était plus qu'un tas d'os en décomposition au fond d'un cercueil, jamais sa barbe ne se parerait de poils blancs. Quant à Brita Elise… Était-elle encore en vie ? Je l'ignorais.

La douleur ne passait pas. Je me tenais moi-même à bout de bras. Chaque matin, le répit d'un instant, avant que tout me revienne. Nul n'échappait à la mort, je me pliais à cette idée. Mais Dieu n'avait pas respecté l'ordre des choses.

J'avais entendu dire que le paysan de Rönnblad, au-delà de Ranbo, avait dû bander les yeux de ses chevaux pour les forcer à avancer à travers le feu. Était-ce la solution ? Dans ce cas, il aurait fallu nous bander le visage à tous les deux, mon Roar, pour affronter la vie.

Je pressais mes doigts sur mes paupières de manière à faire disparaître les images dans des taches blanches. Puis je me levais pour préparer le petit déjeuner et tenter de venir à bout de la journée. Le corps humain est bien étrange.

J'avais beau avoir gardé des morceaux d'écorce du saule que nous avions abattu, la cime entière n'aurait pas pu me soulager. Nous partagions le pain en deux. L'aliment grandissait dans nos bouches et nous remplissait le ventre. Ironiquement, nous avions assez à manger, désormais. Du lever du jour au coucher du soleil, je mobilisais ma chair putride pour travailler. Avaler des clous. Aimer avec mon cœur en lambeaux.

Le soleil brille. Si seulement tu étais là pour le sentir sur ton visage, Tone Amalie. C'est si beau.

Désormais, je cherchais à voir mes deux filles à travers la figure d'autres enfants, à les repérer dans le village tout en sachant qu'elles n'y étaient pas, qu'elles n'y seraient jamais. Plus de Brita Elise. Plus de Tone Amalie. Des rubans abandonnés pendus au crochet près de la porte. Des robes laissées dans le coffre en bois. Je portais les étoffes à mon visage et je m'y enfonçais.

L'odeur ne cessait de s'estomper.

Attendre ce qui n'arrivera jamais est un curieux sentiment. Nous nous drapions dans le silence comme dans un grand manteau. Un silence hurlant et tranchant que même le paysan n'osait briser. Mon corps me semblait aussi fin que du papier. Le chagrin, ou peut-être le temps, m'avait enlaidie. Un visage aux pommettes crispées. Après l'enterrement, le pasteur m'a rendu visite pour parler de ma foi, mais j'ai réussi à m'en débarrasser. Ses joues rondes et ses yeux plissés. Son manteau noir sur ma peau nue, ses mains jointes. Je n'arrivais pas à voir autre chose.

Il m'arrivait de ne pas te parler de la journée, Roar. Tu avais de bons yeux et regardais au loin, le dos tristement courbé comme un point d'interrogation. Je n'arrivais pas à te serrer dans mes bras, même si je voyais tes épaules et ta nuque se ratatiner, ta tête s'affaisser. Je n'avais plus que toi, mon petit garçon. J'aurais pu arrêter de me nourrir, te laisser au pasteur et me rendre à Tronka. Mais désormais, tu représentais tout. Toi, Roar, mon enfant.

J'ai gardé précisément au creux de mes mains un souvenir : vous trois jouant dans l'herbe. Vous ne me remarquez pas, trop occupés à examiner des insectes sous une pierre, les cheveux flottant au vent. Je vois encore vos visages lorsque je vous appelle pour le repas. Vous vous tournez, levez vos yeux scintillants sur moi, et éclatez de rire. J'ai dû rire en chœur avec vous, ce jour-là.

En grattant un peu, peut-être que ces beaux moments se trouvaient quelque part, comme une vieille confiture de framboises couverte de moisissure, mais d'un rouge toujours aussi éclatant sous la surface. Au fond de toi, je voyais qu'était logé tout ce que tu avais toujours renfermé. Malgré le silence, comprenais-tu que je t'aimais ?

Kåra

Vérités

Le lendemain, le moment était passé et m'avait laissé un goût amer dans la bouche. Peut-être que j'avais rêvé, moi qui avais du mal à distinguer la réalité de mon imagination. Le souvenir est la chambre réverbérante de moi-même. Une pièce dans laquelle rebondissent les événements, ricochant d'une paroi à l'autre du crâne jusqu'à ce que je sois persuadée qu'ils se sont déroulés de telle ou telle manière.

Dag m'a regardée mettre la table du petit déjeuner. Dans la salle de bains, j'ai mordu le rideau de douche pour que personne ne m'entende respirer. Puis j'ai fait le lit, tendant soigneusement les draps et la couverture en soie verte sur le matelas. Tout mon corps me démangeait, mais rien ne sortait. Rien ne se produisait. L'estomac noué, je suis descendue aider Bricken à la cuisine, et je me suis affairée, lui tournant le dos, avalant ma salive et retenant mon souffle.

Le café du matin. Dès que je croisais le regard de Bricken, je portais les yeux ailleurs. Le déjeuner. Le café de l'après-midi. À l'approche de la soirée, mon cœur me semblait raplapla. J'ai préparé une jolie table pour Dag, avec des fleurs et des serviettes en papier, mais quand il est arrivé, je n'arrivais pas à affronter son regard. Ma voix geignait comme un chien battu au fond de ma gorge. J'ai rempli nos assiettes de pommes de terre épluchées et de petits pois cuits à point. Dag a écrasé le tout et l'a nappé de sauce brune. Roar devait dîner avec Bricken, je ne l'ai pas vu de la soirée. Bo a englouti son repas, puis s'est essuyé la bouche dans sa serviette, avant de la laisser, froissée et tachée. Il n'a pas demandé à sortir jouer, mais est resté là, insistant et excité. « Maman, viens voir ! » ; « Maman, tu sais quoi ? » ; « Maman, regarde ! »

Avant de me coucher, j'ai pris un cachet de plus et enfilé des bouchons d'oreilles.

Les jours qui ont suivi, tout était redevenu normal. La routine s'était réinstallée. Le temps et l'existence dans cette maison avaient quelque chose de maladif, et je l'étais, malade, même si je n'avais pas vu le Dr Thorsén depuis un moment. Malade, malade, malade, mais pas contagieuse. Le vide moral me gênait comme un caillou dans mes chaussures. Qu'est-ce qui m'attendait, désormais ?

Rien. Les mêmes corvées encore et encore, allant et venant dans mes sabots usés. Le souvenir des mains de Roar sur mon corps me serrait la gorge. « Kåra. » Dans cette satanée cuisine, je salissais mes casseroles et les nettoyais, avant de les souiller de nouveau. La nature et le ciel virevoltaient au-dehors. Bo me fixait, toujours dans mes pattes, devenu trop grand pour faire de longues siestes sans éveiller les soupçons. Quand Dag buvait son verre de lait au petit déjeuner, il avait toujours une moustache blanche qu'il essuyait du dos de la main. Je l'observais en me réjouissant qu'il s'en aille. Mais lorsqu'il s'en allait, Roar aussi. Je les regardais s'éloigner, l'un hésitant, l'autre déterminé. Le soir, quand ils rentraient du travail, Roar disparaissait souvent de nouveau entre les arbres.

– Il est où ? ai-je demandé un jour.

– Il ne va pas tarder, m'a répondu Bricken.

Pas un mot de plus.

Personne ne m'expliquait rien, lui encore moins. Peut-être que les autres savaient, mais pas moi.

J'ai fini par aller voir, c'était plus fort que moi. J'ai marché longuement entre les aiguilles et les moustiques, et alors que je m'apprêtais à abandonner, j'ai aperçu une clairière, une trouée baignée de lumière. D'un côté, l'eau miroitante du lac, et au fond, une vieille cabane en bois pourri, perchée en hauteur. Son mirador. Une échelle envahie de mousse. Des planches de pin, de bouleau et de sapin assemblées de guingois. J'ai attrapé un barreau de l'échelle et l'ai secoué. Le bois semblait tenir, doux et frais contre ma paume, mais je ne suis pas montée.

– Tu étais où ? m'a demandé Dag quand je suis rentrée.

Comme si ça l'intéressait. Sans répondre, je suis ressortie m'installer là où la forêt s'ouvrait sur la clairière, au pied du mirador. Entre les arbres scintillait l'eau de ce lac dans lequel je m'étais glissée, un jour. Plus jamais, j'en avais fait la promesse à Roar. « Prends-toi en main. » Ce n'était plus à moi de le faire.

Le matin, quand Dag se préparait à partir, je demandais encore de temps en temps :

– Tu dois vraiment y aller ?

– Oui, me répondait-il.

Et j'éprouvais chaque fois la même chose. J'aurais voulu que Roar reste.

Il était une fois une femme qui vivait à côté d'un homme dans une maison perdue dans les bois. Elle l'aimait, mais ravalait ses sentiments.

Ça ne passait pas. Des corvées à n'en plus finir, coincée entre un gamin braillard et le mauvais homme. Lorsque nous dînions tous ensemble au rez-de-chaussée et que Roar me tendait la salade, il arrivait que ses doigts effleurent les miens. Ces petites miettes me nourrissaient longuement. Tous les mois, je montais l'escalier en pierre menant au cabinet du Dr Thorsén, puis je me faufilais dans la sourde salle d'attente de Kattskallen, règne du secret professionnel, pour obtenir suffisamment de cachets. Les médicaments avaient beau m'aider à rester patiente, ils ne changeaient pas grand-chose. Les feuilles jonchant le chemin pesaient lourd sur mes pieds. La brise d'été m'accablait autant de fatigue que les rafales de neige. Un ver tenace creusait des galeries dans ma peau, rongeant ma fragile détermination au fil des mois et des saisons. Bientôt, je n'aurais plus un rond, plus un comprimé, et Dag apprendrait la vérité. De toute façon, il me fallait quelque chose de plus fort.

Tant de vérités et de mensonges à entretenir. Je me rappelle quand les derniers cernes se sont dessinés sous les yeux de mon père. Il est mort dans le parfum de l'herbe fraîchement tondue et le grésillement des bourdons qui s'élevaient par la fenêtre. Tout avait commencé avec une douleur à la jambe, une plaie nauséabonde qui refusait de cicatriser. Il était alité depuis des mois, le regard de plus en plus voilé, le visage de plus en plus flétri. On aurait dit une feuille de papier jaunissant avec le temps. Un spectacle à la fois triste et insolite – le père Torvid n'avait jamais été malade, jamais été forcé de se reposer. Le repos, qu'est-ce que ça signifiait pour un paysan toujours prêt à enfiler son bleu de travail accroché à la porte de sa chambre ? À la ferme, il y avait du travail à effectuer nuit et jour, toute l'année. Ni début ni fin.

Et pourtant, il était là, ses poings de paysan relâchés sur les genoux, le regard navré. Plus son corps se ratatinait, plus ses cheveux paraissaient longs.

– Maintenant, c'est à toi de t'occuper de tout ça, m'avait-il dit un jour en me caressant la joue.

J'avais senti mon estomac se nouer.

– Mmm.

J'aurais voulu qu'il disparaisse pour échapper à son regard. Il souffrait, c'était évident.

Petit à petit, sa jambe était devenue noire. Il avait désormais les joues creuses, le teint jaune moutarde et les bras noueux. Je lui calais la tête avec des coussins, dont l'un de la paire à perroquets que j'avais apporté, les couleurs criardes sur fond noir tranchaient avec le visage fatigué du vieillard. Puis je restais à son chevet. Perdu dans ses pensées, les yeux clos, il semblait passer ses journées à dormir. Dans sa chambre flottait une odeur de corps humain et d'haleine du matin. Tout l'air et toute la chaleur de la pièce semblaient venir de sa personne. Mon père se nourrissait de beurre et de purée de pommes de terre qu'il mangeait à la cuillère dans des tasses. Il ne disait plus que le strict nécessaire, ponctué parfois de faibles râles. Il ne m'appelait plus « ma petite Kåra ». Quand un homme s'apprête à s'en aller, il n'a pas besoin de se nourrir, aussi les tasses de purée n'ont-elles pas tardé à rester pleines sur sa table de chevet. Le lendemain de ses quatre-vingt-deux ans, nous avons mangé les restes de son gâteau d'anniversaire, juste tous les deux, et je l'ai vu pousser son dernier soupir.

Je m'étais toujours imaginé que mon père s'en irait un soir, après avoir planté des clous sur une planche de bois, poussé quelques jurons et épandu du fumier sur un champ. Mais il était là, silencieux et inerte, dans une sombre chambre aux rideaux tirés. Je tenais mon coussin à perroquets sur mes genoux. Il respirait doucement, l'air d'économiser son quota d'oxygène.

Dans un soleil frissonnant, je me suis penchée sur lui. Ses muscles se sont contractés, et il est parti.

Depuis le départ de ma mère, le monde tournait un peu plus lentement pour mon père. Il aurait mieux valu qu'elle reste à ses côtés, mais nul ne pouvait reculer devant la mort. C'était comme ça. Le compte à rebours avait commencé le jour où il s'était blessé. Au début, la plaie l'avait obligé à rester assis, et finalement alité. Le repos forcé, les ongles propres.

Même si, lui, je l'aimais, il était normal qu'il rejoigne ma mère.

Il faisait lourd, ce jour-là, mais la pluie refusait de tomber. Dans la panique, j'ai appelé mes frères et sœurs, Liva et les autres, je me souviens. En demi-cercle autour du lit, ce lit où notre mère nous avait mis au monde et où tous les deux avaient passé leurs nuits, nous l'avons observé en silence, nous remémorant son visage plein de vie. La trotteuse de sa montre continuait d'avancer sur son poignet. Des guêpes se glissaient par la fenêtre, engourdies par la chaleur, mais affamées.

Plus tard dans la soirée, j'ai défait son lit. Liva pleurait à côté, et je sentais que j'avais un trou dans ma chaussette. Le contact du plancher en pin sur mon orteil. La chaleur du soleil. La lumière baignant l'oreiller qui portait encore la marque de la tête de notre père. Son alliance s'accrochait à son doigt avec la force d'une promesse. Une lourde bague en or. Lorsque j'ai mis les draps à sécher, la taie d'oreiller flottait gracieusement au vent. Comme une caresse. Le vent semblait cajoler la tête qui reposait là peu de temps auparavant. Je suis repartie avec mon coussin, mais il était souillé par la maladie, alors je l'ai jeté dans un tas de feuilles en chemin vers la Paix.

Oui, c'est bien ça. Moi qui me demandais où il était passé.

Après l'enterrement et la collation qui a suivi, je suis montée en voiture avec Roar pour rentrer à la maison. J'ai fait la route sur le siège passager, les restes du pain surprise sur les genoux et un seau en plastique débordant de bouquets de fleurs à mes pieds. Ses mains fortes agrippées au volant. Bo avait disparu avec Sven-Le-Braillard. Dag et

Bricken avaient décidé d'aller en ville acheter un nouveau robot de cuisine. Pour me consoler, peut-être. Pendant leur absence, il n'est rien arrivé. Ils m'ont rapporté un marron, comme je le leur avais demandé. Il était fêlé, mais je n'ai rien dit.

En avais-je glissé un dans ma poche après l'affaire de la valve ? J'ai oublié.

Fais dodo, fais dodo.

Nous gardions le livret bancaire de Bo avec le nôtre dans le tiroir supérieur du meuble de la cuisine, ainsi que son anneau en or. L'alliance de mon père était plus large. Elle pesait sept grammes, m'a appris le bijoutier. Je lui ai tendu également celle de Bo.

– Diocèse de Trondheim ? a-t-il lu.

– Oui.

Près de sept grammes. Désormais, je pouvais appeler le Dr Thorsén et prendre rendre-vous chez Kattskallen.

Et pourtant, je me suis longtemps sentie orpheline.

Unni

Ailes de papillon

La maison est devenue si silencieuse. Pendant quelques mois, le paysan ne s'est pas montré comme si la mort était contagieuse. Mais il a fini par revenir. Réclamer son dû. Le bruit de ses lourdes bottes dans les feuilles humides, puis gelées. J'aurais voulu pouvoir graver dans des pierres bien rondes et polies certains souvenirs en apparence insignifiants, les conserver précieusement dans un écrin. Ils habitaient toujours le ventre de ma mémoire, mais pas notre maison. J'arrachais mécaniquement la nourriture du sol, avant de m'asseoir sur une chaise et de regarder mes mains. J'avais les ongles en deuil, plein de crasse accumulée à force de travailler en vain. Ma petite reposait dans une boîte enfouie dans la terre, le teint livide et le corps raide.

Le dos engourdi et les yeux ouverts, j'errais tel un chien à travers la vie. Il ne me restait que le temps. Je nettoyais le linge et passais le balai comme je l'avais toujours fait. Le chagrin flottait à la manière d'un voile de brume sur notre maison. Au pire, j'en avais encore pour quarante ans. 14 610 jours à compter de maintenant. Tout ce temps, il fallait le tuer. Alors je rangeais la cuisine, récurais le sol, reprisais les rideaux, confectionnais des maniques. Neuf jours sont passés, puis dix. Soixante-dix, soixante-treize. Dieu qu'il en restait. Au début, je sentais ton regard dans mon dos, Roar, mais tu as fini par disparaître avec tes prunelles, j'ignore où tu te cachais la journée, je ne t'ai jamais demandé. Parfois, je t'apercevais du côté du cadavre du saule que nous avions scié.

Tous les matins, un seul enfant à la table du petit déjeuner. Non plus trois. Je ne rêvais jamais de Tone Amalie, pas une seule nuit elle n'est apparue dans mon sommeil. Pourtant, l'imaginer encore parmi nous m'aurait peut-être aidée. Il m'arrivait de rester plantée au milieu de la cuisine, ne sachant quoi faire de l'oignon que j'avais en main, ou de fixer l'eau de vaisselle, ignorant ce que je fabriquais là. Le vide. La forêt formait une sombre bande morte s'élevant vers le ciel, mais au village, la vie continuait. La plupart des gens détournaient le regard en me voyant approcher, et je me demandais si c'était à cause de Brita Elise, de Tone Amalie ou du paysan. Petit à petit, j'ai commencé à t'y envoyer à ma place, Roar, après l'école. Tu n'as jamais laissé entendre qu'affronter les autres t'était pénible. Ni ce que la maîtresse et tes camarades te disaient.

Pourquoi la souffrance manque-t-elle autant de mots ?

Recroquevillé sur toi-même, tu t'affairais à mes côtés, portant et traînant toutes sortes de choses sur tes jambes graciles, allant chercher du bois, cueillant des fruits rouges et des champignons. Quand je n'avais plus de tâches à te confier, tu t'asseyais dans ton coin. Le jour où j'ai trouvé ton cerf-volant derrière l'abri à bois, j'ai fondu en larmes. Comme moi, tu finirais enseveli sous la terre, ai-je pensé, mais pas maintenant, pitié, pas maintenant. Au moins, personne ne te jugerait et tu n'aurais plus à t'épuiser pour te nourrir. Mais pour le moment, j'avais besoin de toi.

Pourvu qu'il me survive.

L'ombre du paysan pesait sur nous. Je voyais comme tu avais peur dès que ses pas résonnaient à la lisière de la forêt. Une tache d'urine grosse comme une pièce de monnaie apparaissait en haut de ta cuisse, et tu déguerpissais en tremblant comme une feuille.

– Et s'il vient cette nuit ?

Il t'arrivait de murmurer ces mots sans me regarder, concentré sur ce qui t'occupait à ce moment.

– Je viendrai te chercher au mirador. Je te le promets.

Fixant chacun un point sur le mur, nous aurions voulu disparaître dans les nœuds du bois. Le soir, tu étais si seul, privé de tes sœurs. Le pire, c'était à l'instant où tu t'endormais. Ton corps s'enfonçait dans le sommeil, mais tout à coup, tu frissonnais et écarquillais les yeux, brusquement réveillé.

Les pommiers ont fleuri malgré tout. Le ciel est devenu bleu, le silence moins assourdissant. Tu m'aidais à nettoyer la vaisselle avec fracas, mais je ne parvenais pas à faire mon deuil. En cette triste belle saison, j'avais le sentiment d'être âgée de plusieurs siècles et de sombrer. La nuit me paraissait semblable au jour, juste un peu plus rouge et voilée. Quand je ne t'entendais plus t'agiter, je jetais un coup d'œil dans ta direction. Tu pleurais, te serrant toi-même dans tes bras maigrichons. On aurait dit que tu avais le hoquet.

Une fois satisfait, le paysan rentrait chez lui jusqu'à la prochaine fois. Il m'arrivait de me glisser entre les arbres, hors de ton champ de vision, pour frapper ma tête contre un tronc à en voir des étincelles. Puis je m'effondrais par terre et fixais le vide, les genoux relevés sur la poitrine. Les pins me regardaient agoniser, navrés pour moi.

Un jour, sa chemise s'est accrochée au montant d'une des chaises que j'avais repeintes en vert.

– Nom de Dieu !

Crachant des jurons, il a fait basculer le meuble par terre d'un coup de genou.

– Non !

Ce mot m'a échappé en voyant l'un des pieds se briser. Cette chaise qu'Armod avait longuement poncée pour qu'elle soit bien douce sous les petites mains de nos enfants, et que j'avais délicatement enduite de peinture vert pomme.

– Qu'est-ce que tu dis, insolente ? Fous le camp, si ça ne te va pas !

Le regard dardé sur moi, il m'a forcée à écarter les cuisses pour me trancher à coups de hanches. Tandis que la neige tourbillonnait au-dehors, ses yeux et sa sueur me brûlaient la peau. Les flocons virevoltaient toujours lorsqu'il m'a enfin relâchée et tourné le dos. J'ai reboutonné mon corsage sur mon corps grelottant.

Je me rappelle un soir où le ciel était limpide, d'un bleu foncé devant lequel Armod se serait extasié. Les nuances de couleurs brillaient à travers les carreaux de fenêtre flous.

Couchée dans cette maison au fond des bois, j'avais le sentiment qu'il n'y avait ni début ni fin. La douleur s'exprime de bien des façons. Dire que, au milieu de tout ça, je pouvais encore sentir que j'avais la vessie pleine ou l'épaule qui me démangeait. Le corps aspire aux sensations les plus banales, y compris quand l'âme qui l'habite est sur le point d'abandonner. L'organisme est mécanique, objectif. Il a suffi que j'entende ta respiration près de moi, le souffle d'un petit garçon réveillé à l'heure où nous aurions dû dormir tous les deux, pour que mon estomac se noue et que la réalité me revienne. Le feu qui faisait rage au fond de moi refusait de s'éteindre. J'ai songé aux pieds du paysan. Cet homme s'acharnait sur moi comme un animal. Avec son ventre luisant telle une lune dans la nuit, il m'apparaissait comme une machine immortelle, surhumaine. Mais ses pieds étaient sillonnés de veines bleues. Du sang coulait là-dedans. Après tout, ce n'était qu'un homme. Un jour, il rouillerait et s'arrêterait. Nul ne vit éternellement, pas même lui. Je me consolais avec cette idée.

Quand il partait, je traversais la forêt pour aller te chercher. En me voyant approcher, tu descendais du mirador ou sortais de ta cachette. À dix ans, tu n'avais encore rien d'imposant, tu n'étais qu'un petit bout d'homme qui allait entre les arbres, des nuages gris à la place des yeux. Aujourd'hui, je regrette de ne pas t'avoir serré fort dans mes bras chaque fois que nous nous retrouvions. L'une d'entre elles m'est restée en mémoire, même si je voudrais l'oublier. Le regard ailleurs, tu m'es passé devant sans me prêter attention. En arrivant devant la souche du saule, près de la clôture, tu t'es immobilisé et tu t'es mis à frapper les restes de l'arbre, à coups de pieds et de poings, sans te soucier des écorchures qui apparaissaient sur ta peau et barbouillaient l'écorce de ton sang. Le saule ne réagissait pas. Tu as cogné longuement jusqu'à cesser soudain, à bout de souffle. Tes bras pendaient de ton corps comme des lièvres pris au piège. Tu n'avais plus de force.

Mon garçon.

Alors que je m'avançais prudemment, un écureuil s'est montré en haut d'un tronc. Peu à peu, tu as laissé entrevoir ta joie. Une créature plus petite que toi. Ton visage a retrouvé des couleurs, et pour la première fois depuis que nous n'étions plus que deux, tu as éclaté de rire, t'élançant vers la cour pour admirer de plus près la queue rousse de l'animal. Tes cheveux ternes semblaient encore plus touffus dans le contre-jour. Mais tes jambes n'étaient plus habituées à une telle vivacité, et tu t'es écroulé la tête la première par terre. Tu es resté immobile quelques secondes, avant de relever la nuque. Aussitôt, ton visage s'est transformé et tes épaules se sont mises à trembler. Des plaies souillées de graviers, des pleurs ensanglantés. Tu devais crier, mais je ne me rappelle aucun son. Rien que la manière dont mon corps s'est soudain réveillé, brusquement rapide et vivant.

– Viens là, que je te câline !

Je t'ai pris dans mes bras et t'ai serré fort contre moi, comme j'aurais dû le faire chaque jour, chaque seconde. Pour te consoler, je t'ai dit ce qui me permettait de surmonter mes propres peurs :

– Il finira bien par nous laisser tranquilles.

– Tu promets ?

– Oui, ai-je affirmé. Ça ne va pas durer. Tôt ou tard, tout le monde se retrouve enterré, lui y compris. Personne n'est éternel, pas même les riches paysans.

Nous nous sommes redressés. Il était temps que je retrouve au fond de moi cette force que j'avais perdue, cette vigueur qui m'avait toujours aidée à repriser les vêtements, nettoyer les fenêtres, récolter la nourriture, m'aventurer en forêt avec un panier vide et ne revenir qu'une fois qu'il était plein. Je t'ai porté jusqu'au tas de pierres et nous nous sommes blottis l'un contre l'autre, ta tête sur mes genoux et ma main dans tes cheveux. Une petite famille. Le nez pointé vers ton cou, je respirais ton odeur. Mon garçon.

Je ferais tout pour toi.

Je m'efforçais de te transmettre toute la chaleur de mon corps.

– Je t'aime, Roar, ai-je murmuré, les yeux plongés dans les tiens.

Nous sommes restés là longuement, jusqu'à ce que je te nettoie le visage, que je soigne tes jointures et tes genoux écorchés. Puis nous avons joué au morpion, nous remémorant les règles. Lorsque nous nous sommes couchés, je t'ai encore cajolé. Tandis que la soirée glissait sur le sol de la cuisine, tu sanglotais sans bruit.

– C'est fini, ai-je dit. Tu m'entends ? Le pire est derrière nous. À partir de maintenant, tout ne peut qu'aller mieux. C'est fini.

Ces mots avaient la résonance d'une promesse.

Pour toi, je vais y arriver, mon garçon. Pour toi et personne d'autre.

Le lendemain tu te tenais déjà plus droit, et moi aussi. Tu t'es installé sur le tas de pierres pour fabriquer un nouveau pied à fixer sur la chaise. Je te vois encore me tendre sans mot dire le meuble réparé. Le nouveau pied contrastait joliment avec le reste de la chaise, comme une cicatrice. Je t'ai serré dans mes bras, avant d'aller la ranger dans l'abri à bois pour l'épargner. À partir de ce jour, chaque fois que je l'y apercevais, je pensais à tes coups sur la souche du saule, et à ce que nous nous étions promis, Armod et moi : nous étions venus jusqu'ici pour trouver un toit pour nos enfants, toi et ceux à venir, et quoi qu'il en coûte, nous voulions faire de cette terre la vôtre. La tienne, Roar.

C'est à cette époque que j'ai senti le petit poing qui a tout changé. Un battement d'ailes dans mes entrailles, presque imperceptible. Je me suis couverte de sueur froide. Le paysan me narguait de l'intérieur.

Je ne pouvais pas, je l'ai tout de suite su. Nous ne pouvions pas.

Je devais faire quelque chose, trouver une solution, je ne voulais pas, je ne pouvais pas, je devais m'en débarrasser, me calmer, réfléchir, je savais comment m'y prendre, mais m'étais juré de ne jamais en venir là, je l'avais promis à Armod, et à toi, mais je n'avais pas le choix, pas le choix, pas le choix.

« Tiens bon, Unni. Il est vain de se ronger les sangs. »

J'avais des haut-le-cœur, les mains gelées, et Armod n'était pas là pour me réchauffer. Il était mort, et je lui avais promis de ne pas recommencer. Aurait-il compris s'il avait été là ? La décision n'appartenait qu'à moi.

Le soir, allongée dans l'obscurité de la maison, j'avais le sentiment d'être entourée de fange. Tu dormais profondément à côté de moi. Au-dehors, les arbres formaient des silhouettes noires, et je me rappelle avoir pensé que derrière l'obscurité se cachaient des couleurs qui apparaîtraient au lever du jour. Tu avais perdu un cil qui reposait sur ta joue. Je l'ai attrapé du bout de l'index et l'ai observé, le sourire aux lèvres. *Qu'il est facile de s'habituer à la beauté*, me suis-je dit, comme il me semblait l'avoir un jour fait remarquer à Armod. Aussitôt m'est revenu ce qu'il m'avait répondu : « Quoi qu'il arrive, ne t'habitue jamais à l'horreur. » En soufflant sur ton cil, j'ai fait un vœu comme si j'avais vu une étoile filante. Un vœu qu'il ne me restait plus qu'à exaucer moi-même.

Une inspiration, et ma décision était prise. Plus aucun doute. Je devais mettre un terme à tout ça. Le paysan ne grandirait pas dans mon ventre. Je fixais les poutres au plafond en respirant à pleins poumons. Il y avait treize ans maintenant que la sage-femme m'avait transmis son savoir, peut-être plus encore, mais les souvenirs me revenaient déjà. Y avait-il du sabinier dans les environs ? Autrefois, j'en récoltais chez moi, j'avais de la quinine et de l'aloe vera dans des sachets et des bocaux, mais j'avais laissé tout ça derrière moi. S'il m'était impossible de me procurer de la quinine, de l'aloe vera ou de l'arsenic sans argent, je pourrais toujours trouver des allumettes et les gratter pour en extraire du phosphore à boire en infusion. Et pourtant, je n'étais jamais allée jusque-là avec les femmes qui venaient me voir dans leur désespoir, malgré leurs supplications. Pas de phosphore. C'était trop dangereux. Si j'échouais, tu risquais de te retrouver orphelin. Hors de question.

Risland. Je me suis assise sur le lit. Un an auparavant, les champs de seigle avaient été attaqués par l'ergot. Peut-être le poison s'était-il répandu aux fléoles qui poussaient dans le pré à côté ? Si oui, je savais exactement la quantité qu'il me fallait et je pourrais en avaler sans risquer la gangrène. Je serais sans doute troublée, angoissée, et devrais supporter de violentes crampes et douleurs, mais ça devrait fonctionner.

Quelle merveilleuse sensation que d'entrevoir une solution.

Dès le lendemain, j'ai trouvé ce qu'il me fallait. J'avais repéré de loin les masses noires violacées et remonté longuement le sentier qui séparait le champ de seigle et le pré, avant de passer la main sur les épis et de retirer les excroissances que j'avais glissées dans un sac. De retour à la maison, je les ai coupées en lanières. Mon pouls battait dans mes tempes – non pas par peur de ma décision, mais parce que j'ignorais la puissance de ce remède. Tant que mon corps n'aurait pas rejeté le poison, je pouvais perdre la raison. C'était un risque à prendre. Ne rien faire était impensable.

Je me suis accroupie devant toi et t'ai regardé dans les yeux.

– Je vais être malade pendant quelques jours, mon grand.

Tu m'écoutais attentivement.

– Il est possible que je sois perturbée, et je n'ai pas envie de t'effrayer. Je vais m'installer dans le mirador avec une couverture et de la nourriture, le temps que ça passe. Tu pourras te débrouiller sans moi ?

– Oui, mère.

Tu as eu beau hocher la tête, je voyais le doute sur ton visage.

– Il faut que tu restes à la maison. Tout ira bien, promets-moi de ne pas me suivre.

Tes pupilles semblaient aussi fragiles que de la porcelaine. Tu as acquiescé, je t'ai serré fort dans mes bras et suis partie telle une criminelle.

Avortement. Peu de temps auparavant, la peine pour ce crime était encore la mort. Le dos droit, je me suis frayé un chemin entre les buissons et les racines. Vivante, assez forte pour faire le nécessaire. Les arbres me semblaient tordus, noueux et aussi déterminés que moi lorsque je me suis assise dans le bruissement de la forêt. À chaque rayon de soleil se précipitant du ciel, j'ai bu une gorgée de décoction jusqu'à ce que les crampes commencent à se faire ressentir. Puis une dernière lichette. Je n'ai pas tardé à ruisseler de sueur sur les peaux d'ourse. Les cheveux collés à la nuque et les jambes en feu, je grelottais de tout mon corps. Les trembles frissonnaient dans le noir. Dans ma torpeur m'est apparu le pasteur, chaussé des bottes du paysan. Il secouait la tête comme le marchand au printemps comme en hiver, et signait papier après papier pour t'arracher à moi. Pliée en deux tel un couteau de poche, j'ai passé la nuit à transpirer et à vomir.

Le lendemain après-midi, je me suis levée à la force de ma volonté. Je me sentais fière, aussi solide que la roche du Hälsingland. Mon poing portait la marque de mes dents.

Du bout de mes lèvres gercées, j'ai bu l'eau du ruisseau, apaisé la douleur qu'avaient laissée les vomissements. Puis je me suis couchée dans la mousse, tournée vers le ciel, et me suis assoupie. Lorsque je me suis réveillée, les gouttelettes de rosée brillaient comme des diamants sur les touffes vertes tout autour. J'avais l'impression de regarder à travers une loupe gigantesque. L'air de la forêt emplissait mes poumons. La vie. Après avoir plongé les pieds dans le ruisseau fredonnant, j'ai pris la direction de la maison.

En une nuit, tu avais grandi et moi, je m'étais transformée. La main posée sur ton dos, j'ai tâté ta colonne vertébrale à travers ton vêtement.

– Les choses sont telles qu'elles sont, Roar, ai-je dit en te regardant droit dans les yeux, mais il y a toujours un avenir.

Tu as levé la tête.

– Je serai comme père, tu crois ?

Tu pensais à Armod, naturellement.

– Armod ne courbait jamais l'échine, il s'écartait du danger pour mieux pouvoir continuer. Tu as ça dans le sang, Roar. Tiens-toi les talons bien enfoncés dans le sol et n'aie pas peur de te servir, dans la vie. Ne prends pas les jours comme ils viennent, mais agis.

Ton visage s'est fermé.

– Et toi, mère ?

Je savais ce que tu sous-entendais. Certes, j'avais accepté la situation, mais avais-je seulement eu le choix ? Tu ignorais qu'il m'était impossible de retourner d'où je venais, tu ne devais jamais le savoir.

– Je ferais bien d'écouter mes propres conseils, ai-je répondu d'une voix ferme. Heureusement que tu es là.

Tes petits bras maigres m'ont serré la taille.

– Oui, je suis là.

Kåra

Ambre et résine

Les cheveux continuent-ils de pousser après la mort ? Dans ce cas, ne serait-on pas vivant tant qu'ils poussent, ne serait-ce qu'un chouïa ? Bricken a les jointures des mains jaunes comme les feuilles qui s'apprêtent à tomber de leurs branches dans le jardin. Un jour, cette maison sera à moi, mais je serai seule. Sans famille. Mon fils a échappé à cet éternel regard dans le vide, heureusement, il a un toit à lui. Des murmures ont beau s'élever entre les lattes du plancher, il n'a pas besoin de savoir. Les coins sombres de la pièce engloutissent toute la lumière qui se faufile à travers les fenêtres. Depuis la forêt, la brume se glisse lentement vers nous. Les coulisses d'une pièce de théâtre qui ne raconte rien. Un jeu de cache-cache avec la vérité que ni Bricken ni moi ne voulons affronter. Le robinet goutte. Elle porte sa tasse à sa bouche d'une main légèrement tremblante. Ses yeux me brûlent la peau et me forcent à regarder ailleurs.

Je reste assise à ma place à siroter mon café, tandis qu'elle se lève pour aller chercher les derniers papiers, la liste des cantiques et des suggestions pour la collation. Quand je mords dans un sablé aux amandes, je sens la moisissure s'accrocher à ma langue. Toute une vie dans cette maison. Tant de non-dits. Et pourtant, tellement de mots ont été échangés autour de cette table. Que d'histoires illustrant la honte, ou peut-être la peur. Bricken ne va pas tarder à revenir. L'honnêteté voudrait que je lui avoue tout, mais ça va la tuer. En continuant de ne rien dire, je l'épargne, mais c'est moi qui risque d'exploser. Alors que faire ? Ma mère passait son temps à mentir, or les mensonges, ça se paie tôt ou tard, alors je me tais. Je poursuis ma routine. *Sois normale, juste comme il faut, bien qu'étonnamment douce comme un agneau. Ensuite, tu pourras passer à l'attaque et anéantir à coups de crocs tes ennemis avant qu'il ne soit trop tard.*

– Je suis peut-être la fille adoptive d'une putain, mais j'ai enfanté l'honneur en personne, m'a dit un jour Bricken.

Ça doit bien faire quinze ans, mais je m'en souviens comme si c'était hier.

– Le péché, ce n'est pas héréditaire, a-t-elle poursuivi en me regardant. Chaque être humain est responsable de ses actes.

Espèce de garce.

Je me rappelle comme mon estomac s'est noué.

Tant mieux pour Bo si, comme elle l'affirme souvent, on n'hérite pas de la merde de ses parents, et si on n'a pas à la traîner derrière soi, à en éprouver toute la puanteur. Quelle chance qu'il ait obtenu l'asile à l'institut technique de Luleå, qu'il n'ait pas à errer dans notre fange.

Je tends à Bricken l'assiette de gâteaux. La bouche en cul-de-poule, elle observe le plat et mes mains. Elle ne sait toujours rien, je n'ai encore rien dit. Qu'il soit beau ou banal, le visage d'une femme est traître. Elle prend un sablé au miel.

Tout est parti de cet accident, je crois, un matin normal que j'avais inauguré avec du café froid. Après le petit déjeuner, je suis restée à la table de la cuisine avec pour seule compagnie les tasses, les assiettes et les miettes de pain. Par la fenêtre, je voyais l'arrière-train de Bricken émerger des myrtilliers du côté de la clôture. J'ai rassemblé les miettes en un petit monticule au milieu de la table, attendant encore un peu pour faire la vaisselle. Bo jouait à l'étage. Dans mes souvenirs, j'étais encore sur ma chaise lorsque le grondement d'une moto s'est approché à vive allure de la maison et arrêté net devant la clôture. Roar avait fini tôt ? Non, c'était Dag. À travers les carreaux, j'entendais qu'il criait. Ses braillements avaient commencé à retentir dans la pièce avant même qu'il ne coupe le moteur. J'ai senti l'angoisse monter à l'idée d'être à l'origine de sa colère, mais cette cacophonie de cris dépourvus de mots était impossible à comprendre. Au bout de quelques secondes, il a surgi à l'intérieur. Il avait le visage rouge, le regard effrayé comme un animal traqué par un chasseur. Ma première réaction a été de vouloir m'enfuir. J'ai repéré le chemin le plus rapide pour sortir, prête à m'aventurer pieds nus dans la forêt. Dag s'est approché et m'a attrapé les épaules. J'ai reculé d'instinct.

– Où est maman ? a-t-il haleté. Il faut qu'elle me suive à l'hôpital ! Toi, reste avec Bo. Un arbre est tombé sur papa, je ne sais pas comment il va.

Roar pris au piège sous un pin. Les mots ont résonné un instant dans la pièce. Je voulais répondre à Dag de disparaître. *Tais-toi et dégage !* me suis-je dit, *laisse-moi faire tranquillement la vaisselle, mettre le linge à sécher, les baies à mariner, exécuter toutes ces corvées dont j'ai pourtant horreur*. Cette fois, je n'aurais pas ce luxe. J'ai baissé les yeux. La preuve de ce qui s'était passé était là, sur le plancher. Les traces de boue que Dag avait laissées dans son sillage, ces pas qui avaient apporté la nouvelle. Le sol était jonché d'une vérité impossible à nettoyer.

– Toi, reste là, avait-il insisté.

Je l'ai poussé et me suis précipitée à l'étage. Je sentais mon pouls battre dans mes côtes et mes talons. *Boum-boum, boum-boum*. La peur me devançait. Bo, penché sur un carnet, dessinait des machines avec une règle et des crayons de couleur. J'ai pris son verre de sirop et suis allée me chercher de quoi m'apaiser derrière le paquet de muesli. Il n'a fait attention à moi que lorsque je lui ai attrapé le bras pour le forcer à se lever.

– Je dois y aller, lui ai-je dit d'un ton que j'espérais normal.

Il me regardait d'un air déconcerté, les sourcils froncés.

– Tu as entendu ? Dépêche-toi, on doit s'en aller !

Je faisais de mon mieux pour paraître calme, alors que ma voix manquait de trembler. Il a commencé à ramasser ses crayons un à un.

– On se fiche de ces crayons ! ai-je braillé. Tout va bien, ne t'inquiète pas ! Mets tes chaussures et cours chez Ada de Rävbacka. Dis-lui que je lui expliquerai plus tard.

Tout en reculant comme un cheval effrayé, Bo a opiné. Je l'ai entraîné dans l'escalier et ne l'ai relâché qu'une fois que nous étions dehors, dans la cour. Le moteur de la voiture tournait, Bricken était en train de monter à bord.

– Je viens avec vous, ai-je dit. Bo peut se débrouiller.

Je me suis installée sur la banquette arrière et ai claqué la portière.

Dag conduisait les mâchoires serrées, faisant gicler le gravier sur le bas-côté. Bricken, vêtue d'une robe à fleurs, serrait son sac à main sur les genoux. Elle n'avait pas pris le temps d'enfiler un manteau. À quoi devais-je m'attendre à notre arrivée ? À mi-chemin de l'hôpital, je me suis rendu compte que j'avais oublié de me regarder dans le miroir. Dag se concentrait sur la route, tout en jetant de temps en temps un coup d'œil à sa mère.

– Tout le monde s'apprêtait à déjeuner, mais deux hommes ont continué de couper, alors que le signal d'arrêt avait été sifflé. Ça devait être Harry et le nouveau, j'imagine. Forslund, là. Papa se dirigeait vers nous avec son casse-croûte.

Bricken a lâché un soupir. Dag l'a regardée.

– Le pin est tombé sur lui en une seconde.

Mes oreilles se sont mises à siffler.

Une fois la voiture garée, je suis restée plantée à côté, je ne voulais pas savoir. Dag a commencé à se diriger vers l'hôpital, la main sur le dos de sa mère, mais moi, j'étais comme paralysée. Je tremblais et suffoquais. J'ai secoué la tête de plus en plus fort, jusqu'à ce qu'elle s'agite d'elle-même.

Pas la mort. C'était impossible.

– Non, ai-je dit tellement fort que Dag s'est retourné.

Il allait survivre.

Je l'avais décidé.

Je me suis dépêchée de rejoindre les autres.

Près de la porte d'entrée, Bricken s'est immobilisée. Clouée au sol, elle s'est mise à marmonner, l'air de réciter des prières, et à arranger sa robe, passant plusieurs fois ses mains le long de son buste et de ses cuisses. On aurait dit une conjuration. Sa poitrine se gonflait sous le tissu, l'air de vouloir s'échapper. Dag tripotait son visage plein de boutons. Il lui a pris l'épaule, mais elle ne l'a pas remarqué, continuant de lisser sa robe encore et encore. Il a fini par resserrer la prise et la tourner vers lui.

– Maman, a-t-il dit en la regardant dans les yeux. On est pressés. Essaie de te ressaisir.

Il était donc bon de faire preuve de sang-froid.

L'un contre l'autre, ils sont entrés devant moi dans le bâtiment. Aucun d'eux n'a cherché à voir si je suivais.

Partout aux alentours, de sourds pas précipités. Le brouhaha de l'hôpital me faisait l'effet d'un murmure. Dag tripotait nerveusement la manche de son vêtement et bégayait. Une femme lui a indiqué une porte avant de regarder ailleurs, l'air pressée. « Asseyez-vous, je vous en prie, quelqu'un viendra vous chercher. » Nous nous sommes installés en rang d'oignons près de la réception. En équilibre sur le bord de nos chaises, nous avons attendu, tournés vers la porte où quelqu'un devait se montrer. À quel service avions-nous affaire ? Ça changeait tout. Lésion cérébrale, troubles cardiaques ou factures des doigts ? Hémorragie interne ou luxation de l'épaule ? J'ai cherché la main de Dag pour y glisser la mienne. Elle était chaude et sèche, il m'a laissée faire. Tous, nous avions les yeux braqués sur la porte, la suppliant du regard.

Elle a fini par s'ouvrir. Une femme au visage grave nous a salués rapidement, avant de nous conduire d'un bon pas à travers le tumulte de l'hôpital. Sur le col de sa blouse blanche apparaissait une tache de sang. Sa tresse se balançait dans son dos. Nous l'avons suivie à la trace jusqu'au lit de Roar. La maladie, le linoléum et les produits chimiques. L'air purifié par l'odeur de l'éther. Je traînais les pieds. Roar était mort, c'était certain. Dire qu'il était encore en vie un instant plus tôt, mais plus maintenant. Un autre couloir. Un vieil homme au dos voûté serrait dans ses poings un gilet de femme, sa peau fripée tendue sur les veines et les os de ses mains. En croisant son regard perdu, sans doute agrippé au passé, je me suis demandé qui était la propriétaire de ce gilet et ce qui lui était arrivé. Aurais-je la même expression du visage en ressortant de cet endroit ? Et si j'avais été cette femme, quelqu'un se serait-il fait autant de souci pour moi ?

L'infirmière à la tache de sang s'est arrêtée brusquement. Sur une couchette cernée de rideaux clairs reposait un corps qui n'était autre que Roar. Ses jambes dépassaient de la couverture. Les néons scintillaient et grésillaient au plafond, et toutes sortes de machines et d'appareils bipaient à côté du lit.

Deux médecins se sont approchés.

– Le patient n'avait consommé ni alcool ni médicament, a déclaré l'un d'eux.

L'autre a hoché la tête en me souriant. Je ne lui ai pas répondu.

– Ce n'est pas si évident, a repris le premier. Il y en a plus d'un qui avale un café arrosé ou des comprimés au petit déjeuner. C'est pourquoi nous réalisons toujours une prise de sang. En cas d'ébriété, nous avons besoin de le savoir, ainsi que la Société des forêts, naturellement. C'est une question de prudence.

– Votre mari a eu une chance inouïe, m'a dit l'autre.

Cette fois, je lui ai souri. Puis les deux hommes ont disparu dans le couloir.

Je me suis glissée entre les rideaux. Roar avait les cheveux et le visage barbouillés de résine et de morceaux d'écorce, de même que ses vêtements laissés en boule au bout du lit. J'ai effleuré sa chemise poisseuse. La résine, excrément de la forêt. J'avais la gorge sèche. Soudain, j'ai vu sa poitrine se lever et se baisser, et constaté de mes yeux qu'il n'était pas mort. Un jour, nous allions vivre nos derniers instants ensemble, mais ce jour n'était pas arrivé. Plantée à côté du lit, j'ai regardé mes ongles en deuil. La résine avait l'éclat de l'ambre, finalement. Notre histoire n'était pas terminée.

Son visage semblait avoir été attaqué par un glouton, mais sa main me paraissait telle que je l'avais vue le matin même. Tout son corps n'était qu'un mélange de résine et de sang, son bras un squelette à vif.

– Pardon, ai-je soufflé.

Quelqu'un m'a poussée pour installer une chaise au chevet de Roar, faisant crisser les pieds en métal sur le sol. Bricken s'y est assise.

– Merci.

Il n'y avait pas d'autre chaise.

Un léger sourire aux lèvres, elle lui a pris la main. Ils se sont dévisagés un moment sans se soucier de nous autres. Puis elle s'est penchée pour lui dire :

– Ça suffit maintenant. Dans la famille, on a déjà payé notre dû.

Des larmes de soulagement ont envahi ses joues. Dans la lumière des néons, ils semblaient seuls, tous les deux. Roar et elle. Dieu que j'avais soif. Des pensées plein la tête, je me suis retirée.

Sur la route du retour, Bricken était assise à l'avant. Une fois dans la cuisine, j'ai remarqué que je tenais depuis des heures une petite boule de résine entre les doigts, comme un chapelet ou une amulette. Il faisait bon à l'intérieur, mais je grelottais. Pour me réchauffer, je me suis penchée sur la cuisinière où bouillaient des pommes de terre. Je me sentais aussi seule et frigorifiée qu'un être humain envoyé dans l'espace. J'attendais en vain la chaleur d'un chien mangeur de loups contre mes jambes. Alors, les larmes sont arrivées. Des gouttes d'eau salées dans les vapeurs de cuisine salées. J'ai pleuré à n'en plus finir.

Il s'est remis plus vite que moi. Je m'occupais de mes affaires en serrant les dents. Peut-être que j'étais passée à autre chose après les avoir vus ensemble à l'hôpital, ou que j'attendais mon heure. J'avais d'autres soucis : le Dr Thorsén avait arrêté de consulter cette année-là, il me semble, le médecin de mon enfance avait les mains qui tremblaient tellement que ses ordonnances étaient devenues illisibles depuis longtemps. Il ne me restait plus que Kattskallen et sa moquette poussiéreuse. Double dose de désespoir, mais deux fois moins de médicaments pour me soulager. Pourtant, peu de temps après, lorsque Bricken a accepté au nom de toute la famille de se rendre à la fête d'été qu'organisait la vieille Ada de Rävbacka, je me suis confectionné une robe verte à fleurs avec un bandeau assorti. Manifestement, une part de moi avait envie de rire et d'être là. Le jour venu, Bricken a cueilli un bouquet de fleurs pour notre hôtesse, avant de partir en avance avec Bo et Dag pour l'aider aux préparatifs. Roar évitait toujours d'aller chez les Nilsson, même s'il affirmait qu'il n'avait rien contre Ada. En tout cas, il a préféré rester à ratisser le jardin en attendant le début de la fête. Moi, je me regardais dans le miroir, pivotant dans ma robe verte. J'avais réussi à faire onduler mes cheveux et je m'étais parfumée avec une ancienne eau de toilette que j'avais vaporisée sur mes poignets. Mais l'odeur me piquait le nez. À peine ai-je verrouillé la porte de la maison derrière moi que j'ai éternué. Aussitôt, j'ai senti ma culotte se mouiller. Pas grand-chose, mais assez pour tout gâcher. J'ai senti avec effroi une chaude goutte d'urine couler le long de ma jambe comme lorsque j'avais accompagné mon père à l'imprimerie, de nombreuses années auparavant. La honte se glissait vers mes chevilles. *Quelle souillon, quelle guenon*, ai-je pensé, les joues en feu.

Alors, Roar s'est approché. Il a posé sa main sur mon bras et m'a demandé si ça allait.

– Tout est fichu ! me suis-je lamentée en me dégageant mollement. Il n'y aura pas de fête pour moi, tu peux y aller sans moi. Je viens d'éternuer et, maintenant, je vais puer comme un vieux bonhomme, et si ça recommence, tout le monde le verra et se moquera de moi !

Roar a regardé la trace qu'avait laissée la goutte sur ma jambe, sous le bord de ma robe. Il a ouvert la maison et m'a entraînée à l'intérieur.

– Reste là, Kåra, a-t-il déclaré avant de monter à l'étage.

Au bout d'une minute, il est réapparu avec une culotte propre et une chaussette. Après l'avoir fixée au sous-vêtement à l'aide d'une épingle de nourrice, il m'a tendu le paquet comme un précieux joyau. Ma culotte souillée, il l'a jetée dans un coin de l'entrée, Bricken pourrait bien s'en occuper plus tard. J'ai senti mon estomac se nouer en croisant son regard. Puis il m'a pris des mains la clef de la maison pour verrouiller la porte, comme si nous quittions notre foyer.

C'est à ce moment que j'ai su ce que je voulais réellement.

Quand les autres étaient dans les parages, je disparaissais dans les recoins et m'affairais sans vraiment y réfléchir. Mais je prenais des risques.

Comme ce jour avec Dag. Plantée devant l'évier, je ne l'avais pas entendu entrer, il m'a attrapé la taille avant que je puisse me retourner et l'esquiver. Il sentait la résine et la forêt presque comme Roar. Tandis qu'il me serrait dans ses bras, le ventre plaqué contre mon dos, je me sentais sans défense, prise au piège. J'ai esquissé un pas de côté.

– J'ai fait quelque chose qu'il ne fallait pas ?

J'ai secoué la tête sans bouger.

– Non non.

Ses mains sont restées un instant sur ma taille, avant que je l'entende soupirer et sortir d'un pas lourd de la pièce. L'odeur de la résine a persisté un moment. Pendant ce temps, Roar était en train d'étayer un pommier. Je l'ai regardé aller et venir dans le jardin avec ses outils et ses tuteurs. C'était comme au cinéma. Des images réelles observées à une distance sûre. Puis il est parti s'occuper d'autre chose, et je suis restée là, à regarder la forêt. Il était sans doute ce qu'on pouvait qualifier de vieux, à soixante voire soixante-dix ans, je ne savais pas précisément. Mais qu'est-ce que ça pouvait faire ? Nous aurions pu vivre au siècle précédent, il aurait pu être mort à cette heure, enterré comme mon père. Mais nous étions là, tous les deux, tels des projecteurs braqués l'un sur l'autre.

Quand il est rentré, je suis descendue le rejoindre. J'ai posé la tête sur son épaule, il s'est tourné vers moi et a hoché doucement la tête. Le vent se heurtait aux murs de la maison. Sentant mon pouls à l'entrejambe, j'ai sauté sur le plan de travail, les cuisses écartées qu'il a bloquées entre ses mains. J'avais le sentiment que mon cœur allait s'arrêter de battre, alors qu'il cognait plus fort que jamais. Ma peau chantait, j'en avais trop pour ma taille, elle pendait, mais il n'avait pas l'air de s'en soucier. Quand nous avons basculé par terre en un seul corps, j'ai regardé le plafond derrière ses cheveux. Puis il a poussé un rire dans mon cou, un éclat joyeux et pétillant. Lorsqu'il s'est relevé pour ramasser nos vêtements éparpillés dans la pièce, j'ai failli l'attirer de nouveau par terre. Mais à l'époque, je suivais rarement mon instinct.

Le lendemain, j'ai remis du parfum. J'en ai vaporisé dans mes cheveux et me suis pincé les joues, avant de m'installer les genoux bien serrés dans le canapé marron et d'attendre. Le plancher et le plan de travail de la cuisine sentaient bon le détergent. Lorsque Roar est entré dans la pièce, il s'est approché d'un pas hésitant, puis il m'a serrée dans ses bras, le visage contre mon ventre. J'ai senti mon pouls se propager dans tout mon corps, mon sang couler à flots. L'amour est quelque chose de transparent que sent le vent. Peu après, je me suis endormie, épuisée et en sueur dans une brume de chaleur.

Le soir même, pour la première fois de ma vie, j'ai pris les devants. Une bonne femme au ventre flasque. Nous étions sortis cueillir des champignons, et en rentrant, nous avons enfermé à l'extérieur le vent qui soufflait dans les feuilles et la pluie. Enfin au sec. Je suis montée me changer. Quand Roar a pénétré dans la pièce, un courant d'air a sifflé à travers la fenêtre. Je sais, sans vraiment l'avoir vu faire, qu'il s'est déshabillé, laissant ses vêtements sur la chaise bleue installée dans un coin, et qu'il s'est glissé dans mon lit, sous la couverture en soie verte. La pluie de cette fin d'été avait beau l'avoir rafraîchi, sa peau me réchauffait.

Dans le noir, j'étais plus vaillante.

– Ce que tu as fait tout à l'heure, ai-je murmuré dans l'obscurité. Recommence.

Notre attirance était si violente que j'avais le sentiment d'être percutée par un train.

Nous sommes restés un moment dans le lit, jusqu'à ce que nous entendions la clef tourner dans la serrure au rez-de-chaussée. La porte s'est ouverte et refermée, Bricken était de retour de chez la voisine. Elle ne tarderait pas à monter. Roar m'a embrassée sur le front et a disparu.

J'espère que tout ça s'est réellement passé. J'en suis assez certaine, parce que, à partir de ce jour, il avait quelque chose de particulier dans le regard.

Unni

Bête de somme

Les ailes de papillon n'ont pas refait surface, mais moi, oui. L'ombre de moi-même, cette femme aux yeux laiteux et au teint jaunâtre comme de la vieille porcelaine que j'étais devenue, a retrouvé ses couleurs un après-midi, quelques semaines avant tes onze ans.

Nous revenions de la forêt avec des cadavres d'animaux. Deux écureuils et un chevreuil, nourriture interdite que nous traînions à tour de rôle sur des terres qui ne nous appartenaient pas, incapables de porter ce lourd corps qui laissait une trace derrière nous. Un essaim de moustiques flottait au-dessus de nos têtes, se heurtant à nos yeux et à nos bouches, nous piquant la peau.

– Quelle belle lumière ! me suis-je exclamée en sortant d'entre les arbres.

Tu as opiné.

– Oui, as-tu répondu, essoufflé. Ça va faire du bien de ne plus avoir d'insectes plein le visage et de myrtilliers plein les pieds. On y est presque.

Nous avons continué vers la maison, et tu as regardé par-dessus ton épaule la marque que creusait l'animal dans le pré.

– Attends un peu, mère. Je vais arranger l'herbe.

Penché par terre, tu t'es appliqué à relever les fleurs et les brins verts pour tenter d'effacer la trace. Mais l'animal désespéré avait tout aplati sur son passage.

– Voilà ! Dans quelques heures, ça ne se verra plus, as-tu affirmé en me rejoignant.

Tandis que je m'occupais de l'os à moelle pour en faire du bouillon, tu as tranché des morceaux de viande à saler.

J'ai perçu le bruit de ses bottes avant de repérer sa silhouette sur le sentier. Ses pas vacillant par terre, son souffle haletant. Nous nous sommes dépêchés de cacher la viande et les os dans le coffre et dans le garde-manger, puis j'ai nettoyé la table comme une possédée, pendant que tu rangeais d'un mouvement saccadé les couteaux et la planche à découper dans la banquette. Pour le moment, l'homme n'était que des contours noirs au loin, mais je savais qu'il avait les mains dures et les lèvres humides. Qu'il mordait et qu'il griffait. C'était lui qui m'avait fait avaler de l'ergot du seigle. Lui qui m'avait pris ma petite, lui qui avait éteint la lueur de joie de ton regard. Il revenait comme si je n'étais qu'un fruit juteux qui attendait d'être cueilli et englouti par n'importe quel gourmand. J'aurais voulu me glisser sous la table et gémir tel un vieux chien, mais je suis restée debout, les lèvres pincées. J'ai eu beau te faire signe de t'enfuir, tu es resté.

Nous avions mis quelques tomates à mûrir à la fenêtre sud de la maison, à l'abri des oiseaux. Nos seules petites tomates. En arrivant, le paysan a commencé à les tâter. Il en a avalé une, puis en a attrapé une autre.

– C'est à ma mère, es-tu intervenu d'une voix effrayée, mais décidée.

Sans t'adresser un mot ni un regard, tourné vers le pré aux brins d'herbe aplatis, le paysan a englouti une à une nos tomates jusqu'à la dernière. De sa lèvre inférieure coulait un filet de salive auquel s'accrochait une goutte, l'air de ne pas oser lâcher prise. Le genre de poison qu'il avait déjà largement craché en moi, provoquant de petits poings s'agitant dans mon ventre, de faux papillons. Je suffoquais, mes côtes formaient une étroite cage autour de mes poumons. J'avais à la fois envie de me battre et de me recroqueviller dans un coin de la pièce, là où la poussière s'accumulait derrière la table, pour y rester à jamais, couverte d'une couche de plus en plus épaisse de saletés, les mains telles des araignées mortes sur mes genoux. Mais toi, mon garçon ? Qui te protégerait ? Le dos bien droit, je me préparais à mourir, à m'enfuir. Mon cœur battait à tout rompre. Nous aurions pu nous sauver, mais cette maison était la nôtre, cette cuisine m'appartenait.

« Ne t'habitue jamais à l'horreur. »

Je n'ai pas bougé. Plantée au milieu de la pièce, je voyais l'ourlet de ma robe projeter des ombres sur le plancher. Tu n'étais pas loin et tu me regardais, Roar. Nous attendions tous les deux que j'agisse.

– Ça suffit, ai-je dit.

Moi et personne d'autre.

– Nous devions payer la maison pendant dix ans, tel était le marché. Ce temps est largement passé, nous devrions avoir réglé notre dette.

J'ignorais d'où me venait cette force. Le riche paysan a eu l'air surpris, ou peut-être amusé.

– Alors comme ça, on se rebiffe, ma putain ?

Voilà ce qu'il a répondu la bouche encore pleine. Je me suis redressée.

– Ça suffit, ai-je répété. Ça a assez duré.

– Tu te prends pour qui, espèce de vieille carne ? Et tout ce sang sur la table, comment tu comptes l'expliquer au garde champêtre, hein ?

Ses mots portaient son haleine imprégnée d'alcool, et il avait le regard vacillant. Les poings serrés, je t'ai observé toi, puis les taches rouges que je n'avais pas eu le temps de nettoyer et qui lui donnaient raison. Me voyant céder, le paysan s'est approché et m'a attirée contre lui. Son poing fermé sur mon bras me faisait mal. Une tomate toujours à moitié mâchée dans la bouche, il m'a forcée à me retourner, chassant de l'autre bras mon beau mortier de la table pour y écraser violemment mon visage. Le mortier est tombé par terre à l'instant où la douleur a explosé dans ma mâchoire. Des étoiles tranchantes m'ont percé les paupières. Au loin, j'ai perçu le fracas de l'objet en marbre sur le plancher.

Cours, Roar !

J'avais un goût de sang dans la bouche, une impression de sable sur la langue. Les débris de ma dent. Mon diaphragme s'est écrasé contre le coin de la table lorsqu'il m'a poussée en avant et a relevé ma jupe pour me prendre brutalement, me tenant la gorge d'une main de fer.

Je n'arrivais pas à respirer.

Petit à petit, la panique a laissé place à la résignation. Au fond, j'étais fière d'avoir protesté. J'aurais voulu être une ourse, une créature aussi forte qu'impassible. Mais j'avais le visage pressé contre la table, la trachée comprimée par ses mains. Plongée dans l'obscurité la plus totale, je discernais au coin des yeux la lueur blanche du soleil. Le paysan gémissait sur moi, visqueux et puissant, projetant toute sa fureur dans mon bas-ventre. Les couleurs de la pièce se confondaient dans le noir qui s'imposait. Pouvais-je me laisser partir ? J'en avais envie. Maintenant que j'avais essayé de lui tenir tête, j'étais prête à abandonner. Inutile de tenter encore en vain de respirer, autant laisser les pommes tomber de leurs branches et pourrir dans l'herbe.

Mais tu m'avais entendue, Roar.

Tu m'avais entendue protester.

De cette même voix limpide que tu avais convoquée un instant plus tôt, tu as déclaré :

– Ma mère a dit : ça suffit !

Même si je la percevais loin dans ma conscience, elle était tout près, tu étais juste là, contre moi, alors que j'étais sur le point de mourir. Je t'aimais tant, mon garçon, un petit soldat qui en avait assez. Quand le paysan m'a soudain relâchée, mon corps a glissé sur le bord de la table et s'est effondré par terre. La tête entre les paumes, j'ai senti l'air emplir enfin mes poumons écorchés. Mais sur quoi allait-il maintenant poser ses mains ?

N'approche pas, Roar, n'approche pas !

Affalée sur le plancher, j'ai assisté à la scène. Une image floue qui m'est parvenue dans mon étourdissement. Je l'ai vu se tourner vers toi en hurlant, le poing brandi en l'air. Déculotté, les fesses tremblant dans l'effort, il t'a attrapé le bras comme il venait de le faire avec moi. J'ai lu la douleur sur ton visage. Il était si imposant, toi si frêle. Il s'apprêtait à frapper, te tenant à bonne distance en te bloquant de toutes ses forces. Je devais me lever, prendre une nouvelle bouffée d'air et me lever.

Non !

Le premier coup a atteint ce côté de ton visage constellé de taches de rousseur où une boucle brune tombait lorsque tu coupais du bois.

Cours, Roar ! Dégage-toi et cours !

Le coup suivant, la naissance du cou. Là où tes mèches les plus fines formaient un joli duvet frisé, et où je te tenais la tête quand tu étais un petit être coiffé de linaigrette, difficile à apaiser. Ta tête a vacillé comme une fleur perchée sur sa tige dans le vent.

– Cours, Roar !

Je n'ai réussi qu'à pousser un murmure.

Il a continué à frapper ton corps efflanqué de ses poings aussi lourds que des marteaux, jusqu'à ce que tu tombes par terre comme une feuille morte. Tu gisais, inerte, contre la table qu'Armod avait huilée si soigneusement autrefois, là où il avait l'habitude de s'installer, à côté du mortier que vous m'aviez offert, Tone Amalie et toi. Tu avais besoin de moi, mais je voyais flou et mes membres ne m'obéissaient pas.

Tu ne bougeais pas d'un cil, mon maigrichon petit garçon étendu de tout son long sur la lirette, aux pieds du paysan.

Si tu meurs, je te suis.

Le battement sourd que je percevais, j'ai mis du temps à saisir qu'il venait de mes oreilles. Ce n'était autre que mon cœur qui appelait à l'aide.

Tout à coup, ton bras a remué.

Le nez sanguinolent, le sourcil tranché, tu t'es levé, l'air soudain gigantesque. Gagnant des centimètres à vue d'œil, tu as vite dépassé le paysan. Il t'a fusillé du regard, toi, cet enfant décharné aux yeux perçants qui osait le dominer, mais tu as tenu bon derrière les filets de sang te maculant le visage. Tu n'as pas reculé lorsqu'il s'est de nouveau précipité sur toi. Les paupières closes, je t'ai entendu pousser un dernier cri d'animal, avant de suffoquer, étranglé par son poing.

Un violent coup a retenti, plus effrayant que tout. Puis un souffle et un bruit sourd. Je ne voulais plus ouvrir les yeux, plus vivre, tout était fini.

Si je survivais, je me traînerais jusqu'au lac et me livrerais à son œil noir.

Des pas sur le plancher, un souffle à mon oreille. Une ombre approchant de mon visage.

Rien.

Une légère caresse sur ma joue. Je n'osais pas regarder, mais je le devais.

Roar.

Roar, mon Roar !

Ton heure n'avait pas sonné. Ton corps ne s'était pas rompu, ce n'était pas toi qui t'étais effondré par terre.

À genoux penché sur moi, tu me cajolais la joue. Tu m'as tendu la main pour m'aider à me relever. De l'autre, tu tenais ce beau mortier que vous m'aviez offert, ta sœur et toi, à la naissance de Brita Elise.

Sur le marbre vert-de-gris apparaissaient des cheveux clairs barbouillés de rouge.

Dans le silence, j'ai attrapé le coin de la table, cherchant quelque chose auquel m'agripper. Si j'arrivais à me lever, pourrions-nous nous échapper ? Où était passé le paysan ? De quel objet solide ou tranchant devais-je m'armer pour nous protéger ? Il valait peut-être mieux nous enfuir, mais où ? Pendant de longues minutes, je n'ai perçu que ma lourde respiration. Mais peu à peu, j'y ai vu plus clair. L'homme gisait là, les genoux pris au piège dans son pantalon baissé. À côté de sa tête se formait une mare rouge vif. Nous avons échangé un regard, toi et moi, puis tu as reporté ton attention sur le corps étendu devant nous. Tu avais toujours en main le mortier souillé de cheveux et de lambeaux de peau ensanglantés. Sur ton teint blême, transparent, couraient des filets de sang et des larmes, mon garçon, et tu avais le nez qui coulait et l'œil enflé. Mais tu ne semblais pas t'en faire, fixant le colosse gisant à nos pieds, aussi inerte que lui. À voir tes épaules affaissées, je me doutais que tu avais mal à la nuque. J'étais rompue de douleur, moi aussi, la mâchoire en morceaux et une dent en miettes. Du sang gouttait de ma tempe, s'écoulant d'une plaie que je n'avais pas encore remarquée.

La mare s'étendait sur le plancher à côté du paysan, sans signe de vie. Seul mon souffle retrouvant son calme résonnait dans la pièce. Dehors, des oiseaux gazouillaient, mais entre ces murs régnait un silence assourdissant.

Était-il… ?

Je n'osais pas bouger. Je tremblais comme une feuille et n'avais aucune envie d'approcher. Pourtant, je me suis avancée prudemment et me suis arrêtée à bonne distance, la main tendue. Ses muscles épais me semblaient lâches. Personne ne s'est jeté sur moi en hurlant lorsque je l'ai basculé, faisant rouler l'opulente masse de chair sur le dos. Sa poitrine est restée immobile. Tu es allé chercher le miroir d'Armod au fond du coffre, entre les morceaux de chevreuil que nous nous étions dépêchés de cacher. Nous l'avons placé devant sa bouche. Pas de buée. Nous nous sommes regardés. Un cadavre. De nouveau, la mort s'était glissée dans notre maison, mais cette fois, elle était la bienvenue.

De son crâne fendu s'était échappé un amas rosâtre. Un petit morceau de son cerveau, peut-être. Un simple bout de chair, non pas le monstre que j'avais toujours cru logé là-dedans.

Un rire a retenti, sans doute venait-il de moi. Voilà ce qu'on appelait « la mort ». Cette silhouette qui avait été mon pire cauchemar n'était plus qu'une dépouille contenant des os et des viscères. Au-dessus du sourcil, un cratère creusé dans la peau laissait voir l'intérieur de sa tempe où battaient ses veines un instant plus tôt. Plus d'intention, plus de menace. Ce corps affalé par terre n'avait plus rien d'effrayant, ce n'était qu'une carcasse dont il fallait se débarrasser. À mesure que ma joie grandissait, mes lèvres se tendaient.

Mais comment expliquer qu'un robuste paysan meure par accident dans notre maison ? Tu avais beau ne rien dire, je crois que tu y songeais, toi aussi. Une mare de sang ne cessait de grandir sur notre plancher. Ta poitrine s'agitait à côté de moi. Les yeux pétillants, tu as pris une profonde inspiration et déclaré :

– Le rocher.

Tu avais le regard d'une limpidité rare, aussi luisant que l'eau de fonte.

– Sa plaie a la même forme que le rocher à mi-chemin du village. Si on attend la nuit, le temps que plus personne ne travaille en forêt, on pourra le laisser à côté et faire croire qu'il est tombé en rentrant de chez lui.

Un jeu d'enfant !

J'ai opiné et me suis redressée, tout en tendant le bras pour te serrer contre moi.

– Il ne nous reste plus qu'à attendre la nuit.

Nous avions peut-être six heures devant nous avant le coucher du soleil. Nous sommes sortis un moment, laissant la porte ouverte pour aérer la mort et faire entrer la vie. Dehors, tout paraissait normal. Les papillons dans l'herbe, le seau rouillé contre le mur. J'ai craché ma dent en miettes dans les fleurs et levé la tête vers le soleil, éblouie comme si je m'extirpais d'une grotte. Le paysan ne reviendrait pas, ni cette nuit ni la suivante. Assise sur les marches du perron, tournée vers les pommiers, j'ai eu le sentiment de renaître de mes cendres. Toi, tu te tenais accroupi un peu plus loin dans le jardin, la tête dans les mains, les yeux rivés au sol.

– Comment ça va, mon Roar ?

– Je vais bien, mère.

J'ai dû froncer les sourcils, car tu as enchaîné :

– Je t'assure ! Je suis juste en train d'observer un ver de terre, et tu sais ce que je me suis dit ?

J'ai secoué la tête.

– Qu'on vient tous de la terre !

Je n'en revenais pas, mais tu as souri.

– Et on y retourne tous, même les riches paysans, ai-je répondu.

Ton regard avait repris vie, mon garçon. Nous sommes restés là un long moment à nous dévorer des yeux, à quelques mètres l'un de l'autre. Au milieu de la fatigue, j'ai constaté que mon visage savait encore sourire, lui aussi.

Je me souviens de cet après-midi dans les moindres détails. L'herbe. Le soleil. La manière dont nous avons installé le corps devant la porte, un linge et des feuilles sur la tête pour éponger le sang, nous apprêtant à nettoyer la maison comme à l'occasion d'un grand ménage de printemps. À travers tout ce rouge, je discernais à peine les lattes du plancher. Pendant que je les récurais avec de l'eau, tu t'es occupé du chevreuil – cet animal interdit que nous avions traîné à la maison plus tôt dans la journée. Depuis, nous avions commis un crime bien plus grave. Au fil de la journée, tu as grandi encore, et tes yeux gris brillaient au milieu de ta figure tuméfiée. Je m'épanouissais face à toi et à la forêt, voyant sur les arbres qu'ils ne pousseraient pas un soupir devant la masse qui gisait sur notre sol.

Les heures sont passées et le ciel s'est couvert. Je ne nous ai pas préparé de dîner, ce soir-là. Nous verrions plus tard. Nous avions le temps, toute une vie devant nous, désormais. Le visage rayonnant, tu regardais les vers de terre se tordre entre les brins d'herbe et disparaître dans leurs galeries souterraines. Le calme.

Le sang du paysan était coriace. J'ai eu beau frotter le plancher avec du sable et des serpillières mouillées, me barbouillant les mains de rouge, certaines taches persistaient. Mais qu'importe. J'ai continué tout en jetant de temps en temps un coup d'œil aux contours sombres du cadavre.

Quand je t'ai aidé à renfiler son pantalon sur ses hanches et à boucler sa ceinture en cuir, j'ai senti ma gorge se serrer. Dire que tout ça était derrière nous.

À présent, il n'était plus question de survivre, mais de vivre. Tu nous avais sauvés. Je t'ai regardé alors que tu tenais en main, dans la lumière de la fenêtre, tourné vers moi, la chaise verte que tu avais réparée. Dans les derniers rayons de soleil qui te tâtonnaient le visage, tu m'as souri. J'ai fermé les yeux un instant, et quand je les ai ouverts, tu affichais un large sourire qui s'est peu à peu transformé en rire. Mon rire s'est mêlé au tien, de plus en plus éclatant. Un joyeux tintement retentissait dans la pièce, d'infimes poussières d'étoiles vibrant dans l'air. Nous avons ri en chœur, toi et moi, plus radieux l'un que l'autre.

Le jour s'est accroché longuement au ciel, mais l'obscurité a fini par s'imposer. Ce soir-là, le clair de lune fin comme un fil n'éclairait guère nos visages satisfaits. J'arrivais à peine à distinguer les arbres derrière la clôture.

– Allons-y, as-tu dit.

La nuit ne s'était pas encore installée lorsque nous avons enveloppé prudemment la tête du cadavre dans un linge. Postés chacun d'un côté, nous avons essayé de le soulever. Il était lourd, son corps raide ne se laissait pas faire. Ma main a glissé sur sa nuque, et j'ai sursauté au contact de sa froide peau écailleuse.

Toi, tu n'avais pas peur.

– Ce n'est plus qu'un morceau de viande immangeable, as-tu affirmé.

Tu as vacillé, mais retrouvé aussitôt l'équilibre, les pieds bien enfoncés dans le sol, et j'en ai profité pour me saisir fermement de ce serpent mort. Des taches violacées commençaient à se répandre sur sa nuque et à l'arrière de son crâne. Chacun un bras sur l'épaule telles des bêtes de somme, nous l'avons sorti de la maison. En arrivant vers la porte, le plancher a grincé comme lorsque Armod se rasait. Je l'ai salué en pensée. Une douce nuit d'été des plus normales. Les yeux baissés sur mes pieds avançant dans la cour, j'ai vu du sang couler lentement le long de mon tibia. Quelques gouttes ont disparu entre mes orteils. Un mort, ça ne saignait pas. Je me suis tâté la tempe : ma plaie s'était rouverte. C'était moi qui saignais, moi qui étais vivante. Nous nous sommes arrêtés pour la panser, il ne fallait surtout pas laisser de trace. Puis nous sommes repartis, marchant de front, toi, moi, et le cadavre, son visage oscillant entre nous comme un ivrogne qui souhaitait nous souffler un secret à l'oreille. Son épaule me heurtait pour la dernière fois le visage, me forçant à regarder par terre. Bien plus grand que nous, il tentait de résister du bout de ses chaussures qui traînaient dans le gravier.

– Ça va, Roar ?

– À merveille !

Au bout de quelques mètres, j'ai dû faire une pause. Tu haletais, toi aussi, et j'ai vu que tu avais eu la même idée que moi.

– Le chariot, mère !

Nous l'y avons installé tant bien que mal. Ses jambes avaient beau dépasser et ses pieds toucher le sol, le chariot parvenait à rouler. En route vers le rocher. Je tirais et tu poussais l'équipage, tandis que le paysan freinait avec ses talons. Entre les arbres qui s'inclinaient à notre passage, je sentais mon cœur battre.

– Roar, tu es sûr que ça va aller ?

– Tant que ça roule, je peux tenir toute la nuit, as-tu assuré, alors que je voyais trembler tes petits bras.

Au bout de quelques mètres, nous avons tout de même dû nous arrêter pour que tu reprennes ton souffle.

La corde me sciait la paume, chaque pas me semblait un effort surhumain. Je voyais comme tu combattais la fatigue, Roar.

– Tiens bon, mère. C'est la dernière fois que tu as affaire à lui, m'as-tu encouragée.

Ces mots m'ont donné la force de continuer.

Enfin arrivés, nous avons sorti le corps raide du chariot pour l'installer sur le dos, la tête contre le rocher. On aurait dit une bûche, un géant qui avait trébuché dans le noir. De la terre et des brins d'herbe s'étaient collés au sang à moitié coagulé – le sien ou le mien, je l'ignorais – qui maculait son pantalon, mais nous avons dissimulé le tout avec la poussière du chemin.

– Quelle ironie de finir là où le sentier se sépare en deux, quand on n'a jamais su faire le bon choix, ai-je observé.

Je ne crois pas que tu aies compris, mais tu étais heureux de laisser ce fardeau derrière nous. Sur le chemin du retour, nous avons effacé les traces de nos pas et des roues du chariot à l'aide de mon châle. Les petites taches rouges qui apparaissaient çà et là sur le sentier devaient venir de moi, d'infimes gouttelettes qui ne nous feraient aucun mal. Les pins nous observaient, toute notre vie n'était qu'un instant à leurs yeux.

Ce jour a marqué un tournant, un nouveau départ. *À partir de maintenant, ça va aller*, nous murmurions-nous sans le dire. Quel merveilleux sentiment que la confiance en l'avenir. Ta petite main dans la mienne. Ta vie qui avait sauvé la mienne.

Quand la pluie a commencé à tomber, j'ai souri : l'averse allait effacer toutes les traces, noyer ma honte, ma culpabilité et ma douleur.

Nous étions installés sur le perron, la porte ouverte pour laisser entrer l'air estival et le chant des grillons. Nos vêtements étaient imprégnés de nuages humides. De mystérieuses vapeurs éphémères. Nos corps en sueur se rafraîchissaient dans le doux vent nocturne. Je suis entrée dans notre maison et j'ai ouvert le coffre. Lorsque je suis ressortie, tu m'as regardée d'un air grave. Je t'ai fait retirer ton vêtement ensanglanté pour t'enfiler la belle chemise en lin de ton père. Tu avais presque grandi dans cette étoffe, tirant les manches et blottissant ton visage dans le tissu qui reposait désormais sur ton épaule. Quand je t'ai serré dans mes bras, j'ai senti la chaleur de ton haleine contre mon corsage.

– Je suis tellement fatigué, mère, m'as-tu dit. Et en même temps, je n'ai pas envie de dormir.

– La nuit peut durer aussi longtemps qu'il le faut, ai-je répondu. Personne ne viendra plus nous déranger.

Au bout d'un moment, tu t'es levé et tu as ramassé les morceaux de ta personne pour rejoindre la balançoire, filer à travers le temps. Je t'ai regardé longuement aller et venir dans les airs. Le vent t'ébouriffait les cheveux, l'air froissait tes vêtements.

Avant d'aller te coucher, tu m'as caressé la tête, le regard plongé dans la forêt profonde.

– Bonne nuit, mère.

– Bonne nuit, mon Roar. À demain.

Tu as fermé la porte derrière toi. J'imagine que tu es resté un moment debout, passant la main sur ta belle chemise, souriant dans la lumière nocturne qui filtrait à travers la cime des arbres et effleurait le plancher.

Pour ma part, je n'étais plus fatiguée. J'ai attendu des heures avant de me coucher à mon tour, assise sur le perron à regarder la forêt s'assombrir, me réappropriant peu à peu le temps. Tard dans la nuit, j'ai allumé un feu dans la cuisinière pour y mettre ta chemise souillée. Les chaudes flammes nourrissaient mon âme. Tout me semblait léger, en apesanteur. J'ai préparé une décoction de plantes dans une casserole d'eau frémissante. En examinant les bulles qui montaient à la surface, je me suis promis d'en faire autant, d'aller toujours de l'avant.

Il y avait si longtemps que je ne t'avais pas vu sourire dans ton sommeil. Je t'ai caressé la joue, avant de me glisser enfin sous la couverture. Tout mon corps me semblait lourd, chaud et détendu. L'image de tes parfaits lobes d'oreille fixée sur ma rétine, j'ai fermé les yeux et me suis endormie. Désormais, la nature reprendrait ses droits sur le chemin maudit de Rävbacka.

Kåra

À travers un voile de brume

L'après-midi touche à sa fin, il fait sans doute chaud dehors, mais Bricken est fatiguée. Je m'efforce de contrôler ma panique. Peut-être qu'elle est fatiguée, mais moi, j'ai peur. Je suis usée comme une vieille chaussette. Peut-être que c'est ça le problème. Je dois penser à autre chose et éviter son regard. Ne pas remuer trop de poussière ni poser trop de questions, surtout si Bo vient à l'enterrement. Me laisser ternir en serrant les dents, ne pas passer pour le coucou qui chasse les autres du nid. Au début, les murmures me semblaient en dehors de ce que je vivais avec Roar, ils n'avaient pas leur place dans notre histoire, et je ne m'en souciais pas. Du moins, pas tant que ça. Je me rappelle que j'avais le sentiment de sourire différemment quand je le voyais le matin, sur le seuil de la cuisine, à peine sorti du lit, les pieds et le torse nus. Je n'avais pas besoin de l'examiner pour savoir que les années avaient ramolli ses bras et blanchi les poils de son torse. Mais devant son visage radieux, j'avais le sentiment de respirer plus profondément.

Nous ne couchions ensemble qu'en l'absence des autres. Bo n'était jamais dans nos pattes, il passait son temps au village, mais Bricken et Dag rasaient les murs de la maison en nous toisant. Mes journées ressemblaient à des rondins de bois flottant doucement à la surface de l'eau entre les rochers et les bancs de sable, jusqu'à ce que de soudains remous les projettent dans des rivières et des rapides – mais ces moments étaient rares, cantonnés aux quelques heures où nous avions la maison pour nous. Je m'allongeais et j'attendais que Roar me rejoigne, il me semble que ça se passait comme ça. Ensuite, je tentais de lisser le drap, mais j'avais beau tirer sur le tissu, il restait froissé. Quand Dag réapparaissait, je faisais mine de dormir, serrant mon coussin avec des perroquets contre moi, le dernier de la paire, m'efforçant de ne pas bouger jusqu'à en avoir des crampes.

Quand les autres étaient là, je possédais Roar de loin. Dans la forêt, je savais que tout ce que j'avais sous les yeux lui appartenait, et je m'enveloppais de cette sorte de sincérité planant dans l'air froid et humide. Il était à moi, même si je n'osais y songer que lorsque personne ne risquait de m'entendre. Le soir, à l'heure où il était en train de rentrer, je l'attendais dehors dans l'obscurité, les poumons vides et oppressés, ne quittant pas du regard la clôture et l'orée du bois. Souvent, nous nous tenions front contre front derrière l'abri à bois. Parfois, sa bouche effleurait la mienne, et je sentais la chaleur de son haleine.

– J'ai enfin l'impression de vivre, pouvais-je lui murmurer, alors que les mots étaient inutiles.

Un jour, Dag nous a vus l'un contre l'autre, mais il n'a pas réagi. Roar l'a suivi longuement du regard.

– Il a toujours été comme ça.

Exactement ce que je pensais de lui.

Je ne crois pas qu'on nous ait découverts à l'époque, rien ne le suggère. Mais si Bricken n'avait sans doute rien remarqué, Dag avait des soupçons. Comme le prouve cette fois où je l'ai aperçu dans la forêt, en rentrant avec mon peigne à baies. Il flottait un parfum de feuilles humides, et Dag se tenait du côté du coin à champignons. Sans panier, les mains vides, il ne semblait pas être venu chercher des girolles. Il ne bougeait pas, les bras tendus le long du corps, la tête levée vers la cime des arbres. Flairait-il les champignons ? Non, il y avait autre chose. Il a soudain baissé la tête et s'est massé le front, comme si une pensée lui faisait mal. Une pensée me concernant ? Lui qui était venu me chercher au chalet d'alpage des années auparavant pour me dire : « Maintenant, c'est toi et moi. » Je savais qu'il m'avait vue, donc je n'ai pas bougé, mais attendu qu'il approche, qu'il grandisse, que ses contours deviennent plus nets. Mais il est resté à sa place, le regard porté ailleurs. La vérité le poussait-elle à se détourner de moi ? Au bout d'un moment, il est parti, les bras ballants et les pieds traînant dans les myrtilliers. Sa silhouette est devenue floue, avant de disparaître. Cette forêt et cette maison étaient à la fois mon échappatoire et ma sentence. Les yeux voilés de larmes, je suis rentrée chez moi.

Le soir, quand Dag est arrivé, il a retiré son blouson. Aucun de nous n'a mentionné ce qui était arrivé. Peut-être que j'avais rêvé. Mais la nuit venue… Une tempête grondait dans ma tête, je me faisais toute petite, recroquevillée sur moi-même. Les mains de Dag ont surgi sur mon corps, j'avais beau les repousser, elles ne cessaient de revenir, acharnées. Un combat silencieux pour ne pas réveiller Bo, jusqu'à ce que Dag jouisse sur ma cuisse. Tandis que je m'essuyais, il s'est retourné et s'est rendormi. L'obscurité profonde régnait au-dehors. Noir sur fond de noir. Voilà à quoi ressemblent les saisons dans ce pays : le jour éternel ou la nuit éternelle. Pas une voiture n'est passée sur la route.

Même si je suffoquais, je continuais à vivre. Je sautais sur chaque occasion pour m'échapper, m'éloigner des gens de cette maison. Tant que c'était possible. Je sais parfaitement quand ça ne l'a plus été. Ce jour-là, Dag était au travail et Bricken était partie rendre visite à sa sœur adoptive pour le week-end. Bo était fâché contre moi, l'adolescent qui faisait désormais ma taille était du genre lunatique, il m'avait réclamé sa bague, cette alliance avec une inscription en norvégien, je lui avais dit que je ne savais pas où elle était passée, et il avait claqué la porte, furieux que je ne l'aide pas à la chercher. Nous étions donc seuls, Roar et moi, lui occupé dans le jardin, moi dans la cuisine. À l'heure du dîner, nous avons attendu Bo, mais ne le voyant pas venir, nous avons fini par nous mettre à table. Je me disais que, à son retour, je ferais mine de l'aider à fouiller les tiroirs pour tenter de retrouver la bague. J'ai rempli de porc grillé et de carottes l'assiette de Roar, et nous avons mangé en souriant. Ses genoux effleuraient les miens sous la table. Il a saucé son assiette avec un morceau de pain, et dès que j'avais débarrassé, nous sommes montés à l'étage. L'odeur de cuisine s'est mêlée à celle de nos corps. Allongée sur le lit, je me suis laissée vivre sous Roar, puis je l'ai regardé se reposer un moment, les yeux fermés.

Il n'a pas tardé à se lever pour terminer ce qu'il avait entrepris dans le jardin. Je le vois encore se baisser pour ramasser sa chemise, ou peut-être était-ce son caleçon. Alors que je lui cajolais le dos du bout des doigts, des pas ont retenti dehors, sur les marches du perron. Des pas qui approchaient vite, et nous étions encore nus. Où étaient passés ma jupe, mon chemisier et mes bas ? Quand la porte d'entrée s'est ouverte en grinçant, je me suis immobilisée en haut des marches, me dépêchant de reboutonner mon chemisier. Bo est monté quatre à quatre. L'ambiance était lourde, je sentais mon pouls battre dans ma gorge et des frissons me parcourir le dos. Il m'a fixée et a ramassé une chaussette de Roar abandonnée par terre.

Même s'il ne partirait pour Luleå que des années plus tard, il a coupé les ponts avec moi ce jour-là. Il n'a jamais fait de commentaires, sans doute ne savait-il pas quoi dire, mais à partir de ce moment, il est resté dans les parages, ne s'aventurant que rarement au-delà de la clôture. Il ne me lâchait plus, et en même temps, il se tenait à l'écart, préférant la compagnie de son grand-père qui lui racontait des histoires de famille dans le jardin. Au moins, il semblait avoir oublié l'affaire de la bague.

Maintenant que Roar et moi ne pouvions plus discuter dans l'air brûlant de la maison, nous avons commencé à nous voir dans le vieux mirador. Je me souviens qu'il partait en premier et que je le rejoignais un peu plus tard. Un chemin interdit. Les arbres aux alentours s'étaient adoucis au fil des années, leurs veinures avaient gonflé au contact de la pluie et de la neige. Je sens encore sous ma paume les peaux de bêtes brunes installées là-haut. De temps en temps, un tracteur pouvait traverser la forêt, mais jamais par là-bas. Ensuite, nous rentrions le plus souvent ensemble. Un jour, Roar m'a raconté qu'il avait construit ce mirador avec sa mère. Cette femme qui tenait bon et dont je devais m'inspirer.

– Écoute, m'a-t-il dit. Écoute comme le silence regorge de bruits !

Je tendais l'oreille et ouvrais les yeux.

Je me rappelle m'être endormie dans la mousse, la tête sur son bras. La forêt ne se laisse pas comprendre, mais éprouver. À ses côtés, j'aimais quand elle était plongée dans l'obscurité. L'hiver, nous nous réchauffions contre les fourrures, sous le blouson de Roar. Le froid rendait ses lèvres glaciales et ses mains humides, mais son regard était toujours aussi chaud. La nuit nous enveloppait comme une couverture.

Qui donc était cette femme que j'étais devenue ? Elle me plaisait.

– Parle-moi d'Unni, lui ai-je demandé sous la lune. À quoi ressemblait-elle ?

– Elle ressemblait beaucoup à Bricken, m'a-t-il répondu.

Voilà, c'était dit, il ne pouvait pas retirer ses mots.

Penché sur moi, il a ajouté :

– Peut-être que c'est pour ça qu'un jour je suis tombé amoureux de Bricken. En tout cas, je sais que c'est pour cette raison que nous sommes là, tous les deux.

Mais comment pouvais-je être comparée à une femme aussi forte ? Roar a retiré quelques aiguilles accrochées à son bonnet. Il avait les cheveux blancs en bataille.

Un jour que nous nous tenions front contre front, Dag a traversé la cour. Je crois qu'il nous a vus. Il a passé les doigts dans ses cheveux couleur sable, sans avoir l'air de penser quoi que ce soit. Pourtant, je me sentais inquiète. J'ai recommencé à collectionner les marrons que je glissais les uns après les autres dans le bol à la maison. Il n'y en avait jamais trop.

– Dag a toujours été en retard, m'avait dit Roar en secouant la tête, à croire que sa montre va plus lentement que la nôtre. J'ai fini par comprendre que ça venait de nous, de Bricken et moi. Ce n'est pas sa faute. En tout cas, quand on ne sera plus de ce monde, tu seras là pour veiller sur lui.

J'avais eu l'impression d'être ensevelie de gravier. Dire que, un jour, tout reposerait sur moi.

Heureusement, le destin en a voulu autrement.

Bricken ne s'approchait jamais de la forêt, mais un soir, en rentrant, je l'ai croisée dans la cuisine. Je voyais clair en elle. Dès qu'elle m'a remarquée, elle a arrêté de chantonner tel un oiseau avant l'orage. Je me rappelle qu'elle avait un couteau en main, les bras le long du corps. Elle semblait garder la porte d'entrée et celle de la chambre. Un goût de poussière m'a envahi la bouche. Elle a retiré de la lame quelques écailles de poisson et m'a regardée d'un air qui ne me plaisait pas. Comme si j'étais un poisson à écailler, peut-être. Une fois à l'étage, j'ai senti du sperme couler entre mes jambes tandis que je fouillais derrière le paquet de muesli. Cette nuit-là, j'ai rêvé qu'elle nous surprenait.

À la maison, je voyais Roar à travers un voile de brume. Je m'occupais de mes affaires l'air de rien, même si Bricken me compliquait la tâche. Un soir, à travers l'embrasure de la porte, j'ai aperçu le dos de Roar dans l'entrée, et je discernais une silhouette à côté. Je me suis approchée pour mieux voir : elle était là, devant lui, et il lui caressait le nez comme si je n'existais pas. Comme si cette maison n'appartenait qu'à elle. La lumière de l'entrée ricochait sur la neige et se diffusait sur leur visage, si bien qu'ils étaient éclairés des deux côtés. J'ai reculé, laissant des traces marron dans le manteau blanc.

Unni

Marche

Contusion des côtes, des reins et du crâne. Fracture du bras et de l'os malaire.

Voilà comment tu aurais pu finir, quelques notes dans un procès-verbal. Mais tu étais en vie, mon fils, nous l'étions tous les deux hors de ce document. Je ne cessais de te caresser les cheveux, de panser tendrement tes plaies du bout des doigts, d'embrasser délicatement l'hématome que tu avais sur le front pour le faire disparaître.

En une soirée, tu étais devenu infiniment plus âgé, et en même temps, tu avais rajeuni. Un vieux prophète coincé dans un petit corps humain, doté d'un rire d'enfant. Je crois que tu étais heureux. Après tout, que signifient quelques cicatrices ?

Tu nous avais sortis de l'enfer, Roar.

Te souviens-tu que tu es resté encore trois ans à mes côtés après la disparition du paysan ? Par amour pour moi, j'imagine. Tu voulais t'assurer que les gens du village ne jasent pas. La journée, pendant que tu travaillais pour nous offrir ce que nous ne pouvions pas cultiver, tu tendais l'oreille, tu écoutais le moindre murmure résonnant dans ton dos. Personne ne nous mentionnait, le paysan et moi, dans la même phrase. Les gens ne parlaient que de sa veuve, comment allait-elle s'en sortir sans son mari ? À la maison, tu m'aidais à récolter les carottes et les pommes de terre, et à cueillir des bouquets de champignons dorés à faire sécher pour l'hiver. Personne n'est venu nous demander si nous avions vu le paysan. Une semaine après sa mort, tu avais entendu des villageois en discuter au magasin, ils se demandaient s'il avait encore trop bu ou trébuché sur une racine dans le noir. L'affaire a fait parler d'elle pendant quelque temps, et puis elle a été oubliée.

Un soir, à la fin de cet été, quand les jours avaient commencé à raccourcir, nous avons trouvé un papier déchiré en deux sur le perron, en rentrant de la forêt. *Achat à tempérament de Sörvreten sur dix ans.* Le contrat. Une attestation de cession était jointe, signée : *Madame Ada Nilsson, Rävbacka.* Pas de lettre, pas de mot. Rien. Ce n'est qu'à ce moment que j'ai vraiment compris que le paysan avait disparu pour de bon, avec sa ceinture et son pantalon, et que ses bottes n'approcheraient personne non plus du côté de Rävbacka.

Aussitôt, les larmes ont surgi. Toutes ces larmes que j'avais ravalées pour Armod, pour Brita Elise, pour Tone Amalie, pour toi et pour moi-même se sont échappées de ma mémoire et se sont déversées sur mes joues. Le lendemain, j'ai traversé la forêt seule pour remercier Mme Nilsson. En me voyant approcher, elle s'est arrêtée en plein mouvement au milieu de la cour de ferme. Toutes ces choses que nous avions tues, elle et moi, flottaient dans les airs comme des aigrettes de pissenlit. Elle s'est essuyé les mains dans son tablier, puis cherchant ses mots, elle m'a proposé son aide et un travail rémunéré, si nous en avions envie.

Roar. Tu as gardé ta place sur cette terre, et tu m'as redonné la mienne.

Dans l'ombre des arbres demeurent ceux qui nous manquent.

Comment t'es-tu reconstruit après tout ça ? Je l'ignore, voilà quelque chose d'aussi mystérieux que le but des oiseaux migrateurs et les ombres qui dansent autour d'un feu. Tu mangeais tranquillement tes tartines. À l'arrivée du froid, je n'aurais plus jamais à m'inquiéter que tu grelottes au champ.

Le mortier trônait sur la table de la cuisine.

– Si on est en vie, c'est grâce à lui, m'as-tu dit un jour en passant le doigt sur le marbre.

Même ta voix s'était transformée, désormais éraillée, mais solide comme le roc, sans la moindre hésitation.

– C'est grâce à lui, as-tu répété.

– C'est grâce à toi, Roar, ai-je ajouté.

Tu as poussé un rire, le regard pétillant. Le vent portait le parfum de l'herbe.

– Les gens disent qu'il faut aller de l'avant, as-tu repris en me prenant la main. Mais des fois, ce n'est pas possible, alors il faut recommencer à zéro. C'est ce qu'on a fait.

Vivre me semblait si simple, désormais, il suffisait d'écouter la nature et de regarder autour de moi. Quand les ruisseaux de la forêt commençaient à siffler et à sortir de leurs lits, je savais que le printemps était arrivé. La danse des elfes, les fleurs sauvages, le chant des oiseaux. À l'approche de l'automne, le soleil se couchait plus tôt, et lorsque des nuages gris s'accumulaient dans le ciel, l'hiver serait bientôt blanc. Dans ce monde à la fois le même et différent, nos promenades étaient lumineuses ces années-là. J'aurais pu rester à jamais dans la forêt avec toi, si la faim ne nous poussait à rentrer en fin d'après-midi. Parfois, tu faisais voler ton cerf-volant.

– Regarde comme il est beau ! t'exclamais-tu en courant derrière.

Lorsque le soleil effleurait le tissu, mes initiales apparaissaient à travers. Autrefois, j'avais eu un drap portant le même monogramme bleu ciel.

Brita Elise, dors-tu paisiblement dans ton drap doux ? Te portes-tu bien, où que tu sois ?

Maintenant, elle aurait pu revenir auprès de nous, notre maison était assez sûre pour l'accueillir. Mais je ne l'ai pas retrouvée, personne ne savait où elle était passée. Je l'ai cherchée en vain pendant des années. Mon inquiétude rôdait tel un chat noir. Je n'arrivais pas à me résoudre à ce que ma petite ne fût peut-être plus de ce monde.

Une fois que tu savais que le garde-manger resterait plein et que le village était passé à autre chose, tu as quitté ta mère et tes cicatrices pour commencer à parcourir les routes. S'était-il vraiment écoulé trois ans ? Le temps allait si vite. À près de quatorze ans, tu étais débrouillard et plus grand que moi, mais dès que je refermais la porte derrière toi, je comptais les jours, pétrie d'angoisse jusqu'à ton retour. Quand je te serrais dans mes bras, je sentais encore la chaleur de ton corps d'enfant. J'entendais Armod dans ton rire, même si tu avais une voix bien à toi.

Il n'était plus là, mais toi, si.

Qu'il était agréable de te voir marcher d'un pas décidé vers l'avenir quand tu partais et revenais, pour repartir peu après. Du travail pouvait t'attendre ici ou là, tu ne refusais jamais rien, mais finissais toujours par revenir. Comme l'homme que tu appelais « père ». Tu réapparaissais plusieurs fois par an et pour Noël. La forêt s'animait pour te souhaiter la bienvenue, et vous discutiez ensemble dans votre langue secrète. Entre chacune de tes visites, des araignées tissaient patiemment leur toile aux quatre coins de la maison. Grâce à ce que tu me rapportais, mon corps s'est couvert pour la première fois d'une couche de chair tendre me tenant chaud.

Il m'arrive de penser à un jour, des années plus tard, un après-midi enneigé qui aurait pu tout changer. Je l'ignorais, mais tu étais en train de rentrer à la maison. *À la maison.* J'aimais croire que c'était ce que tu te disais en entendant tes propres pas sur le sentier, entre ces arbres que tu connaissais bien.

Je t'ai vu émerger à l'orée du bois bien des fois, tantôt sous une froide pluie battante, tantôt dans le coucher du soleil, les cheveux te couronnant d'une auréole. Tu savais que j'étais à l'intérieur, peut-être devinais-tu ma silhouette, car tu me faisais toujours signe de la main. J'allumais une bougie pour que tu me voies te répondre. Une de ces bougies avec des chatons de saule en guise de mèche, que j'avais depuis longtemps. La flamme projetait des ombres au plafond, et tu étais de retour. À travers les forêts sombres en hiver, les montagnes du Hälsingland au printemps, et les journées humides en automne, tu te frayais un chemin vers chez nous, de plus en plus fort, adulte. Toujours le sourire aux lèvres, que tu aies le visage caressé par le soleil ou fouetté par la pluie. Peut-être parce que tu savais que rien de pire que ce que nous avions déjà enduré ne pouvait nous arriver.

– Bienvenue à la maison.

– Content de te voir, mère.

Je serrais dans mes bras ton corps devenu plus grand que le mien. Autour de pain frais et de boissons chaudes, nous discutions toute la soirée dans la lumière vacillante de la bougie. Tes pupilles avaient beau inspirer le calme, elles portaient une lueur de mélancolie que je retrouvais dans le bruissement des arbres. Au fond de moi, j'entendais encore vos rires et le bruit de vos petits pieds dans l'herbe. Vous auriez dû être trois.

Ce jour-là, je regardais la neige virevolter au-dehors, assise à la table de la cuisine. Les épais flocons semblaient se tenir main dans la main en tombant du ciel. Les bouleaux dormaient profondément, malgré les bourrasques qui soufflaient dans leurs cimes. Une tempête d'une grande beauté, le genre qui écorchait les yeux. À travers l'averse blanche est apparu un couple, un homme qui n'était autre que toi et une femme coiffée d'un chapeau d'où s'échappait une chevelure soigneusement ondulée. À ta démarche, j'ai vu que tu étais heureux. Tu n'avais pas de manteau, tu le lui avais cédé.

– Bienvenue !

T'embrasser me donnait l'impression de m'enfoncer dans la chaleur d'un lit de feuilles et de résine. Comme avec Armod des années auparavant. Tu avais les doigts bleus, mais la jeune femme était bien couverte.

– Irma, s'est-elle présentée en me tendant sa main gantée.

Elle avait les yeux d'un bleu aussi vif qu'une photographie en couleurs.

Du fond de la poche de ton manteau, elle a sorti des pastilles pour la gorge, agglutinées les unes aux autres, qu'elle a jetées à la poubelle sur les pelures de pommes de terre. J'ai attendu qu'elle regarde ailleurs pour les glisser dans un bocal. Si je retrouvais un jour Brita Elise, je lui donnerais ces confiseries.

Tu t'étais donc trouvé une Irma aux yeux brillants et aux cheveux de beurre, aussi belle qu'Elvira Madigan.

– Comme j'ai envie que tu sois deux, t'ai-je dit.

Et tu m'as caressé le dos.

Irma n'y pouvait rien, mais sa coiffure m'évoquait les cheveux du pasteur, avec ses ondulations qui tombaient délicatement d'une raie parfaitement tracée.

– Je suis une fille des villes, affirmait-elle.

Alors tu as économisé six mois pour une chambre à louer avec un grand lit pour vous deux.

Quelques images de cette époque me sont restées en mémoire : Irma, à genoux devant la cuisinière à bois avec deux bûchettes qu'elle tend vers les flammes, sans les atteindre. Elle se tient trop loin du feu pour y arriver, pour voir ce qu'elle fait, et elle hésite à demander de l'aide, l'air mal à l'aise dans cette position, devant la cuisinière, dans notre petite maison. Peut-être aussi devant sa possible future belle-mère toute ratatinée, aux mains fripées et aux ongles en deuil. Je me rappelle également que tu lui as proposé plusieurs fois d'aller vous promener vers la clairière où se dressait le mirador. La première, c'était au printemps, la grisaille était moins grise et les pommiers s'étaient ornés de vagues nuances de vert. Peut-être que tu avais quelque chose à lui dire, ou juste envie de te mettre avec elle sur les peaux d'ourse et de regarder le lac scintiller au loin.

– Je l'ai construit quand j'étais petit, je peux te le montrer ?

– Bien sûr. C'est loin ?

Irma t'a suivie ce jour-là, mais la fois suivante, il faisait moins beau, le vent soufflait fort, ça lui paraissait trop loin, trop mouillé, trop sombre, il y avait trop d'animaux en forêt, trop de neige. Elle trouvait toujours une excuse pour ne pas y aller. Tu lui as proposé deux fois encore, peut-être trois, et tu as arrêté. Pendant qu'Irma restait au coin du feu, tu regardais par la fenêtre en direction du mirador, derrière les flocons qui ne cessaient de tomber. Tu lui tenais l'épaule, sans doute respirais-tu l'odeur de ses cheveux. Devant ton air songeur, je sentais ma nuque se courber. En réalité, elle n'y pouvait rien, elle n'était simplement pas comme nous : elle n'appartenait pas à la forêt.

Elle m'avait offert une soupière décorée de petites fleurs rouges dont je n'ai jamais voulu me servir. Je n'aimais pas Irma. La vérité avait quelque chose d'étouffant, mais ce n'était pas mon rôle, et tu n'avais pas besoin de savoir ce que je pensais d'elle.

Parce que toi, tu l'aimais, je crois. Voilà ce qui comptait. Et pourtant, elle refusait de t'accompagner au mirador, même si elle éprouvait pour toi une sorte d'amour, il me semble. Un amour tiède et discret. Elle t'a quitté un jour d'automne pour le fils d'un brasseur de Hudiksvall. La mousse avait commencé à craquer sous les pieds, c'était une belle journée gorgée de lumière. Les animaux de la forêt étaient bien en chair sous leurs pelages, et les feuilles se balançaient en riant sur leurs branches, prêtes à se poser sur une mer de couleurs. Mais à tes yeux, tout était gris. Tu as retrouvé ce regard vide dont j'étais si heureuse que tu te sois débarrassé. Plus tu te repliais sur toi-même, plus j'avais peur que tu sombres dans le passé.

– Ça va passer, mère, ne t'inquiète pas, affirmais-tu.

Tu es parti pour une promenade qui allait durer un an, l'air chétif sous le poids de ton sac à dos, avec tes rêves brisés et tes misérables cartes de rationnement. Kilomètre après kilomètre, tu as cuvé ta déception. Chemin après chemin, heure après heure. Une longue marche pour surmonter le chagrin. La guerre qui avait frappé le monde ne te touchait pas. Tes cheveux se sont couverts d'écorce et de résine, tes chaussures se sont usées, la droite puis la gauche. Je t'ai trouvé une nouvelle paire, des rouges qui n'ont pas tardé à lâcher, elles aussi. À la fin de l'hiver, tu as dû te contenter des moins usées, celles qui laissaient passer le moins de neige. Des chaussures dépareillées aux pieds d'une âme esseulée. De temps en temps, tu rentrais te sécher les pieds au coin du feu. Je te servais à manger et te regardais, assise à côté de toi.

– Ne t'inquiète pas, mère, me disais-tu. J'avance, le pire est derrière nous.

Petit à petit, l'amertume s'est dissipée. Je me souviens que le jour où tu es rentré avec de l'argent après avoir récolté de la résine de pin, tu semblais déjà un peu moins terne. Les Allemands payaient bien, m'as-tu expliqué, ils avaient besoin de résine pour fabriquer de la pommade, des pansements et des explosifs destinés au front russe. Nous étions en mars, le soleil commençait à se montrer derrière les arbres couverts de neige. Tu es reparti, et le printemps n'a pas tardé à arriver, d'une douceur et d'un vert tendres. Les bourgeons s'épanouissaient dans la lumière, et chaque fois que tu revenais, tu semblais avoir retrouvé un peu plus de couleurs. Toujours aussi aimable, toujours aussi serviable, mais plus aussi radieux qu'avant. Penchée sur le ruisseau, je savourais la chaleur du soleil se mêlant à la fraîcheur de l'eau que je buvais à grandes lampées, avant de me mettre à genoux et de prier pour toi.

Les choses auraient pu être pire, je le savais bien. Tu aurais été orphelin voire enterré, si tu n'avais pas eu le courage de briser le crâne du paysan, tu serais mort de faim à peine venu au monde, si la sage-femme ne m'avait pas appris à aider les patientes contre quelques pièces et de la nourriture. Et nous aurions été séparés pour toujours si un homme, de longues années auparavant, n'avait pas oublié de verrouiller la cage qui devait me transporter jusqu'à l'asile de Trondheim. Les papiers portant mon nom et mes péchés m'attendaient peut-être toujours chez le pasteur, si j'osais revenir.

– Non seulement on joue à la putain, mais aussi à l'avorteuse.

Voilà ce qu'il m'avait dit le jour où je m'étais enfuie.

À ses yeux, je n'étais qu'une dépravée. Non pas une jeune femme bonne et vertueuse, mais une putain qui avait donné naissance à un enfant hors mariage. Le sien, mais ça ne changeait rien. Non seulement j'étais incapable de tenir une maison, mais je poussais certaines femmes au crime. Une telle créature avait nécessairement perdu la raison.

Je me rappelle comme ce corbeau s'attendait à ce qu'on lui obéisse, une fois de plus. Il avait envoyé le bedeau me chercher. Assis devant moi, les mains jointes et les yeux dardés dans les miens, il avait déclaré :

– À votre avis, que fait-on des filles comme vous ?

Manifestement, il s'attendait à une réaction de ma part. Mais je n'avais pas bougé, prise au piège dans son regard, serrant entre mes mains ma boîte de médicaments que je n'avais pas eu le temps de laisser, avant de me rendre au presbytère.

– Avez-vous une idée de ce que les gens disent de vous ? avait-il repris.

Je me taisais. Ses cheveux blancs tombaient parfaitement de part et d'autre de son visage, ces mèches soigneusement peignées que j'avais vues vaciller sur son cuir chevelu en sueur, à l'époque où je vivais au presbytère.

Il avait pris une profonde inspiration et s'était emparé des papiers.

– Ne voyez-vous pas que votre existence est une honte, et que ce que vous vous obstinez à défendre n'est rien d'autre qu'un crime ? avait-il lancé en les agitant. Vous méritez d'être enfermée !

Puis il avait posé les papiers pour finir de les remplir, soufflant de temps en temps sur l'encre bleue. Les alliances brillaient sur le bureau. Je ne me suis pas justifiée, concentrée sur son visage lisse dépassant de sa fraise. Cet homme qui s'était introduit dans ma chambre, m'avait arraché ma couverture et mise à la porte voulait maintenant me jeter en prison parce que j'avais voulu vivre. Tout était perdu, certains se retrouvaient derrière les barreaux pour moins que ça. Par exemple cette jeune fille qui avait tenté d'assassiner son bébé, à moins qu'elle ne l'ait simplement mis au monde, aimé et perdu, ou ce garçon qui avait peur des choses qui n'existaient pas. Ou encore cet homme atteint de syphilis, qui avait été emmené à cause des convulsions et des délires dont il souffrait. Parce que son fils aîné refusait de manger de la viande, ce qu'avaient dénoncé les gens de la ferme qui l'employaient, le garçon avait dû suivre son père. Je n'oublierais jamais leurs regards lorsque surgissait la charrette qui venait les chercher. Des nuages bas couvraient le soleil, mais dans l'air voilé, leurs yeux luisaient de terreur. Je n'ai jamais revu aucun de ces visages. Sans doute étaient-ils morts, s'ils ne moisissaient pas toujours dans le ventre de Tronka. Mais cette fois, c'était moi que la charrette venait cueillir.

Mes plantes médicinales allaient me conduire à l'asile de fous et me séparer de mon fils. Peu à peu, j'ai compris que je ne te serrerais plus jamais dans mes bras, Roar, Tronka était le genre d'endroit dont on ne revenait pas. Seul un homme en était sorti, mais il était devenu muet et était resté boiteux pendant des années, preuve du mauvais traitement qu'on lui avait réservé. Il avait dû finir par mourir, personne ne le voyait plus.

Le pasteur avait rempli la dernière page, sa plume crissant sur le papier, puis il s'était adossé à son fauteuil, l'air satisfait.

– Ça ira pour le garçon, avait-il déclaré en reposant sa plume. Je le prendrai sous mon aile.

Un frisson glacial m'avait parcouru la moelle épinière. Je le voyais encore s'agiter sur moi, j'entendais ses gémissements dans le noir. Sous son aile… On allait me voler mon enfant et me jeter aux oubliettes.

Je m'étais levée et avais esquissé une révérence. Un dernier regard sur les documents posés sur le bureau, et je m'étais retournée. Le pasteur s'était dirigé vers la porte pour m'escorter, sans remarquer que les alliances avaient disparu. Sa longue robe noire parfaitement repassée traînait sur le sol de la sacristie. Le paysan qui devait me conduire à Tronka m'attendait dehors, empestant l'alcool et la sueur. Il avait fermé doucement la porte de la sacristie avant de m'emmener vers la charrette, me tenant fermement le bras. Dans l'écho des murmures des gens aux alentours, j'étais montée sur le véhicule et je m'étais glissée dans la cage. L'homme avait fouetté son cheval et nous étions partis. Quand la charrette s'était mise en mouvement, la porte de la grille avait claqué. Plus nous prenions de la vitesse, plus le verrou en métal frappait fort contre le bois, et je m'étais soudain rendu compte qu'il avait oublié de m'enfermer. J'avais attendu un virage pour bondir de toutes mes forces. En atterrissant, je m'étais tordu la cheville et écroulée par terre, mais ignorant la douleur qui irradiait dans ma jambe, je m'étais relevée et avais couru, continuant pas à pas, ma boîte de médicaments entre les mains. Je n'avais pas osé passer à la maison prendre quelques affaires, mieux valait filer droit vers le port où Armod était occupé à goudronner une barque, avec toi à l'intérieur.

– Armod !

Tu t'étais retourné.

– Qu'y a-t-il, Unni ?

Il s'était penché pour te prendre dans ses bras, Roar, et m'avait écoutée tout lui raconter.

– Je te suis.

Quelques minutes plus tard, nous avions quitté la ville avec un balluchon et toi, prêts à battre les sentiers vers une autre vie.

Tu as pris l'enfant du pasteur ?

Oui.

Avais-je le choix ? Nous nous sommes enfuis avec toi vers un nouveau pays, un endroit où personne ne nous connaissait. Pendant ce périple, tu es devenu le fils d'Armod et moi sa femme. Impossible de faire demi-tour. Il n'y avait que la route qui s'étendait devant nous.

Roar, mon Roar. Perdre Irma n'était pas si grave, tant de gens avaient des peines de cœur. Et pourtant, j'allais et venais entre ma chaise et la fenêtre cette année où tu as parcouru les routes. C'était mon devoir de mère et mon désir le plus fort. Je retiendrais mon souffle tant que tu ne te serais pas redressé, tant que la neige qui t'alourdissait l'esprit n'aurait pas fondu.

Une nuit, croyant apercevoir une étoile filante, j'ai murmuré deux vœux, un pour chacun :

Que tu trouves une Irma qui redonne de l'éclat à ton regard. Qui que ce soit, quoi que je pense d'elle.

Que je retrouve ma petite fille.

Si ces deux souhaits étaient exaucés, je promettais de ne plus me soucier de rien. Je promettais au ciel de laisser le destin se jouer librement.

Je le jurais solennellement. Je l'aurais fait même si j'avais su ce qui nous attendait.

Kåra

La roue tourne

– Un peu plus ?

J'opine.

– Une minute, dit Bricken, et elle se lève, le souffle lourd, pour remettre la verseuse sur la cafetière.

Une planche grince sous son poids. Sa sœur vient d'appeler pour présenter ses condoléances, comme la mienne. Greta vit à une heure d'ici, elle a proposé de venir, mais Bricken a secoué la tête en me regardant. Elle s'en sortait, a-t-elle affirmé, j'étais là pour l'aider. La boule qui me bloque la gorge persiste. Ça fait des jours que nous sommes là, dans la cuisine, à boire du café et à veiller sur la mémoire de Roar. Le soir, je monte à l'étage et elle va dans sa chambre, mais contrairement à moi, elle peut s'endormir dans le fauteuil qu'il a laissé vide.

– Pour discuter, il nous faut du café, ajoute-t-elle.

Ses mouvements sont tellement crispés qu'elle a l'air de marcher pieds nus sur des cailloux. La gêne m'écorchait, surtout lorsque Dag a commencé à me lancer des regards inquisiteurs. Je me souviens comme je l'évitais, forçant ses yeux à se porter sur autre chose. Quand Bo a terminé le lycée, je n'étais pas une de ces mères qui souhaitent sans le vouloir que leur enfant s'en aille : je l'espérais, du fond du cœur. Je voulais me débarrasser de ce fardeau, y échapper une fois pour toutes. Pour la même raison, j'ai voulu tout avouer. Bricken devait savoir, elle au moins. Mais Roar a refusé, et je ne crois pas que ma mémoire me joue des tours.

– Dag ne doit rien savoir, et il est inutile d'en parler à Bricken, a-t-il dit. Elle n'aurait rien contre, mais elle n'a pas envie d'entendre ça, d'en discuter. Il y a certaines choses qu'il faut taire, tu comprends.

Mais c'était plus fort que moi.

– Dans ce cas, pourquoi est-ce qu'on ne peut pas simplement dire la vérité ? ai-je rétorqué d'une voix mal assurée.

Il a secoué la tête, l'air plus résolu encore.

– Ce n'est pas pour elle qu'on se cache, mais pour Dag et Bo. Il ne faut pas qu'ils te perdent.

Bo… Roar avait raison, je le savais au fond de moi. Mon petit Bo ne devait rien apprendre, du moins pas plus que ce dont il se doutait déjà. Il était bien assez fatigué de moi. Quant à Dag, si ses soupçons venaient à se confirmer, il lui aurait aussitôt téléphoné, à Luleå. Un soir, je l'ai vu en rentrant, alors que j'enjambais la clôture avec des aiguilles dans les cheveux, et j'ai senti dans son regard qu'il avait compris. Mon estomac s'est noué. Ses yeux m'ont fait subir un interrogatoire toute la soirée. J'ai nié, nié, nié. Lorsqu'il est descendu voir sa mère, je feuilletais un livre de recettes et m'imaginais lui mitonner un ragoût de chaussettes et le regarder se goinfrer.

Le lendemain, la route était couverte de feuilles mouillées et la moto de Dag a dérapé. Nous étions dans le jardin et n'avons pas entendu le téléphone sonner, mais un parent de la vieille Ada de Rävbacka est arrivé en courant, agitant les bras, pour nous annoncer qu'ils avaient entendu un fracas et trouvé Dag dans le fossé, coincé sous sa moto. Bricken s'est paralysée.

– Il était conscient ?

– Oui, a répondu l'homme.

Il avait gémi, crié et pesté contre ce putain de pneu qui avait encore crevé.

Les gens de la ferme avaient aidé à dégager le blessé de la moto et à l'installer à l'arrière d'une voiture. Dag jurait encore lorsqu'ils avaient refermé la porte et que le véhicule était parti pour Söderhamn, pneu à la con, l'assurance allait entendre parler de lui, jamais il n'avait été aussi en colère, jamais il n'avait eu aussi soif.

Quand je suis arrivée à l'hôpital avec Roar et Bricken, le soleil ruisselait sur le sol comme une nappe de lave tiède. Dag était sur une table d'opération quelque part, de l'autre côté du mur. Grave hémorragie interne et rupture de la rate, l'intervention a duré des heures, j'ai attendu les yeux fermés sur une chaise dure aux accoudoirs râpeux.

Dag n'a pas survécu. Roar s'est affaissé lorsque les médecins sont venus nous l'annoncer. Dieu que c'était douloureux à voir. Bricken et lui se serraient l'un contre l'autre, comme s'ils étaient seuls au monde. Moi, avec mes cheveux raides et ternes, je suis restée en retrait à songer comme la nuit était noire, la veille, quand je m'étais faufilée dehors pour dévisser la valve. Quelqu'un avait laissé une revue et un sachet de beaux raisins bien ronds dans la salle d'attente. Du poison vert.

Désormais, une chaise était vide dans la cuisine. Un silence pesant régnait dans la maison et leurs yeux voilés de larmes me faisaient mal. Bricken n'arrêtait pas d'en parler, cet accident n'aurait jamais dû arriver, lui qui avait toujours été si prudent. Et pourtant, il était mort. Ma gorge se nouait en entendant Bo répéter au téléphone qu'il ne comprenait pas comment c'était possible.

– Je ne comprends pas, disait-il d'une voix fluette dans le grésillement du combiné. C'est papa qui m'a appris à conduire.

Il avait perdu son père, ai-je soudain réalisé.

Et Roar son fils. Il disparaissait pendant des heures dans la forêt et ne voulait plus de ma compagnie. À la maison, il se tenait dans le jardin, le dos tourné. J'essayais de le consoler, mais son champ de vision semblait s'être rétréci, je n'y avais plus ma place. Les bras ballants et le dos courbé, vieillissant, il allait et venait entre l'abri à bois et la remise, la réserve de pots de peinture et le mur à repeindre sans me prêter attention.

Bo a fait le déplacement pour l'enterrement, alors qu'il n'était pas prévu qu'il revienne de sitôt, maintenant qu'il vivait à Luleå. Il allait d'une pièce à l'autre en tâtant les affaires de son père. Une vieille montre en panne dont il a longuement palpé le boîtier, une casquette et un agenda qu'il a glissés dans sa valise marron, il me semble. Au moment de son départ, sa main est restée un instant sur mon dos, il m'a dit que ça se passait bien pour lui, là-bas, que l'air du Norrbotten avait quelque chose de particulier. Une partie de moi aurait voulu se faufiler dans sa valise et s'en aller avec lui. Une autre lui demander pardon.

Les semaines qui ont suivi, le glas sourd des cloches de l'église a résonné longuement au fond de moi.

L'alliance de Dag était plus fine que je ne l'espérais.

Qui de nous deux a rompu ? *A posteriori*, il me semble que le premier signe de la fin a été le magazine de mots croisés laissé intact sur la table. Pour son anniversaire, Bricken avait l'habitude de lui offrir un abonnement de six mois, et dès qu'il recevait un numéro, il remplissait toutes les grilles en quelques jours comme si ça le démangeait. Deux semaines après l'enterrement, il n'y avait pas posé la mine de son crayon. Son visage était toujours aussi hâlé qu'avant, mais sans intention, sans but.

Le début de la fin. C'est à partir de ce moment qu'il n'a plus enfilé de chemises parce qu'il avait les mains qui tremblaient trop pour pouvoir les boutonner. J'évitais son regard afin de ne pas être confrontée à la réalité. De ne pas me rendre compte qu'il n'avait plus envie de moi.

Voilà comment notre histoire s'est terminée.

Nous n'en avons parlé qu'une seule fois. Ce jour-là, c'était lui qui avait détourné les yeux, se frottant les mains sur les cuisses. Quand nos regards se sont finalement croisés, je suis à peu près sûre d'y avoir vu une étincelle.

– Viens là, m'a-t-il dit. Viens là, peut-être pour la dernière fois.

J'ai pleuré dans ses bras.

– Tremper ma chemise de larmes ne risque pas de nous aider, a-t-il déclaré. Tout a une fin. Il n'y a pas à avoir peur de la mort, rien n'est aussi sûr que ça. Le problème, c'est quand elle arrive prématurément.

Il s'est redressé, ou plutôt il a essayé. Ses mouvements étaient devenus lents. Manifestement, son amour de la terre ne suffisait plus, il s'était ratatiné comme tout le monde.

– Je vais bientôt tomber malade, régresser, et ce sera fini. Il n'y a aucune raison de pleurer. Toi aussi, tu t'y diriges petit à petit.

Mon Berger du Caucase m'a fixée, les oreilles tombantes. Je l'ai ignoré, écoutant Roar reprendre avec presque un rire :

– Personne ne veut penser à la mort. On voudrait qu'elle nous surprenne, qu'elle passe en coup de vent sans prévenir. Ça n'a rien de macabre, c'est juste le point final de la vie. J'espère connaître une belle mort, que, le moment venu, elle prendra ce dont elle a besoin sans traîner, sans faire mal.

Chaque syllabe résonnait dans ma tête, mais je n'avais pas envie de savoir.

Finalement, je l'ai fait attendre longtemps.

– Roar en a parcouru des kilomètres dans sa vie, disait volontiers Bricken. Il a bien le droit de s'installer où il en a envie.

Elle le regardait souvent par la fenêtre de la cuisine, avant de se retourner et de rejoindre la cuisinière en me passant devant. Ses vêtements et sa peau étaient imprégnés d'une odeur de graillon. Le temps ne l'avait pas non plus épargnée, à voir son dos courbé comme si elle portait un lourd fardeau. Lorsqu'elle me parlait de Roar, elle avait les yeux rivés par terre, à croire que sa tête pesait lourd sur ses épaules.

Roar avait grandi aux côtés d'Unni et travaillé aussi dur qu'elle. Il avait eu le cœur brisé, lui aussi, avant de rencontrer Bricken au détour d'une route et de lui réparer son vélo. Son premier amour s'appelait Irma. Avant qu'elle ne le quitte, il avait économisé six mois pour louer une chambre en ville avec un grand lit pour tous les deux. La garce. Après, il avait flâné toute une année, m'avait raconté Bricken. Je me souviens que j'en avais parlé à Roar, un jour, je m'étais toujours imaginé quelque chose d'affreusement triste, mais il avait éclaté de rire.

– En restant, je craignais sans doute de faire marche arrière. Ce qui est étrange, c'est que ce périple m'a ramené à mon point de départ. Il m'a fallu des milliers de kilomètres avant de comprendre que, pour avancer dans la vie, il fallait garder la tête en équilibre, et non les jambes.

Le temps de l'équilibre était révolu. Roar rabougrissait dans ses vêtements, l'air d'un bonhomme représenté en quelques coups de crayon. Il marquait de plus en plus de pauses entre ses mots, et semblait même hésiter à ouvrir les yeux après sa sieste. Je savais depuis longtemps que son existence était rassasiée, qu'elle touchait à sa fin, mais le désir de vivre est d'une grande force, peut-être la plus puissante de toutes. Je voulais qu'il continue à respirer, qu'il revienne vers moi et me soutienne. Et si ça n'arrivait pas ? Alors qu'il avait près de quatre-vingts ans, j'avais le sentiment de frôler le centenaire.

Quand il mangeait, j'observais sa main crispée sur sa cuillère. Sa peau lâche, grise et tachetée couvrant ses veines bleu pâle. Dire que cette main de vieillard appartenait à Roar.

La marque du travail avait disparu de ses ongles. Ses poings restaient vides, désœuvrés sur ses genoux. Chaque jour, il flottait un peu plus dans son pantalon qui tenait à ses hanches grâce à sa ceinture et à ses bretelles. Il avait le ventre bombé, mais la poitrine chétive et les épaules si maigres qu'il devait rentrer le tissu dans son caleçon et enfiler des tours de bras.

Et puis sa mémoire a commencé à défaillir. L'été, il se levait en pleine nuit pour faire entrer le chat qui n'avait pas miaulé depuis vingt-cinq ans, cette sale bête arrogante à qui j'avais donné une bonne leçon. Il lui servait à manger et l'appelait dans le noir en murmurant pour ne pas nous réveiller. Il arrivait aussi qu'il fasse du café ou mette de l'eau à chauffer, et oublie d'éteindre la cuisinière. Pour peu qu'il parvienne à l'allumer. L'esprit embrouillé, il pouvait se perdre en chemin vers le mirador, alors qu'il connaissait tous les sentiers de la forêt depuis sa tendre enfance. Je l'ai vu plusieurs fois sortir chercher le courrier en laissant la porte de la maison ouverte, mais au lieu de tourner à l'angle vers la boîte aux lettres, il allait et venait pendant des heures entre le tas de pierres et la souche du saule. Régulièrement, il disparaissait en chaussons sur le chemin de Rävbacka pour revenir escorté par des voisins inquiets.

J'aurais voulu attendre, mais je lui ai fait mes adieux alors qu'il était toujours en vie. Bricken, qui faiblissait de son côté, semblait aussi remarquer que la distance se creusait entre eux. Il ne resterait bientôt de lui qu'un fragile bâton. Il parlait peu, assis en silence dans son fauteuil, le regard perdu dans le vide. Un corps maigre et fripé dégageant une odeur de camphre et de pastilles pour la gorge.

Ce flegme sur lequel je m'étais appuyée n'existait plus. L'homme assis dans le fauteuil de Roar m'était étranger. Des doigts bleuâtres aussi noueux qu'un arbre dans le vent. Un jour, je l'ai trouvé planté dans l'entrée, le teint blême, anémique. Son visage s'était creusé et couvert de marques comme un meuble laissé sous la pluie. Il sentait légèrement la sueur, une odeur qui me bouleversait encore quelque temps plus tôt, mais rien n'était plus comme avant.

– J'oublie, Kåra, m'a-t-il dit, l'air de pousser un cri sourd. Je n'y peux rien. Si seulement j'oubliais que j'oublie, au moins. Mais toute la journée, j'ai conscience d'avancer à tâtons dans le noir.

– Qu'est-ce que tu me veux ?

Les mots m'ont échappé. Aussitôt, il m'a saisi la main de ses doigts froids et osseux, et m'a attirée contre lui. Il avait toujours de la poigne, malgré sa maigreur.

– Personne ne survit, a-t-il répondu, les yeux plongés dans les miens. Ma mère ne cessait de le répéter.

Unni. Cette femme qui était partie quand elle en avait eu envie. Pourquoi ne pouvais-je pas en faire autant ?

Laisse-moi m'en aller !

Ma main moite tremblait dans la sienne. Il me tenait fermement, je n'arrivais pas à me dégager.

– La mort, je peux vivre avec, on se dirige tous vers elle. Mais je suis en train de m'oublier moi-même ! J'ai beau me concentrer, me creuser la tête, je ne me rappelle pas ! Tu m'aideras, Kåra, quand ce sera vraiment grave ? Bricken se fait vieille, elle n'aura pas la force de s'en occuper. Promets-moi de m'aider, Kåra !

Ce satané bol dans la pièce à côté, j'y avais glissé des marrons les uns après les autres, une collection insignifiante qui ne prenait jamais fin. Et voilà que j'allais bientôt en ajouter un, au risque de le faire déborder. Mon Berger du Caucase était déjà en train de rassembler ses forces, mais je lui ai fait signe de rester couché. C'était à moi qu'il demandait, et non à Bricken. Des griffes prêtes à faire mal sont rentrées dans leurs pattes.

– Je t'aiderai, ai-je opiné. Quand le moment sera venu, je t'aiderai.

Dès que j'avais formulé cette promesse, il m'a relâchée. Grelottant dans mon gilet, j'ai frotté mes mains contre mes cuisses pour me réchauffer.

« J'oublie, Kåra », m'avait-il dit. Non pas « Je t'oublie ». Je me consolais avec l'idée que l'amour n'avait rien à voir avec la mémoire.

Avec le temps, Roar s'est enveloppé dans du coton. Il restait longuement dans la cuisine à écouter la radio et à respirer les odeurs de cuisson. Il lui arrivait encore de se rendre au mirador et de disparaître pendant des heures, même s'il n'avait plus la force de débroussailler les sentiers et de s'armer de son fusil. Si je le suivais, je veillais à rester à bonne distance. La plupart du temps, il passait ses journées sur la balançoire qui oscillait sous son poids comme un fauteuil à bascule invisible. Je craignais toujours qu'il tombe, mais ce n'est pas arrivé. Il semblait disparaître au fond de lui. Quand Bo et Sven-Le-Braillard étaient de retour avec leurs cheveux longs, ils s'installaient à côté de lui dans l'herbe. S'ils avaient de la chance, Roar les remarquait et leur racontait de vieilles histoires qui étaient devenues son présent. Un jour, il leur a parlé d'une alliance en or avec une inscription en norvégien, Bo s'est rappelé l'existence de son anneau et a voulu que je le cherche. J'avais d'autres choses à faire, lui ai-je répondu. Une autre fois, Roar m'a demandé où étaient passés les petits cachets bleus qu'il gardait dans son armoire à fusils. Les poings serrés, je le regardais se rabougrir et s'enlaidir, m'échapper, s'en aller de plus en plus loin.

– Tone Amalie est morte, a-t-il dit un matin au petit déjeuner. Je vais souvent sur sa tombe. Peut-être qu'on fait son deuil avec le temps, mais elle m'a manqué toute ma vie.

Bricken a fondu en larmes.

Les animaux meurent sans cérémonie. Ils se retirent et partent à la recherche d'un endroit isolé entre les arbres pour mourir en paix. Roar n'est plus là, et je regarde Bricken. Devant le ciel d'août qui se colore de rose au-dehors, je pense à la semaine dernière, quand j'ai rejoint Roar, parti au mirador. Je l'ai vue me suivre des yeux, plantée à côté de la clôture. Un instant avant de disparaître dans la forêt, je me suis retournée et je crois que nos regards se sont croisés. Rien qu'une seconde.

On dit que les morts parlent. Mais non, ils sont muets. Voilà ce que je me suis répété la semaine dernière en m'enfonçant dans la forêt.

Unni

Une étoile tombe

Un jour, en revenant de notre coin secret à champignons où j'avais cueilli des pholiotes ridées et des bolets mouchetés, je t'ai trouvé avec une jeune femme dans la cuisine. Vous étiez de nouveau deux. J'étais entre deux âges, le dos ni droit ni courbé, les cheveux poivre et sel. C'était le jour où la paix est revenue en Europe.

– J'ai apporté un seau de pommes pour les animaux de la forêt, m'a-t-elle dit.

Je distinguais nettement les contours des pommiers qui se dressaient dans son dos, mais je n'ai rien dit, me contentant d'opiner en souriant. Tu avais l'air si heureux, Roar, et elle si timide. Tu riais à gorge déployée, les tendons saillants sur ton cou. Elle s'appelait Bricken et, grâce à elle, tu as arrêté de te morfondre et de marcher. Tu l'avais rencontrée au bord d'une route où elle se tenait avec une bicyclette défectueuse et un petit garçon. Un gamin joyeux aux joues rondes et aux dents luisant comme des perles, qui me rappelait un peu toi, enfant. Le petit Emil. Tu avais réparé le vélo, puis vous étiez venus me voir.

Un battement de cœur plus tard, elle faisait partie de la famille. Je l'ai vu dans ton regard quand tu m'as caressé la joue avant de la raccompagner chez elle. Je vous ai regardés disparaître entre les arbres, affrontant main dans la main les moustiques et la nuit estivale. Ses cheveux tombaient dans son dos comme le fjord de Trondheim. L'enfant avait laissé son odeur de petit garçon dans la maison, entre les effluves de cuisine et le parfum de la résine.

Quand Bricken s'est installée avec nous, la vie a recommencé une troisième fois à zéro. Tu travaillais dans la forêt et donnais régulièrement un coup de main à l'usine de Bergvik. Tu as tourné le dos au vent et à la poussière des routes pour retourner aux bleuets qui poussaient dans les champs de seigle. Elle marchait souvent à tes côtés lorsque tu venais me voir, vous alliez l'un et l'autre gaiement le long du sentier. Le soleil filtrait dans ses cheveux comme à travers les feuilles des arbres. Je pouvais contempler longuement son visage. La gentillesse de son regard, ses cheveux qui bouclaient naturellement sur son front. Dans la région, aucune autre fille ne pouvait avoir d'aussi jolies taches de rousseur, une myriade de petits points éparpillés sur sa figure, présage de bonheur. Son garçon se plaisait avec moi, je lui ai appris à reconnaître les girolles et à faire d'un morceau de saule un sifflet. Lui aussi aimerait cet endroit et travaillerait un jour dans la forêt, j'en étais convaincue. Pendant que nous étions à la cueillette aux baies ou aux champignons, le petit Emil et moi, Bricken nous préparait souvent des brioches. Depuis la clairière, nous sentions déjà le délicieux parfum s'élevant du four. Je voyais qu'elle veillait à économiser le sucre, et je me disais que ce serait une chance qu'elle t'appartienne un jour. Elle pourrait reprendre la maison, elle qui semblait déjà se sentir chez elle entre ces murs. J'en étais heureuse. Ses yeux brillaient et les tiens scintillaient. Les corneilles croassaient au-dehors, l'air humide sentait la forêt. Dans l'arbre où était accrochée la balançoire, des pies se construisaient un nid. Tous les soirs, entre quatre heures et demie et cinq heures et demie, elles apportaient de nouvelles branches.

Je m'enroulais dans la sérénité comme dans une douce couverture.

Un soir, Bricken m'a dit :

– Roar a déjà bien assez marché dans sa vie. Je voudrais qu'il n'ait plus à errer maintenant qu'il a pris ma bicyclette et nous a conduits chez vous.

J'ai hoché la tête, même si elle semblait penser tout haut.

– Emil était dans une caisse sur le porte-bagages, enveloppé dans une couverture, a-t-elle repris. J'avais attaché au guidon un panier qui frottait la roue avant et freinait le vélo, surtout que les roues étaient dégonflées. J'avais mal aux bras, tellement je m'efforçais de pédaler en le maintenant droit. J'ai trimballé comme ça de la nourriture pendant trois semaines jusqu'à ce que Roar croise mon chemin.

Je lui ai pris les mains et nous t'avons regardé toutes les deux couper du bois, à travers la fenêtre.

– Roar a longtemps tourné en rond comme un chaton dont personne ne veut, ai-je répondu. Mais mon fils est ici chez lui, et toi aussi. Il n'y a pas grand-chose dans cette maison, mais que faut-il de plus pour vivre que de l'air, de la chaleur et un morceau de pain ?

Quand le soleil s'est caché derrière les nuages et que des gouttes ont commencé à crépiter sur les carreaux, la pièce baignait dans un parfum de blé et de café. Une douce lumière perçait le ciel pluvieux, et nos voix basses se mêlaient à l'odeur du café fraîchement moulu. Bricken remplissait le vide d'anecdotes, comme Armod longtemps auparavant. Les mots qui s'écoulaient de sa bouche dessinaient des vies sous la lampe de la cuisine. J'ai pris la parole, moi aussi, pour leur parler d'Armod, de Trondheim et des hivers glacials que nous avions connus, veillant à garder certaines histoires pour moi.

Dans les derniers rayons du soleil estival, notre maison sentait bon les fleurs et le poisson frit. Tandis que les bergeronnettes sautillaient dans le jardin en nous lançant un dernier regard, les autres oiseaux couchaient leurs petits entre les branches. La paix régnait dans ce bout de forêt.

Quel étrange destin. Tu t'ouvrais à la vie, Roar, toi qui avais toujours eu les cheveux parsemés d'aiguilles de pin et de résine. Toi qui t'étais recroquevillé sur toi-même et tourné vers le passé, le regard clairvoyant. Jusqu'à ce qu'arrive cette fille, avec ses histoires et son rire qui aurait pu piéger une forêt entière. Cette fille qui t'a ouvert les yeux, éclairé le regard, et réchauffé la peau. Qui a fait naître chez toi un rire aussi sonore qu'une pluie de cloches, qu'un cheval au galop. Le sien était chaleureux comme Armod.

Dans l'ombre des arbres demeuraient ceux qui nous manquaient.

Au fil des mois, les ombres et la lumière se bousculaient à notre porte. Nous étions heureux. La voix de Bricken était tendre comme du beurre, les oiseaux entonnaient leurs chansons. La fille qui était arrivée jusqu'à nous pouvait raconter des anecdotes tandis que le café refroidissait dans nos tasses en porcelaine, elle dégageait quelque chose d'énigmatique qui me faisait me sentir chez moi. Un jour qu'une averse dansait sur le toit de la maison, ameublissant le terreau au pied des fenêtres, nous nous étions mis sous le pommier pour boire du café, avec Emil qui dormait sur les genoux de sa mère. À l'abri sous le parapluie de branches vertes, nous avons écouté le chant des gouttes, une berceuse.

– La pluie a quelque chose d'apaisant, n'cst-ce pas, Unni ? a dit Bricken.

Comme elle me plaisait.

Le ciel s'est découvert et vous êtes partis en forêt, vous enfonçant dans l'obscurité et le doux tapis de mousse. J'ai eu les larmes aux yeux à vous voir marcher pieds nus, amoureux, vers le mirador. À votre retour, Bricken m'a décrit avec lyrisme la vue, les sons et le silence qu'elle avait découverts là-bas. Les yeux brillants, elle m'a raconté qu'elle aurait pu rester à jamais sur les peaux d'ourse, à caresser le pelage d'un animal aussi puissant. Elle adorait ton refuge sur cette terre, cet endroit que tu avais bâti de tes mains. Elle m'a mimé la manière dont elle avait observé le lac entre les troncs et dont un écureuil au museau luisant était passé devant vous avec une pomme de pin.

– Au fond de la forêt, l'âme a bien des choses auxquelles se fixer, a-t-elle affirmé.

J'étais heureuse qu'elle se soit fixée chez nous. Tu lui as souri, et elle a passé sa main sur ton visage. De l'autre, elle tenait une petite brioche au sucre qu'elle m'a tendue, faisant tomber sur tes genoux quelques grains de sucre perlé. J'ai cru que ma figure se nappait de glaçage lorsque j'ai mordu dans la brioche qu'elle avait préparée. Jamais je n'avais rien goûté d'aussi bon.

Pendant votre promenade en forêt, tu lui avais montré nos meilleurs coins à champignons, et vous avez sorti de vos poches un trésor de petites girolles dorées que nous avons fait revenir dans du beurre et mangées ensemble. Tu étais épanoui, mon Roar, comme dans mes souvenirs à l'époque où tu te tenais dans l'herbe avec Tone Amalie et Brita Elise, le vent d'ouest dans les cheveux. Vous vous êtes tournés vers moi en riant, et je sais que j'ai ri en chœur avec vous, ce jour-là, aussi fort, aussi longtemps que vous. Comme je ris aujourd'hui devant le beau spectacle que vous m'offrez, Bricken et toi. Tandis que des bruits se répandaient à travers l'herbe mouillée et les sombres branches d'arbres, elle est devenue un élément de la cuisine, de notre maisonnette.

– Faites de cette maison la vôtre, ai-je dit d'une voix enrouée, repeignez les murs, changez le plancher. Si vous construisez un étage, il y aura de la place pour mes petits-enfants.

Jamais je ne t'avais vu aussi radieux.

Bricken a emménagé avec son petit Emil, et nous sommes devenus quatre. Chaque matin, tu vidais ta tasse, l'aube blanchissait au-dehors, puis le jour s'imposait. Tu mettais ton assiette de côté, recueillais dans ta main les miettes qui s'étaient dispersées sur la nappe, ouvrais la fenêtre de la cuisine et jetais le tout dans le jardin, entre les petits pois et les bergeronnettes. Quand tu allais au travail, Bricken et moi restions souvent un moment à nous réchauffer par la simple présence de l'autre.

L'automne tardait, cette année-là. Bricken a adopté un chaton et, avec le petit animal s'entortillant à nos pieds, nous avons cousu de nouveaux rideaux. Les feuilles ont fini par tomber des arbres sans résister. Ils se déshabillaient, se mettaient à nu, lâchaient prise sans peur, conscients que ce n'était pas la fin, mais le début de quelque chose de nouveau. Nous sommes allés tous ensemble mettre les pieds dans le ruisseau. L'eau froide sur nos pieds, les cimes oscillant au-dessus de nos têtes. *C'est votre source qui chante*, ai-je pensé en regardant le cours d'eau transparent, au lit jonché de feuilles d'érable rouges. Tout à coup, les oiseaux se sont tus, les feuilles se sont mises à trembler, l'air de redouter soudain de tomber. Une rafale venue de nulle part nous a heurté le visage. Un vent invisible et puissant déferlait des montagnes bleues, roulant sur l'herbe, renversant les chaises et les balais laissés dans le jardin, prêts à érafler les murs fraîchement repeints et à balayer toutes les feuilles. Un souffle humide nous a suivis jusque dans la maison, un courant d'air lancé au galop. À peine avions-nous fermé la porte que des nuages noirs ont surgi dans le ciel et qu'une violente pluie s'est abattue sur notre toit.

Bricken a allumé la cuisinière en me souriant. Nous avions toute la vie devant nous.

Le froid est arrivé si vite que le lac a gelé en une nuit. Un matin, une pellicule de glace brillait à la surface, une couche qui n'a fait que s'étendre et s'épaissir au fil des jours. La forêt gelée crépitait vers le ciel, comme si les arbres tiraient au fusil. La cuisine est devenue glaciale, nous ne sortions que pour aller chercher du bois. À l'approche des jours les plus noirs de l'année, mieux valait allumer des bougies et rester bien au chaud. Même au sein de ce quotidien figé dans l'hiver, vous étiez toujours aussi tendres l'un envers l'autre, aussi attentifs.

Les plus belles premières neiges que j'aie vues de ma vie sont tombées avant Noël. Au-dehors, tout n'était que nuances de blanc, les flocons se posaient délicatement sur les branches des pommiers. J'ai enfilé une paire de vieilles moufles de laine cardée et j'ai ouvert la porte. Des traces de pattes apparaissaient à travers la cour. Celles d'une autre mère, peut-être. Un nuage de vapeur gelée s'échappant de ma bouche, j'ai esquissé quelques pas de danse dans la neige. Les murs semblaient rire dans le soleil de décembre qui éclairait notre maison. La tête au frais et les jambes solides, j'étais entourée de couleurs scintillantes. La porte s'est brusquement ouverte dans mon dos.

– Viens manger avec nous, mère !

– J'arrive ! J'arrive tout de suite !

La lampe de la cuisine brillait timidement dans le froid, comme un souvenir. Je vous voyais depuis l'extérieur. Vos silhouettes fusionnaient comme si vous ne faisiez qu'un.

L'hiver avait dessiné de jolis motifs sur les carreaux, de gracieuses fleurs blanches qui chatoyaient dans l'éclat du jour. Le gel s'était effacé à deux endroits, là où Emil et toi aviez mis le nez pour contempler le jardin. Je m'imaginais que vous gardiez vos mains devant la bouche pour réchauffer vos paumes. Une fois de plus, j'allais voir l'hiver à travers les yeux d'un enfant, découvrir les empreintes de pas dans la neige, le chemin tracé par la pelle à déblayer, les oiseaux cherchant des graines. Une petite nuée dans une mer de cristaux d'eau gelée. En attendant, je dansais, sautillais telle une corneille. Les moufles d'Armod me tenaient chaud et mes pieds volaient au-dessus du frais manteau blanc.

Kåra

De garde

– Ma femme peut le faire pour toi, m'a dit Roar de sa chaise alors que je tranchais des morceaux de viande congelée, les doigts glacés jusqu'à l'os.

– C'est moi ta femme, ai-je rétorqué, comme nous étions seuls.

Il m'a observée d'un air étonné, songeant un instant en mâchant sa saucisse.

– Quand est-ce qu'on rentre à la maison ? a-t-il enchaîné. Encore.

– On va où ?

« On part à quelle heure ?

Je ne lui répondais plus. Je ne le connaissais plus. Il était vêtu des mêmes vêtements usés, mais c'était tout. Désormais, parler lui demandait un effort. J'aurais voulu lui mettre les mots dans la bouche, ou du moins lui caresser la joue. Quoique non, je ne voulais pas le toucher. C'était trop douloureux. À chaque consonne, des postillons s'échappant de ses lèvres s'écrasaient sur la table. De temps en temps, il me lançait un coup d'œil, et je regardais ailleurs. Bricken était allée au potager chercher de la salade, j'entendais déjà ses pas sur les marches du perron.

Elle apparaîtrait d'une seconde à l'autre.

Elle n'était qu'à quelques mètres de nous.

Roar devait l'entendre, lui aussi, mais pour lui, ce n'était qu'un bruit.

Il a tendu le bras vers moi, l'air de vouloir m'attirer contre lui.

– Viens là.

Je me suis levée d'un bond, faisant crisser sur le plancher ma chaise, qui a manqué de se renverser en arrière.

– J'ai des brûlures d'estomac, ai-je dit à Bricken en lui passant devant. De toute façon, je n'ai pas faim.

Tandis que je quittais la pièce, j'entendais mon Berger du Caucase me suivre à pas feutrés. Je me suis immobilisée sur le seuil pour regarder Roar mâcher avec ses joues creuses qui laissaient deviner chaque bouchée.

Combien de temps lui restait-il ? Un an ? Deux ? Cinq ?

C'était invivable.

Bricken le voyait bien, elle aussi.

– C'est le cerveau, Kåra ! m'avait-elle murmuré un jour où il ne risquait pas d'entendre. Son cerveau lâche, alors que c'est ce qui fait toute sa personne !

Elle s'était frotté les mains, l'air de grelotter, avant d'ajouter encore plus bas :

– Tout le reste, c'est un navire, des kilos de chair qui sont là pour porter et protéger un organe qui n'est autre que nous-mêmes.

Cet organe se cache derrière tous nos gestes, m'a soufflé mon propre cerveau.

Un cerveau, c'était quelqu'un.

Si le mien lâchait, personne ne s'en inquiéterait.

Appuyée au chambranle de la porte, j'ai regardé par la fenêtre. Le ciel semblait hésiter entre s'éclaircir ou s'assombrir. À tout moment, il pouvait se mettre à pleuvoir. Le genre de choses qui nous échappent. On contrôle la vie et la mort, mais pas la pluie.

Aucune goutte n'est tombée ce soir-là.

Chaque jour, Roar était un peu plus avachi, un peu plus ailleurs. Il semblait aussi usé que ses vêtements. Un vieux balluchon, voilà ce qu'il était devenu, les yeux comme des lampes en panne. Les syllabes s'emmêlaient, incapables de se former dans sa bouche. Bricken et moi cherchions aussi nos mots, hésitantes et taciturnes, prenant le même ton que si nous nous adressions à un nourrisson. Finalement, nous nous taisions tous. Roar ne parlait même plus au moyen du regard. Quel affreux secret que le constat que l'homme peut devenir quelqu'un d'autre, voire plus personne. Quoi qu'on fasse, la roue tourne. Roar n'existait plus, ce n'était qu'un corps ratatiné couvert de nippes. Et pourtant, il parvenait encore à trouver le chemin de la clairière et du mirador, puis celui de la maison.

Il est arrivé qu'il ne sache pas quel jour de la semaine nous étions, ni que la banane était un fruit. Une fois, il a braillé des horreurs, et j'ai vu sur son visage qu'il ne savait plus ce qui ne se disait pas. De grossiers mensonges projetés sur des êtres sans défense. Je lui avais promis de m'occuper de lui, il m'avait choisie, suppliée. Je tentais tant bien que mal de veiller sur lui, ou plutôt sur cette créature. Ce Roar qui n'existait plus.

Qu'allait-il faire ?

Qu'allait-il dire ?

Qui risquait de l'entendre ?

Je n'osais guère le laisser seul. Un jour où j'avais dû aller faire les courses, je me suis dépêchée autant que possible, mes joues se sont empourprées alors qu'il faisait frais. Le chariot rebondissant sur le sentier, je suis revenue en trottinant, et lorsque je suis enfin arrivée, j'ai trouvé Bricken dans la chambre en train de consoler cette créature, un homme nu comme un ver qui ne se souvenait de rien et qui s'était pissé dessus. Il pleurait.

– Je ne veux pas être tout seul ! a-t-il gémi. Je veux rentrer chez moi !

– Tu es chez toi, Roar, lui a-t-elle répondu. Dans la maison où se sont installés tes parents et où tu as vécu toute ta vie.

Elle l'a tenu longuement contre elle. Deux arbres noueux dans la bise et moi, un peu plus loin, cette scie qui allait les séparer. Roar a croisé mon regard au-dessus de son épaule et s'y est accroché, m'examinant de cette manière que j'aimais autrefois, lorsque je savais qu'il porterait ensuite son attention ailleurs. Soudain, il a éclaté de rire, la peur s'était envolée. Il s'est mis à palper les vêtements de Bricken. Quelqu'un d'autre avait pris le dessus, l'ersatz de Roar. Elle a essayé de se dégager et de partir, mais il l'a suivie, des idées obscènes plein la tête. Il est passé à côté de moi sans m'effleurer. J'ai baissé les yeux. Le compte à rebours avait commencé. À tout moment, le fil infime auquel tenait encore sa vie risquait de céder. Le jour où il s'en irait, ferait-il chaud ou serions-nous encore en hiver ? Je grelottais de l'intérieur. Mon Berger du Caucase a levé la tête et nous nous sommes toisés.

J'ai le souvenir d'un vieillard dans son lit qui me sourit lorsque je pénètre dans sa chambre. Ses mains solides ont bâti l'étage de cette maison. De grandes mains calleuses qui m'ont caressée. Un cœur qui cogne dans sa poitrine. Je regarde ses mains relâchées sur la couverture. II y a longtemps qu'elles n'ont pas tenu le petit poing potelé d'un enfant à travers la forêt. Qu'elles ne m'ont pas touchée. Et pourtant, les lignes sur sa paume sont identiques à elles-mêmes, la marque du souvenir. Je lui prends sa main chaude et pose mon front contre le sien.

Je délire, ce moment n'est jamais arrivé. Il est resté suspendu dans le temps. Roar n'a jamais été cet homme, il n'était que les vestiges de lui-même. Il ne tenait pas en place, repoussait la couverture et errait entre les pièces, l'air de chercher quelque chose, la mémoire en ruine, oubliant même de se servir de son déambulateur. Parfois, il ne remarquait pas qu'il n'avait pas pensé à aller aux toilettes, et restait là, le pantalon froid et trempé, une odeur âcre flottant aux alentours. Plus Bricken le changeait et nettoyait ses vêtements, plus il s'éloignait de nous. Sa fourchette, il la portait de plus en plus lentement à sa bouche. J'ai commencé à ralentir, moi aussi, consciente que la fin était proche. Je le lui ai dit.

– C'est pour bientôt, ai-je déclaré.

Mot pour mot.

Il m'a regardée avec des yeux de chat.

– Comment mon cœur pourra continuer à battre quand le tien se sera arrêté ? ai-je ajouté.

Il va s'arrêter, c'est sûr, ai-je pensé sans le dire.

Un autre jour, je l'ai trouvé dans l'entrée, l'air perdu, ses chaussures en main.

– Ne me laisse pas là ! s'est-il exclamé en me saisissant le bras. Ramène-moi à la maison !

J'ai bien failli ne pas réussir à me dégager.

Plus tard dans la journée, plantée sur le seuil de la cuisine, je l'ai regardé fixer son assiette encore pleine.

C'est moi, Kåra. Tu es mourant, mais personne ne sait pour combien de temps. Et si tu me laissais faire ?

Je n'ai rien dit, naturellement. J'ai essayé en vain de capter son attention, sans doute était-il en train de fouiller sa mémoire. De toute façon, c'était impossible. Je ne pouvais pas me servir de mes médicaments. Malgré les années qui s'étaient écoulées, les mots du médecin de l'hôpital résonnaient encore dans ma tête.

« Nous réalisons toujours une prise de sang. »

À table, il pouvait oublier de fermer la bouche et cracher des morceaux de pomme de terre. Ce n'était pas mon rôle de lui essuyer le menton, mais j'avais beau dévisager Bricken, elle ne bougeait pas. Alors je regardais la nourriture tomber dans son assiette ou sur la table, la sauce gicler sur ses vêtements. Comme Bo quand il était petit. Mon Bo qui aimait tant son grand-père.

La brume a fini par s'emparer de son âme. La brume et moi. Ma lâcheté nous a sauvés tous les deux. Bricken était en train de nettoyer les placards de la cuisine, pendant que je recousais des boutons et que l'ersatz de Roar lisait son journal, comme si les mots signifiaient quelque chose. Percevant une légère odeur d'excréments, je lui tournais le dos et les narines, concentrée sur mon ouvrage. Soudain, il m'a attrapée sous les yeux de Bricken.

Il s'est mis à me tripoter les seins, à les presser de ses mains chaudes.

Tout était fini.

J'ai ressenti comme un coup à l'estomac provoquant un violent haut-le-cœur. Bricken l'avait-elle vu faire ? Bo apprendrait-il la vérité ? Qu'allait-il dire ? Je l'imaginais planté au milieu de la rue, tous les doigts pointés sur lui.

« Ta mère et ton grand-père ! se moqueraient les gens. Quelle horreur ! »

Quelque chose semblait se briser dans ma poitrine. Le cœur d'une mère, aussi abîmé soit-il. Qu'est-ce que j'allais devenir ? Allais-je devoir déménager ? Comment les gens réagiraient-ils ?

Je me suis libérée et précipitée dans l'escalier. Les pieds lourds, le regard embué. Mes pensées dégageaient une odeur fétide comme de l'eau stagnante. Je me suis assise sur un dur tabouret bancal, la tête entre les mains. Une fois que mon chien mangeur de loups s'était couché à mes pieds, je lui ai ordonné d'un regard imperceptible :

Attaque !

Ôter un barreau de l'échelle. Une goutte de colle à bois, remettre le barreau en place et laisse sécher. Je voulais sa mort. Il m'avait suppliée de l'aider, mais si je lui ai préparé des brioches et lui en ai glissé dans son sac à dos avant de lui indiquer le chemin, c'est pour une tout autre raison.

– Va te reposer dans le mirador, ai-je dit. Prends ton temps.

– Mon mirador.

– Oui, vas-y.

Je l'ai regardé s'éloigner à petits pas, le dos voûté. Avant de sortir à mon tour, je me suis observée un instant dans le miroir de l'entrée. J'avais l'air normale, peut-être un peu pâlotte, la bouche aussi fine qu'un trait au milieu du visage. Le soulagement mêlé au chagrin. Puis je me suis faufilée dans l'ouverture de la clôture et suis partie en courant vers le mirador. Autrefois, il arrivait en premier et m'attendait là-bas. Cette fois, j'y serais avant lui.

Un vieux corps a besoin de temps entre les racines et les cailloux. Filant à travers les fougères et les myrtilliers, j'ai vite atteint la clairière et suis montée dans le mirador, veillant à ne pas marcher sur le barreau saboté. Je pensais à mon Berger du Caucase. L'air frais que j'aspirais par la bouche me brûlait les dents.

Sans doute allait-il neiger. Je tremblais de tous mes membres. Et si Roar n'arrivait pas ? Peut-être qu'il avait fait demi-tour.

Mais je n'ai pas tardé à l'entendre, avant de l'apercevoir à travers l'un des trous dans le bois. Mes oreilles se sont mises à siffler dans le vent impitoyable.

Ses pas sur le sol. Le grincement de l'échelle lorsqu'il l'a saisie à deux mains. Mon Berger du Caucase se tenait aux aguets, il avait flairé Roar.

Un grincement encore, et il a commencé à monter. Ses doigts noueux sont apparus, ses mains sillonnées de veines bleues s'agrippant aux planches pour se hisser là-haut. Il a jeté sur la plateforme son sac et son fusil, puis son crâne a émergé du bord. Mon Berger du Caucase contractait ses muscles sous son pelage. Je grelottais, la pierre que j'avais en main semblait me refroidir tout le corps. Si le barreau ne cédait pas sous son poids, aurais-je la force de la lui jeter au visage ?

Il n'a pas eu l'air surpris de nous trouver là. Je crois qu'il se doutait que nous l'attendions. Jamais je ne saurais si j'aurais eu la force de le tuer de mes mains : au même instant, le barreau a craqué et il s'est effondré. Son corps a lâché un soupir en s'écrasant par terre. Un profond soupir. Le dernier. Son âme s'échappait déjà de son cadavre. Un instant, la forêt a retenu son souffle. J'ai respiré à sa place, les yeux clos, le visage au soleil. Mon Berger du Caucase s'est retiré, disparaissant entre les arbres.

À côté de la tête de Roar se formait une flaque rouge comme les airelles, s'écoulant lentement telle une pâte à gâteau écarlate. Son sang. Désormais, il pouvait s'en passer. Bientôt, le liquide qui se répandait sur de belles feuilles jaunes serait aussi dur que de la glace.

On a beau être mourant toute la vie, on ne meurt qu'une seule fois. En l'espace de quelques minutes, un cœur battant peut se transformer en boule de chair inerte, de plus en plus froide dans un corps raide. La Terre, elle, continue de tourner, nous laissant à peine reprendre notre souffle.

Dans la lumière déclinante, les oiseaux gazouillaient autour de moi. Le temps que je me décide à descendre de ma cachette, le soleil avait commencé à se coucher. L'herbe gelée scintillait dans la clairière, non loin du meilleur coin à champignons de la forêt. Du bout des doigts, j'ai effleuré le front froid de Roar. Mes grosses chaussettes devaient être trouées, car je sentais la fraîcheur du sol à travers ma semelle. Un flocon de neige s'est posé sur ses cils, fondant aussitôt. Puis un autre. À peine la neige touchait-elle la terre qu'elle se liquéfiait.

Et pourtant, certains flocons résistaient. Les cheveux blancs de Roar se sont parés de blanc, ornés de cristaux. Je me suis retournée et ai commencé à m'éloigner, remettant son corps à la nature. L'hiver me semblait déjà plus agréable, il me paraissait presque doux. Il n'essayait plus de se faufiler sous mes vêtements, mais me flattait tendrement le visage. Les flocons s'accrochaient de plus en plus. Bientôt, ils auraient effacé toute trace de notre passage. Le soleil rouge s'est aligné un instant avec l'horizon, avant de disparaître. De tout mon corps, j'éprouvais que je rentrais chez moi.

La lumière de la cuisine brillait dans la pénombre comme si de rien n'était.

Ce soir-là, sa chaise est restée vide autour du dîner.

– Tu crois qu'il est allé en forêt ?

– Je ne l'ai pas vu.

Personne ne l'avait vu, je le savais bien.

– Enfin si, ai-je repris. Je lui ai donné des brioches que je venais de préparer, il les a mises dans son sac et il est parti, mais j'ignore où.

Bricken s'est précipitée sur le téléphone. Elle se doutait où il était parti et, en dix minutes, son corps a été retrouvé.

– La mort, c'est comme la pluie, m'a dit Roar un jour, il me semble. Ça peut vous glacer ou vous réchauffer, on ne peut pas savoir à l'avance. Et il est impossible de l'éviter tout le temps.

Une longue nuit. Sa mémoire pesait sur nos corps, sur nos vêtements, sur nos cœurs. Les meubles baissaient les yeux et murmuraient dans mon dos. La maison au fauteuil vert. La cabane dans la forêt. Les mots croisés. Son refuge sur terre, comme il disait. Tout ça ne lui appartenait plus. Ce n'était qu'un endroit, peut-être le mien. Toutes les odeurs étaient encore là. Les chemises en flanelle et le déambulateur dont il ne s'était jamais servi. Mais lui avait disparu.

Je vois que Bricken pense à lui, assise en face de moi avec sa tasse de café froid. Les miettes forment un petit tas au milieu de la table. La mouche a arrêté de bourdonner contre la fenêtre, elle gît sur le rebord, les pattes en l'air.

– En quelle année vous vous étiez rencontrés ?

– Ça a toujours été nous deux, me répond-elle.

J'imagine qu'elle le pense, alors je n'ajoute rien. Le tic-tac de l'horloge résonne, de temps en temps ponctué par le carillon, mais autrement, tout n'est que silence et vide.

Je l'aide à se coucher. Cette nuit, elle veut dormir dans son lit, m'informe-t-elle. Je sens son épaule osseuse sous ma paume, son os dépouillé.

Unni

Amour

Nul n'est autre que soi-même. Et pourtant... Je l'ai constaté ce jour où Bricken a dégagé ses cheveux de son visage alors qu'elle m'aidait à faire les corvées. Tu étais occupé à recenser nos provisions pour l'hiver, et nous nous affairions en discutant. Dans l'humidité matinale qui pesait sur la pièce, elle récurait le plancher, l'air encore à moitié endormie sur sa brosse, dégageant le parfum d'un chaud corps de femme. Dehors, le ciel était bleu. Le linge séchait à côté de la cuisinière, où j'avais enfourné une génoise.

– Tu peux garder un œil sur le gâteau pendant que je vais chercher du bois ?

Elle a opiné en souriant.

– Bien sûr, mère. Je peux même m'installer sur une chaise et le regarder cuire !

Nous avons ri en chœur. Elle avait le front en sueur et le ventre proéminent – bientôt, votre enfant viendrait au monde. Un petit être humain était blotti dans ses entrailles, et dans quelques jours ou quelques semaines, la vie se transformerait encore. Mes mains caresseraient un doux duvet de nourrisson. Le jardin ne tarderait pas à être chatouillé par des petons nus élancés vers moi. De nouveau, j'allais souffler sur des hématomes et panser des plaies.

La peinture de la porte était abîmée, et le sol était jonché de fines écailles bleues. Je sais ce qu'elle se disait en les observant : dès qu'elle en aurait l'occasion, elle la repeindrait. D'une certaine manière, elle me rappelait moi avec ce sourire comme lorsque je regardais mon reflet dans un carreau de fenêtre chez la sage-femme, ou quand Armod me tenait l'épaule alors que nous venions de nous installer dans cette maison. Mes narines avaient frissonné d'effort comme les siennes sous le poids d'un enfant, à l'époque où l'un de mes petits se pelotonnait dans mon ventre. Elle avait le visage en cœur, des pommettes saillantes surmontant un étroit menton. Tandis qu'elle se massait le dos, je me voyais des décennies auparavant dans ses vêtements.

– Allez-y, mère. Je surveille le gâteau.

J'ai ri, j'aimais qu'elle m'appelle ainsi. Elle s'est de nouveau tâté le dos, avant de se relever et de dégager son front de ses cheveux.

Je n'avais pas envisagé l'inenvisageable. La femme qui se tenait devant moi était grande comme Armod, le teint rayonnant comme le sien. Elle semblait diffuser de la lumière.

Dans l'ombre des arbres demeurent ceux qui nous manquent.

Armod était mort, une de mes filles aussi, et l'autre disparue. Le temps avait gommé de ma mémoire les traits de son visage, et voilà qu'elle apparaissait là, sous mes yeux.

Ma gorge s'est nouée, mais étais-je au bord des larmes ou de l'étouffement ? À la racine de ses cheveux luisaient une étrange marque et, à côté, un trait blanc, une vieille cicatrice. Une trace arrondie tel un clair de lune.

Les stigmates du paysan.

Ma petite au front étoilé.

Mon chaton égaré.

Brita Elise, ma petite Bricken. L'union de mon corps et de celui d'Armod. La seule fillette du village à la frimousse constellée de taches de rousseur.

L'air lumineux de juillet est soudain devenu noir. Au fond de moi s'est ouverte une brèche, un gouffre plus profond que tout ce que j'avais connu jusque-là. Ma petite. Dans son ventre poussait votre enfant. Dans le mien grandissait une lourde boule de feu. J'aurais voulu disparaître sous terre, griffer le plancher, vomir, sangloter, cracher par terre. Mais je n'ai rien fait de tout ça. Je me suis contentée de cesser de respirer, tous les muscles contractés pour m'empêcher de trembler, m'agrippant tant bien que mal à moi-même. Elle n'a pas vu que je mourais de l'intérieur. Je devais m'en aller, sortir de cette maison, filer au grand air. J'ai attrapé le panier à bois et me suis précipitée vers la porte.

On coule.

Voilà ce que je me suis dit.

Tandis que je refermais la porte derrière moi, je t'ai vu à l'intérieur, Roar. Tu ne te doutais de rien. Tu ne discernais ni étoiles ni clair de lune sur le front de ta bien-aimée, tu n'avais pas de boule de feu qui te dévorait de l'intérieur. Tu ne voyais que Bricken. Les yeux pétillants, tu la contemplais alors qu'elle se tenait devant toi, les deux mains sur le ventre. Vos regards se sont croisés, et tu lui as souri. Elle t'a rendu son sourire avec cette bouche que j'avais héritée de ma mère et que je lui avais transmise. Les sourcils d'Armod se sont levés sur ses yeux, ces yeux bienveillants qui brillaient au-dessus de ses joues parsemées de taches de rousseur.

La porte s'est refermée doucement. Pendant que vous discutiez, je m'agrippais à mon panier et cherchais une issue, haletant sur le perron. C'est alors que j'ai entendu la forêt m'appeler. L'ouverture dans la clôture était assez large pour que je m'y glisse et que je continue vers le mirador. Ce trou par lequel mes enfants avaient fui tant de fois.

Petit front étoilé.

Je me rappelais son rire retentissant vers le ciel, son corps coincé entre les poings du paysan, sa tête heurtant la clôture. Je sentais encore la brise matinale et son poids dans mes bras, lorsque je l'ai portée loin de chez nous. Je me voyais encore assise au bord du chemin, me tenant, les bras tremblants, une fois que je l'avais laissée. Ma petite. Dieu que je m'étais languie d'elle, Dieu que j'avais souhaité la retrouver. Plantée au milieu de la cour, j'ai levé la tête pour repérer mes étoiles qui se cachaient dans la lumière du jour.

Aidez-moi !

Ces étoiles qui scintillaient au milieu d'un monde flou, lorsque je gisais par terre sous le paysan. Deux étoiles, non pas trois, qui étaient devenues mes confidentes tandis que je faisais tout pour vous offrir une maison où grandir.

As-tu eu de la crème fouettée pour ton anniversaire, ma petite ?

L'herbe était fraîche et mouillée sous mes pieds. Je n'avais pas pris le temps d'enfiler des chaussures.

As-tu observé la rosée sur les feuilles d'alchémille, ma petite, t'es-tu rassasiée d'eau pure comme tu nous en as fait boire un jour dans tes paumes ?

La voix d'Armod s'est élevée d'une autre époque :

« Unni, il est vain de se ronger les sangs. »

Je me souviens comme j'ai franchi les montagnes avec toi dans les bras, mon garçon, à l'époque où tu n'étais encore qu'un balluchon. Nous étions déjà une famille, où que j'aille, Armod me suivrait. Je me rappelle le jour où est mort celui qui est devenu ton père, ce jour où j'ai porté Brita Elise à travers la forêt, ce jour où la poitrine de Tone Amalie s'est immobilisée et où son corps est devenu froid. Et ce jour où j'ai vu passer une étoile filante et fait deux vœux devant ce spectacle merveilleux : que tu retrouves l'éclat de ton regard, Roar, et que je retrouve ma petite fille. Si ces deux souhaits étaient exaucés, j'avais promis au ciel de laisser le destin se jouer librement.

Mais je me souviens aussi que, à sept ans, tu faisais encore pipi au lit la nuit, de peur que surgisse le paysan. Que tu as eu huit, neuf, dix et onze ans, et que, un jour d'été, nous avons traîné derrière nous le corps d'un chevreuil. Que la nuit même, les bottes du paysan avaient laissé des traces entre nous. Et maintenant, je pense à la manière dont tu regardes cette femme, à l'expression de ton regard. Où qu'elle aille, tu la suivrais. Vous vouliez être une famille. Tu avais trouvé ta

Bricken, elle s'occupait de toi et te rendait radieux. Ma petite était si près de moi que j'aurais pu la toucher, et elle était heureuse. Mes vœux les plus chers étaient exaucés.

Vous, vous aviez tout perdu.

Mais c'était fini, je t'en avais fait la promesse, je m'en étais fait la promesse.

Il était temps que ça cesse.

Qu'importe la suite.

On arrête là. Pas un geste.

L'obscurité avait voulu me rattraper, mais je l'ai chassée. *Ça suffit.* Avec le soulagement, j'ai senti mes épaules et mes poings se décontracter. Je suis restée sur le perron, le panier à bois en main, éblouie par les rayons du soleil et perdue dans mes pensées. Les céréales se dressaient dans les champs et le vent chatouillait les bouleaux. Tel était le monde, quoi qu'il advienne de la maison, quoi qu'il nous arrive entre ces murs. Moi qui discernais le fil invisible qui nous liait tous, j'étais capable de nous protéger. La nausée a laissé place à un profond sentiment de joie. De petites feuilles frissonnaient sur leurs branches. Je connaissais bien le sentier qui traversait la forêt, je l'avais foulé en arrivant pour la première fois sur cette terre.

Qu'il en soit ainsi. J'ai séché mes larmes, ravalé la vérité. Tout irait bien, du moment que je disparaissais. J'ai rempli le panier d'assez de bûches pour cuire le gâteau et le suivant, avant de le poser et de chercher les touches de couleur qui poussaient sur notre terre : des campanules, des trèfles et des marguerites que j'ai cueillis pour en faire une couronne de fleurs destinée aux cheveux de ma petite. Puis je vous ai rejoints dans la maison. J'ai coupé la génoise en deux disques, l'ai fourrée de baies et ai nappé le tout d'une bonne couche de crème fouettée.

Ma fille était occupée à coudre les bords d'un torchon à pâtisserie, penchée sur la table d'Armod. Je me suis approchée d'elle et lui ai pris l'épaule.

– Là, lui ai-je dit. Tu as trouvé ta place sur cette terre.

Je lui ai mis délicatement la couronne sur la tête et t'ai prié de venir t'asseoir. J'ai coupé le gâteau et nous l'avons dégusté ensemble, puis j'ai resservi Bricken, déposant dans son assiette un morceau débordant de crème fouettée et de tout ce que je ne pouvais pas lui expliquer. Pendant que la crème caressait mon estomac, je regardais les arbres et ce jardin qui nous appartenaient. Vous commenciez à vous agiter dans la maison, à faire la vaisselle, à raviver le feu dans la cuisinière. Les flammes semblaient obéir à Bricken. À côté de la porte était accroché son manteau, au-dessus de la trace sur le plancher qu'avait laissée Armod à force de se raser au même endroit. Dire que, autrefois, il avait été là, que nous avions été tous ensemble.

Dans le coffre, j'ai trouvé son alliance, aussi brillante qu'au premier jour. Le précieux métal était frais contre ma paume. J'ai sorti son miroir, avant de retirer mon alliance. Je n'y avais encore jamais fait attention, mais avec l'âge, ma main s'était couverte de taches brunes formant des constellations. Les deux bagues tintant l'une contre l'autre dans ma main, je me suis approchée d'elle pour lui montrer mon trésor. Deux anneaux en or et un miroir fendu.

– Je veux que ces objets t'appartiennent. Il y a une boîte rouge au fond du coffre où tu peux les ranger, si tu veux.

La surprise et la joie se sont dessinées sur son visage.

– Merci, chère mère.

Elle s'est emparée du miroir de ses doigts chauds et l'a tenu devant nous. La fissure séparait nos reflets, mais elle l'a incliné de manière qu'ils soient contenus dans le même angle. J'ai vu une larme glisser de mes cils et s'écraser sur le bord. Ma fille l'a essuyée délicatement. Prise d'un vertige, j'ai refermé sa main sur la glace pour cacher notre portrait. Les alliances, je les ai posées sur la table. Sais-tu, Roar, que j'ai frissonné en la regardant les attraper ? Un souvenir ou un courant d'air ? Je l'ignore. Les mots n'avaient plus d'importance.

L'heure était venue. J'ai mis ma main sur son épaule et savouré la chaleur de son corps à travers son chemisier. Comme j'avais attendu ce moment. Du bout des doigts, je lui ai chanté une chanson d'amour, espérant que sa peau absorbe les paroles et les diffuse dans son sang.

Je vous ai serrés dans mes bras et suis partie.

Où devais-je aller ? Une femme manquait toujours à cette maison, et ce n'était pas moi. Tone Amalie aurait eu le visage en cœur comme tant de gens de ma région, lui aussi couvert de taches de rousseur. Aujourd'hui, sa poupée de chiffons reposerait au fond d'une caisse, oubliée depuis longtemps. Peut-être serait-elle occupée à coudre des vêtements de poupée pour ses enfants aux joues mouchetées, à cette heure ? Je suis passée sur la tombe de ma fille y déposer le cerf-volant.

Un jour, je suis arrivée dans le Hälsingland, et avec Armod, nous avons fondé un foyer entre les collines et les champs que nous avons baptisé « La Paix ». C'était à la fois un homme ordinaire et différent, un pauvre diable que j'aimais de tout mon cœur. En pensée, j'ai fait mes adieux au tas de pierres qu'il avait érigé, à la terre qu'il avait apprivoisée et aux sentiers que nous avions arpentés. Maintenant que j'avais pris congé de vous, je marchais. Non pas loin de chez nous, mais ailleurs. Même si je ne les avais pas arpentés depuis longtemps, j'ai tout de suite reconnu les chemins. Les arbres qui m'avaient accueillie autrefois m'ont souri en m'apercevant. Ils vont et viennent comme les hommes, nous sommes tous concernés. Avec les troncs bruns pour seule compagnie, je me suis faufilée entre les trientales en direction des montagnes bleues. Mon cœur prenait son élan comme l'un de ces oiseaux marins que je regardais s'envoler dans mon enfance, mais je ne me hâtais pas. J'avais beau être seule, je me sentais entourée. Mes pas formaient un fil de perles s'étirant sur les aiguilles, les fleurs et les racines. J'allais lentement, rien ne me pressait, guidée que j'étais par mon amour pour mes enfants.

Je marche maintenant plein ouest depuis des jours. Peut-être ai-je atteint Älvdalen, Stöten, voire la Norvège. La nature ne se soucie pas des frontières et des noms, et je ne l'interroge pas. Je suis en train de me reposer à côté d'une eau noire, au fond d'une forêt que je ne connais pas, couchée comme un pin abattu au bord du petit marais, à quelques mètres d'échassiers au regard curieux. Et si je restais ici ? lis-je dans l'eau. Un cri d'oiseau vient froisser le temps, et quand le silence revient, son écho résonne dans ma mémoire. Il m'est déjà arrivé de m'assoupir ainsi dans l'herbe. Ce jour-là, j'ai rêvé que je baignais dans une mer d'étoiles, entourée de vous tous, et à mon réveil, j'ai observé longuement un brin d'herbe qui oscillait au-dessus de mon visage. À cette heure de la journée, la lumière tombe en oblique. Je lève la main sur les brins qui projettent de gracieuses ombres aux alentours. Je voudrais les garder en mémoire comme tant d'autres choses, mais les souvenirs doivent être partagés, non pas ressassés. Voilà pourquoi je te souffle les miens, Roar. À voix basse pour que tu ne m'entendes pas. Je laisse les mots effleurer l'herbe et monter vers le ciel. Même si je te raconte notre histoire, j'espère que tu n'en sauras jamais rien. Je te souhaite ce qu'il y a de plus beau. J'ai aimé, et c'est immense.

Kåra

En route

Nous enterrons Roar, le remettons à la terre. Greta pleure et console sa sœur adoptive, Liva fait la vaisselle après la collation. Bo l'aide à essuyer les assiettes et les tasses, puis il me serre dans ses bras et repart pour le Grand Nord. Il me manque déjà, mais je suis soulagée qu'il n'ait pas à rester ici. Il me fait l'effet d'une démangeaison, d'une crampe mêlée à une caresse au fond de moi. Si seulement j'avais pu m'y prendre autrement. Si seulement j'avais été plus forte quand il était petit, si nous avions vécu ailleurs, dans un endroit à nous, où nous serions encore, tout sauf cette maison. Mais je n'ai fait qu'errer au milieu de ce marais.

Puis nous revoilà seules dans la cuisine, Bricken et moi, et nos yeux se parent de cernes au fil des semaines. Ses poumons sifflent. Autrement, le silence règne. Le présent est un plomb de pêche enfoui dans mon estomac. Je lui ai pris son mari et son fils. Sans oublier son chat que j'ai rendu malade, ça non plus, elle ne le sait pas. Me pardonnerait-elle si elle l'apprenait ? Le soir est descendu sur la forêt de pins, et mon père me manque, ses grandes mains auxquelles s'accrocher et ses énormes portions de tabac. Mais il n'est plus là. Petit à petit, les sentiments blêmissent jusqu'à se réduire à une cicatrice apparaissant sur une peau jaunâtre.

Les carreaux de fenêtre tremblent, ils grelottent dans le vent. L'automne approche. Les mots croisés attendent toujours en vain sur la table, alors je ficelle la pile de magazines et la pose dehors, sur le perron. En descendant les marches avec le seau à compost, je crois entendre la forêt m'appeler. Je jette un coup d'œil au trou dans la clôture, presque assez grand pour que je me faufile par là. Tandis que je traverse la cour, les bergeronnettes s'envolent du potager, l'air de capituler. Un instant plus tard, je suis de nouveau en tête à tête avec Bricken dans les vapeurs de café, la radio grésillant entre nous. J'évite tous les vrais sujets, mieux vaut ne parler de rien. Le langage est un terrain glissant, un animal qui vous échappe comme une anguille. Nous avons beau ouvrir la bouche, au fond, nous ne disons pas un mot. Je me rappelle comme celui que nous venons d'enterrer articulait, comme il remuait les mains lorsqu'il prenait la parole. Pas comme moi, avec mes doigts tristement posés sur la table.

Bricken a la poitrine qui gonfle et, pourtant, elle manque d'oxygène. Bientôt, elle aura besoin d'aide pour se lever. Je m'imagine être emportée par le vent vers les cimes des arbres, vers ces hautes couronnes qu'aucun incendie n'a jamais réussi à abattre. Dans mes rêves, je suis Unni, cette femme forte qui s'est envolée d'ici comme un grain de poussière, loin de la réalité. De là-haut, je vois un lynx rôder dans la neige, l'ami de mon Berger du Caucase. Il n'y a pas un homme, pas une ville sur son territoire. Les larmes de

Bricken forment les frais ruisseaux qui s'écoulent dans la forêt, le lit jonché de feuilles rouges.

Désormais, c'est à moi de faire le café. Elle halète sur sa chaise, l'air effrayée.

– Encore un peu ?

Elle ne me répond pas, trop occupée à s'efforcer de respirer de tout son corps. Je me surprends à penser que son sourire me manque. Je ne vois aucune malice dans son regard, rien qu'un combat pour emplir ses poumons. Ses épaules se soulèvent et le bruit de ses bronches perce le bourdonnement du frigo qu'il est temps de changer. Je l'aide à s'installer dans sa chambre, puis j'apporte une chaise pour m'asseoir. Désormais, nous restons là, et peu à peu, je suis seule à boire du café. Il est plus fort maintenant que je le prépare moi-même, mais bizarrement, je regrette le goût de son jus de chaussette. Le soir, elle a du mal à s'apaiser, sans doute a-t-elle peur d'oublier de respirer pendant la nuit. Elle écoute la radio dans le noir, assise sur son lit, fatiguée, mais redoutant le moment de s'endormir. Ses poumons risquent de profiter du sommeil pour se vider et son cœur pour s'arrêter de battre. Nous le pensons toutes les deux, mais chaque nuit, elle survit, et l'air continue de crier à l'aide en s'échappant de ses bronches. Depuis que je ne fais plus le ménage, ça sent le vieux dans la cuisine. Je me demande combien de marrons je vais devoir encore ramasser pour tenir dans cette maison. Je m'imagine prendre le car et y rester une éternité avant d'atteindre Söderhamn, entrer dans le grand magasin, acheter le bol le plus volumineux que je trouve et le remplir à ras bord, les coriaces petites boules brunes finissent par déborder et tomber par terre, roulant comme une armée vers la porte, montant l'escalier et se précipitant sur mon lit.

Un regard vers le ciel étoilé, et je me sens déjà plus proche de Roar. La maison forme un couvercle entre nous deux, le toit nous sépare. Une nuit, je me couche dans le jardin, et aussitôt, je me sens libérée d'un poids. Les souvenirs sont presque toujours liés à un endroit. Les miens, je les ai déposés dans la forêt.

Les arbres qui s'élèvent derrière la clôture me demandent de sauter le pas, de les rejoindre. Seulement, je ne peux pas quitter Bricken, effrayée comme elle est, même si on ne meurt qu'en compagnie de soi-même. Unni devait avoir à peu près mon âge lorsqu'elle est partie, j'ai fait le calcul.

La main dressée en l'air, je compte les cernes sur ma peau. Je n'ai aucune envie de rester, mais pour elle, je veux essayer de m'apaiser, de trouver la sérénité nécessaire pour attendre un peu.

Patience. Dès qu'elle aura rendu l'âme, je m'en irai. Pourvu que ça vienne vite pour nous deux, mais elle s'accroche. Avec un peu de chance, elle fera un infarctus dans son sommeil et quittera ce monde en pleine nuit. Ça n'arrive pas. Les placards de la cuisine me soufflent : *Et si on lui donnait des cachets, toute une poignée ?* Le problème, c'est que je n'en ai plus beaucoup, et que je pourrais en avoir besoin moi-même. Les souvenirs fusent dans ma tête. Tout est fini, il est temps de prendre mes responsabilités. C'est décidé. Je pars en forêt à la recherche d'un champignon à volve. Dès que j'en aperçois un, je le cueille, le rapporte à la maison, le cuisine pour Bricken. Si la forêt offre bien des trésors, elle en prend d'autres en retour. Bientôt, je serai Unni. Je nettoie la maison de fond en comble, astique le plancher, fais la lessive, repasse ses vêtements et les range dans son placard, comme si, d'un instant à l'autre, elle allait se lever et s'habiller. La prochaine personne qui s'aventurera par ici constatera que, entre ces murs, tout était comme il faut. Avant de faire mon sac, je jette ma collection de marrons au compost. On dirait une montagne de truffes en chocolat.

Lorsque je reviens dans la chambre, Bricken n'a plus peur.

– Je suis prête, déclare-t-elle. Ce qu'il me reste, ce n'est que du temps.

Mon souffle se bloque un instant dans ma gorge.

Tandis que nous attendons ensemble dans la pénombre, le visage de Bricken est d'une sérénité lumineuse. Je me sers une dernière goutte de café, savoure le liquide chaud qui s'engouffre dans mon gosier. Je n'en ai pas racheté, puisque je vais m'en aller.

– Je vous veux du bien, vous savez, lui dis-je en me tournant vers elle.

Elle écarquille les yeux. Est-elle surprise ou amusée ? De longues secondes s'écoulent. Une ride de rire apparaît au coin de ses yeux. Pourquoi ?

– Je sais, affirme-t-elle. Tu as toujours pris soin des tiens.

Le pense-t-elle vraiment ?

Inspire par le nez, souffle par la bouche.

Je vide ma tasse, assise au bord de ma chaise installée contre son lit, prête à partir. C'est l'heure. Je lui raconte des histoires, ose évoquer certains de mes souvenirs, l'imprimerie, le Dr Thorsén, le chat, le paquet de muesli et les quarts de comprimés. Je lui dis presque tout. Elle n'a pas l'air de me juger, assise en silence, m'écoutant attentivement. Elle ne m'interrompt qu'au bout d'un long moment, lorsque je suis en train de lui rappeler comment elle a rencontré Roar, ce jour où il s'est occupé de son vélo, des chaussures dépareillées, une noire et une rouge aux pieds.

– Il n'y a aucune raison d'avoir honte, ma petite Kåra, fait-elle d'une voix rocailleuse à peine perceptible.

En entendant comme elle a la gorge sèche, je prends son verre d'eau.

– Mais quel hasard ! reprend-elle en m'arrêtant dans mon élan. Nous qui étions les seuls à ne pas venir du village.

Ses propos deviennent décousus, je ne suis plus. Je lui caresse les cheveux et lui tends sa paille pour qu'elle s'hydrate. Elle a le visage osseux, les yeux sombres et l'air grave. Soudain, elle semble s'en aller, et pourtant, elle est toujours là. Le temps s'accélère, mais j'ai besoin de connaître la fin des aventures d'Unni, je dois emporter son histoire avec moi. Impossible d'attendre une seconde de plus.

Je pose la main sur la sienne, gelée.

– Qu'est-ce que vous vouliez dire le jour où vous m'avez expliqué qu'elle était partie pour vous ?

Bricken reste là, à respirer tant bien que mal.

– Je la comprends, finit-elle par répondre. J'étais en colère quand elle nous a quittés, mais grâce à Emil, j'ai compris.

Puis elle se penche vers moi et continue en murmurant :

– On est capable de tout pour ses enfants. On ferait n'importe quoi pour ne pas les voir pleurer et errer l'estomac vide au bord d'un chemin. Perdre un petit, c'est insupportable, on est prêt à tout pour les mettre à l'abri, quel que soit le prix à payer. Un enfant doit être heureux, c'est la seule chose qui compte.

Elle se tait, contrainte de s'arrêter là, freinée par ses poumons. J'ouvre la fenêtre pour faire entrer de l'air frais, de l'oxygène que nous n'avons pas encore gâté toutes les deux. Peut-être que le bruit de la poignée l'incommode comme il me gênait quand les rôles étaient inversés : lorsque j'étais affalée dans mon lit, adossée à mes affreux coussins avec des perroquets, et que Bricken ouvrait la fenêtre. Tout ce qu'elle faisait, c'était m'aider, je le réalise maintenant.

– Pardon, murmuré-je, osant à peine convoquer ma voix.

– On n'a pas besoin de se dire des grands mots, rétorque-t-elle.

Elle semble avoir repris des forces. Je me paralyse, ne veux pas en entendre davantage, mais elle continue :

– Toutes les familles ont leurs secrets, des histoires qu'il est inutile de clamer haut et fort. On savait, Kåra. On savait tous les deux, Roar et moi. On ne se l'est jamais dit, mais on savait.

Je m'empresse de l'interrompre :

– Alors ne dites rien.

Elle n'évoque pas ce à quoi je m'attendais, mais quelque chose de pire. Quelque chose qui salit la mémoire de Roar. Je sens la chaleur de mon Berger du Caucase se poser contre mes pieds froids.

– Ne dites rien.

Elle m'ignore.

– J'ai compris quelques jours après son départ, insiste-t-elle. Toi aussi, il faut que tu saches pourquoi Unni est partie. Écoute-moi bien.

J'ai beau secouer la tête, elle continue :

– J'en ai eu des sueurs froides et j'ai vomi tripes et boyaux. Roar a fini par y voir clair, lui aussi, mais Dag pesait déjà lourd dans mon ventre, alors que pouvions-nous faire à part reculer d'un pas, nous demander pardon et laisser les choses ainsi ? Nous n'en avons même pas discuté, quel intérêt ? Puis Dag est venu au monde, et nous ne pouvions que l'aimer. Au bout d'un moment, Roar s'est passionné pour les mots croisés, je crois que ça l'a aidé à ne pas perdre la tête. Avec le temps, on a bien vu tous les deux que Dag n'était pas comme tout le monde, mais à quoi bon en débattre ?

Je voulais qu'elle se taise.

Chut, Bricken.

Chut !

Je me mets à agiter les mains et à parler d'autre chose pour couvrir le son de sa voix, la tête dodelinant comme une poule qui picore du grain. Bricken me fixe à travers ses verres grossissants. Quand je m'arrête, ses poumons sifflent, puis elle reprend :

– Le premier indice, ça a été la taie d'oreiller, murmure-t-elle d'une voix aussi assurée que son regard. Chaque fois que je la mettais à sécher dehors après la lessive, je me disais qu'il était curieux qu'elle porte les mêmes initiales que ce drap avec lequel j'étais arrivée dans ma première famille d'accueil, et que j'avais pris ensuite chez Frida. « UMU ». La différence, c'était que la broderie était d'une autre couleur.

Qu'elle se la ferme ! Je la fusille du regard, mais elle n'y fait pas attention.

– Et puis un jour, j'ai trouvé un cerf-volant dans un coffre, poursuit-elle en chuchotant presque, les yeux luisants. Un vieil objet taché de terre, qui avait été délicatement rangé là, bricolé avec le même drap brodé que le mien, orné des fameuses lettres : « UMU ». *Unni Moen Ulefos*. Chaque point dans l'étoffe de lin avait été cousu de la même main, c'était évident, avec ce fil bleu clair que j'avais vu toute mon enfance. Quand je suis arrivée dans ma première famille d'accueil, je leur ai dit que je m'appelais « Bika », et ils en ont déduit que mon nom était Bricken, mais maintenant, je sais que non. Chaque nuit, je dormais avec ce monogramme contre la joue, où que je sois, et j'avais toujours veillé à nettoyer le drap délicatement, qu'il ne se déchire pas, même une fois usé. Il est parti en fumée avec le chat, le jour où la maison de Frida a été brûlée, mais j'avais pressé les initiales de ma mère contre mon visage si longtemps que je ne les ai jamais oubliées.

Elle porte la main sur sa joue, l'air de se consoler elle-même.

– Donc tu comprends, Kåra. Nous nous aimions du fond du cœur, Roar et moi, mais jamais comme au premier jour.

J'ai envie de la gifler. Qu'elle se taise !

– Chuut ! fais-je haut et fort.

Elle opine et m'obéit un instant.

– C'est comme les chiens, ajoute-t-elle.

Devant mon désarroi, elle esquisse un petit sourire.

– Quand un chien de garde se retient, on lui donne un os. Nous nous sommes retenus toutes ces années.

Et moi donc. Bo ne doit rien savoir.

– Ne m'en dites pas plus. Stop, que tout ça reste secret.

Le silence. Ses confidences s'écoulent comme de l'eau tiède entre mes doigts. Elle m'a assuré qu'il n'y avait aucun non-dit entre nous, aucune jalousie, aucune rancune. Au fond de moi germe une once de sérénité. Cette culpabilité que j'éprouve depuis tant d'années est en train de me lâcher. Après tout ce temps, Bricken, cette maison et moi-même n'avons plus rien à nous dire. Bientôt, je serai une femme des forêts vivant d'avoine, de sève et de framboises sauvages. Fini les factures d'électricité, la vaisselle et les pelures de pommes de terre. La vie est autre chose que le dernier numéro d'un magazine d'intérieur.

Je tire la couverture sur ses épaules et lui cale un autre coussin sous la tête avant de quitter la pièce – un coussin sans perroquets. Elle s'endort instantanément. Sa respiration chuintante ne semble plus la gêner, elle n'en a plus pour longtemps. Je reviens de la cuisine avec la poêlée de champignons que je mets sur sa table de chevet, et je lui écris un mot. Elle n'a qu'à se servir quand je ne serai plus là, même si je crois qu'elle sera partie sans s'en rendre compte.

Unni avait laissé se faire ce qui était fait.

Voilà ce que Bricken m'avait expliqué.

Je sors de la maison pour la dernière fois. Mes pas résonnent sur le chemin de terre, puis sur le goudron. Me voilà en route. Seule, sans famille.

– Ça y est, je suis partie, dis-je à un insecte accroché à mon blouson. Comme Unni.

Je monte dans le car sans savoir où je compte m'arrêter, changeant de temps en temps de ligne, direction le nord-est, ou peut-être le nord-ouest. Les pins défilent à n'en plus finir de l'autre côté de la vitre. Bientôt, je ne saurai plus où je suis, et c'est tant mieux.

– Dans la forêt, on ne se perd pas, m'a dit un jour mon père. On n'arrive simplement pas toujours là où on pensait, et ça ne fait rien.

Je peux suivre les traces d'un élan dans la neige, trouver de quoi me nourrir le long des racines. Peu avant que la nuit tombe, je n'ai qu'à me chercher un refuge sous les arbres centenaires, me faire un lit de brindilles de pin et allumer un feu. Le calme. L'obscurité d'un lac au fond des bois. La Voie lactée. Pas une lumière humaine qui dissipe l'éclat des étoiles, pas un arbre furieux. Je me réveille à l'aube avec les oiseaux et bois l'eau somnolente d'un ruisseau. La bouche pleine du liquide frais, je lève la tête vers le ciel et les cimes, et constate qu'aucun tronc n'est droit. Les arbres ne s'alignent pas sur ce qui les entoure, ils poussent là où ils sont. Et pourtant, ils forment un tout. Quoi qu'il arrive.

Les aurores boréales. Une idée me traverse l'esprit, et je descends du car au milieu de nulle part pour y réfléchir. La chaleur laisse vite place au froid, tandis que les rayons du soleil jouent à cache-cache entre les arbres. Je poursuis l'astre du jour, lui cours après comme une créature de contes de fées. Pour peu que je le rattrape, j'éprouverais de nouveau ses caresses. À l'instant où une bande de lumière me touche le visage, je n'ai plus aucun doute. Un rire pétillant remonte à la surface, est-ce vraiment moi ? Il faut que je continue vers le nord, vers mon petit Bo. Je pourrais louer un appartement à Luleå et prendre un chien. Me préparer à manger lorsque j'aurais faim et nettoyer derrière moi. Inviter Bo à dîner, mettre la table avec de jolies serviettes et regarder l'ombre de ses cils sur ses joues pendant que nous mangeons, un repas simple, saucisses fumées et pommes de terre à la crème. Si je lui demande pardon de l'avoir oublié de temps en temps, il m'invitera sans doute à son tour, il n'est pas du genre rancunier. Là-dessus, il ressemble à Roar.

De lourdes gouttes s'écrasent sur mes cheveux. Certainement une grosse averse qui va chasser de la terre les dernières chaleurs de l'été et charger les environs d'une atmosphère d'automne. *Ça arrive*, me dis-je en sentant l'air vibrer. Le calme. Le silence. Puis un lent grondement qui résonne de l'obscurité dominant les arbres. J'écoute le bruit qui retentit du ciel. Tandis que la forêt s'assombrit et que le tonnerre retentit crescendo, à la manière d'un géant qui reprend son souffle, j'ai l'impression de m'illuminer de l'intérieur. Une douleur m'envahit soudain le visage. Ce n'est pas de la pluie, mais une violente chute de grêle qui me brûle la peau. La terre se couvre de petites boules blanches, de solides perles qui se précipitent tout autour tel un collier cassé déferlant des nuages. La grêle rebondit à mes pieds comme du pop-corn dans une casserole. Certaines perles atterrissent sur ma manche, et je les fais fondre sur ma langue. Un délice simple. L'air frais qui m'emplit les poumons me gonfle de force.

Il flotte une sérénité qui vient peut-être de ce germe qui a commencé à pousser au fond de moi. Quand l'orage cesse, elle est toujours logée là. Pour la première fois de ma vie, elle ne m'échappe pas.

COMPOSITION ET MISE EN PAGES
NORD COMPO À VILLENEUVE-D'ASCQ

ACHEVÉ D'IMPRIMER PAR CPI
EN FÉVRIER 2023

N° d'impression : 171974
Dépôt légal : mars 2023
Imprimé en France